나흘

나흘

이현수

장편소설

문학동네

차 례

I. 김진경
조금도 변하지 않은 옛날 그대로의 집으로

다시는 이곳에 발을 들이지 않겠다고 맹세한 때로부터 여러 해가 지난 후에, 나는 고향의 역사 앞에 서 있었다. 커다란 트렁크를 끌고 광장을 향해 걷는 동안 경계수로 심긴, 역 광장을 둥글게 감싼 무성한 감나무에서 매미 소리가 들리기 시작했다. 매미는 고향의 여름을 대변하기로 작정한 듯 쉼 없이 울었는데, 귓속의 달팽이관이 흔들릴 정도로 맹렬한 기세였다.

맹렬함이야말로 이곳 사람들이 가진 특징 중 가장 대표적인 것이다. 그들은 기쁨이나 환희, 분노, 슬픔 같은 감정을 거르는 법 없이 단순하게 열정적으로 표출하며 살았다. 간혹 그들과 다른, 감정을 한 번 거르고 나서 행동하는 사람을 보면 가차 없이 매도했다. 그들은 자기와 다른 사람을 참아내지 못했다. 맹렬할 만큼 집요하게 참견해서 어떻게든 닮게 만들어야만 직성이 풀렸다.

어찌 보면 이곳 사람들과 빼닮은, 시대가 흘러도 변하지 않은 예전 그대로의 그악스런 매미 소리에 질려 나는 방금 나온 역사 안으로 되돌아가고 싶었다. 이십 분 후면 서울행 무궁화호 기차가 이 역에 정차한다는 걸 알고 있었다. 시침 뚝 떼고 다시 기차에 올라타면 내가 떠나온 서울로 돌아갈 수 있다.

그러면 역 광장을 드문드문 오가는, 누가 밀치기라도 한 듯 앞으로 자빠질 듯이 걷는, 오로지 걷는다는 목적 외엔 아무것도 생각하지 않고 아무것도 눈에 뵈지 않는 저들로부터 멀어질 수 있다. 서울로 숨어들면, 앞뒤에서 오는 여러 시선을 감내하며 긴장한 채 상체를 쭉 펴고 걷는 사람들 속에 숨으면 그뿐이었다. 집으로 들어가기 전 카페 베네에 들러 뜨거운 카푸치노를 마시며 하루의 피로를 풀어도 좋을 것이다.

그러나 나는 그러지 못했다.

내가 이대로 숨어버리면 제작국장이 박을 엄청나게 쪼아댈 게 분명했다. 별명이 진돗개인 제작국장은 "아우! 김감독, 고년이 날라버릴 줄 진작 알았어야 했는데. 네놈 말만 듣곤!" 육두문자를 써가며 박의 복사뼈를 무자비하게 걷어찰지도 모른다. 취재할 고향 사람들을 모아놓고 기다릴 거라던 내 말을 철석같이 믿고 있을 박을, 후배인 그를 욕보일 순 없었다.

나는 제작국장에게 갖은 욕을 먹은 후 목이 떨어질 테고 다른 직장을 알아보는 동안 살 방도를 마련하기 위해 이곳으로 다시 내려와야만 한다. 간첩처럼 몰래, 아쉬운 소리를 하기 위해 밤을 도와 내려와야 할 터였다. 그러느니 가던 길을 계속 갈 수밖에 없었는데, 그 길을 가는 동안 비정한 세상의 먹이사슬에 엮인 내가 점차 불쌍해지기 시작했다.

긴 출장임을 감안해 이삿짐처럼 눌러 싼, 바퀴가 달린 트렁크를 질질 끌고 역 광장을 가로질러야 했기 때문에 그동안 유지했던 긴장감을 잃어버리고 말았다. 트렁크가 꽤 무거워서 그걸 잡아당기느라 나도 어쩔 수 없이 앞으로 자빠질 듯이 걷고 있었다. 역 광장을 오가는 그들과 내가 하등 다를 바 없어 보였다. 빈손인데도 앞으로 자빠질 듯이 걷는 중년 부인과 광장 한복판에서 시선이 마주쳤을 때 나는 얼굴이 붉어지는 걸 느꼈다. 그리고 그때까지도 끈덕지게 달라붙는 매미소리에 떠밀려 광장 끄트머리에 있는 월류다방으로 급히 들어가고 말았다.

월류다방은 내가 태어나기 전부터 있었다. 밖에서 보기만 했을 뿐 직접 들어간 건 이번이 처음이었다. 다방은 이층에 있었는데 두툼한 시멘트 계단은 가팔랐고 난간도 설치되어 있지 않았다. 나는 떨어지지 않으려고 안간힘을 쓰며 트렁크를 한 계단씩 필사적으로 끌어올렸다. 다방 문 앞에서 살펴보니 시멘트 계단 턱에 여러 차례 부딪친 가죽 트렁크는 긁히고 찢겨 엉망이 되어 있었다.

이것은 오랜만에 고향을 찾은 날 대접하는, 고향만의 특별한 방식처럼 생각되었다. 겨우 이층을 오르면서 트렁크를 망가뜨린 게 억울한 심정이기보다는 내 이럴 줄 알았지, 하는 마음이었다. 고향을 찾을 때면 야심한 밤에 왔다가 다음날 밤에 몰래 가는 간첩 같던 그간의 행동이 매우 정당했다는 느낌마저 들었다.

나는 다방 문을 열고 들어설 때까지도 헐떡였기 때문에 아늑한 자리를 찾아 두리번거리지 않고 바로 보이는 앞자리에 털썩 주저앉았다. 오랜 세월 바닥에 밴 담뱃진과 누런 벽지, 내가 예상한 요소를 골고루 갖춘 월류다방은 노인들이 사랑방처럼 죽치는 곳이었다. 못 보던 젊은 여자가 트렁크를 끌고 등장해서 그런지 다방 안이 일순 긴장하는 것 같았다. 몇몇은 호기심 어린 눈으로 쳐다보았다. 노인 앞에 앉아 있던 다방 여자가 긴장감을 떨치듯 벌떡 일어나 내게로 다가왔다.

"차가운 물부터 주세요. 그리고 커피도요."

나는 여자가 물어보기 전에 먼저 주문해서 그녀의 입을 막아버렸다. 그리고 눈을 감았다. 피로가 몰려오는 통에 눈을 뜨고 있을 수가 없었다. 다행히 실내는 시원했고 끈덕지게 따라붙던 매미 소리도 더 이상 들리지 않았다. 다만 다방 안에 발라드풍의 음악이 흐르고 있었는데, 목소리가 탁하고 끈적거려 귀에 거슬렸다. 가수의 목소리는 저절로 내 유년 시절을 떠올리게 했다. 미끈미끈하고 끈끈한 감촉, 빛이라곤 한 치도 스며들지 않던 캄캄함, 그것은 어둠을 넘어선 어둠이었다. 누구도 도와줄 수 없는, 오로지 혼자서 감당해야만 하는 무시무시한 공포를 동반한 먹빛 어둠. 어지럽게 헝클어진 기억의 타래실을 잡아당기면 단번에 청소도구함이 쑥 딸려나온다.

초록색 페인트로 칠해진 청소도구함은 교실 뒷벽에 세워져 있었다. 얼마나 많은 아이들이 그 반을 거쳐갔는지, 청소도구함이 얼마나 오랫동안 교실의 뒷벽을 지키고 있었는지 모르지만, 우리 반이 물려받았을 땐 이미 낡을 대로 낡아 있었다. 겉면의 나뭇결이 까칠까칠하게 일어나 있어서 멋모르고 청소도구함을 쓰다듬으면 손가락에 가시가 박히기 일쑤였다. 하나 청소도구함은 겉만 낡았을 뿐이지 안쪽은 놀랄 만큼 튼튼했다.

청소도구함 속에는 사철 구정물에 잠긴 물걸레들이 서로 엉긴 채 썩어가고 있었다. 그것은 어른 허리에 닿을 정도의 높이에 폭도 그리 넓지 않았는데, 아이들은 날 집어넣고 나서야 그 속에 사람이 들어갈 수도 있다는 걸 알았다. 그후 아이들은 종종 그곳을 이용했다.

아이들은 걸핏하면 뒤에서 머리채를 잡아당기거나 청소도구함 속에 날 가두었다. 청소도구함의 뚜껑이 쾅 소리를 내며 머리 위에서 닫힐 때면 몸이 바특하게 끼는 공간에서 겪을 어둠에 대한 공포보다, 썩은 물걸레들의 미끈거리는 감촉과 코를 마비시킬 듯이 풍기는 악취가 더 무서웠다. 그 속에 갇혀 안간힘을 다해 벽을 두드리고 손으로 밀어본들 잠긴 뚜껑은 들썩이기만 할 뿐 열리질 않았다. 내 반항이 거세지면 뚱뚱한 아이가 청소도구함 위에 올라가서 뚜껑을 밟고 있기도 했다. 그 일은 대부분 사전에 계획되었고 반 아이들의 암묵적인 지지에 의해 몇몇이 나서서 행동으로 옮겼다.

"질문에 대답해. 그러면 꺼내줄게."

한 아이가 우리 할아버지에게 그것이 있느냐고 물었다. 아이들은 없다고 알고 있겠지만, 할아버지에겐 그것이 있었다. 할아버지가 안아줄 때면, 양반다리 자세로 앉은 할아버지의 사타구니 사이에 달린 물컹한 것이 내 엉덩이를 받치고 있다는 느낌을 분명하게 받았다. 할아버지가 입은 얇은 옷 사이로 느껴지는 찐 물고구마 같은 것이 할아버지의 그것이라는 걸 나는 알았다. 그러나 아이들은 자기가 듣고 싶은 대답만 요구했다.

"거짓말. 너희 할아버지는 내시니까 그게 없어!"

"아니야, 있어!"

아이들은 내 말을 믿지 않았다.

"너희 할아버지와 할머니는 밤에 같이 자냐?"

"응, 같이 주무셔."

나는 악취 때문에 코를 싸쥐고 울먹였다. 그곳을 벗어날 수만 있다면 뭐든지 할 직정이었다.

"그냥 자는 것 말고 그것도 하냐고."

"우리 집은 넓어서 그것을 하는지는 알 수가 없어."

기껏해야 안방과 건넌방만 있을 뿐인, 두 간이나 세 간 살림집에서 복작거리며 지내는 너희는 모른다. 가족들의 숨소리까지 들으며 사는 너희는 모른다. 골마루가 미로처럼 얽힌 우리 집이 얼마만큼 넓은지를. 그곳에서 가족의 잠자리를 일일이 확인하는 것은 불가능하다고 말해봐야 아이들은 이해하지 못했다. 어른들도 할아버지와 할머니가 밤에 그것을 하는지 아이들과는 다른 방법으로 은근하게 캐물었다.

"몰라! 정말 모른다고!"

구정물로 얼룩진 물걸레가 발에 감기는 척척한 느낌 때문에 나는 소리를 지르고 발을 구르며 엉덩이로 청소도구함의 벽을 사정없이 쳤다. 세모꼴로 균형감 있게 만들어진 청소도구함은 그런 소동에도 전혀 기우뚱거리지 않았다. 내가 갇힌 곳은 생각보다 단단해서 안에서 아무리 저항을 해봤자 소용이 없다는 걸 깨달았고 그때쯤이면 난 급작스레 조용해졌다. 울지도 않았다.

"너희 아버지, 그것 있냐?"

아버지의 그것이 있다는 것은 온 마을 사람들이 알았다. 왜냐하면 아버지는 내시가 아니니까. 그래도 아이들은 아버지의 그것이 없기를 바랐고 그것에 대해서만 집중적으로 물었다.

"우리 아버지가 아니고 할아버지라니까! 너희가 우리 할아버지라고 말하는 그분은 내 증조할아버지야!"

대답해봤자 다음날이면 또 그렇게 물을 건데도, 난 어두컴컴한 청소도구함에 갇혀서 아이들에게 우리 집의 족보인 양세계보(養世系譜)를 가르치려고 시도했다. 십 분간의 휴식시간이 천 년과도 같았다. 아이들은 날 괴롭히다가 수업 시작종이 울리면 꺼내줬지만, 선생님이 교실에 들어오고 나서야 청소도구함에서 빠져나올 때도 있었다.

"이 녀석들이 또……!"

청소도구함에서 기어나오는, 머리는 산발을 하고 옷엔 구정물이 튀어 완전 거지꼴이 된 내 몰골을 보고 사태를 직감한 선생님은 반 아이들에게 단체기합을 주었다. 나는 남은 수업을 받지 않고 집으로 돌아갔다. 다음날이면 할아버지가 찾아와 교장 선생님께 학교 후원회비 명목으로 돈을 건네고 반에는 레이스가 달린 책상보와 커튼을 선물했다. 그렇게 하면 아이들의 호기심이 달래질 줄 알았던 모양이다. 그러나 아이들은 나를 향한 호기심보다 적개심이 더 컸다.

우리 집은 고조부로부터 물려받은 논밭이 많았고 상가도 여러 개 소유하고 있었다. 아이들의 부모는 대개 우리 소작인이거나 삼거리에 있는 상가에 세들어 장사를 했다. 아이들은 다달이 상점의 월세를 받으러 오거나 농사일이 끝나는 늦가을이면 지주랍시고 찾아와 땅에 대한 이자로 그해 소출의 삼 할을 떼어가는 할아버지를 원망했다. 그리고 그 분노를 고스란히 내게 덮어씌웠다. 할아버지는 혹독한 사람이 아니었다. 그 시절 토지를 빌리면 누구나 칠 대 삼의 비율로 지주와 나누는 게 통례였다. 월세 또한 비싸게 받지 않았다.

문제가 있다면 우리가 내시 집안이라는 거였다. 아이들의 부모는 성기조차 없는 가문의 족속들에게 노동력을 착취당한다고 생각했고, 그 족속이 악하거나 둔하거나 함부로 넘볼 수 있게 비천하지 않아서 더욱 불쾌해했나. 그들이 가진 불쾌한 감정은 아이들에게 어렴풋이 전이되었다. 마땅히 있어야 할 성기도 없는 주제에, 종족의 번식을 완수할 기능이 망가진 병신 처지에, 그 병신들이 가진 부가 너무도 부적절하게 여겨졌고, 사람들은 우리 가족이 사는 커다란 집, 넓은 토지, 배가 고프거나 아픈 것에 극단적으로 몰리지 않아 언제까지나 고상한 태도를 견지할 수 있는 점잖음에 분개했으며 그 감정을 적나라하게 표출했다. 덕분에 난 고향에서 이름도 없이 그냥 내시의 딸로 불렸다. 엄밀히 말하면 내시의 증손녀인데도.

다방 여자가 쟁반을 들고 엉덩이를 흔들며 다가왔다. 고향 사람들은 똑바로 직진해서 걷지 않고 탐색하듯 좌우로 살래살래 흔들며 걷는 사람의 엉덩이를 '방뎅이'라고 불렀다. 엉덩이에는 건전하고 기능적인 이미지가, 방뎅이에는 탐미와 자유, 음란함 따위의 불건전한 이미지가 내포되어 있었다.

노인들이 주로 오는 다방이어서 분말커피에 달걀이라도 동동 띄워 내올까봐 걱정했는데 여자가 가져다준 것은 원두커피였다. 그러나 커피는 내린 지 오래되어 향은 날아가고 많이 비렸으며 여과지를 자주 갈지 않은 탓에 눅눅한 종이 맛도 느껴졌다. 꼭 그 옛날 청소도구함에

권 구정물을 마시는 기분이었다.

"이 커피 비려서 못 마시겠어요. 분말커피는 없나요?"

여자가 뭐라고 종알거리면 난 커피 두 잔 값을 계산하면 될 것 아니냐고 냉정히 말하려고 했다. 여자는 별말 없이 커피를 가져갔다. 그러곤 분말커피를 타주었다. 두 벌 일을 했는데도 기분 나쁜 표정이 아니었다. 가까이서 보니 여자의 엉덩이는 남미 여자들처럼 대단히 크고 탄력이 있으며 도도록하게 튀어나와 조금만 걸어도 흔들렸다. 그간 여자는 많이 억울했을 것이다. 분말커피를 탁자에 내려놓던 여자가 문득 결심한 얼굴로 말했다.

"김진경. 나, 모르겠니? 우린 초등학교 이학년부터 육학년까지 쭉 같은 반 했었는데."

아무리 뜯어봐도 모르는 얼굴이었다.

"난 박윤자야. 공부도 못했고 뭐 하나 잘하는 게 없었지. 그렇다고 특별히 짓궂지도 않았으니 네가 기억하지 못하는 게 당연해."

난 그들의 표적이었으므로 학교에선 날 모르는 아이가 없었다. 하지만 나는 괴롭히던 적들의 얼굴을 일일이 기억하지 못했다. 행동으로 옮긴 몇몇 아이만 생각날 뿐. 유년의 기억을 잊기 위해 필사적으로 노력하며 산 덕분이다.

"일찍이 험한 놈 만나서 같이 살다가 이혼하고 여기 내려왔어. 이 다방, 우리 엄마가 하던 거야."

여자는 자신의 치부랄 수도 있는 일을 무심한 말투로 간명하게 설명했다. 싼 데서 '야매'로 수술했는지 부담스러울 만큼 쌍꺼풀이 크게 잡힌 눈을 둥그렇게 치뜨며 말했다. 전남편을 험한 놈이라고 일컫는 대목에선 고단하게 살았을 그녀의 세상살이가 짚여왔다. 그리고 여자의 입에서 다방이라는 말이 흘러나오는 순간 작고 비루한 아이가 기억 저편에서 어른거렸다.

아…… 다방 아이!

키가 작고 뚱뚱한 딸딸이 아줌마도 생각났다. 아이 엄마는 다방을 운영하는 틈틈이 굽 높은 슬리퍼를 딸딸, 소리나게 끌고 다니며 일수 도장을 찍곤 했다. 슬리퍼는 실내용으로 다방 안에서 신는 것인데, 삼거리 상점가를 한 바퀴 돌며 일수 도장을 찍을 때도 그것을 신고 밖으로 나왔다. 슬리퍼 밑바닥에 특수한 징이 박혀 있어서인지 뚱뚱한 몸매와 앞으로 자빠질 듯이 걷는 걸음걸이 때문인지는 모르겠으나, 그녀가 걸으면 유난히 딸딸거리는 소리가 크게 들려 모두들 그녀를 딸딸이 아줌마라고 불렀다.

슬리퍼를 끄는 소리가 저만치 들리면 사람들은 가게 밖을 내다보지 않고도 "앗, 딸딸이 오네" 하며 일숫돈을 준비했다. 그러니까 딸딸 슬리퍼를 끄는 소리는 돈을 준비하라는 신호였다. 일숫돈을 받은 딸딸이 아줌마는 손님이 없는 가게에 들러붙어 "어머어머!" 연방 감탄사를 흘리며 한참 동안 수다를 떨다 가곤 했다.

어린 시절 삼거리를 지나다가 딸딸거리는 소리나 "어머어머!" 하는 감탄사가 들리지 않으면 왠지 모르게 삼거리가 텅 빈 것처럼 느껴져 주변을 이리저리 둘러보게 되었다. 그녀의 부재가 아쉽기보다는 별 쓸모도 없던 썩은 젖니가 빠진 게 허전해서 혀로 잇몸을 자꾸만 쓸어보는 심정 같은 것이었다.

그렇게 엄마가 하나의 풍경이 되어 삼거리를 돌아치는 동안 해종일 방치된 아이는 역 광장에서 혼자 놀곤 했다. 밥이나 제때 찾아 먹는지 매가리라곤 없이 축 늘어져 눈가에 붙은 파리조차도 쫓지 못하던 아이. 비리비리하게 마른 그 아이가 이토록 생생하게 일품인 엉덩이를 흔들며 내 앞에 서 있다니.

내 옷을 빠르게 점검했다. 내가 입은 검정 슈트는 이런 다방에서 커피를 이백 잔쯤 팔아야만 살 수 있는 유명 브랜드의 옷이다. 나로서도 어렵게 장만한, 기념할 일이 있을 때만 특별히 꺼내 입는 것이다. 슈트와 색상을 맞춘, 발뒤축을 하나의 가죽끈으로 감싼 슬링백 슈즈가 바지 밑단 사이로 보이게끔 난 일부러 다리를 꼬고 앉았다.

졸렬해도 별수 없었다. 박윤자가 날 도도한 여자로 봐주기를, 가능하면 재수 없게라도 보여서 그녀가 조소에 찬 시선으로 쳐다봐주길 원했다. 그래서 친한 티를 그만 냈으면 싶었다. 그녀가 내게 이토록 살갑게 구는 것은 저나 나나 처량했던 유년의 공통된 기억을 떠올려서, 보지 못하고 지낸 세월 위로 그 처량함을 밑천 삼아 다리를 놓자고, 애써 놓은 다리 위에서 다정히 지내며 무슨 동맹이라도 맺자고 할까봐 더럭 겁이 났기 때문이다.

동맹이라면 이곳 사람들이 잘하는 것이다. 맹렬하게 자빠질 듯이 걷는 저들의 걸음걸이는 동맹과 깊은 연관이 있었다. 1894년에 일어났던 동학혁명의 주동자 중 한 사람인 조재벽 대접주가 여기 사람이다.

조재벽은 삼례 교조신원운동 때부터 서장옥, 전봉준, 김개남, 김덕명과 연대했다. 광화문 앞 복합상소운동, 그해 3월 보은과 원평의 척왜양창의운동을 거치며 그들과 긴밀한 관계를 유지했고, 전봉준이 이

끈 고부민란을 계기로 전봉준, 김개남, 손화중과 뜻을 같이해 동학혁명에 앞장서게 되었다.

동학은 단일조직이 아닌 각 지역조직이 서로 연대하는 형태였다. 전국적으로 퍼진 세포조직을 느슨하게 연결하고 지도부는 이들에게 이데올로기적인 가이드라인을 제공하는 상징적인 기능을 수행했다. 그중 조재벽 연원조직이라고 불렸던 조재벽 포는 이곳 황간과 영동, 청산, 옥천, 연산 일부, 금산, 진산 전체에 고루 퍼져 있었는데 인원이 수천 명에 이르고 결속력이 뛰어났다. 조재벽 포는 무장 기포보다 빠른 1894년 3월 8일 금산에서 가장 먼저 기포해 동학혁명의 시발점이 되었다.

조재벽은 영동전투와 북실전투를 치렀다. 다른 동학군들은 1894년 12월까지 항쟁했지만 조재벽 포만은 1895년 1월 하순까지 일본군과 끈덕지게 싸웠다. 1896년 음성 되자니 최후전투에서도 그들은 싸웠다. 그들 대부분은 깜냥대로 싸우다가 벌판이나 산비탈 아무 곳에나 얼굴을 처박고 죽었다.

주한 일본공사관 기록을 보면 "조재벽은 황간의 수령이다. 1897년에 사망했는데 묘소는 어디에 있는지 모른다"고 적혀 있다. 대접주의 묘소조차 모르니 그를 따르던 다른 동학군들이야 말해 무엇하랴. 그 사건은 갑오년에 일어난 폭도들의 대규모 반란으로 규정되었다가 지금은 동학혁명으로 명칭이 바뀌었다.

조재벽 포라고 일컫는 그들이, 국가가 국가 같지 않을 때, 국가가 더이상 자기를 지켜주지 않는다고 생각될 때, 국민들의 혈세만 뽑아 먹고 수탈과 착취를 일삼을 때 분연히 떨치고 일어나 성질대로 싸우다가 아무 데나 얼굴을 처박고 죽었다.

그리하여 묘소조차 없는 그들이, 지금 내가 앉아 있는 이 다방 밑에 파묻혀 있을지도 모르는 그들이, 한갓 폭도들에 의한 반란으로 규정된 사건을 죽어서 혁명으로 바꾼 그들이, 후세에 남긴 건 잡풀 우거진 무덤이 아니라 질기디질긴 유전자였다. 맹렬하게 자빠질 듯이 걷는 저 걸음걸이!

나로 말하자면 앞으로 자빠질 듯이 걷는 이곳 사람들과 친하게 지낼 생각이 추호도 없었다. 나는 그들로부터 멀어지기 위해 필사적으로 도망치는 삶을 살았다. 눈치라곤 멸치 똥만큼도 없는 박윤자는 이런 내게서 물러나려고 하지 않았다. 그러던 차에 엉뚱한 말이 튀어나와 도리어 내가 자발적으로 그녀에게 곁을 내준 꼴이 되고 말았다.

"여기 실내장식 좀 바꾸지 그러니?"

그건 내가 이 다방에 들어섰을 때 얼핏 든 생각이다. 하필이면 그게 말이 되어 나온 것이다.

"난 낡은 분위기가 좋아. 자주 바뀌는 유행을 좇는 게 멀미도 나고. 그래서 다방 이름을 그대로 둔 거야. 카페라고 하지 않고 다방이라는 간판을 내건 곳도 요즘엔 드물걸."

"뭐냐, 넌? 애늙은이같이."

어쩐지 그녀에게 말려들고 있는 기분이었다. 난 죽기 살기로 도망치는데 돌아오는 아이도 있었다. 조금도 변하지 않은 옛날 그대로의 집으로.

나는 내시라는 단어가 준 정신적인 내상이 깊어서, 그것이 얼굴을 단단히 감싸는 느낌으로부터 벗어나기 위해 더욱더 공부에 매달릴 수밖에 없었다. 내시라는 검은 그림자는 아무리 부정해도 날 둘러싼 이미지이며, 그걸 벗어나 다른 어떤 너울도 덮어쓸 수 없도록 태생적으로 단단히 조여진 호두 껍데기 같은 것이어서 그걸 깨고 나오려면 튼튼한 망치를 준비해야만 했다. 내게 튼튼한 망치는 성적을 높이는 일이었다. 여기를 벗어나 저기로 가는 길은 공부를 계속해서 도시로 나가는 길 말고는 없었다. 그런데 그녀에겐 튼튼한 망치 따윈 필요 없는 모양이었다. 이곳으로 다시 돌아온 걸 보면.

다방 뒤쪽에 있던 노인이 주춤거리며 일어섰다. 박윤자가 계산대로 간 사이 나는 창가로 자리를 옮겼다. 혼자 쉬겠다는 의사를 표하기 위해 창가 쪽으로 몸을 완전히 튼 채 다리를 포개고 의자에 등을 깊이 묻었다. 박윤자가 온다고 해도 무안해서 돌아설 수밖에 없는 자세였다.

그렇게 앉자 역 광장이 한눈에 들어왔다. 콘크리트 광장은 햇볕에 달궈져 흰 빛을 뿜어내고 있었다. 감나무가 그림자를 길게 드리우는 바람에 광장의 바닥은 군데군데 검은 얼룩이 진 것처럼 보였다. 광장 중앙에는 원통형의 탑처럼 조성된 돌출식 화단이 있었다. 거기엔 고조부인 반종학의 추모비가 세워져 있다.

그 비는 해방되던 1945년도에 세워진 것으로 지금은 지방 문화재로 지정되었는데 그걸 눈여겨보는 자는 없었다. 더러 비석 앞을 서성이는 사람도 있었지만 기차를 기다리기 위해 혹은 담배를 피우기 위해 거기 서 있을 뿐이었다. 그런 탓에 그 비석은 있어도 그만 없어도 그만인, 그렇고 그런 물건이 되어버렸다.

비석이 역사 쪽으로 세워져 있어서 내가 앉은 창가 자리에선 비석의 뒷면, 꼭대기 일부분만 보였다. 나는 검은 빗돌에 새긴 글들을 보지 않아도 안다. 당시로선 드물게 한글로 새겼고 간간이 한문이 나왔으나 옥편만 있으면 언제든 해독이 가능했다. 나는 그 글들을 전부 외웠다. 비석의 뒷면엔 반종학의 됨됨이를 알리는 동료 내시 어윤수의 글이 적혀 있다.

궁중의 의식을 거행하는 종학의 몸가짐은 숙연하기가 깨끗한 선비 같았으며 말을 삼가고 신중하기 이를 데 없었다. 일의 진행은 한 자 한 치도 빈틈이 없었고, 그렇게 하기를 삼 년이 하루 같았다. 평생 글과 학문을 내세운 적 없으나 그 독실한 사람됨과 마음가짐은 제나라와 노나라의 큰 선비라 해도 어찌 이보다 더할 수 있겠는가. (……) 후대에 붓을 잡는 군자 있거든 마땅히 특별하게 써서 말하라. 대한제국의 마지막 상선 반종학이 옳지 않았느냐고.

비석의 앞면에는 고조부의 이력과 추모비를 세우게 된 내력을 새겼다.

내시 반종학은 정4품 승전색을 거쳐 종2품 지내시부사, 종1품 숭록대부를 지냈다. 철종, 고종, 순종을 측근에서 모셨고, 효정왕후의 국상 장례업무, 영친왕 이은의 황태자 책봉 때 인장담당 금보차비를 맡았다. 1908년 통감부가 내시부를 폐지한 뒤에도 왕실을 돌보다 고향으로 내려온 이 땅의 마지막 내시다. 1910년 8월 22일, 총리대신 이완용과 조선통감 데라우치 마사타케가 한일병합 조인을 했다는 소식을 듣고 식음을 전폐하던 반종학은 1910년 9월 5일 황간 장터에서 할복 자결했다. 우리는 그의 고결한 정신을 추모하고 거룩한 뜻을 후세에 널리 알리고자 이 비를 세운다.

모월 모일 모시. 황간 사람 누구누구.

비석의 앞면 하단에는 고조부 반종학이 죽기 직전 남긴 글이 적혀 있다.

임금이 마음대로 몸을 움직일 수 없게 된 것은 통감(일본인)과 역신 들 때문이라. 이제 오백 년 종사를 일본에 주고 말았으니 통한하도다. 생가(生家)와 양가(養家)가 대대로 나라의 녹을 받는 신하였으니 어찌 다른 임금을 섬기리오. 내가 배를 갈라 의사 민영환과 여러 충신들과 함께 지하에서 27대 군왕을 섬기리니. 수천만 동포는 혈심(血心)으로 단결하여 충성을 본받으라.

고조부는 배를 가르고 죽어서라도 그가 모시던 군왕을 섬긴다 했다. 그러나 군왕은 그를 버렸다. 타의에 의해 버려졌으나 그것을 묵인한 것은 그의 군왕이었다. 자신이 버려진 것보다 그가 더욱 비통해했던 것은 27대 군왕이 존재하지 않는다는 사실이었다. 27대 군왕은 살아 있었으나, 창덕궁에 유폐된 그는 이제 군왕이 아니었다. 절대왕정에서 군왕의 그림자로 평생을 산 그는 군왕이 없는 세상이 올 거라곤 꿈에도 몰랐다. 그러므로 그가 할 수 있는 일은 배를 가르고 죽어서라도 군왕의 그림자가 되는 것이었다. 나라가 있고 없고는 차후의 일이다. 적어도 그에게만은. 그것은 정체성에 관한 문제이기 때문이다.

나라를 잃은 한 내시의 비분강개의 뜻을 기리고자 추모비를 세웠지만 고조부가 품은 비분강개는 나라를 잃은 것 때문이 아니었다. 그가 섬기고 받들어야 할 군왕이 사라진 것에 대한 비분강개였다. 그는 군왕이 없는 세상에서 자신이 존재할 이유를 찾지 못했다. 나는 고조부가 남긴 글을 그렇게 해석했다. 내 해석이 맞다면 이 추모비는 잘못 세워진 것이다.

역 광장을 간간이 오가는 저들, 자빠질 듯이 맹렬하게 걷는 저들의 선조는 오독과 오판에 의해 고조부의 추모비를 세웠고 그 후손들은 선조가 추모한 가문을 뒤에서 비웃으며 조롱했다. 선조들의 오독과 오판을 알아서가 아니라 순전히 그들과 다르다는 이유만으로. 나는 그런 그들을 취재해야만 한다.

들어올 때완 달리 다방을 나설 땐 트렁크가 가볍게 느껴졌다. 윤자는 다방 앞에 나와서 계단을 내려가는 내 뒷모습을 지켜봐주었다. 그녀가 또 보자고 했지만 다시 보게 될지 그것은 장담할 수 없었다. 광장으로 나오자 시원한 바람이 얼굴로 달려들었다. 달고 새곰한 공기를 품은 바람결이 청량하게 느껴졌다. 역 광장에서 삼거리에 이르는 언덕진 길에는 떡집과 오토바이 대리점, 역전식당이 낮은 처마를 잇대고 올망졸망 붙어 있었다. 길이 급경사여서 가속도가 붙었다. 트렁크를 끌고 달리다시피 해서 순식간에 삼거리에 닿았다.

삼거리에서 목이 가장 좋은 곳에 중앙약국이 있고, 화공약품을 판매하는 삼공상회가 우중충한 옛 모습 그대로 중앙약국과 명신상회 사이에 콕 박혀 있었다. 으레 그렇듯이 삼공상회 할아버지는 가게 앞 의자에 나와 앉아 할랑할랑 부채질을 하고 있었다.

그가 잘나가던 한때, 월류광산에 발파용 화약을 도맡아 댈 때, 통 큰 할아버지는 요정의 기생들에게 큰 액수의 팁을 종이처럼 뿌렸다고 한다. 그가 판매한 화약으로 발파작업을 하던 광부들이 피부병을 앓는다는 소문이 간간이 돌기도 했지만, 어쨌거나 광산이 재래식 방법으로 발파작업을 하던 해방 전후에서 1960년대까지가 그의 전성기였다. 내가 어릴 적에도 할아버지였던 그는 등이 조금 굽었을 뿐 예나 지금이나 한결같은 얼굴이었다.

트렁크를 턱이 높은 인도로 끌어올리는 사이 삼공상회 할아버지가 가게 안으로 들어갔다. 문밖에서 가게 안까지 그 짧은 거리를 걷는데도 할아버지는 이곳 사람들처럼 걷는 데만 온 신경을 집중했다. 그러나 맹렬함이 결여되어 자빠질 듯이 보이는 게 아니라 앞으로 폭 고꾸라질 듯이 보였다. 그건 할아버지의 등이 굽었거나 노쇠한 탓에 힘이 빠져 그래 보일 것이다. 나는 명신상회 앞에서 몇 번을 망설이다가 트렁크를 끌고 가게 안으로 들어갔다.

명신상회는 깔끔함에서 모범을 보인달 수는 없지만 구색 면에서는 기적을 보여주었다. 국내외 식료품은 물론이고 각종 생활용품과 제사용품, 장례용품까지 없는 것 빼고 다 있었다. 인테리어에 신경을 쓰지 않아 일면 음침해 보이는 가게 구석구석에는 오만 가지 물건이 잡다하게 쟁여져 있었다. 버스 터미널 옆에 현대식 마트가 있지만 거기서 구할 수 없는 물건도 이곳에 오면 살 수가 있다. 운이 좋으면 서울에도 없는 희귀한 물건을 구할 때도 있다.

가게 뒷방에 쭈그려앉은 빼들네는 날 본 체도 하지 않았다. 그녀는 원래 그랬다. 물건을 고른 손님이 가게 뒷방에 앉은 그녀에게로 가면 그제야 손님이 자신의 얼굴을 보지 못하도록 고개를 돌린 채 계산했다. 그러니까 어둑한 가게 뒷방이 명신상회 계산대인 셈이다.

나는 티백으로 된 원두커피와 영국산 홍차를 살 생각이었다. 할아버지는 녹차와 국화차, 홍차만 마셨다. 집엔 서산댁이 마시는 분말커피만 있을 뿐 원두커피와 커피 메이커가 없을 게 뻔했다. 뜨거운 물이 있으면 어디서나 간편하게 마실 수 있는 티백으로 된 원두커피는 내 몫이었고 할아버지에겐 영국산 홍차를 사드릴 요량이었다. 버스 터미널 옆에 새로 생긴 마트나 농협이 운영하는 하나로마트엔 영국산 홍차를 팔 확률이 적어 명신상회로 왔지만, 나는 그 외에도 다른 목적을 가지고 있었다.

아이스크림 냉장고 앞 진열대에 국산차들이 종류별로 있었다. 그러나 티백으로 된 원두커피는 보이지 않았다. 간장과 케첩, 카레 분말이 놓인 진열대 주위를 서성거리자 가게 뒷방에 앉은 빼들네가 고개를 빼고 퉁명하게 물었다.

"뭘 찾누?"

"티백으로 된 원두커피 있나요?"

빼들네는 성가시다는 얼굴로 손가락을 쳐들어 어느 한 지점을 가리켰다. 사면 사고 아니면 말고 하는 식의 물건 팔 의지가 결여된 몸짓이었다. 나는 빼들네의 검지가 가리킨 방향으로 몸을 틀었다.

"아니, 거기 말고 그 옆 칸으로 가."

물건을 순서 없이 뒤섞어놓은 것 같은데 빼들네만의 특별한 물건

분류방법이 있나보았다. 하나 내 눈엔 손님의 편의는 고려하지 않고 자기만 편하게 물건을 아무렇게나 쌓아둔 것처럼 보였다.

"도시락 김이 있는 가운데 칸 밑구멍을 들여다봐."

빼들네가 가리킨 우멍한 곳에 두 종류의 원두커피가 있었다. 원두커피 상자를 앞에 진열하지 않고 다른 물건 뒤에 던져두어 눈에 띄지 않은 것이다. 나는 허리를 구부리고 우멍한 곳에 손을 넣어 티백으로 된 원두커피를 종류별로 한 통씩 뺐다. 그러곤 영국산 홍차를 찾아 헤매기 시작했다. 보물찾기를 하는 기분이었다.

"또 뭘 찾누?"

"영국산 홍차요."

"아무거나 묵제, 벨거 벨거 다 찾누만."

뒷방의 컴컴한 어둠에 묻혀 있던 빼들네가 구시렁대며 몸을 일으켰다. 무릎에서 관절이 꺾이는 소리가 요란하게 새어나왔다. 그녀가 자신을 에워싼 어둠을 허물처럼 벗어내리며 육중한 몸으로 굼실굼실 걸어나오자, 가게 밖에서 들어온 한 줄기 햇빛에 가장 먼저 드러난 건 뿌옇게 색이 바랜 한쪽 의안이었다.

그녀의 오른쪽 의안은 초점이 없었는데 햇빛에 반사되어 유난히 희번덕거렸다. 사람들이 개눈깔이라고 말하는 오른쪽 의안이 처진 눈꺼풀 안쪽에 움푹하게 박혀 있었다. 육중한 몸에 걸친 원피스는 옷이 아니라 통짜로 된 포대자루처럼 보였다. 방바닥에 쭈그려앉아 평생을 산 덕분에 원피스의 엉덩이 부분만 닳아 햇빛에 반들거렸고, 하나로 묶어 틀어올린 머리에서 빠져나온 긴 머리카락들이 바람에 구불구불 흩날리고 있었다. 그녀가 지나가며 날 흘긋 건어 봤을 땐 등에 자잘한 소름이 돋았다. 성한 왼쪽 눈과 오른쪽 의안이 주시하는 방향이 각기 달랐기 때문이다.

"그 홍차는 어쩌다가 하나씩 팔리기 땜에 높은 데다 올려뒀지."

그러곤 가게 앞에 세워둔 접이식 사다리를 한쪽 어깨로 떠메고 오더니 진열대에 비스듬히 걸쳤다. 사다리를 타고 올라간 그녀는 천장과 잇닿은, 진열대 맨 위 칸에서 홍차를 꺼내더니 먼지를 훅 불었다. 켜켜이 쌓인 먼지가 사다리 밑으로 보얗게 날렸다. 사다리에서 내려온 그녀가 홍차를 들이밀며 말했다.

"이것은 십 프로 할인이여. 유통기한이 지났거든."

"네?"

나는 황당해서 빼들네를 쳐다봤다. 그녀의 한쪽 눈은 날 보고 있었고 다른 쪽 눈은 여전히 초점이 없었다. 빼들네가 가래 끓는 소리를 내며 말했다.

"말린 잎이라 먹어도 탈은 없을 껴."

차를 사면서 배탈을 염려하게 될 줄은 몰랐다. 유통기한이 지난 차를 구입할 이유가 없었다. 그래도 난 빼들네가 어쩌나 보려고 그 홍차를 이십 퍼센트 할인된 가격에 달라고 말해보았다.

"안 돼야. 유통기한이 한두 달 지난 건 십 프로 할인이여."

빼들네의 말투로 봐선 유통기한이 지난 상품을 자주 판매한 눈치였고, 기간이 지난 정도에 따라 할인가격이 정해져 있는 모양이다.

"에이, 향이 날아간 걸 누가 사요."

빼들네가 샐쭉 토라졌다.

"나도 그짝한텐 팔 맘이 없어. 딴 데 가서 사. 사람이 영 까탈시럽고만."

"저도 그러고 싶은데 이 홍차는 여기밖에 없잖아요."

"잘 아누만. 그럼 그짝이 여기 사람이여? 가만있자…… 이, 큰기와집 채희 딸이구먼."

"아…… 예."

아이들은 우리 집을 내시집이라고 불렀고, 어른들은 큰기와집이라고 했다.

"다니러 왔어? 어째 엄마를 하나도 안 닮았고만. 가만 보니 돌아가신 자네 외할머니를 닮은 듯도 싶고."

엄마를 닮지 않았다는 말은 내 미모의 수준이 평균치 이하라는 뜻이었고, 엄마처럼 어눌하거나 모자란 사람은 아니라는 얘기였다. 그리고 외할머니가 있다는 말은 처음 들었다. 나도 여태 제대로 들은 바 없는 외할머니에 관해서도 그녀는 뭔가 알고 있는 눈치였다.

"제 외할머니를 아세요?"

"알다마다."

이렇게 되면 빼들네에게 물어볼 게 한두 가지가 아니었다. 그러나 오늘은 이 정도 선에서 물러나야만 했다. 내가 누구란 걸 그녀에게 알린 것만으로도 충분했다.

"홍차는 안 사도 돼. 보름 전에 할아버지가 사갔으니까 아직 많이 남았을 거여."

"우리 할아버지에게도 유통기한 지난 거 파셨어요?"

"뭔 소리여. 자네 할아버지는 입이 고급이라서 유통기한이 지난 건 안 드셔. 뭘 사고 싶으면 홍차 말고 저기 밖에 있는 백도나 사. 증조할머니가 좋아하시는 건데 지금쯤 떨어졌을 거여. 백도 한 짝 들여간 지가 한참 됐거든."

가게 뒷방에 고정된 물건처럼 여간해선 움직이지도, 방에서 나오지도 않는 그녀가 우리 살림을 환히 꿰고 있었다. 그녀는 우리 집뿐 아니라 동네의 모든 집들을 저 뿌연 의안으로 샅샅이 살피고 있는지도 모른다. 그녀가 말한 가게 밖에 진열된 백도는 너무 물렀고 날파리가 끓는 걸로 봐선 상한 것 같았다. 내가 망설이자 비닐봉지를 뽑아든 그녀가 가게 밖으로 나왔다.

"백도는 손가락이 푹푹 들어가도록 무른 게 맛난 거여."

"상한 것 같은데요."

"난 상한 것은 안 팔아."

"유통기한이 지난 상품을 파시잖아요."

"우유와 빵은 일주일 지난 거 먹어도 아무렇지도 않아. 차 종류는 일 년까지도 괜찮고. 바나나는 좀 썩어야 맛있어. 소시지는 유통기한이 지나면 바로 버려야 써. 그건 몸에 해롭거든."

빼들네는 먹어서 탈이 나는 시기를 정확히 알고 있었다. 비록 식품회사가 정한 유통기한과 빼들네의 유통기한이 다르긴 하지만.

"자네 증조할머니는 치아가 부실해서 백도를 숟가락으로 퍼 드신다. 그렇게 먹기엔 이게 딱 좋아."

빼들네는 아무래도 상한 것 같은 백도를 스무 개나 비닐봉지에 담았다. 그녀는 덤이라며 물러터진 백도 두 개도 봉지에 같이 넣어주었다. 집으로 가는 길에 으깨질 게 분명했지만 난 그녀가 건네주는 비닐봉지를 말없이 받아들었다. 다시 와서 그녀에게 이것저것 캐묻자면 별수 없는 노릇이었다.

한 손으론 트렁크를 끌고 다른 손엔 백도가 담긴 비닐봉지를 들고 조심스레 발을 뗐다. 비닐봉지가 어딘가에 부딪히면 으깨진 백도에서 흐른 과즙이 봉지 밖으로 샐 것은 자명한 이치였다. 그럼 옷을 버리게 될 텐데 내 옷을 받아줄 제대로 된 세탁소가 이곳에 있는지 그것도 의문이었다. 백도 봉지를 최대한 몸에서 멀리 떨어뜨리며 걷느라 걸음이 느려질 수밖에 없었다. 바닥이 고르지 않은 곳을 지날 땐 트렁크와 백도 봉지가 같이 출렁거리는 통에 꽤 난감했다. 삼거리 모퉁이를 돌자 금상교가 보였다.

군데군데 금이 간 금상교는 무거운 건축자재를 실은 대형 트럭이 지나가면 다리 가운데가 흔들리면서 지잉, 하는 울음소리를 냈다. 기온이 급격히 떨어지는 겨울밤에도 간간이 다리 우는 소리가 들린다고 했다. 소싯적에 마을 어른들은 자유당이든 공화당이든 가리지 않고 다리를 놔준다는 국회의원을 찾아 열심히 투표했지만 어느 국회의원도 다리를 새로 놔주진 않았다.

나는 다리 난간에 트렁크를 세우고 비닐봉지를 그 위에 얹었다. 난간마루에 등을 기대자 비린 강바람이 밀려왔다. 다리 밑으로 흐르는 초강은 수심이 예전만 못했다. 수량이 반으로 줄어든 탓에 물이 탁했고 수심이 얕은 곳엔 이끼가 끼어 있었다. 깊고 푸른 물이 금상교를 삼킬 듯 장하게 흐르던 시절, 초강 둔치는 반딧불이의 천국이었다. 꽁무니에 등불을 켠 반딧불이가 다리 위로 분분히 날아오르면 금상교엔 신비로운 빛이 감돌았다. 푸른 등불에 휩싸인 다리가 허공에 붕 떠 있는 것 같기도 하고 강을 따라 밤새 흐르는 것 같기도 했다.

그런 여름밤이면 마을 사람들은 금상교 밑에 돗자리를 펴고 모깃불을 지폈다. 칭얼대는 어린것에게 젖을 물린 아낙은 긴긴 숨을 토해내며 그 밤에야 등을 곧게 폈고 사내들은 손전등을 켠 채 강바닥에서 다슬기를 훑으며 하루의 땀을 씻었다. 서산댁의 치마꼬리를 잡고 다니던 유년에는 아이들도 내게 적의를 드러내지 않았다. 나는 아이들과 어울려 밤의 강물에서 풍덩거리며 놀았다.

뜨거운 쑥불에서 불티가 날고 반딧불이의 분주한 짝짓기가 시작되면 젖은 몸을 말린 아이들이 돗자리로 모여들어 노인들을 졸랐다. 그러면 한 노인이 큰기침을 한 후 합죽한 입을 열어 지난날을 이야기했다. 아무리 들어도 질리지 않는 조재벽 대접주로 시작하는 장쾌한 영웅담이 몇 번이고 되풀이되는 동안 두려움과 절망은 어둠 속으로 물러나고 호기심과 희망이 그 자리를 대신했다.

온 마을을 집어삼킨 혁명의 불길이 밤하늘을 붉게 물들이기 전, 행복했던 시절의 평화로운 옛 추억을 떠올리며 눈꺼풀이 감기려는 찰나 "아따, 여기서 밤샐 거여?" 누군가 노인의 이야기를 자르며 껴들었고, 아이들은 새로운 내일을 위해 아쉬움을 털어내며 주섬주섬 돗자리에서 일어섰다. 낡고 쇠락한 이 다리가 이야기로 은성하던 시절도 있었다. 그렇게 이야기를 좋아하던 노인들이 정작 숨긴 이야기가 있다. 나는 그걸 알아내야만 한다.

2. 김태혁
내시가를 지키는 수문장

늙을수록 잠이 준다. 요즘은 밤 아홉시면 잠자리에 들었다가 새벽 서너시경에 눈을 뜬다. 나는 눈을 뜬 채 뒤척이다 장지문을 열고 나와 골마루의 전등을 켰다. 나무기둥에 달린 전구마다 불이 켜지자 회랑처럼 긴 중사랑채 골마루가 온전히 제 형태를 드러냈다. 잠 없는 새벽마다 내시들이 걸었을 골마루는 그들의 발바닥에 닦여 여태도 반들반들하다. 천문 지리에 능하고 빠른 발을 가진 아버지는 활달한 걸음으로 이 골마루를 걸었다. 풍채 좋은 아버지가 반듯하게 서면 골마루가 터져나갈 듯 비좁아 보였다. 키가 작고 마른 몸집의 조부는 내시 특유의 걸음으로 오졸오졸 걸었겠다.

"네 할아버지는 사람이기보다는 사람이 아닌 것 같을 때가 많으셨다. 서잠실(서울 아차산 아래)에서 거세를 당할 때 당신 영혼을 그 뽕밭에 묻고 빈 거죽만 쓰고 나온 게 아닐까 생각한 적도 있었지. 그렇지 않고서야 그 모든 일을 어떻게 견디실 수가 있었겠니."

조부에 관한 말을 꺼낼 때면 아버지의 목소리가 나직해졌다. 정방(丁方)을 등지고 계방(癸方)을 향해 고쳐앉는 아버지의 몸놀림도 한결같았다. 조부에 관한 추억을 회고할 적마다 정좌계향(丁坐癸向)하는 것이 조부의 뫼자리 방향으로 자리잡고 앉는 것인지, 왕을 그린 것인지 그 연유를 알고 싶었지만 묻지 못했다. 아버지는 반쪽짜리 내시였기 때문이다.

"내시가 되기 위해 거세를 하면 따뜻한 밀실에서 백 일을 견뎌야 하거든. 그전에 바람을 쐬면 죽어. 백 일을 채워야만 시술소를 벗어날 수가 있었지."

병풍 앞에 정좌계향한 자세로 앉은 아버지는 먹이 벼루에 풀리는 걸 고요한 눈길로 바라보았다. 나는 무릎을 꿇고 앉아 아버지가 쓸 먹을 갈고 있었다. 손목에 힘을 줄 적마다 벼루에 담긴 먹물이 점점 짙어지고 되직해졌다. 나는 가끔 연적을 기울여 벼루에 물을 첨가했고, 꿇은 무릎이 저릴 때쯤에야 먹 갈기를 마쳤다.

그러면 아버지는 지통에서 화선지를 빼내어 서안 위에 펼쳤다. 참새가 그려진 상아 문진으로 화선지를 누른 뒤 붓에 먹을 듬뿍 묻혔다. 화선지 위에서 노니는 아버지의 손길은 거침이 없었다. 붓질 열한 번에 가파른 절벽이 나타나고 서너 번의 손길로 바람 품은 난이 그려졌다. 빠른 붓질이었으나 웅혼한 기백이 느껴지는 그림이었다. 붓을 잡은 아버지의 손은 여자의 손처럼 희고 통통했다. 저런 손에서 어떻게 저다지도 역동적인 그림이 나올까, 나는 늘 그게 궁금했다.

"우리 같은 사람들에겐 취미가 하나쯤은 있어야 숨통이 트이지. 네가 한때 흙을 좋아해서 도자기에 빠졌던 것처럼 나 역시 어려서부터

이 먹냄새가 그렇게도 좋더구나."

'우리 같은 사람'이란 아버지와 조부, 사당에 모신 선대 할아버지들을 일컫는 말이다. 나는 그 말에 포함될 수도 있고 포함되지 않을 수도 있었다. 나는 고자가 아니었고 내시도 아니었다. 그들처럼 왕을 모시지 않았으므로 아버지가 말한 우리의 범주에 포함되지 않았다. 허나 내시가를 이어갈 사람이기 때문에 그 말에서 완전히 자유로울 수가 없었다. 나는 날마다 사당에 나가 성이 다른 조상들에게 향을 피운 뒤 아침문안을 올리는 사람이기 때문이다. 그래서 넓은 의미에서 보면 '우리 같은'이라는 아버지의 말속에는 이 집안의 호주가 될 나도 포함이 되었다. '우리 같은'이란 무심한 말 한마디에도 난 이토록 예민하게 반응하는데 아버지의 젊은 날은 어땠을까. 아버지는 나보다 어린 나이에 이 집안의 양자로 들어왔다.

아버지는 다섯 살 때 집에서 기르던 개에게 고환을 물려 고자가 되었다. 조부의 양자로 들어간 건 아버지가 아홉 살 되던 해였다. 당시 내시들은 출입을 하기 쉽게 궁궐 근처인 계동과 효자동, 자하문 근처에 모여 살았다. 그중 효자동에 많이 살았는데 한 집 건너 한 집꼴로 내시가 살았다고 한다. 조부는 효자동에서도 가장 큰 집에 살았다. 빈한한 양주 산골에서 태어나 아홉 살이 되도록 동네를 벗어나지 못했던 아버지는 조부의 집으로 들어가던 날 발이 땅에 붙어 떨어지지 않았다고 한다.

"촘촘히 쌓아올린 드높은 담장이며 하늘을 찌를 기세로 치뻗은 추녀와 골 깊은 기와지붕을 보니 그만 눈앞이 아뜩해지고 말더라. 큰 대문을 들어서니 작은 대문이 나오고 집 안엔 사방이 담이요, 집 속에 집이 들어앉아 있으니 어린것의 정신이 온전했겠니. 길을 잃을세라 막손아비 뒤만 졸졸 따라가는데 갑자기 속이 출렁거리지 뭐냐. 길 떠날 차비를 하기 전에 생가에서 아침으로 급히 먹은 수제비를 토하고 말았구나. 채 삭지도 않은 수제비가 막손아비 바지에 달라붙어 있는 걸 보곤 그 자리에서 딱 죽고만 싶었다. 막손아비가 괜찮다며 내 등을 두드려주었어. 그러곤 말했지. 도련님, 이제 이런 것은 안 드셔도 되세요."

도련님이라니. 지금껏 그처럼 달콤한 목소리로 불러준 사람이 없었다. 생가에선 누구나 큰소리로 닦달하듯이 아버지를 불렀다. 화낼 이유가 없는데도 화난 사람처럼 불렀다. 아버지는 자신의 등을 가만가만 두드리는 막손아비에게 육친의 정을 느꼈다고 한다. 막손아비 말대로 그후 수제비 같은 거친 음식을 먹지는 않았지만 혼자서 삭여야만 하는 수제비 같은 것들이, 밖으로 내보이면 부끄러운 것들이 많았노라고 했다.

장번내시였던 조부는 마침 그날이 출번날이어서 사랑에 계셨다. 흰 얼굴에 키가 작달막한 분이셨는데 아버지의 눈엔 조부의 키가 무척 커 보였고 얼굴도 무서웠다. 청나라에서 들여온 가구로 꾸민 호화로운 사랑방의 위용에 기가 눌린 탓이었다. 비단 안석에 기대어 앉은 조부의 손안엔 들기름을 먹여 새까맣게 윤이 나는 호두 두 알이 들어 있었다. 조부가 호두를 굴릴 때마다 두 알의 호두가 쉴새없이 부딪쳐 서로를 물어뜯으며 빠그락빠그락하는 소리를 냈다. 아버지의 귀엔 그 소리가 매우 불길하게 들렸다.

"넌 오늘부터 내 아들이다. 지금까지 산 것과는 다른 생을 살아야 할 게야."

조부가 청아한 목소리로 손안에 든 호두를 굴리며 말했다. 조부의 목소리엔 남자와 여자의 음성이 반반씩 섞여 있었는데 소리의 높낮이에 따라 음색이 각기 달랐다. 높은 톤에서는 여자의 목소리가, 낮은 톤에서는 남자의 목소리가 났다. 아버지는 조부의 목소리가 완벽한 하모니를 이룬 음악 같아서 듣기에 좋았고 불길한 호두 소리를 밀어내고 있는 듯해 더욱 좋았다.

아버지는 조부가 방금 말한 다른 생이 이 집의 양자로 사는 것인 줄 알았다고 한다. 남의 집에서 양자로 사는 일이 저 불길한 호두처럼 좁은 손안에서 쉴새없이 뒹굴며 금방이라도 부서질 듯 빠그락 소리를 내며 사는 일이라 해도 나는 여기서 살아야만 한다고, 고자가 됐으니 참을 수밖에 없다고 아버지는 속으로 다짐했다.

"울 아버지도 그러셨는디요. 지가 이 집에서 반치석으로 살아야 헌다고."

출사표를 던지듯 아버지가 말했다. 조부는 "허, 요놈 봐라?"하는 흥미로운 눈으로 아버지를 쳐다보았다.

"네 이름이 김치석이라 했지?"

조부가 여전히 아름다운 목소리로 물었다.

"야."

아버지가 대답했다.

"내가 반씨 성을 쓴다고 해서 네가 반치석이 되는 건 아니란다. 넌 생가에서 쓰던 성과 이름을 그대로 써도 된단다. 우리는 피내림을 하는 집안이 아니니."

조부는 당신의 함자인 반종학과 부친 윤이신, 조부 박원필, 증조부 남수중의 함자까지 줄줄이 이르고는 타성바지로 이루어진 내시들의 족보인 양세계보를 아버지가 알아들을 때까지 차분하게 설명했다. 내시는 자식을 생산할 수 없고, 양자 역시 고자에 한해 입양하기 때문에 같은 성을 찾기 쉽지가 않아서 이성(異姓)을 통해 가문을 이어왔다고 조부가 말했다.

"이런 누추한 방법까지 동원해서 가문을 잇는 것은 조상의 봉제사를 모시기 위해 그리하는 게 아니란다. 대대로 왕을 모시기 위해서야. 봉제사가 목적이었으면 오늘 당장 네 성을 반씨로 바꿨을 테지."

아버지는 그때야 비로소 양자로 사는 것보다 어렵고 막막한 일이 자신을 기다리고 있다는 걸 알았다.

"우리 동네에선 아버지와 성이 다르면 근본 없는 자식이라고 막 놀려쌓는디…… 지를 그냥 반치석으로 해주시면 안 되남요?"

아버지는 나이에 비해 영민했지만 그래도 아홉 살짜리 아이였다. 아이들에게 놀림을 받을까봐 그 걱정이 앞섰다 했다.

"우리는 궁에 계신 오직 한 분, 주상전하를 모시는 사람들이므로 근본 따윈 중요치 않아. 우린 그분을 위해 숨을 쉬고, 그분만을 위해 앉고 서야 하며, 그분을 위해 초개같이 목숨을 버릴 줄도 알아야 한단다. 우리의 피와 살은 오로지 그분만을 위해 존재하는 것이니. 내시란 보고도 못 본 척해야 하며, 입이 있어도 말하지 못하고, 들어도 아니 들은 것으로 해야 할 때가 많아. 생각이 떠올라도 생각하지 말아야 할 때가 부지기수여서 나란 존재가 허공에 뿔뿔이 흩어지는 검불만도 못한 것처럼 여겨지기도 하지. 그렇다고 자신을 슬피 여기는 경박한 마음을 가져도 아니 된다."

조부는 계속해서 말했다. 남자와 여자의 음성이 적절히 섞여 있었는데 목소리를 높일 때면 더러 가성이 새어나오기도 했다.

"캄캄한 밤에 하늘을 올려다보면 환관성(宦官星)이라는 네 개의 별이 떠 있어. 환관은 내시를 뜻한단다. 우리가 죽으면 모두 하늘로 올라가 그 별이 되는 게야. 환관성은 황제좌의 서쪽에 위치하고 있단다. 해서 우리는 죽어서도 왕을 모시는 사람들이란다."

"죽어서도요……"

희미한 슬픔이 차오르더니 가슴이 옥죄었다. 아버지는 왠지 부당하다는 생각이 들었다.

"숙명이란 그런 것이야. 부당하다 안 하다 따지고 들 수 없는, 무조건 받아들여야만 하는 것이지."

조부는 뼛속까지 내시였다. 조부의 생가는 대대로 내시가에 양자를 보내던 집안이었다. 왕이 부럽지 않은 지위를 가진 세도 높은 내시가의 양자가 되는 일이 쉬울 수는 없었다. 조부는 친어머니의 손에 이끌려 내시 시술소를 찾았다. 도자장(刀子匠)은 조부의 고환을 명주실로 친친 묶어 피가 통하지 않게 한 뒤 거세했다. 사내에겐 가장 중요하다는 고환을 단칼에 잘라낸 조부는 시술소 곁에 딸린, 바람이 통하지 않는 컴컴한 움막에서 백 일을 홀로 견뎠다. 조부는 해산한 사람처럼 방안에 드러누워 아침과 밤을 맞았고, 움막을 둘러싼 거적 너머로 해와 비와 구름이 오가는 하늘의 기미를 느끼며 왕의 그림자로 사는 일이 어떠할 것인지 몸으로 깨달았다고 한다. 자신에게 예비된 진창길과 마른 길도 그때 얼추 보였다. 조부는 그 모든 일을 당연히 겪어야 할 과정으로 알고 있었기에 그처럼 큰 혼란을 겪진 않았다.

반면 아버지는 생가에서 내시에 관한 말을 듣지 못했다. 궁에 계신 어느 높은 분의 양자로 들어갈 것이니 넌 그 집에서 호의호식하며 살게 될 거라는 말만 전해들었을 따름이었다. 아버지가 잠자리에 들면 머리맡에서 친부모가 이따금 한숨을 내쉬며 낮은 소리로 소곤대던 일이 기억났다. 그게 내시에 관한 말이었을 거라고 아버지는 짐작했다.

그날 조부의 비단 안석 옆엔 은쟁반과 대나무로 엮은 빨래바구니가 놓여 있었다. 눈부시게 빛나는 은쟁반에는 새하얀 손수건이 삼각 모양으로 차곡차곡 개켜져 있었다. 조부는 손에 쥐고 있던 호두를 굴리듯이 바닥에 내려놓더니 엄지와 검지, 중지 세 손가락을 모아 손수건의 모서리 부분에 손가락 끝마디를 살짝 닦았다. 그러곤 한 번 쓴 손수건을 대바구니에 던졌다. 조부는 아버지에게 이런저런 말을 건네면서도 그 동작을 여러 번 반복했다. 아버지는 구김이 없고 검정조차 묻지 않은 흰 손수건을 미련 없이 대바구니에 던지는 조부를 황홀한 눈으로 바라보았다. 순식간에 손수건이 대바구니 안에 소복하게 쌓였다.

생가에선 잿물빨래가 힘들다며 흰 목수건을 회색이 되도록 쓰는 건 예사였고, 손수건은 구경조차 할 수 없었다. 아버지는 손수건 대용으로 옷소매를 즐겨 이용했는데 침과 콧물로 얼룩진 소매가 삼베처럼 뻣뻣해지기 일쑤였다. 생가의 남루한 일상이 떠오르자 자신의 고환을 따먹은 개에게 큰절이라도 하고 싶었다.

내시가 되는 일이 깨끗한 손수건을 마음껏 쓰는 거라면 왕을 모시는 일이 힘들다 해도 참을 수 있을 것 같았다. 그것도 다섯 손가락을 전부 닦는 게 아니고 세 손가락 끝만 살짝살짝 닦는 일이라면 해볼 만하다는 생각이 들었다. 왕도 세 손가락을 사용해서 모시는 일이 있을 터이니 그때 남은 힘을 비축하면 되겠지. 왕을 전력투구하며 모실 날이 오면 비축한 힘을 요긴하게 꺼내 쓸 수 있으려니, 그리 생각했다. 아버지는 자치기의 명수였다. 자치기하듯 힘을 조절하면 조부처럼 일등 내시가 되지 않을까, 어림짐작했다고 한다.

"저어, 궁금한 것이 하나 있는디요. 임금님을 모실 적에 방귀가 나오면 어떡하나요. 궐에서 쫓겨나남요?"

아버지의 엉뚱한 질문에 조부가 소리내어 웃었다. 낭랑한 웃음소리가 듣기에 좋았다. 조부는 내시에게 방귀는 대단히 중요한 문제라고 말했다. 실제로 헌종 때 어전에서 방귀를 뀌었던 장번내시가 있었다.

"그분이 참다참다가 하필이면 주상전하께옵서 수라를 젓수실 때 실례하고 말았지. 오래 참다가 뀐 방귀여서 뽀옹, 하는 소리가 길게 났고 냄새도 역했던가봐. 대뜸 중전마마의 안색이 변하시더니 상후(上候) 미녕하시겠다*며 수라를 젓수시다 말고 선자(扇子)로 부친다, 어쩐다 하시더니 마침내 소고의를 펄럭이며 일어서셨지."

그 자리에서 효현왕후에게 쫓겨난 내시는 궁궐의 창고지기로 일했다. 창고지기로만 십수 년을 구른 내시는 훗날 많은 재물을 모았다. 내시는 자신이 부자가 된 게 방귀 덕이었다며 만나는 사람마다 자랑하고 다녔다. 방귀 덕을 본 건 아버지도 마찬가지였다. 궁에 계신 조

* 왕께서 편치 않으시겠다.

부를 어쩌다 뵈어도 그날 이후론 스스럼이 없었다.

조부와 같이 왕을 모시던 대령상궁의 말에 의하면, 대전에서 물러날 때마다 조부의 뒤꿈치는 늘 같은 위치의 마루 금에 닿았다고 한다. 한 발 한 발, 조부가 뒷걸음질로 대전을 물러나면 문차비를 하려고 대기중이던 나인들은 문턱을 넘는 조부의 뒤꿈치만 훔쳐봤다. 이번에도 맞나 안 맞나, 내기를 하면서. 조부의 뒤꿈치는 언제나 대전의 문턱 너머 그 자리, 자로 잰 듯 골 파인 마루 금을 한 번도 벗어난 적이 없었다 한다.

뒷걸음질을 쳐도 자기가 정한 마루 금에 딱 맞춰 서는 사람. 왕의 곁에 서면 한 치의 틀림도 없는 사람. 영혼마저도 왕에게 줘버린, 왕의 그림자로 평생을 굽히고 사느라 반듯하게 서 있어도 목과 무릎이 구부정했던 사람. 두 손을 배꼽 아래에 모은 채로 서 있기 때문에 허리가 펴지지도 않던 사람. 조부는 그런 사람이었다.

그런 사람이 어떻게 수많은 내시들을 통솔했을까?

꺾인 허리와 숙인 고개 틈에서 흘러나오는, 세상에서 제일 귀한 왕의 시중을 들고 사느라 자신의 목소리를 낼 수 없었던, 그래서 한껏 낮춘 조부의 음악처럼 아름다운 목소리가 호통에 익숙한 귀들을 쫑긋 모으게 한 것일까?

왕은 액상*을 찡그리고 홀로 우는 날이 많았다.

---

* 궁중에서 '이마'를 이르는 말.

열두 살 어린 나이에 즉위한 고종은 조선 오백 년 역사상 가장 슬픈 왕이었다. 국태공인 대원군과 중전의 기 싸움, 민씨들의 세도로 민심이 흉흉해지자 나라 안에선 민란이 끊이지 않았고 나라 밖에서는 국제 정세가 손바닥 뒤집듯이 바뀌었다. 게다가 자본주의 열강들은 호시탐탐 이 땅을 넘보고 있었다. 영구집권에 눈이 어두운 대신들은 당파의 이익에만 급급해 조선의 운명을 거들떠보려는 이가 드물었다.

왕은 누구도 믿을 수 없었다. 처처에 적이었다. 시퍼런 작두날 위에 왕이 홀로 서 있었다. 자칫 발을 잘못 디디면 작두날에 베일 형국이었다. 조선의 운명이 풍전등화와도 같았다. 왕은 명령권자가 아니었다. 질문하는 자였고 우는 자였다. 자신은 왕이 되고 싶지 않았다 했다. 어좌가 하루도 편안한 날이 없었다 했다. 왕은 도망가고 싶었다. 그러나 도망갈 수 없다고 했다.

"종학아, 어찌하면 좋으냐…… 이를 어쩌면 좋으냐…… 내 백성들을 어찌하면 좋으냐."

왕이 조부 앞에서 울었다. 말을 참아야 할 때가 아니고 아뢰어야 할 때였다. 용포에 방울방울 떨어지는 용루(龍淚)를 보았으니 진언을 아뢰어야 할 텐데 조부는 아뢸 말이 없었다. 나라 안팎은 한 치 앞을 내다볼 수 없는 용광로였다. 이쪽의 손을 잡으면 저쪽이 승하고, 건너쪽 손을 잡으면 그 손이 불길한 이계(異界)로 통하는 동굴처럼 느껴지고, 그 동굴로부터 잘못된 결단을 조롱하는 소리가 메아리처럼 끊임없이 울렸다. 조부는 기껏해야 "전하, 고정하시옵소서" 이 말밖엔 올릴 말이 없었다. 그런 날이면 조부는 자신의 혀를 뽑아버리고 싶었다 한다.

왕은 위태로운 국운을 걱정하느라 밤잠을 이루지 못했다. 안정(眼精)엔 항시 핏발이 서 있었다. 용안(龍顔)은 통나무처럼 변해갔다. 고목의 둥치처럼 얼굴에 각질이 많았고 표정이 사라졌다. 왕은 한 번에 열 명 몫의 생각을 해야 했고, 누구도 믿지 않았기에 홀로 도모할 일이 많았다. 피로가 누적된 옥체는 파김치처럼 늘어지기 예사였다.

어좌 앞 단상에는 일본과 청을 비롯해 미국, 영국, 러시아 등 서양 오랑캐 여러 나라의 이름이 적힌 한지 두루마리가 놓여 있었다. 왕은 장기 두듯 단상에 놓인 한지 두루마리를 하루 종일 이리저리 옮기는 일에 골몰했다. 그 와중에도 왕의 질문은 계속되었다.

"종학아, 저들이 이리로 치고 들어오면 우리는 저리로 가야 할까?"

왕은 조부를 사랑했고 조부는 속속들이 왕을 알았다. 조부는 왕을 위무하고 왕을 웃게 해드리고 싶었다. 그래서 생각해낸 게 양탕국이었다. "전하께서 양탕국을 드실 때면 두굿거워하셨다*"고 조부가 말했다.

역사에는 왕이 아관파천 당시 러시아 대사관에서 커피를 처음 마신 것으로 기록되어 있지만 조부가 왕에게 커피를 올린 것은 그보다 오래전이었다. 조부는 당시 내전 설리로 있었다. 왕을 위해 세상의 맛이란 맛은 전부 찾아다니던 시절이었다. 1880년 청나라 무역상을 통해 구한 커피를 조부가 먼저 맛봤다.

보기엔 수정과처럼 밉상으로 생긴 것이, 맛은 탕약처럼 씁쓸하기만 한데 혀를 사로잡는 강력한 뒷맛이 매혹적이었다고 말했다. 조부가

---

* 기뻐하셨다.

신기한 것이라며 올린 양탕국을 한 모금 맛본 왕은 향기가 더없이 황홀하다며 안정을 감았다가 한참 만에 떴다.

1884년 텐진 주재 러시아 영사로 있던 카를 베베르가 조선을 방문했다. 이때 베베르는 선물로 커피를 가져왔다. 왕이 반색했다. 그 자리에서 조러수호통상조약이 체결되었다. 이처럼 왕과 조부는 커피의 맛을 세대로 음미할 줄 알았던 유일한 조선 사내들이었다. 조부는 피로에 지친 왕께 제대로 끓인 양탕국을 올리고 싶었다.

조부는 덕국(독일)의 여인 앙투아네트 손택을 궁으로 불렀다. 그때 손택은 러시아 공사 카를 이바노비치 베베르를 따라 한성에 들어와 있었다. 베베르의 사돈인 손택은 영어와 프랑스어, 러시아어, 독일어에 능통했을 뿐만 아니라 조선어도 잘했고 특히 커피를 끓이는 솜씨가 뛰어났다. 조부는 베베르 공사를 통해 손택을 알게 되었는데, 그녀의 커피 끓이는 솜씨를 눈여겨봐둔 터였다.

단아한 미모에 재기발랄한 손택은 왕을 위해 서양요리를 만들고, 음악과 그림에 대한 얘기로 왕의 어지러운 심기를 달래주었다. 그날 이후 손택은 궁내부에 근무하게 되었다. 일본을 견제하기 위해서는 러시아의 힘이 필요했고, 러시아 통인 손택이 필요했다. 러시아 공사 베베르만 믿고 있을 순 없었다.

왕은 서양문물을 좋아했고 예술에 대한 안목이 높은 사람이었다. 모순적이고 적대적인 현실로부터 잠깐의 도피처로 삼기엔 예술만한 게 없었다. 왕과 조부는 미학적 기준이 서로 비슷했다. 둘은 그쪽으로 죽이 맞았다.

왕은 러시아공사관에서 일 년 만에 경운궁(덕수궁)으로 환궁한 뒤

궁 안에 정관헌을 지었다. 정관헌은 러시아 건축가 사바친이 서양풍 건축양식에 조선의 전통양식을 절충해서 지은 독특한 건물이었다. 왕은 그곳을 사랑했다. 햇빛이 좋은 날이면 정관헌의 테라스에 나른하게 앉아서 커피를 마셨다. 을미사변으로 중전을 잃은 왕은 그즈음 들어 사람 만나는 걸 꺼렸다. 홀로 남은 왕의 곁을 조부와 손택이 지켰다.

한편 오랑캐들의 속을 떠보기 위해 왕은 정관헌에서 자주 연회를 열었다. 손택은 그때 이미 사교계의 꽃이 되어 있었다. 연회장에서 그녀는 더욱 돋보였다. 왕이 여는 연회를 능숙하게 주도하며 역관의 자질을 뽐냈다. 아니, 때때로 역관 이상이었다. 그녀가 옮기는 타국의 말을 듣기 위해 조부는 그녀 옆에 또다른 역관을 몰래 붙여두었다. 조부는 손택과 친하게 지냈지만 그녀를 깊이 믿지는 않았다. 어쨌거나 오랑캐 여자였다. 조부는 왕을 지근거리에서 모시는 터라 말의 중함을 익히 아는 사람이었다. 조선어는 '아'와 '어'가 다른데 덕국의 여인이 왕의 말을 잘못 전달하는 것은 아닐까, 조부의 근심이 날로 깊어갔다.

연회를 여는 날이면 알아들을 수 없는 이국의 말들이 떠도는 정관헌에서 왕은 솔밭에 싸인 함녕전과 덕홍전을 시름에 겨운 눈으로 내려다보곤 했다. 을미사변 때 비명횡사한 중전을 생각하는 것이다. 왕과 중전은 때론 적이기도 하고 동지이기도 했다. 하지만 두 분 모두 조선을 사랑했고 부부 금실이 좋았다.

조부는 한성전보총국에 연통해 중전이 잠드신 홍릉에 전화를 놓자 하였다. 궁엔 이미 전화가 들어와 있었다. 전화가 처음 가설되었을 때 왕은 신기해했다. 왕은 일본 때문에 돌아버릴 지경이면서도 그들이 가진 신문물엔 어쩔 수 없이 흥미를 보이던 모더니스트였다. 이젠 멀리 떨어져 있어도 짐의 목소리를 들을 수 있겠다며 조부의 효자동 집에도 전화를 놓자던 왕이었다.

왕은 한동안 전화 마니아가 되어 대신들에게 종종 전화로 칙교를 내렸다. 조부는 전화칙교라는 말만 들어도 기겁했다. 대신들이 왕을 속이 없는 사람으로 생각할까 싶어서였다. 다행히 그들은 엄숙했다. 칙교통고가 오면 의관을 바르게 한 다음 전화기 앞에 무릎을 꿇고 기다렸다. 대신들은 바닥에 이마를 조아리고 있다가 왕의 칙교가 내려지면 '황송하옵니다'를 제창했다. 왕은 수화기를 든 채 "종학이 너도 대신들의 말을 들었겠지?" 하며 어깨를 으쓱거리던 장난꾸러기였다. 조부는 중전을 잃은 슬픔으로 우울증을 앓고 있는 왕께 그 재미를 안 겨드리고 싶었다. 왕은 많은 사비를 들여 홍릉에 전화를 가설했다. 아침마다 전화로 중전의 안부를 물었다.

"중전, 어젠 잘 주무시었소? 그래, 잠자리는 편하시오?"

"나라의 운명이 백척간두인데 이럴 때 중전이 옆에 있으면 그 얼마나 든든하겠소."

왕은 매일 아침 울었다. 울 일은 도처에 깔려 있었다.

"종학아, 전화는 멀리 떨어진 사람의 목소리는 들을 수 있어도 저승까지는 통하지 못하는구나."

왕의 한탄에 조부는 황송해서 몸 둘 바를 몰랐다 한다. 왕과 조부는 정말로 전화가 저승까지 연결될 줄 알았던 것이다. 그 무렵 궁엔 일본인이 많이 들어와 있었다. 뒷날 아버지는 전화와 관련된 왕의 이야기를 듣곤 현장을 목격한 일본인들이 어떤 표정을 지었을지 그 생각만 하면 얼굴이 화끈거렸다 한다. 그 사건으로 인해 왕의 현명함과 명민

함은 사라지고 무지함만 드러났을까봐 여간 걱정되는 게 아니었다.

"중전마마는 얼굴이 고우신 분인가요?"

하루는 아버지가 조부에게 물었다.

"한마디로 남상 진 얼굴이셔. 그 인물을 보고 곱다 할 수야 없겠지."

명성황후에 대한 조부의 인물평이 그랬다. 아버지는 조부의 심미안을 믿었지만 여자 보는 눈만은 의심했다. 왜냐하면 궁궐의 큰 어른인 효정왕후가 손녀처럼 키운 천인청 상궁을 두고 조부는 지극히 평범한 인물이라 했지만 아버지가 본 바로는 조선 제일의 미녀였기 때문이다.

아버지는 먹물의 농담 정도를 예민하게 따지는 분이어서 나는 먹을 갈 때도 손목에 힘을 주고 정성들여 갈아야만 했다. 벌써 꿇은 무릎이 저리기 시작했고 이마엔 땀방울이 맺혔다. 화선지 위에서 분주히 움직이던 아버지의 손이 어느 한 지점에서 우뚝 멈추었다. 그러곤 말씀하셨다.

"어머니는 목석같은 분이셨어. 손을 잡고 길을 건널 때도 내 손목을 확 끌어당기셨지. 화난 사람처럼 말이야. 난 어머니가 일부러 손목을 비트는 거라고 생각했어. 어느 날 어머니가 내게 아프냐고 물으시더라. 손목을 비틀 때는 언젠가 싫게, 날 내려다보는 어머니의 눈엔 눈물이 고여 있었어. 그때야 깨달았지. 어머닌 일상에 지나치게 긴장해 있어서 당신의 몸에 늘 힘을 주고 사시는 분이란 걸. 그 힘의 파장이 내게 다소 거칠게 전달된 것뿐이라는 걸. 아버지의 옷치레며 입치레에 지쳐 당신의 부드러운 마음을 어느 구석엔가 살그머니 내려놓고 살 수밖에 없는 분이라는 걸 그날에야 모두 알았지. 남의 집 양자로 살면 그렇게 마음이 부쩍 크는 날도 있는 법이거든."

내전 설리로 오랫동안 수라상의 기미를 보던 조부의 혀는 얄밉도록 예민했다. 밥상에 올린 민어를 척 보기만 해도 생선간에서 산 것인지 마포나루에 직접 나가 산 것인지 귀신같이 알았다. 조부가 궁에서 하던 버릇대로 은젓가락을 나란히 세워 상을 두어 번 두드린 후 젓가락 끝으로 생선의 배와 등을 살살 훑으면 할머니의 간이 바짝 졸아붙었다고 한다. 이윽고 생선이 싱싱하다고 판단되면 조부는 은젓가락으로 생선의 눈부터 쏙쏙 파먹었다. 생선은 눈이 가장 맛나다며. 그걸 보고 있자면 붙을락 말락 하던 정이 구만 리는 도망갔다고 할머니가 입버릇처럼 말하곤 했다.

게다가 조부는 한 달에 한 번씩 어글탕을 찾았다. 어글탕은 쇠고기와 숙주 같은 다진 속재료를 명태 껍질에 돌돌 말아 밀가루와 계란에 굴린 다음 육수에 넣고 한소끔 끓인 것으로 이를테면 물만두와 흡사한 궁중요리다. 만두피와 같은 용도로 쓸, 물에 불린 명태 껍질을 벗기는 일도 수고스럽지만 그보다 힘든 게 지장수를 만드는 일이었다. 황토를 하룻밤 가라앉히면 윗물이 맑게 고이는데 그 물이 지장수다. 껍질을 벗긴 명태를 지장수에 넣어 푹 곤 육수를 써야만 입에 착 붙는 어글탕이 완성된다. 이렇듯 손이 많이 가는 음식이어서 할머니는 어글탕이라는 말만 들어도 얼굴빛이 노래졌다.

그뿐만이 아니었다. 조부는 미에 대한 집착이 대단했다. 의복은 항상 새것처럼 칼칼하게 손질된 것만 몸에 걸쳤고 속옷도 반드시 다림질을 했다. 조부의 입치레며 옷치레에 죽어나는 건 집안의 아녀자들이었다. 그래선지 할머니의 이마엔 내천 자 주름이 일찍부터 자리잡았다.

"네 어머니와 할머니는 고부간에 달라도 그렇게 다를 수가 없었다."

어머니가 생각났는지 아버지의 얼굴에 희미한 웃음기가 감돌았다. 나도 어머니의 '아이고 타령'이 생각나서 아버지와 마주보고 웃었다. 내시가에는 쉬쉬하며 내려오는 사담이 많다. 우리 집처럼 대대로 왕을 모셨던 집안엔 남이 알까 두려운 얘기가 쌔고도 쌨다. 어머니는 말을 참지 못하는 사람이었다. 할머니는 어머니의 입단속에 골머리를 앓았다.

어느 날 집을 비웠던 할머니가 안채로 들어섰더니 어머니가 두부장수 아낙—두부장수인 남자는 대문채 안으로 발을 들일 수 없는 내시가의 규칙 때문에 어머니는 아낙만 집 안으로 들였다—을 붙잡고 수다를 떨고 있었다. 조선엔 생각보다 허랑한 왕이 많았는데 왕들은 툭하면 질질 짜는 울보였다느니, 폭군으로 기록된 어느 왕은 사실 심지가 굳고 사내다웠다느니, 성군으로 알려진 어느 왕의 뒤를 까보면 순 눈치만 남은 눈치꾸러기였다느니 하는 말을 흥에 겨워 제멋대로 하고 있었다.

두부장수 아낙은 왕이 있어도 그만, 없어도 그만인 사람이었다. 왕과는 무관하게 살아온 터라 하나도 재미없는 표정으로 그저 두부나 몇 모 팔아볼 욕심에 어머니의 말을 끝까지 듣고 있었다. 그걸 본 할머니는 폭발하고 말았다. 누구도 말릴 수 없었다. 아버지까지 쩔쩔맸다. 이렇듯 할머니와 어머니는 물과 기름 같은 사이였다. 두 사람이 붙기만 하면 큰소리가 났고, 지글거렸으며, 그 불똥이 옆 사람에게 튀었다.

"네 할머니는 빳빳하고 잔정이 없지만 기품만은 잃지 않으셨지. 세상없이 힘든 일도 그분의 기품을 빼앗아갈 순 없었어. 나는 그것도 싫었다. 당신이 양모란 걸 온몸으로 티를 내는 거라 여겼거든. 반면에 막손어미는 날 따뜻하게 품어준 사람이었어. 명례방골에서 중국인이 파는 호떡이라도 하나 생기면 그걸 아꼈다가 막손에게 주지 않고 내게 주었지. 막손어미는 오래 품안에 넣어둬 찐득거리는 호떡을 내 입에 넣어주며 어린것이 제 어미와 떨어지면 항시 배가 고픈 법이라고 했어. 어미 잃은 아이의 뱃속에는 거지새 한 마리가 숨어 사는데, 입속으로 음식물이 들어오면 그 새가 날름날름 쪼아 먹어서 아무리 먹어도 먹은 게 살로 가지 않는다고도 했다."

막손어미는 아버지의 입에 음식을 넣어주려고 사는 사람 같았다. 효자동 집엔 산해진미가 넘쳐났다. 그럼에도 그녀가 할머니 몰래 주는 누룽지와 시룻번 같은 허드레 음식이 그렇게 고소할 수가 없었다. 아버지는 밤마다 막손네가 기거하는 행랑채로 숨어들곤 했다. 할머니에게 들키지 않게끔 조심해야 했다. 만일 할머니의 눈에 띄기라도 하는 날엔 아랫것들과 붙어 지내면 체신이 떨어진다며 불벼락을 내릴게 뻔했다.

밤손님처럼 행랑채의 문을 열고 들어서면 막손어미는 이런 누추한 곳에서 도련님이 어찌 주무실 거냐고 걱정하면서도 아버지를 품속으로 끌어당겼다. 막손어미는 아버지와 막손을 양 옆에 누이고 팔베개를 해줬다. 막손어미의 품은 서양 천주쟁이들이 갓 구운 빵처럼 부드럽고 따뜻했다. 막손어미의 몸에서 나는 땀내조차도 술지게미 냄새처럼 알싸하고 기분좋게 느껴졌다. 막손어미의 팔을 한쪽씩 나눠 벤 아버지와 막손은 막손어미의 얼굴을 서로 자기 쪽으로 돌리려고 치열한 신경전을 펼치곤 했다. 그 바람에 막손어미는 언제나 천장을 바라보고 똑바로 누울 수밖에 없었다. 아버지와 막손이 잠들 때까지 '알콩달콩 내 강아지……'로 시작하는 자장가를 불러주곤 했다. 새벽에 눈을 뜨면 막손어미는 번번이 막손 쪽으로 돌아누워 있었다. 아버지는 막손어미를 혼자 차지한 막손이 미웠다. 아버지에게 막손은 친구이자 적이며 형제이자 하인이었다.

하루는 막손이 배를 잡고 뒹굴었다. 아버지는 남대문 밖 복숭아골에 있던 세브란스 의원까지 하인 막손을 업고 뛰었다. 막손어미 때문이었다. 막손어미가 신발을 벗어들고 좇아왔다. 그녀는 끊임없이 막손에게 욕을 해대며 애간장이 찢어지게 울었다.

"우리 도련님 힘드시게…… 에구 저 염병할 놈…… 저 염병할 놈을 어찌할거나……"

막손에게 욕을 퍼부으면서도 막손어미는 달리는 속도를 늦추지 않았다. 아버지도 덩달아 막손을 업고 허리가 끊어지도록 뛰는 수밖에 없었다. 급성 맹장염이었다. 손쉬운 병이라 해도 막손어미는 염통이 저리도록 흐느꼈다. 낮아서 더욱 서럽게 들리는 울음이었다. 곡절을 모르는 서양 의녀가 병원 대기실에서 막손어미를 따라 훌쩍거렸다.

서안 주위에 난을 친 화선지가 어지러이 흩어져 있었다. 아버지는 쓸 만한 난을 한 장 고른 뒤 나머지 화선지를 꾹꾹 뭉쳐 윗목으로 멀찌막이 던져버렸다. 그러곤 붓에 먹을 듬뿍 묻혔다. 아버지의 등뒤론 누런 병풍이 펼쳐져 있었다. 병풍 속 글은 조부가 쓴 것인데 한달음에 휘갈겨쓴 초서체였다. 한 행에 대여섯 글자로 써내려가다가 간간이 네 글자로 변하고, 뒷부분에서 두 행의 공간을 세 글자로 처리하거나 세 행의 공간을 두 글자로 처리하는 등 격식을 따지지 않고 자유롭게 흘려쓴 작품이었다. 누가 저 호방하고 활달한 필치를 얌전하게 생긴 내시가 쓴 글이라 하겠는가.

"전륜인 것을…… 네가 막손의 아들 기훈을 미워하는 것 이상으로 나도 막손이 미웠다."

날 보는 아버지의 눈이 매의 눈처럼 날카로웠다. 선을 긋듯 아버지가 분명하게 말했다.

"인영이라고 했느냐? 그애는 안 된다. 기훈이와 나란히 마음을 줬다고 해서 반대하는 건 아니란다. 나는 처음부터 그애가 싫더구나. 천상궁과 닮은 게 싫었어. 넌 여자 보는 눈마저 날 닮은 게냐?"

아버지가 의뭉스레 물었다. 아버지는 하이칼라였고 멋쟁이였다. 황간으로 낙향한 아버지는 조부가 남긴 땅을 둘러보러 갈 때면 말을 즐겨 타곤 했다. 말 탄 아버지를 멀리서 지켜본 마을 사람들은 최영 장군이 환생한 것 같다고 입 모아 말하곤 했다. 그럴수록 어머니는 불안했다.

"서방이란 작자는 물건도 성하지 않은 것이, 아이고 아이고…… 천상궁년 만나러 천 날 만 날 한성에나 가고, 아이고 아이고……"

아버지가 한성 나들이를 하면 어머니는 집 밖에서건 집 안에서건 '아이고 타령'을 입에 달고 살았다. 어머니의 기분에 따라 철마다 가사가 바뀌었다. 다만 아이고, 로 끝나는 후렴구만은 절대 변하지 않았다. 할머니의 입단속이 지나치자 어머니는 타는 속을 노래로 풀었다.

화가 날 때면 아버지의 귀에 대고 악을 쓰듯이 '아이고 타령'을 부를 때도 있었다. 그러면 아버지는 빙그레 웃으며 어머니를 쳐다보곤 그만이었다. 천박하고 노골적인 가사의 내용도 개의치 않았다. 내시가 여자들이 살아가는 삶의 한 방편이라며 되레 어머니의 '아이고 타령'을 묵인해주었다. 그래서 마을 사람들은 누구나 어머니의 '아이고 타령'을 알았고 천상궁 또한 모르지 않았다.

다시 지통에서 화선지를 한 장 뺀 아버지는 참새가 그려진 문진으로 화선지의 네 귀퉁이를 반듯하게 눌렀다. 그 상아 문진은 천상궁이 아버지에게 준 것이다. 천상궁은 돌아가신 효정왕후에게 문진을 하사받았다. 어머니의 말처럼 아버지가 천상궁을 정말로 사랑했는지는 알 수가 없다. 아버지는 속을 내보이는 사람이 아니었다.

"넌 나완 달리 네 어머니와 사이가 좋아서 한결 마음이 놓이는구나."

아버지가 말했다.

"어머니는 따뜻한 분이셔요."

내가 말했다.

"왜 모르겠니. 조강지처로야 더없이 좋은 사람이지."

"그럼 아버지에게 천상궁마마는 어떤 사람이셔요?"

아버지에게 그 말을 묻게 될 줄은 몰랐다. 부자간의 말 고리가 풀리자 말이 스스로 길을 열어나갔다. 제어할 수 없었다. 지금 묻지 않으면 평생 안고 갈 궁금증이기도 했다. 아버지의 눈매가 서름하게 깊어졌다.

"네 어머니는 천상궁을 내 외방 여자 취급하는데…… 그 사람은 그런 사람이 아니야."

그 사람. 천상궁을 지칭하는 아버지의 말. 저 말을 어머니가 들었다면 당장에 목을 맨다고 할 것 같았다. 어머니의 성정이라면 충분히 그러고도 남았다. 놀라워라, 아버지의 그 사람이라는 말. 저토록 포근한 말이 이 세상에 존재할 수도 있다니.

"효자동 집에 살 때 난 마음 둘 곳이 없는 추운 아이였지. 아버지는 어쩌다 궁에서 나오셨고, 막손어미가 있긴 하나 살붙이는 아니어서 마음까진 나누지 못했어. 그럴 즈음에 만난 바깥사람이 천상궁이었다. 천상궁이 생각시*였던 시절이었지. 어린 나이에도 천상궁과 내가 같은 종자라는 걸 한눈에 알아봤단다. 그러고 보면 우리처럼 자기 정체성에 의문을 품는 종자도 흔치는 않을 게야. 있을 게 없어서 그랬을 수도 있고. 하여간에 난 폭발 직전의 화약고 같았어. 왜 나는 나 자신을 위해 살지 못하고 타인에게 부단히 쓰임당하는 존재여야만 하나? 그게 내 화두였어. 내시란 태생부터가 자존감이 상실된 비굴한 존재인 것 같았고 창자를 빼놔야만 이행할 수 있는 직업적인 비굴함이 세상에 잔존하는 모든 비굴을 불러와 비굴의 곱에 곱을 더했어. 사명감으로 똘똘 뭉친 네 조부완 달리 난 비굴이란 단어에 휘감긴 채 살아야만 했지. 사춘기 땐 비굴한 날 노려보는 냉혹한 눈을 또하나 달고 산 셈이었어."

내시가의 양자로 들어간 아버지는 당연히 내시가 되어야 했지만 내

* 나이 어린 궁녀.

시의 수가 감축되어 궁으로 들어가지 못했다. 일본의 내시 감축 요구로 내시부는 내시사로, 내시사에서 시종원으로 명칭이 바뀌었고 궁엔 열 명가량의 내시만 남았다. 왕의 손발을 묶기 위한 일본의 계책이었다. 아버지는 사춘기를 혹독하게 치렀다. 아버지는 내시가에서 자랐지만 내시가 될 수 없었다. 또한 내시가 되기도 싫었다. 온전한 사내도 아닌 처지에 무얼 하며 살아야 하나, 아버지의 궁리는 끝이 없었다. 조부는 아버지에게 신문물을 접하게 했다. 이국의 언어를 익히게 하기 위해 역관의 집에도 자주 데리고 다녔다. 조부는 아버지의 삿된 생각을 지우는 데는 이국의 언어가 제격이라고 생각했다.

아관파천 후 경운궁으로 환궁한 왕은 대한제국을 성립하면서 황제권을 강화했다. 열 명의 내시 외에 승봉(承奉)을 두어 내시의 수를 늘렸다. 그때 궁으로 들어간 아버지는 나이 어린 내시가 되었다. 내시들은 자신들의 관부가 없어졌지만 여전히 봉시청이라 칭하며 1908년 내시부가 폐지될 때까지 궁에서 독립적으로 생활했다. 아버지는 1905년부터 1908년까지 삼 년 남짓 내시생활을 했으나 정식 품계는 받지 못했다. 그래서 스스로 반쪽짜리 내시라 폄훼했다. 삼 년 남짓 내시생활을 할 때도 아버지의 마음은 콩밭에 가 있었다고 한다.

한일병합 직전인 1908년 내시부가 폐지되자 조부는 아버지의 두발을 손수 깎아주었다. 그러고는 진고개 양복점에서 당시 고급양복이었던 '새비로' 양복도 한 벌 맞춰주었다. 키가 큰 아버지에겐 양복이 썩 어울렸다. 조부가 말했다.

"치석아, 넌 지금과는 다른 생을 살거라."

아버지가 효자동 집으로 들어오던 날에도 조부는 그와 같은 말을 했다. 그러나 두 말의 뜻이 현저히 달랐다.

"자고로 난세엔 큰물에서 놀아야 하느니."

조부가 아버지에게 마지막으로 남긴 말이었다. 그때도 조부의 음성은 늙지 않았다. 여전히 노래하듯 청아한 목소리였다. 내시부가 폐지된 뒤 궁에서 나온 조부는 아버지를 손택에게 맡기고 낙향했다. 손택은 조신과 러시아공사관 사이의 중개자로 한러밀약, 아관파천 등에 깊숙이 개입했다. 러일전쟁에서 일본이 승리하자 러시아공사관이 철수했다. 조부가 아버지를 맡길 때는 손택도 호텔 경영에 어려움을 겪고 있었다. 그녀는 정동 외교구락부 멤버 덕에 간신히 손택호텔의 명맥을 유지했다.

아버지는 조부의 뜻에 따라 큰물인 손택호텔에 머물며 정동 외교구락부 멤버들과 어울렸다. 왕이 지어준 호텔이니 마음 편히 묵어도 된다고 조부가 말했다. 손택의 눈치를 보지 않아도 된다고 거듭 강조하곤 고향으로 총총히 길을 떠났다. 외국인 멤버로는 미국 공사 실과 프랑스 영사 플랑시, 조선 정부의 미국인 고문 다이와 르장드르, 그리고 선교사 언더우드와 아펜젤러가 있었다. 조선인으로는 민영환, 이완용, 윤치호, 이상재, 서재필 등이 정동 외교구락부에 소속되었다. 아버지가 어린 나이에 그들과 어울릴 수 있었던 것은 손택의 도움도 있었지만 선교사 아펜젤러의 힘이 컸다. 아펜젤러의 집에서 집사 겸 잡일을 보던 김홍택이 막손아비와 둘도 없는 친구였다. 아버지는 막손아비를 따라 그 집에 드나들며 아펜젤러를 알았고 아펜젤러의 권유로 그가 세운 배재학당에 잠시 적을 둔 적도 있었다. 김홍택의 딸이자 우리나라 최초의 여의사 박에스더로 알려진 김점동도 그때 알았다. 외교구락부 멤버들은 어린 아버지를 귀여워했다.

그러던 중 외교구락부의 핵심 멤버였던 이완용이 친일파로 돌아서자 손택호텔에 손님이 끊겼다. 손택은 더이상 한성에 머물기 어려웠다. 1910년 5월, 호텔을 프랑스인에게 양도한 후 짐을 꾸렸다. 노후를 위해 러시아에 많은 돈을 투자했던 그녀는 공산당 혁명이 일어나는 바람에 한 푼도 건질 수가 없게 되었다. 그녀는 러시아가 아닌 프랑스로 간다고 했다. 떠나기 전에 손택이 아버지를 불렀다. 조부의 뜻이라며 프랑스 니스로 같이 가자고 했다. 조부가 아버지에게 처음 말한 다른 생은 내시였고, 마지막에 말한 다른 생은 이 땅을 떠나는 거였다. 그러니까 조부가 말한 큰물은 손택호텔이 아니고 이국땅이었다. 키 작은 조부의 시야가 키가 큰 아버지보다 한 뼘가량 넓었다.

혹자들은 그때 손택이 왕의 밀사로 조선을 떠난 거라고 추측하기도 하는데 그건 아니라고 아버지가 못박아 말했다. 조부가 모르는 왕의 밀사는 있을 수 없으며, 밀사의 눈빛이 그토록 황황할 수는 없다는 게 아버지의 말이었다. 배를 타고 떠나는 손택의 눈빛은 결연한 의지를 품은 밀사의 눈이 아니라 노후를 의탁할 목적으로 러시아에 맡긴 많은 돈을 한순간에 잃고 젊음도 잃어버린 한 여자의 쓸쓸한 눈이었을 뿐이라고 아버지가 말했다.

아버지는 프랑스에 가지 않고 한성에 남았다. 그러던 중 그해 9월 고향에서 급보가 날아들었다. 조부가 할복자결했다는 소식이었다. 조부와 손택을 넉 달 사이에 차례로 떠나보낸 아버지는 사람이 급변했다. 내시가를 지키는 수문장으로 재탄생한 것이다.

아버지는 고향으로 내려온 뒤 한성 나들이가 잦았다. 어머니는 천상궁년을 만나러 가는 거라 했고, 아버지는 왕을 뵈러 가는 거라고 했다. 어머니의 말이 맞을 수도 있고 틀릴 수도 있었다. 아버지의 말에 의하면 왕은 조부의 할복 소식에 오래 울었고, 조부의 아들인 아버지를 보고 싶어한다고 했다. 한성에 올라갈 때면 아버지는 소공동에 있는 조선호텔 양실에 묵었다. 한번은 아버지가 있던 양실 바로 위층에서 훗날 쇼와 천황이 된 일본 히로히토 황태자가 묵어간 일이 있었다. 아버지는 새벽에 일본 황태자가 오줌 누는 소리를 또렷이 들었다고 했다. 히로히토놈의 오줌발이 약했다고 아버지가 왕에게 까바치듯 고했다.

"허허…… 이제 일본의 운도 얼마 남지 않은 게로구나."

살 수도 죽을 수도 없었던, 그리하여 웃음을 잃은 왕이 활짝 웃었다. 국권피탈 이후 일본에게 나라를 빼앗긴 왕이 경운궁에 유폐되어 홀로 생활할 때였다. 이태왕으로 강등된 왕은 늙고 심약해 보였다. 큰 얼굴은 골격만 남고 볼살이 아래로 늘어져서 안 그래도 불운한 왕은 더욱 불운해 보였고, 가뜩이나 작은 키는 줄어들다 못해 졸아든 듯 보였다. 찻잔을 들 때면 어수(御手)를 심히 떨었다. 아버지는 왕을 뵙고 있기가 민망했다.

"종학의 아들아, 넌 어찌 살고 있는 게냐?"

그 무렵 행정구역이 통폐합되었다. 왕은 자신이 다스리던 땅을 함부로 이리저리 잘라 붙이는 것에 불만이 많았다. 왕이 지명에 부쩍 관심을 두던 때였다.

"네가 사는 곳이 황간현이라 했더냐? 지금은 영동군 황간면으로 바꿔었다 들었다. 감히 누구 맘대로……"

왕의 옥체가 파르르 떨렸다.

"가만, 거긴 갑오년에 민란이 일어났던 곳이 아니냐? 조씨 성을 가진 자가 우두머리라 하였는데."

"네, 조재벽이라 하옵니다."

"그자가 이런 노래를 불렀다지. 갑오세 가보세 을미적 을미적 병신되면 못 가보리."

"폐하, 비류들이 부르던 불충한 노래를 알고 계셨나이까. 그 노래는 직간접적으로 왕조 해체의 동기가 된 노래입니다."

"결국 그리된 꼴이지만 그래도 그들은 짐을 섬기던 자들이었다. 그들은 시천주 조화정 영세불망 만사지*라는 주문을 외우면 총알이 자기 몸을 피해간다고 믿었다며?"

"그렇다 하옵니다."

"참으로 어리석은 자들이 아니냐. 일본군 신무기의 가공할 만한 위력을 눈으로 봤으면 우선 피하고 나서 대적할 생각을 해야지. 어쩌자고 가슴에 부적을 붙이고 그따위 해괴한 주문을 외우며 박격포 앞으로 무작정 뛰어든단 말이냐. 미련해도 어찌 그리 미련할 수가 있더란 말이냐…… 나라를 빼앗긴 처지에…… 짐이 무슨 낯이 있어 이런 말을 할까보냐만……"

아버지는 그때야 비로소 왕을 알게 되었고, 왕의 자리가 어떤 것인

---

* 侍天主 造化定 永世不忘 萬事知. 최제우가 지은 주문의 일부로, '하늘을 모심은 조화에 일치하여 마음을 정하는 것이며 영원토록 잊지 못할 만 가지 사실을 안다'는 뜻.

지도, 왕을 깊이 사랑한 조부의 심중도 꿰뚫게 되었다.

"대군주 폐하."

아버지는 목이 메었다.

"대군주 폐하는 무슨…… 너도 종학처럼 짐을 전하라 칭하라. 종학은 짐을 폐하라 부르질 않고 언제나 전하라 불렀다. 외부에선 종학이 내 입의 혀처럼 부드럽게 군 것으로 알겠지만 종학은 의외로 고집쟁이였느니라. 오늘따라 종학의 불뚝고집이 몹시도 그립구나."

"전하……"

"그래, 그곳의 내 백성들은 어찌 지내고 있더냐. 배를 곯고 있진 않더냐? 세세히 말해보라."

"전하의 백성들은 어리석을지언정 기개만은 굳세옵니다. 더구나 거긴 지세가 험한 곳이어서 그곳에 사는 전하의 백성들도 하나같이 용맹하고 질기나이다. 부디 심려 마옵소서."

왕이 묻는 자라는 건 조부에게 익히 들은 터였다. 아버지는 왕의 끝없는 질문에 성심으로 답했다. 왕은 백성을 그냥 백성이라 하지 않고 내 백성이라고 했다. 비록 일본에게 나라를 빼앗겼지만 왕은 승하하는 날까지 왕이었고 백성들도 언제나 그의 백성이었다.

왕은 자주 오라 했지만 아버지는 자주 갈 수 없었다. 일본 헌병이 궐문을 파수하고 있었다. 대소 신료와 내시, 궁첩에 이르기까지 신표가 없는 자의 출입을 막았다. 궁녀가 의복과 음식을 가지고 궁을 드나들 때도 반드시 검사했다. 아버지는 천상궁의 도움으로 간신히 궐문을 출입하는 처지였다.

1919년 1월 21일, 왕이 경운궁에서 승하했다. 상주의 여막이 함녕

전에 마련됐다. 장례식 날 왕의 대여(大輿)가 나가자 연도에는 망국의 울분에 찬 백성들이 백의조복을 하고 나와 홍릉으로 가는 왕의 마지막 길을 배웅했다. 왕의 장례식이 기폭제가 되어 1919년 3월 1일 전국에서 백성들이 들불처럼 일어났다. 삼일운동이 일어나자 일본의 감시가 나날이 심해졌다.

왕의 장례식을 마친 천상궁은 순종이 거처하던 창덕궁으로 처소를 옮겼다. 그 무렵 궁은 일본인의 손에 완전히 넘어갔고 궁 안엔 몇 명의 내시와 궁녀만 남았다. 왕의 둘째아들인 순종은 조선의 27대 왕으로 등극했으나 재위 기간은 겨우 삼 년이었다. 순종 역시 국권피탈 이후 창덕궁에 홀로 기거하고 있었다. 조선엔 두 명의 왕이 있었으므로 백성들은 경운궁에 기거하던 고종을 왕이라 불렀고, 창덕궁에 있던 순종은 '창덕궁 전하'라고 구분해서 불렀다. 왕이 돌아가신 뒤에도 순종은 왕이라 불리지 못하고 그냥 '창덕궁 전하'로 불렸다.

천상궁은 순종의 임종도 옆에서 지켰다. 그후 천상궁은 일본인들에 의해 궁에서 쫓겨나 계동 사가로 거처를 옮겼다. 천상궁은 아기일 때 포대기에 싸인 채 궁으로 들어와 궁의 큰 어른인 효정왕후가 손녀처럼 애지중지 기른 상궁이었다. 그녀의 신분은 한갓 궁녀에 지나지 않았지만 궁녀 이상의 대접을 받았다. 무엇보다 궁이 집이나 마찬가지인 사람이었다.

천상궁이 궁에서 쫓겨나던 날, 끊길 듯 말 듯 이어지는 천상궁의 피울음소리가 새소리처럼 혹은 휘파람 소리처럼 온종일 들렸는데, 자하문 밖에 있던 백성들의 귀에까지 들렸다 한다. 그 소리를 들은 백성들도 천상궁과 온종일 피눈물을 함께 뿌렸다. 계동 사가로 내쳐진 천상궁은 궁핍한 생활을 이어가고 있었다. 아버지는 곤궁해진 천상궁을 계속 돌보았다. 천상궁이 소장한 문화재를 경성 미술구락부에 팔아주기도 했다.

아버지는 해방 이후 미군정과 자유당의 농지개혁으로 조부에게 물려받은 많은 땅을 잃었다. 임야와 위토답은 농지개혁의 대상에서 제외됐지만 논밭을 내놓은 대가로 받은 지가증권이 치솟는 인플레이션으로 휴지조각이 되었다. 그러나 한국전쟁이 끝난 뒤 오히려 전보다 많은 땅을 사들였다. 그 무렵 대대로 내려오던 집안의 유물을 팔아 마련한 밑천으로 막손과 쌀장사를 했던 것이다. 아버지는 탐미주의자이며 남자와 여자의 음성을 동시에 지닌 조부와는 전혀 다른 길을 걸었다.

"내시도 자존감이 있는 존재란 걸 가르쳐준 건 네 조부가 아니라 천상궁이었지. 그녀가 내게 무슨 말을 한 게 아니었어. 그냥 눈이 부시게 누이이자 동무로 거기, 그 자리에, 다만 서 있었을 뿐이야. 그런데도 알아지더라고. 자존이란 높고 귀한 곳에만 존재하는 게 아니란 걸. 천상궁을 보며 내시란 직업에 대해 곰곰이 되짚어보는 계기가 되었지."

"아버지는 인영이가 천상궁마마를 닮았다 하셨어요."

"그 말이 여직 마음에 걸린 게냐? 인영이 그 아인 멀리서 봐도 얼굴이 해반주그레한 게 꼭 젊은 천상궁을 보는 것 같더라. 그런 상을 가진 여자들은 복이 없게 마련이지. 천상궁만 봐도 그렇고. 해서 그 아이에게 깊이 마음 주지 말라고 한 말이었어."

천상궁이 아버지의 외방 여자는 아니었지만 그렇다고 아버지가 누이 보듯 천상궁을 본 것은 아니었다. 어머니만 봐도 그랬다. 어머니가 천상궁을 의식하지 않고 산 날은 하루도 없었다. 어머니는 나란히 장에 가는 부부들만 봐도 땅을 치며 통곡했다.

"남들은 부부 동반으로 다정히 장 나들이도 가는데, 아이고 아이고…… 우리 집 반쪽짜리 내시 서방은 천상궁년 궁둥이만 따라댕기느라, 아이고 아이고…… 길바닥에 싸갈긴 소똥만도 못한 이 내 신세, 아이고 아이고……"

울음 반, 아이고 타령이 반인 어머니의 사설이 시작되면 집안사람들은 으레 그러려니 하곤 아무도 내다보지 않았다. 어머니를 끝까지 포기하지 않았던 할머니만 별채의 문을 열곤 "저런, 쌍헌……" 혼잣말을 하며 혀를 끌끌 차곤 했다. 그맘때 할머니는 살이 바싹 말라 부스러질 정도로 여위었다. 할머니가 가진 고고한 기품도 살과 함께 증발해버렸는지 여느 할머니와 다를 바 없었다. 할머니는 안채를 어머니에게 내주고 별채에서 기거하고 있었다. 안채와 고방 열쇠를 물려받은 어머니는 할머니가 없는 듯이 행동했다. 지나친 처사가 아니냐며 어머니에게 따진 적이 있었다.

"그간 네 할머니에게 받은 구박과 설움이 얼만데? 나도 이때다, 하고 본전 좀 뽑아야 되질 않겠냐."

말은 그랬지만 어머니는 할머니를 소홀하게 대하진 않았다. 소화기능이 떨어진 할머니를 위해 종류별로 다양한 죽을 끓였다. 일하는 사람이 있어도 할머니의 밥상만은 어머니가 손수 차렸다. 그러나 할머니에게 말을 곱게 하진 않았다. 어머니의 말에는 항상 뾰족한 가시가 숨어 있었다. 어머니의 날카롭고 험한 말은 정성껏 쑨 죽과 함께 할머니의 밥상에 뜨겁게 얹혀 있곤 했다. 어머니는 매 끼니마다 정성껏 죽을 쑨 수고를 당신의 입이 다 깎아먹고 있다는 걸 모르는 사람 같았다. 어쩌면 그걸 알면서도 멈출 수가 없어서 그러는지도 몰랐다. 그런 탓에 할머니의 소화기능이 해가 갈수록 떨어졌다. 아버지는 두 여자의 이해하기 힘든 관계를 이렇게 빗대어 말했다.

"여자들이란 풀기 힘든 산수 문제 같아. 알면 알수록 가닥이 점점 꼬이거든."

어머니가 할머니에게 안채를 물려받던 날은 기온이 뚝 떨어진 늦가을이었다. 물기가 있던 장독대엔 살얼음이 끼여 있었다. 아침나절이어서 한 줄기 햇볕이 장독대를 지나 닭장 안으로 희미하게 비쳐들고 있었다. 어머니는 개선장군처럼 어깨를 젖히고 위세당당하게 안채로 입성했다. 기품 있는 할머니에게 눌려 지낸 지난날을 한꺼번에 보상받으려는 듯 아주 홀가분하고 개운한 얼굴이었다.

그때 닭장 안 횃대에 앉은 닭이 날개를 펼치고 꼬꼬댁, 하며 요망스레 울었다. 닭장 문을 박차고 나온 닭은 흡사 새처럼 담장 위를 날았다. 별채에서 안채로 입성하던 어머니는 닭을 피하려다 장독대에 낀 살얼음에 미끄러지면서 엉덩방아를 찧었다. 그 바람에 발목이 겹질렸는데 어머니는 겹질린 발목보다 엉덩방아를 찧은 게 더 민망했던지 "저 노무 달구새끼!" 하며 닭에게 노발대발 화를 냈다. 그후 안 좋은 일이 생길 적마다 안채로 들어가던 날 닭이 요망스레 날아서 그렇다며 어머니는 닭 핑계를 댔다.

한 해 뒤 할머니가 돌아가시자 닭장이 폐쇄되었고 어머니는 "그 노무 달구새끼 때문에"라는 말을 입에 달고 살았다. 그 말을 많이 하게 되면서 자연히 '아이고 타령'을 부르지 않았다. 할머니가 돌아가셔서 그런지 '아이고 타령'을 부르지 못해 그런지 아무튼 그해부터 어머니는 말린 살구처럼 급격히 쪼그라들었다. 하루아침에 오목하게, 이빨 빠진 노인이 된 것이다.

3. 김진경
잉크병 뚜껑을 열지 않은 건 너야

사 년 전, 〈워낭소리〉가 대박을 터뜨리고 한참 지난 후에야 나는 박과 함께 그 다큐를 봤다. 시사회 때는 일하느라고 극장에 갈 짬이 나질 않았다. 다큐로는 드물게 떴다고 해서 일부러 상영하는 극장을 찾아갔다. 다큐에 몰입해 있는데 갑자기 박이 무릎을 치며 격분했다.

"으악, 아무리 봐도 저건 내 건데!"

목소리가 얼마나 컸던지 스킨십을 하는 것처럼 요상한 포즈로 팝콘을 집어먹던 이십대 커플이 뻥한 표정으로 우리를 쳐다봤다. 나는 너무나 창피한 나머지 박과 동행이 아닌 척 시치미를 뗐다. 그 다큐는 소띠 해에 소를 소재로 만든 것인데 소처럼 늙은 아비와 한우파동, 촛불집회 등을 하나로 아우르며 국민들의 누선을 절묘하게 건드렸다. 잘 찍었다기보다는 잘 기획된 다큐 드라마였다. 불황에는 다큐가 먹힌다. 그러므로 다큐가 뜨는 사회는 건강한 사회가 아니다. 극장에 다녀온 지 불과 하루 만에 제작국장이 급체한 것 같은 얼굴로 날 찾았다. 촉새 같은 박이 〈워낭소리〉를 함께 봤다고 고새 국장에게 가서 떠벌렸나보았다.

"김감독, 들었지? 〈워낭소리〉 뜬 거…… 이젠 다큐도 먹히는 시대야. 우리도 이거 진국으로 뽑아보자고."

우리 회사는 다큐 전문 제작사였다. 구성안이 완성되면 방송국에서 편성을 따낸 후 제작에 들어가는 방식으로 일했다. 국장은 자신이 기획한 작품은 사전제작을 할 거라고 큰소리를 뻥뻥 쳤다. 열의와 성의를 다해 만든 기획이라며 목소리를 깔고 연설조로 말했다. 국장은 연설하길 좋아하는 사람이었다. 연설조의 어투가 파급력과 호소력이 현저히 떨어진다는 걸 알지만 그는 여태 그 버릇을 고치지 못했다. 뒤에서 있던 박이 드디어 국장이 미쳤군, 하는 표정으로 내게 눈을 찡긋거렸다.

"이건 딱 김감독 거야. 영동 출신이라고 했지? 같은 고향이고 잘됐네. 날씬하게 뽑아봐. 힘줄 땐 딱딱 주고 섬세하게 들이밀 땐 손발이 오글거리게 가도 좋아. 우리도 이거 가지고 외국 나가서 상 좀 타보자. 김감독, 스태프가 필요하면 말만 해. 메인작가에 새끼작가도 붙여줄게."

제풀에 흥분한 국장이 선심 쓰듯 말했다. 제작국장은 몇 년 후면 계약이 만료되어 회사를 떠나야 한다. 일종의 정년퇴직이었다. 한번 물면 떨어지지 않는다고 진돗개라는 별명이 붙을 만큼 열정적으로 일했지만 기록될 만한 업적은 없었다. 이 바닥의 일이란 게 워낙에 그랬다. 영화와 드라마가 아닌 이상 다큐는 어디서나 찬밥 신세였다. 국장은 〈워낭소리〉가 터지는 걸 보고 탄력받았고, 그래서 엄청난 제작비를 감당하면서 자신의 작품을 사전제작하려는 것이다. 사전제작만이 작품의 질을 담보할 수 있으므로.

국장이 심혈을 기울여 만들었다는 기획서 뭉치를 내게 넘겼다. 난 선 채로 국장의 기획서를 훑어봤다. 국장 앞에서 기획서를 대강 보는 게 걸렸지만 그렇다고 붉은 줄을 그어가며 꼼꼼하게 검토할 수 있는 분위기도 아니었다. 기획서를 넘기던 손이 어느 순간 떨리기 시작했다.

국장이 퇴직용으로 야심차게 준비한 다큐는 노근리사건에 관한 거였다. 노근리사건은 1999년 AP통신의 특종보도로 세상에 널리 알려졌다. 그 무렵 보도된 국내외 자료와 2001년 한미 양국이 실시한 노근리사건 합동조사 문서, 클린턴 대통령의 성명과 녹취록까지 국장의 기획서 안에 모두 들어 있었다. 클린턴 대통령은 노근리사건과 관련해 사과가 아닌 유감성명을 발표했다. 클린턴의 유감성명 요지는 이랬다.

"우리는 죽었고, 죽인 사람은 없다."

노근리는 내 고향에 있는 마을의 지명이다. 조선시대에는 황간현 서면 지역에 속해 있었는데 그땐 노근 혹은 녹은(鹿隱)이라고 했다. 1914년 행정구역 통폐합에 따라 영동군 황간면에 편입되면서부터 노근리라고 불렸다. 지금 노근리에는 서른한 가구에 일흔두 명의 주민이 살고 있다.

경부선 기차에서 내려 황간역 광장을 벗어나면 면소재지 중심가인 삼거리가 나온다. 삼거리에서 서남쪽으로 눈을 돌리면 철로 밑에 위치한 노근리 쌍굴의 시커먼 벽이 보인다. 우산나물, 괭이밥, 엉겅퀴

같은 잡풀로 덮인 둔덕 옆이 노근리 쌍굴이다. 삼거리에서 노근리로 가려면 그 쌍굴을 통과해야만 한다. 마을로 들어가는 큰길이 있지만 시간이 많이 걸려 노근리 사람들은 쌍굴을 통해 삼거리를 들락거렸다. 그러니까 노근리 쌍굴은 마을로 들어가는 지름길이자 샛길인 셈이다.

장마가 지면 노근리 쌍굴엔 두 줄기의 개울이 생겨났다. 개울을 따라 나오면 쌍굴 앞에 작은 웅덩이가 있는 것을 볼 수가 있다. 피라미와 동자개, 미꾸라지가 사는 그 웅덩이는 풀숲에 덮여 있어서 노근리 사람들도 모르는 곳이다. 장마가 지거나 무서리가 내리는 늦가을이면 가재와 민물새우가 돌 밑에 손님으로 숨어들 때도 있다. 도망갈 곳이 없는 작은 웅덩이여서 언제든 물고기를 잡을 수 있었다. 언제든 잡을 수 있기 때문에 나는 그 물고기를 잡지 않았다.

그때 아이들 사이에선 밤하늘의 별에 자기 이름을 붙이는 게 유행이었다. 나는 내시의 딸이라고 끼워주질 않아, 아이들과 함께 밤하늘을 볼 수가 없고 새로운 별에 내 이름을 붙일 수도 없었다. 그래서 스스로 발견한 웅덩이에 내 이름을 붙였더니 기분이 좋아졌다. 그 무렵엔 청소도구함에 갇혀도 울지 않고 캄캄한 어둠을 견뎌냈다. 나도 모르는 사이 맷집이 생긴 것이다. 휴식시간 십 분은 흘러갈 테고 누군가 반드시 꺼내줄 거니까. 무엇보다 방과 후엔 김진경 웅덩이를 순시하러 갈 수도 있을 테니까.

방과 후 나는 넓은 토지의 식민지를 가진 영주처럼 어깨를 펴고 흠흠거리며 김진경 웅덩이를 순시하러 갔다. 내 지배하에 통치를 받는 피라미와 동자개, 미꾸라지를 거만하게 내려다본 뒤 새로운 이주자인

가재와 민물새우를 손으로 쫓거나 잡는 시늉을 하며 놀았다. 식민지의 물고기를 한두 시간 착실히 괴롭히며 놀다가 집으로 갈 때면 웅덩이 입구를 풀로 살짝 가렸다. 그래야만 집에 와서도 안심이 됐다. 영토는 늘리는 것 못지않게 지키는 것도 중요하다는 걸 그때 깨달은 셈이다. 나는 초등학교를 졸업할 때까지 김진경 웅덩이를 순시하러 쌍굴을 들락거렸기 때문에 노근리의 지형을 세세하게 파악하고 있었다.

쌍굴을 벗어나면 노근리 마을로 흐르는 시내가 보였다. 물오른 버들개지에 연푸른 잎이 돋고 언덕에 진달래가 헤프게 피는 봄이면 겨우내 얼었던 시내가 녹아 그 일대는 적당히 아늑하고 나른한 풍경으로 바뀌었다. 그리하여 노근리 쌍굴 앞은 봄 한철 청춘남녀들의 연애장소로 아낌없이 이용되던 곳이다.

지린내가 짙게 밴 노근리 쌍굴에도 봄이면 달콤한 아카시아 향이 스몄다. 굴속을 지나던 연인들이 아카시아 향에 취해 '사랑해' 같은 낙서를 분필로 쌍굴 벽에 꾹꾹 눌러쓰곤 했다. 어린 날 노근리 쌍굴에 가면 시멘트벽에 '경미야 사랑해' '조해진, 넌 오늘부로 내 거다' 따위의 분필 낙서가 어지럽게 쓰여 있었다. 노근리는 내게 그런 곳이다.

나는 노근리사건이 신문에 보도된 후에야 한국전쟁 때 미군에 의한 대규모 양민 학살사건이 쌍굴에서 일어났다는 걸 알았다. 김진경 웅덩이가 있는 바로 그 쌍굴에서. 넌 오늘부로 내 거다, 따위의 실없는 낙서가 적힌 그곳에서. 나는 마을 사람들에게 귀싸대기를 호되게 얻어맞은 기분이었다. 마을 사람들 가운데 누구도 그런 말을 해주지 않았다. 조재벽 대접주에 관한 이야기는 그토록 귀 따갑게 했으면서도. 그래서 지린내 나는 쌍굴에서 참혹한 일이 일어났을 거라곤 짐작조차 하지 못했다. 짐작은커녕 낌새조차 알아챌 수 없도록 그 사건은 단단히 봉인되어 있었다. 나는 노근리사건을 맡고 싶지 않았다. 마을 사람들이 단체로 함구한 사건을 파헤치고 싶은 생각이 터럭만큼도 없거니와 그 사건을 찍다가 내 신분이 들통날까 염려되었다.

"노근리는 자신 없습니다."

불현듯 청소도구함에 갇혔던 기억이 떠올랐고 몸이 고드름처럼 얼어붙었다. 청소도구함은 내게 그냥 청소도구함이 아니었다. 그것은 폭력과 차별, 은폐, 밀고 따위의 단어들과 뭉뚱그려진 채 시간이 흐를수록 거대한 삼각주 형태로 변모해 내 모세혈관을 조였다. 나는 지금도 밀폐된 공간에 들어가지 못한다. 창이 없는 화장실에서 전구가 나갔을 때나 엘리베이터에 혼자 타고 있을 때, 내가 느끼는 공포는 말로 형용하기 어렵다. 그 공포는 무엇을 상상하든 항상 그 이상이었다. 노근리사건을 맡게 된다면 동료들과 고향으로 내려가야만 하고, 카메라를 들고 이것저것 찍는 내 뒤에서 마을 사람들은 빈정거리기 바쁠 것이다. 오메, 내시 딸 아니여. 출세혔나벼.

이런 쑥덕거림 때문에 동료들은 우리 집의 내력을 알게 될 테고 난 그들의 호기심 섞인 눈빛을 떨치기 힘들 것이다. 지나친 호기심 또한 폭력이었다. 그러면 내 앞엔 또다른 청소도구함이 준비될 게 뻔했다. 그러니 어찌 몸이 고드름처럼 딱딱하게 얼어붙지 않으랴. 때아닌 추위에 갑자기 생긴 처마 끝 고드름이 나라면, 국장은 그 고드름을 떼어 칼싸움을 하고 싶은 사내아이와도 같은 눈빛이었다.

"어? 좋아할 줄 알았는데 반응이 왜 이리 싸늘해. 김감독 야망은 내가 잘 아는데."

"국장님, 자신 없습니다."

"누군 자신이 있어서 하는 줄 아나? 목구멍이 포도청이어서 별수 없이 하는 거지. 김감독, 보기보다 배부른가봐. 입에 맞는 떡만 찾는 걸 보니."

내가 찍은 다큐가 해외에서 개최하는 영화제의 작품상에 노미네이트된 적이 있다. 그게 언제 적 일인데 네가 그걸 믿고 이리 빼고 저리 빼면 이 바닥에서 살아남을 줄 아냐, 국장 말의 핵심은 그거였다. 내가 뻣뻣하게 서 있자, 보다 못한 박이 어슬렁거리며 다가왔다.

"에이, 국장님도…… 지금 선배에게 필요한 건 애인이지 작가가 아니네요. 선배 글발이야 웬만한 작가보다 낫다는 거, 깜박 잊고 하신 말씀이지요? 회사에 작가가 남아돌면 저나 주세요. 사실 작가가 간절히 필요한 건 저걸랑요. 아니, 이럴 게 아니라 말 나온 김에 그 다큐 제가 할까요?"

"뭐? 네가 하겠다고. 야! 노근리로 박제 만들 일 있어! 차라리 신파를 찍는 게 낫겠다!"

국장이 벌건 얼굴로 고함을 꽥 질렀다. 하긴, 노근리사건과 박은 맞지 않는다. 박은 서정적인 소재를 자기 식으로 주물러서 건조하게 뽑는 걸 잘한다. 극장에서 소에 관한 다큐를 봤건 안 봤건, 국장이 날 찾은 건 회사의 입장에서 보자면 지극히 당연한 일이다. 그건 누가 봐도 내 몫이기 때문이다.

회사에 노근리를 맡길 만한 감독이라곤 박과 나 둘뿐인데다 전쟁이나 기아, 엎어지고 자빠지고 피가 튀는 걸 찍는 게 내 전공이고 박은 남자인데도 식물이나 경치, 즉 정적이고 우아한 생물 담당이다. 박의

견해에 따르면 내 작업방식은 공사판 잡부나 막노동 쪽에 가깝고 저는 곧 죽어도 아트란다. 그런 박이 노근리를 맡겠다고 자임하고 나선 건 상황이야 어떻든 느닷없는 일이긴 했다.

그때 박은 괜히 나섰다가 둘둘 말린 기획서 뭉치로 국장에게 얻어맞을 뻔했다. 물론 국장이 마음속으로 겨냥한 건 나겠지만. 사정거리가 맞지 않아 기획서 뭉치로 책상 끝을 치는 선에서 그 일이 마무리되었다. 라이벌 회사에서 노근리사건을 소재로 다큐 제작에 들어갔다는 소문도 있고, 노근리사건을 다룬 영화가 극장을 잡지 못하고 사전에 주저앉은 덕분이기도 했다.

그리고 두 달 전 그날, 박과 회의 중간에 빠져나와 사무실 일층에 있는 카페에 앉아 있었다. 둘이 한창 노닥이고 있는데 국장이 찾는다는 문자가 왔다. 동료 민이 보낸 거였다. 휴대전화의 액정화면엔 뿔난 얼굴 모양의 이모티콘이 글자 수보다 많이 찍혀 있었다. 이번에도 국장에게 밉보였다간 무슨 책을 잡힐지 몰라 박과 득달같이 사무실로 올라갔다.

"국장님이 찾으셨어."

문 옆에 앉은 민이 국장의 책상을 턱으로 가리키며 속삭였다.

"언제 오신 거야?"

"좀 전에."

"회의 끝나고?"

"응."

"회의 도중에 우리가 도망간 건 모르지?"

"아마 모를걸. 대강 둘러댔으니까."

휴, 다행이다 싶었다.

"절 찾으셨다고요."

우리가 사무실로 들어서는 걸 보고 있었으면서도 국장은 짐짓 딴전을 부렸다.

"어, 김감독 왔어? 거기 앉아."

국장이 자기 책상 앞에 놓인 소파를 가리켰다. 그러곤 의자에서 일어서더니 맞은편 소파로 건너와 앉았다.

"박감독. 자네도 이리 좀 오지."

박까지 부르는 걸 보곤 국장이 무슨 오더를 내릴지 감이 잡혔다. 국장의 퇴임이 내년으로 다가와 있었다. 아니나 다를까, 국장이 또 노근리 얘기를 꺼냈다. 박도 그럴 줄 알았다는 표정이었다. 사 년 전의 그 일로 포기할 국장이 아니었다. 한번 물면 놓지 않는다는 진돗개가 아닌가. 국장의 태도는 사 년 전과는 사뭇 달랐다. 그때만 해도 노근리라는 무거운 주제가 국민들에게 먹힐까 하는 의구심을 떨치지 못한 상태에서 제의한 일종의 간보기에 불과했지만 이번엔 확신에 차 있었다.

"다큐의 힘은 진정성이야. 그 점 잊지 말고 부디 힘 있게 몰아가 봐."

열정적인 목소리로 단칼에 내리치는 듯한 말투가 그걸 의미했다. 노근리는 무슨 수를 쓰든 피하고 싶은 암초였다. 목이 바싹바싹 타들어갔다. 박은 맡은 일이 있기 때문에 느긋한 표정이었다. 도와달라는 신호를 보냈지만 박은 제 일이 아니라고 강 건너 불구경하듯 했다. 내가 묵묵부답이자 국장이 발칵 화를 냈다.

"아, 또 왜 그래? 생리하나, 김감독."

저 성질 자꾸 건드리면 재미없겠다 싶어서 입을 뗐다.

"국장님, 전에도 말씀드렸다시피 노근리는 정말 못 하겠습니다."

분을 삼키느라 씨근덕거리는 국장의 숨소리가 점점 크게 들렸다. 후배가 커나가기 시작하면 떡잎은 키워주는 한편 이파리가 무성하게 자라지 않도록 잘근잘근 밟는 요령도 필요하다. 나는 박에게 그렇게 했다. 국장도 내게 그랬다. 하지만 그는 이제 임기 말이다. 일국의 대통령도 임기 말이면 권한이 대폭 축소되는데 까짓것, 가는 데까지 가보자는 배짱이 생겼다. 날카로운 안목, 훌륭한 편집 능력, 완벽한 타이밍을 자랑하던 그도 세월을 피해갈 순 없었다. 요즘엔 트렌드를 제대로 짚지 못한다고 대표에게 번번이 까인다는 것쯤 나도 알았다. 어쨌거나 이 바닥은 젊은 쪽이 대세였다.

"이젠 아무도 노근리사건엔 관심이 없습니다. 왜 하필이면 노근리입니까?"

"뭐? 아무도 관심 없다고. 내가 관심이 있어, 내가! 이러면 답변이 됐나?"

국장이 눈을 치뜨고 덤볐다.

"워낭소리는 소와 늙은 아비가 혼연일체되어 대박이 난 겁니다. 소가 아비 같고 아비가 소 같았으니까요. 노근리는 그런 극적 포인트가 없어요. 전쟁의 한복판에서 억울하게 희생당한 양민들의 눈물, 이 땅에서 전쟁이 일어나지 않도록 하자는 너무도 빤한 메시지, 진즉에 남들이 우려먹은 것밖엔 찍을 게 없습니다. 요즘 트렌드엔 맞지도 않아요."

"트렌드 좋아하시네."

국장이 대놓고 빈정거렸다. 대표에게 불려가 몇 번 까인 후로 국장은 트렌드라는 말만 들어도 경기를 일으켰다.

"안 된다고만 하지 말고 틈새를 찾아봐. 분명히 건질 게 있을 거야."

"보나 마나 필름만 낭비할 게 뻔합니다."

"이게 어따 대고 또박또박 말대꾸야! 하라면 해! 까라면 군말 없이 까라고."

국장의 대거리도 만만찮았다. 퇴임을 앞둔 그는 거의 발광 직전의 증세를 보였다. 눈은 시뻘게지고 입에는 거품을 물었다. 나는 차일피일 시간을 끌며 국장과 실랑이를 벌였고, 그게 헤게모니 싸움으로 번져 사무실 식구들만 잔뜩 피해를 봤다. 그러던 중 공교롭게도 박이 추진하던 일이 엎어졌고, 그 일에서 손 털고 나온 박이 노근리를 맡고 내가 뒤에서 돕는 조건으로 사건이 일단락됐다.

일이 그렇게 된 데는 사 년 전 박이 먼저 노근리를 맡겠다고 국장 앞에서 촐싹거린 탓도 있었다. 그럼에도 박은 걸핏하면 제 일이 틀어진 게 내 잘못인 양 몰아갔고, 내가 미루는 바람에 자신의 구역도 아닌 노근리를 맡은 데 심통이 나서 느끼한 얼굴로 흐물흐물 웃으며 날 괴롭혔다. 솔직히 말하면 난 그 일을 도울 생각이 손톱만큼도 없었다. 준비하던 작품이 엎어지는 일은 다반사여서 내심 노근리도 엎어졌으면 하고 바랐다. 가능하면 재 뿌리기 작전도 마다하지 않을 심산이었다. 박에겐 미안했지만 나도 어쩔 수가 없는 노릇이었다. 나부터 살고 봐야 하니까.

박은 제작국장에게 질책을 당하면서도 구성작업에 들어가지 못했다. 다큐는 현장에 투입되기 전 구성안이 미리 나와야만 한다. 다큐의 큰 틀이 나오지 않으면 촬영분량이 늘어나 거기에 소요되는 비용도 만만찮았고, 무엇보다 스태프들이 죽도록 고생한다. 그래서 회사에서 마련해준 펜션으로 박과 함께 내려오게 되었다.

펜션은 남쪽지방의 한적한 농촌마을에 있었다. 국장의 소개로 내려올 땐 대체 이런 곳에 펜션이 있기나 할까 싶을 만큼 주위가 황량해 보였다. 펜션으로 가려면 마을 초입에 있는 공터에 차를 주차한 뒤 오솔길로 접어들어 약 십 분가량 걸으면 된다고 했다. 두어 발짝 처진 박을 채근하며 걸었더니 정말로 앞에 새하얀 별장풍의 펜션이 있었다.

펜션 안으로 들어서자 가랑이를 벌리고 정원의자에 앉아 있던 주인 여자가 반갑게 맞아주었다. 우리들의 출현으로 파리만 날리던 펜션에 활기가 돈다며 좀 푼수 같아 보이는 여자가 쏘삭거리듯 말했다. 주인 여자가 눈을 반짝이며 박과 내가 무슨 사이인지 알아내려고 별채 현관을 자주 들락거리지만 않는다면 그 펜션은 작업하기 좋은 환경이었다. 손님이라곤 둘뿐인데도 항상 새로운 반찬이 상 위에 올랐다. 반찬도 좋지만 주변이 조용한 게 마음에 들었다. 시골이어서 밤에 지나치게 캄캄한 것만 빼면 불편한 게 거의 없었다.

이곳에 내려온 며칠간은 박도 문을 걸어잠그고 다큐 구성에 열중하는 눈치였다. 방 밖으론 나오지도 않고 어쩌다 나와 마주쳐도 삼십 분 이상 같이 있으려고도 하지 않았다. 혼자 펜션을 뱅뱅 돌다 무료해진 난 여기저기 산책길을 개척하고 나다녔다. 박도 두어 번 따라나서더니 재미를 붙였는지 최근엔 하루도 빠짐없이 산책을 했다. 박이 산책 장소로 좋아하는 곳은 펜션 뒤 풀숲이다. 풀숲엔 작은 연못이 있고 연못 주위로는 야생화가 만발해 있었다. 연못을 지나면 산책로가 마을까지 나 있는데 경치가 제법 좋았다. 박은 나와 나란히 걸으면서도 담배를 손에서 놓지 못했다.

"너, 그 남배 나섯 개비짼 거 알고나 있니?"

"선배, 세고 있었어?"

"응."

"걱정이야 아님 짜증이야?"

"당연 짜증이지."

박은 줄담배를 피워 심장을 뜨겁게 만든 뒤 작업을 시작하는 괴상한 버릇이 있었다. 그래선지 박이 쓴 다큐의 내레이션은 정신이 번쩍 들 만큼 서두가 인상적이다. 작업을 시작하기 전에 심장을 뜨겁게 달굴 필요가 있다는 말에는 동의한다. 그런데 왜 하필이면 담배냐? 그것도 연달아 다섯 개비씩이나. 그러다 제 명에 못 죽는다. 심장이 뜨거워지기도 전에 멈추기부터 할 것이다. 갖은 협박을 해도 박은 꿋꿋이 버텼다.

"선배, 애들 얼굴이 하루에도 열두 번 변한다는 말이 있잖아. 근데 내 조카는 아무리 들여다봐도 얼굴이 변하질 않아."

박에겐 늦게 결혼한 형이 있었다. 박은 형과 한동네에 살며 형수가 해주는 밥을 얻어먹었다. 그래선지 조카를 많이 귀여워했다. 휴일에 박을 만나러 나갔다가 조카 때문에 수모를 당한 적이 있다. 식당 앞에서 만나기로 한 박은 약속시간 삼십 분이 지나도 나타나지 않았다. 그러더니 저만치서 갓난아기를 포대기로 감싼 박이 뒤뚱거리며 뛰어왔다. 박의 어깨엔 기저귀 가방으로 보이는 천 가방이 매달린 채 덜렁거리고 있었다.

"나 몰래 살림 차렸니. 웬 아기야?"

"에고, 내 조카야."

"아무리 그래도 그렇지. 어떻게 아기를 데리고 나오냐?"

"형과 형수가 외출해서 별수 없었어. 일찍 오기로 했는데 갑자기 일이 생겼다네."

박은 음식을 시킨 뒤에도 아기에게 젖병을 물렸고, 아기가 울자 방에 누이고 젖은 기저귀를 뺐다. 물휴지로 아기의 사타구니를 요리조리 닦은 후 분첩으로 톡톡 두드리더니 새 기저귀로 갈았다. 들여다보니 여자아이였다. 아기라지만 엄연한 여자인데, 공공장소에서 아무렇지도 않게 여자아이의 가랑이를 벌리는 박이 부끄러웠고, 도우려고 해도 난 아기를 다루는 요령을 몰랐다. 그래서 박의 곁에서 묵묵히 밥만 먹었다. 건너편 식탁에서 식사하던 노부부가 아까부터 우리를 주의깊게 살피고 있었다. 흐뭇하게 바라보던 할아버지의 얼굴이 차츰 일그러졌다.

"요즘 젊은 여편네들은 싸가지가 없어. 남편이 지 머슴이여, 뭐여? 세상에 애가 울어도 본 체도 안 하네."

그 말과 동시에 식당에 있던 사람들의 시선이 우리에게 쏠렸다. 옆에 있던 할머니가 그만하라는 뜻으로 할아버지의 옆구리를 찔렀다. 노부부는 우리를 젊은 부부로 알았고, 나는 우는 아기를 팽개친 채 밥이나 아귀아귀 퍼먹는 한심한 여편네가 되어 있었다. 묘한 상황이었다. 거기서 가만있을 박이 아니었다.

"이 사람은요. 밖에서만 이렇지 집에선 혼자 다 해요."

박이 졌지, 하는 표정으로 나를 넘어다보며 히죽거렸다.

"그렇다면 몰라도."

할아버지는 좀체 화가 풀리지 않는지 식당을 나가면서도 나를 돌아보고 혀를 찼나. 그날 날 형편없는 엄마로 둔갑시킨 그 조카가 하필이면 자기를 닮아서 눈이 쭉 찢어졌다고, 박은 벌써부터 걱정이 많았다.

"걱정 마. 사춘기가 되면 얼굴이 몰라보게 달라져."

"왜 하필 친탁을 했나 몰라."

"형도 너랑 비슷하게 생겼어?"

"응, 똑 닮았어."

그렇다면 조카의 얼굴이 걱정되긴 하겠다.

"다른 놈 딸들은 잘도 변하는데 내 조카는 얼굴이 변하지 않고 그대로 자라면 어떡하지. 보고 있기만 해도 울화통이 터지게 생긴 그 얼굴 그대로 자라면 어떡하지. 벌써 눈치가 빤한데, 술 먹고 늦게 들어가서 공부하는 조카의 등을 쓸어주다가 나도 모르게 이런 말이 나올까봐 무지하게 걱정돼. 아이고, 불쌍한 내 조카야. 이렇게 생겨서 나중에 결혼은 어떻게 할래."

"조막만한 애한테 별말을 다 한다. 넌 항상 고 입이 방정이야. 짝 찢어진 눈에 광대뼈, 이게 외국에선 대박이래. 신비한 동양의 아름다움이라고 아주 난리도 아니란다. 유럽 조카사위 보면 되겠네, 뭘."

"으, 우리 이자벨도 보고 싶다. 일이 안되니까 책상에 앉으면 조카와 이자벨 얼굴만 떠올라."

박이 말끝마다 우리 이자벨, 우리 이자벨, 하며 어찌나 사랑스럽게 부르던지 나는 물 건너온 애인이라도 집에 숨겨둔 줄 알았다. 박의 집에 가보고 나서야 이자벨이 사람이 아니라 개라는 걸 알았다. 같이 살면 동물도 주인과 닮는지 입을 쩍 벌리고 하품하는 거며, 심심하면 고개를 갸웃거리는 게 딱 박과 판박이였다.

"이름이 이자벨이면 적어도 귀티는 나야 할 것 아냐. 아님 털이 길든가, 얼굴이라도 갸름하게 생기든가."

이자벨은 눈 씻고 찾아봐도 예쁜 구석이 없는 개였다. 맨들맨들한 몸통에 얼굴은 하마상인데다가 다리가 짧고 배만 빵빵했다. 뒤뚱거리며 걷는 꼴이라니.

"살다살다 이렇게 못생긴 개는 처음 보네. 꼭 심술궂은 영감처럼 생겼어."

"우리 예쁜 아가씨에게 거 무슨 실례를. 이자벨, 저 아줌마가 사람은 좋은데 혼자 오래 살아놔서 심보가 좀 꼬였어. 마음씨 착한 우리 이자벨이 이해해, 응?"

박이 입술을 내밀고 우쭈쭈쭈, 개를 얼러댔다. 그게 고까워서 박이 안 보는 틈에 발로 몇 번 걷어찼더니 그후 이자벨은 나만 보면 이빨을 드러내고 으르렁거렸다. 박이 생긴 건 그래도 내겐 꽤 자상하고 따뜻한 후배였다. 난 그런 박을 꾀어내 낮엔 정기적으로 산책을 하고 밤이면 마주앉아 술을 마셨다. 일을 돕겠다고 내려가선 훼방만 실컷 놓은 셈이다. 그래선지 박의 얼굴이 부쩍 수척해 보였다.

"힘들지."

"말이라고. 그러게 이기지도 못할 거면서 왜 국장 성질을 건드려,

건드리길! 모진 놈 옆에 있다가 벼락 맞는다더니 선배 때문에 나만 옴팡지게 덮어썼잖아. 잘하면 쪽박도 깨겠더라."

쪽박을 깬다는 건 내가 국장의 제의를 두 번이나 묵살한 걸 두고 하는 말이다.

"하여간에 선배는 철이 없어요."

박이 이를 살듯 말했다. 나는 아무 말도 하지 않았다. 엇나가기로 작정한 박의 심보를 진작 알아서도, 내가 노근리사건을 고사하는 바람에 박이 덤터기를 쓴 것에 대해 미안한 감정이 남아 있어서도 아니다. 장소 탓이었을 것이다. 풀숲 건너편 밭둑엔 돌나물이 기승스레 돋았고 구름 한 점 없는 하늘엔 고추잠자리 한 쌍이 꼬리를 문 채 고요히 날고 있었다. 잠자리는 인간과 달리 짝짓기를 할 때도 참 고요하게 하는구나. 게다가 허공에 뜬 예술적인 체위로. 할 일 없이 그런 생각에 빠져 있는데 돌연 박이 말했다.

"노근리사건을 다룬 BBC 다큐가 있거든. 컴퓨터로 다운받아 봤는데 말이야."

"그런 게 있었어?"

"선배는 관심 없지. 이 일에서 손 털었다 이거지?"

내가 재 뿌리고 있는 것 고새 눈치챘나? 제풀에 가슴이 털썩 내려앉았다.

"그 다큐에 노근리 쌍굴의 사수인 미군 병사가 나오는데 다리를 절어. 노근리에서 다쳤든지 낙동강 방어선에 투입된 뒤 다친 것도 같은데. 그 사람 입장에서 다큐를 찍어보면 어떨까? 가해자인 동시에 피해자도 되는 셈이니까. 한국 측 입장은 우리가 익히 아는 거라 식상할 것 같기도 하고."

"글쎄……"

박의 말을 듣고 있으려니 궁금증이 일었다. 왜 마을 사람들은 단체로 노근리사건을 함구하고 있었을까? 할아버지도 내게 그런 말을 한 적이 없다. 분명 할아버지는 그 사건을 목격했거나 알고 있을 텐데. 왜 그들은 노근리사건을 굳이 숨겨야만 했을까. 무엇 때문에……? 그 무엇이 대체 무엇이었을까. 별안간 머릿속이 분주해졌다.

"선배 고향이 영동군 황간면이랬지?"

"어."

"고향에서 노근리사건에 관해 떠도는 소문 들은 거 없어? 언론에 노출되지 않은 소소한 에피소드 같은 거라도."

"없는데."

"어쩌면 그러냐. 요새 선배가 무지하게 얄미워. 도움도 전혀 안 되고."

"그럼 너한테 미움을 받으며 여기 있느니 고향에 가서 인터뷰거리라도 찾아볼까?"

"그래 주면 나야 좋지. 지금 바로 가게?"

"서울에 들렀다 가야지. 회사에 진행상황 보고는 해야 되지 않겠어."

호기심이 치솟는 바람에 두 손 들고 말았다. 나는 이 일을 핑계로 고향에 내려가서 그들이 왜 이 사건을 숨겼는지 캐고 싶었다. 물론 그때까지도 박을 도울 생각 같은 건 없었다. 송곳처럼 뾰족하게 솟구치는 호기심을 어떻게든 풀고 싶은 생각뿐이었다.

"그래, 제발 눈앞에서 좀 사라져주라. 뭐 건지면 바로 전화 주고."

서울로 올라오던 날, 슬리퍼를 끌고 차를 세워둔 공터까지 배웅 나온 박은 잡아먹을 듯이 내게 눈을 흘겼다. 조카가 자기 눈을 닮아 걱정이라는 박의 짝 찢어진 눈에 독이 바짝 올라 있었다.

"내 원망은 마. 잉크병 뚜껑을 열지 않은 건 너야. 네 안에 가득 든 잉크가 쏟아져나오지 않는 것은 그 때문이니까."

"가는 날까지 약 올리기로 작정을 했군."

허공에 주먹질하는 박을 뒤로하고 승용차에 시동을 걸었다. 차의 앞유리로 뜨거운 초여름 햇살이 쨍쨍 쏟아졌다. 곧 불이 붙을 기세였다.

4. 김태혁
넌 나처럼 살지 않아도 된다

골마루의 유리문으로 푸르스름한 기운이 스며든다. 먼동이 트고 있었다. 골마루를 꽉 채웠던 아버지와 조부의 형상이 새벽 기운에 밀려 꾸물꾸물 사라졌다. 나는 걸음을 멈추고 돌아서서 등뒤로 펼쳐진 골마루를 봤다. 보수를 했지만 마루 곳곳엔 홈이 파이고 판자가 뒤틀린 곳도 있었다. 하중을 견디지 못해 내려앉은 마루판자를 새 판자로 교체한 곳은 멀리서 봐도 눈에 띄었다. 골마루는 우리 가문의 역사만큼이나 낡고 좁고 길다.

막 댓돌로 내려서려는데 희미한 기침소리가 안채 쪽에서 들렸다. 어머니가 깼나보았다. 할머니가 돌아가신 뒤 급격하게 쪼그라든 어머니는 뇌졸중을 앓고 있다. 뇌졸중이 진행되면서 치매까지 걸려 아버지도 알아보지 못했다. 아버지를 춘식이 작은아버지라고 불렀다. 춘식이 작은아버지가 누구냐고 묻자 어머니의 친정 일가붙이 중 한 사람이 아니겠느냐고 아버지가 말했다. 하지만 아버지도 춘식이 작은아버지가 누군지는 모르는 눈치였다. 아무도 없을 때면 서산댁이 때린다며 "춘식이 작은아버지가 좀 혼내줘유" 하고 아버지에게 일러바치기도 했다. 아버지는 그런 어머니를 측은하게 볼 때가 많았다.

아버지는 저녁을 먹은 뒤 청록색 비단 장침에 기댄 채 숨을 거두었다. 비단 장침은 팔꿈치를 괴거나 몸을 기대는 사각 베개로 사방침과 비슷하나 사방침에 비해 가로의 길이가 길다. 베개 속에 널조각이 들어 있어 매우 판판한 그 베개는 자수가 놓인 청록색 비단을 겉면에 씌웠는데, 아버지는 그걸 조부에게 물려받았다. 노년의 아버지는 보료가 푸근히 깔린 아랫목에서 비단 장침과 함께 하루를 시작하고 하루를 마쳤다.

아버지는 당신이 아끼던 비단 장침에 비스듬히 기댄 채 눈을 감고 있었다. 초저녁잠에 빠진 듯한 평온한 자세였다. 나는 몹시도 아버지다운 평화로운 죽음이라고 생각했다. 훗날 내게도 죽음이 찾아오면 아버지처럼 가볍고 평화롭게 죽고 싶었다. 나는 그날 밤 조등을 대문 밖에 내어건 후 밤하늘을 올려다보았다. 황제좌의 서쪽에 위치한 내시의 별을 찾기 위해서였다. 서둘러 죽은 아버지는 지금쯤 별이 되어 밤하늘에서 반짝이고 있을 테니까. 하나 그날은 별도 달도 뜨지 않았다. 사방이 캄캄했다. 캄캄한 어둠 속에서 나는 아버지의 등을 지탱하던 비단 장침을 불에 태웠다. 왜 하필 그날 비단 장침을 불에 태웠던 것일까. 장례를 치르고 나서 태워도 될 것을. 청록색 비단에 불이 붙고 검은 연기가 하늘로 치솟는 걸 보면서 한 시대가 끝났다는 걸 알았다.

나는 몹시도 쓸쓸해져서 어머니를 뵈러 안채로 들어갔다. 헛일 삼아 아버지가 돌아가셨다고 알렸더니 어머니는 대뜸 춘식이 작은아버지를 부르며 오랫동안 곡을 했다. 나는 아득한 눈으로 어머니를 쳐다봤다. 정신이 온전치 못한 어머니가 아버지와 춘식이 작은아버지를 어떻게 한사람으로 알았는지, 가족의 죽음이라는 걸 명확하게 인지했는지 미심쩍었다. 혹여 어머니가 정신이 없는 척 연기를 하는 게 아닐까. 멀쩡하다가도 갑자기 엉뚱한 말을 하는 어머니를 보면 새록새록 솟는 의심을 누를 길이 없다.

지금쯤 새벽잠이 많은 서산댁은 겨우겨우 눈을 떠서 어머니의 기저귀를 갈고 있을 것이다. 시간 개념이 없는 어머니는 방송을 시작하기 전인데도 텔레비전을 켜곤 연방 리모컨을 누르거나 텔레비전이 고장 난 게 아니냐며 방송국에 전화해보라고 서산댁을 닦달하고 있을지도 모른다. 사랑마당을 지나는데 어머니의 기침소리가 다시 들렸다. 오늘 아침 어머니의 기침소리는 어딘지 모르게 불안했다.

나는 사랑마당을 지나 대문으로 가서 솟을대문의 빗장을 풀었다. 새벽공기가 화하게 코끝을 쏘았다. 대문을 연 뒤 중문으로 돌아왔다. 중문 안에는 중사랑채와 고방이 들어앉았다. 고방 뒤로 중문이 나 있고 중문 너머가 안채였다. 아버지가 돌아가신 뒤 중사랑채를 비워두기가 찜찜해서 거처를 사랑채에서 이곳으로 옮겼다. 빈방 네 개를 터서 사무실로 개조하고 대청이 딸린 열두 자짜리 방 한 칸을 침실로 쓰고 있다.

나는 사무실에 들어서자마자 책상에 흐트러진 서류부터 정리해 분류함에 꽂았다. 서류라고 해봤자 별게 없었다. 삼거리 상가에서 월세가 들어온 날짜와 전구를 바꿔 낀 날짜, 막힌 하수도를 뚫은 날짜, 그 외에도 노는 땅에 유실수를 심은 날짜, 그날 몇 명의 인부를 샀는지 따위의 자질구레한 숫자로 채워진 서류였다. 사무실 벽엔 삼 년 전 돼지농장을 운영할 때 쓰고 남은 사료부대가 쌓여 있다. 유통기한이 지난 것들이어서 거름으로 쓰려고 쟁여둔 것이다. 사무실 안엔 돼지사료 냄새가 은은하게 감돌고 있었다.

나이가 들면서 돼지농장을 감당하는 게 힘들어 집안일을 오래 돌봐준 이씨에게 넘겼다. 지난달에 농장에 가봤더니 축사가 두 동이 새로 들어서 있었다. 축협에서 융자를 받아 지었다곤 하지만 이씨는 혼자 힘으로 농장을 배 이상 불렸다. 내가 경영했더라면 지금쯤 죽은 돼지를 파묻느라 정신없을 것이다.

돼지는 보기완 달리 예민한 짐승이다. 출산을 마친 돼지는 밝은 조명이나 작은 소리에도 스트레스를 받거나 쉽게 흥분한다. 갓 낳은 새끼돼지가 흥분한 어미에게 밟혀 죽는 일이 허다하게 일어났다. 농장의 규모가 컸기 때문에 한 달에 두 번꼴로 새끼를 낳다가 죽거나 어미에게 밟혀 죽은 돼지들이 나왔다.

죽은 돼지를 파묻을 때마다 태명과 태명 처를 묻던 날이 생각나서 나는 밤새도록 술을 마셨다. 생가의 사촌인 태명과 태명 처의 시신을 수습하며 어린 채희를 잘 키우겠노라고 맹세했었다. 타고 남은 시체 토막이 있을까봐 미친 듯이 잿더미를 파헤치던 그 밤, 실비가 내렸다. 괄하게 타오르던 불길이 실비에 수그러들었다. 잔불 속에서 끄집어낸, 재가 묻은 시커먼 살덩이가 지글거리는 소리를 내며 타들어가고 있었다. 타고 남은 뼛조각이 싯싯 소리를 내며 끓었다. 뼈 주위에 붙은 살이 기름처럼 끓어오르며 타는 소리였다. 나는 태명과 태명 처의 팔다리를 맞춰 단정하게 기워주지 못하고 그대로 땅속에 파묻었다.

봉분도 없이 한 구덩이에 시신 두 구를 묻고 나자 탈진상태가 되었다. 그때부터 술을 입에 댔다. 돼지농장을 몇 년 더 운영했더라면 나는 분명히 알코올중독자가 되었을 것이다. 그때 이씨에게 농장을 넘긴 건 지금 생각해도 잘한 선택이다.

농장일에 빠져 지내던 시절에는 돼지 냄새가 그토록 역한 줄 몰랐다. 하루에 두 번씩 샤워를 해도 머리카락과 몸은 말할 것도 없고 옷에도 돼지 냄새가 뱄다. 어머니와 서산댁은 물론이고 옆집 인영이도 내 몸에서 나는 냄새에 관해 아무 말도 해주지 않았다.

"아우, 지독한 냄새. 할부지 내 옆에 오지 마. 코가 썩을 것 같아."

어린 진경에게 지적을 당한 뒤론 꼼꼼하게 몸을 씻었다. 어려서부터 냄새에 민감했던 진경이다. 그 아이가 내일 집에 내려온다고 했다. 오래 묵은 집인데다 노인들만 있어서 메주 뜨는 퀴퀴한 냄새가 날까 봐 여간 신경쓰이는 게 아니다. 진경은 사랑채의 빈방들 중 하나를 택해 짐을 풀 것이다. 빈방에 향을 피울까 생각해봤지만 그 많은 방에 향을 피우는 게 번거로워 환기를 하기로 했다.

푸르스름한 새벽빛에 휩싸인 집은 귀신이 나올 것처럼 을씨년스러웠다. 맑은 날에도 이 집은 어두웠다. 별바른 사랑마당과 후원을 제외한 사랑채, 중사랑채, 안채 등 모든 건축물이 황갈색이나 회색인 본래의 색깔을 버리고 우중충한 검은색으로 변색되었다. 세월의 더께가 쌓인 탓이다.

나는 허리를 굽히고 빽빽한 무릎을 두드린 뒤 사무실이 있는 중사랑의 유리문을 활짝 열어젖혔다. 기역자로 뻗은 골마루가 보였고 골마루를 따라 늘어선 빈방들이 눈에 들어온다. 내가 전에 썼던 사랑채도 이와 같은 구조로 되어 있다. 빈방의 문을 열었더니 웅, 하는 낮은 소리와 함께 차곡차곡 쌓인 내밀한 어둠이 고개를 내민다. 쓰지 않는 방마다 기괴하게 흐르는 정적이라니. 방문을 차례차례 연 뒤 나는 방 안에 대고 헛기침을 했다. 마치 텅 빈 방에 노크를 하는 듯이, 아직은 나 김태혁이 여기 살아 있다고 기척을 내는 듯이.

빈방을 환기시키고 사당으로 걸음을 옮겼다. 북향인 사당의 돌담은 이끼로 덮이고 발이 닿지 않은 마당 귀퉁이와 담 밑엔 잡풀이 솟아 있다. 보는 즉시 뽑아도 돌아서면 어느새 풀이 자랐다. 제초제를 쳐도 그때뿐이다. 사당 문을 열고 들어서자 맵싸한 향이 코에 착 감겼다.

아버지 김치석은 출타했다가 돌아오면 정갈한 한복으로 갈아입고 사당에 들러 선대 할아버지들께 출입고(出入告)를 올렸다.

"금일 치석 귀 감현."*

두루마기 자락이 마루에 닿는가 싶으면 공손하게 조아린 머리 밑으로 마루를 짚은 단단한 손등이 보였다. 아버지의 등은 완만한 산봉우리처럼 둥그스름했다. 이때 열린 문으로 한 줄기 바람이 들어오면 벽에 걸린 족자가 살며시 흔들렸다. 누런 족자에 적힌 글은 승전색인 선대 할아버지에게 연산군이 직접 써서 내린 것이다.

"입은 화의 문이요, 혀는 몸을 베는 칼이다. 입을 닫고 혀를 깊이 간직하면 어디서나 몸이 편안하고 굳건하리라."

---

* 今日 致錫 歸 敢見. 오늘 치석이 집으로 돌아왔기에 감히 뵈옵나이다.

연산군은 폭정을 시작하면서 내시들을 단속했다. 자신의 과오가 다른 이들에게 알려지는 걸 방지하기 위해서였다. 그럼에도 연산군 때 폭정을 간하다 죽은 내시가 두 명이나 나왔다. 내시 김순손과 김처선이었다. 연산군이 주는 술을 받아 마신 김처선은 "늙은 노복이 사 대를 섬겼습니다. 고금에 군왕과 같이 행동하는 사람은 없었습니다. 이 늙은 것이 죽는 걸 두려워하겠나이까? 군왕은 오래가지 못할 것입니다. 다만 그것이 한스러울 뿐입니다"라고 간했다. 이 말을 들은 연산군은 김처선의 팔다리를 자르고 활로 쏘아 죽인 후 배를 갈라 호랑이에게 던졌다. 그래도 분이 풀리지 않은 연산군은 김처선의 재산을 몰수하고 가족의 목을 벴다. 김처선의 집을 파서 연못을 만들었으며 그의 일족을 칠촌까지 처벌해 집안을 결딴냈다.

승전색인 선대 할아버지는 연산군에게 글을 받자마자 곧바로 사당에 걸었다. 그의 일신이 편하자고 연산군의 글을 간직한 게 아니었다. 이 글만큼 내시에게 교훈을 주는 글도 없기 때문이다. 족자를 후대에 물려 세 치 혀를 경계하자는 게 그의 뜻이었다. 연산군 때 왕명을 출납하던 승전색이었던 선대 할아버지는 보고도 못 본 척하는 것으로 당신 목숨과 집안을 보전했을 것이다. 비굴해서 내시가 되기 싫었던 아버지는 사춘기 때 조부에게 족자에 얽힌 사연을 전해들었다.

"선대 할아버지께선 비겁하셨어요."

아버지가 말했다.

"그러하냐? 너라면 왕에게 직간을 했겠구나. 팔다리가 잘리고 몸뚱이는 반으로 갈라져 호랑이에게 먹혔겠구나. 너로 인해 집안 일족들이 죄다 결딴났겠구나. 하나만 묻자. 네가 직간한다고 왕이 폭정을 멈

쳤겠느냐?"

조부가 아버지를 빤히 올려다보았다.

"하나 사람의 도리는 해야지요."

"치석아, 우리는 사람이기 전에 내시이니라. 사람의 도리보다 우선하는 것이 내시의 도리란다."

"그리 사는 것이, 어찌 사는 것이라 할 수 있겠습니까?"

그때부터 아버지는 내시의 삶이 싫어졌다 한다. 궁에서 삼 년 남짓 내시생활을 했던 아버지는 무슨 생각에선지 조부가 돌아가신 뒤 사당을 열심히 쓸고 닦았다. 몸을 낮추고 버선발로 조심조심 사당의 마루를 걸었으며, 선대 할아버지들의 영정을 마른걸레로 닦는 일도 게을리하지 않았다.

출입고를 마친 아버지는 연산군의 족자 앞에 줄줄이 놓인 상아패를 가만가만 쓰다듬었다. 손등에 부풀어오른 정맥이 움찔거리면 아버지의 손안엔 희디흰 상아패 하나가 쥐여져 있곤 했다. 한쪽에는 '승명(承命)' 반대쪽엔 '중관(中官)' 이라 쓰인, 선대 내시 할아버지들이 차던 패들 중 하나였다. 아버지는 선대 할아버지와 마주한 양 흰 상아패를 오래도록 들여다보았다.

"태혁이 넌 나처럼 살지 않아도 된다."

나처럼, 이란 아버지의 말이 내 폐부 깊숙이 박혔다. 평민의 양자가 되는 것도 쉽지 않은 터에 내시의 양자가 되는 일이 어떠한 것인지 나는 알았다. 각양각색의 성이 섞인 내시가의 족보도 문제지만 성치 않은 몸에 관련된 다양한 호기심과 입방아가 따라붙었다. 그것을 견디는 게 내시가 양자들의 첫번째 임무다. 두번째 임무는 내시라는 직업병을 물리치는 것이다. 아버지는 내시의 양자로 사는 일이 벌겋게 달궈진 인두로 이마를 지지는 것처럼 고통스러웠다고 말했다. 아버지보단 왕이 없는 세상을 산 내 삶이 쉬웠고 나보다는 채희와 진경이가 훨씬 살기 쉬웠을 것이다. 그럼에도 진경은 그걸 견디지 못했다.

아버지는 당신 대에서 양세계보를 없애기 위해 생가의 먼 친척인 날 양자로 들였다. 사당만 없애면 이 집안이 김가의 성으로 대대손손 이어갈 줄 알았던 모양이다. 그러나 나는 결혼하지 않았다. 내 밑으로 들인 태명의 딸 채희는 저세상 사람이었고, 채희의 딸인 진경이만 호적에 올라 있다. 타성바지로 이어 온 내시가의 영광과 과오가 내 대에서 전부 끝날 것이다.

시원한가? 내가 내게 물었다.

그 물에서 발을 뺀다고 해서 쉽사리 다른 물에 발을 들이진 못할 것이다. 하나 진경이만은 다른 삶을 살길 원했다. 나의 바람대로 진경은 집을 멀리했다. 도시 아이로 활발하게 자기 인생을 개척했다. 귀에서 이명처럼 들리던 사촌 태명의 울음소리도 언제부턴가 사라졌다. 태명도 외손녀 진경이가 씩씩하게 살아가는 걸 지하에서 지켜보고 있을 것이다.

허기로 꾸르륵 소리를 내는 배를 부여잡고 삼십 분 이상 마당 쓰는 일에 집중했다. 사랑마당과 중사랑마당을 쓴 뒤 사당의 마당에 다다랐을 때 내가 피운 향내가 반쯤 열린 사당 문 틈으로 흘러나왔다. 7월의 아침빛은 나날이 짙어지는 들판과 멀리 보이는 월류봉의 검푸른 경계선을 비추고 있다. 쓰르름 맴맴, 감나무에서 매미들이 시끄럽게 울었다. 사당은 터가 높아서 마을을 굽어볼 수 있다. 아침마다 길가에 선 감나무들을 볼 때면 마음이 고요해졌다. 일정한 간격을 두고 일관성 있게 심긴 감나무를 보면 군청에서 가로수를 가꾸는 데 얼마나 관심을 기울였는지 짐작할 수 있다.

이곳에선 감이 많이 생산된다. 해마다 감을 추수하는 늦가을이면 영동군청에서 주도하는 감축제가 열린다. 축제의 하이라이트는 감 아가씨 선발대회였다. 나는 지난 삼 년간 감 아가씨 선발대회에 심사위원으로 참석했다. 출전한 처녀들의 개성과 교양, 몸매에 중점을 둬야 한다는 걸 알지만 그래도 인물을 간과할 순 없다. 매년 뽑고도 인물이 고만고만해서 성에 차지 않았다. 아직도 이 고장엔 우리 채희의 인물을 따라올 만한 처녀가 없다. 이렇듯 채희는 불쑥불쑥 되살아나 내 앞을 막아선다. 이제 와서 채희를 생각하면 뭐하는가. 죽은 자식 불알 만지기지.

나는 토담을 따라 내려와 사랑마당을 지났다. 중문으로 들어서니 안채 마당이 깨끗하게 쓸려 있다. 어느새 서산댁이 나와 쓸었나보았다. 쥐고 있던 빗자루를 중문 기둥에 세우고 바지를 털었다. 안채의 열린 문으로 안방 침대에 누운 어머니가 보였다. 어머니의 몸은 자그마했다. 짧게 커트한 백발의 머리가 베개에 폭 파묻혀 있었다. 방 안은 어머니의 살냄새와 숨결이 섞인 익숙한 냄새로 가득차 있었다. 부엌에 있던 서산댁이 나를 보곤 황급히 냄비 뚜껑을 열었다.

"오늘 아침은 된장국이에요."

식탁엔 황태무침과 깻잎장아찌, 생선조림, 버섯볶음 따위의 반찬이 차려져 있었다. 집의 외형은 아버지에게 물려받은 그대로지만 부엌과 화장실은 아버지가 살아계실 때부터 조금씩 고쳐 사용했다. 처음에는 부뚜막에 커다란 무쇠솥이 걸린 재래식 부엌이었고 연탄을 사용하면서 벽과 바닥, 부뚜막에 흰 타일을 깔았다. 가스가 들어오고 나선 부엌을 터서 식탁과 싱크대를 들이고 옆엔 냉장고와 김치냉장고를 놓았다. 사용하는 연료에 따라 부엌의 환경이 빠르게 변화했다.

서산댁은 내게 국과 밥을 퍼주고 돌아서서 어머니의 밥상을 차렸다. 치아가 부실한 어머니는 무른 반찬과 국을 먹는다. 어머니를 일으킨 서산댁은 침대에 붙은 환자용 식탁을 앞으로 끌어내렸다. 침대에 누워 생활하는 터라 어머니의 뒷머리가 만날 위로 뻗쳐 있었다. 서산댁은 젖은 수건으로 어머니의 얼굴과 손을 닦고 목에 턱받이를 둘러주었다. 그런 뒤 밥과 반찬을 환자용 식탁으로 옮겼다.

안방문을 사이에 둔 채 나는 부엌의 식탁에서, 어머니는 안방의 환자용 침대에서 마주보며 아침을 먹었다. 우리가 먹고 나면 서산댁이 먹는다. 집엔 세 사람뿐인데도 저마다 밥을 따로 먹었다. 살림을 서산댁 혼자 하기엔 아무래도 벅차다. 붙박이 간병인을 쓰자고 해도 서산댁은 말을 듣지 않았다. 필요하면 언제든 사람을 부르겠다고 했다. 내 기억에 서산댁은 자는 시간을 제외하곤 자리에 누운 적이 없다. 감기에 걸려도 코 푼 휴지를 옆에 쌓아가며 집안일을 했다. 김치를 담그고 생선비늘을 긁고 닭 모가지를 비틀고 마루에 걸레질을 했다. 서산댁의 뼛속에는 힘과 열정, 누구도 따라올 수 없는 성실함이 깃들어 있다.

"오늘은 어떠셔요, 어머니."

"된장국에 시금치를 넣었네."

동문서답이었지만 어머니의 미각은 여전했다.

"맛나세요?"

"간이 슴슴하니 좋아. 자네도 많이 먹게나."

어머니는 내 머리가 하얗게 세기 시작하면서 나를 자네라고 불렀다. 그전에는 문디라고 불렀다. 문디는 문둥이의 방언인데 경상도와 충청도 남쪽지방에서 많이 쓰는 말이다. 어머니에겐 문디가 욕이 아니라 일종의 애칭인 셈이다. 그러나 문디라는 방언에는 애증이 함께 담겨 있어서 '문디 가시내'나 '문디 새끼'라고 하면 욕이 된다. 욕이긴 하되 매정한 욕이 아니라 온기를 품은 따뜻한 욕이다. 어려서부터 호칭에 이렇듯 세심한 주의를 기울이게 된 것은 내가 양자여서 그런지도 모른다. 기른 정도 낳은 정 못지않다고들 하지만 내 좁은 소견엔 기른 정은 어디까지나 기른 정이었다. 이 집 남자들 모두가 굴러온 자식들인데도 나는 때때로 누군가의 눈치를 봤다. 그러나 어머니는 문디라는 단어 하나로 내 의혹을 일거에 날려버렸다.

우리 문디 뭐 하냐? 먹고 잪은 것은 없고? 우리 문디 졸리나보네. 자는 동안 어여어여 크시게. 입이 찢어질 듯 선하품을 하면 어머니는 나를 자리에 누이고 키를 크게 한다며 다리를 주물러주곤 했다. 어머니가 문디야, 하고 부를 때마다 문디는 행복했다. 오늘 아침엔 왠지 어머니의 문디라는 말이 가슴이 아리도록 그리웠다.

"나도 목욕차에서 목욕하고 싶어."

또 어머니의 생떼가 시작되었다.

"집에서 하세요. 오늘은 목욕차가 오는 날도 아니잖아요."

"싫어. 그 차에서 할 거여."

국에 만 밥을 먹던 어머니는 국그릇 위에 수저를 올렸다. 손이 떨리는 어머니로선 그릇 위에 수저를 올리는 일이 쉽지만은 않다. 밥을 먹지 않겠다는 시위였다.

"목욕차는 가난한 장애노인들이 이용하는 거예요."

"동네 할머니들은 죄다 그 차에서 목욕하는데 나만 왜 안 된다고 그러냐?"

"우리는 가난하지 않으니까요."

"자네가 면사무소에 가서 우리도 가난하다고 혀."

국가에서 거동이 불편한 시골 노인들을 위해 이동목욕차를 운영한다. 기초생활수급자나 차상위계층의 장애를 가진 노인들이 그 차를 이용했다. 어머니는 차에서 목욕하는 게 신기했던지 며칠 전부터 당신도 거기서 목욕하겠다고 떼를 썼다. 서산댁이 국에 만 밥을 떠먹이려 해도 소용없었다. 조개처럼 입을 꽉 다물고 한 숟갈도 받아먹으려 하질 않았다.

"우리 집에 목욕차가 못 들어오게 인영이 고 불여우 같은 년이 막았을 거여."

어머니는 옆집 인영이를 들먹였다. 비가 와도 인영이 탓이고, 바람이 불어도 인영이 탓이고, 문이 열리지 않아도 인영이 탓이었다.

"어머니 왜 이러셔요."

사랑과 넉넉함, 푸근함이 담긴 눈빛으로 날 보던 어머니의 눈이 치매가 오면서부터 바뀌었다. 무표정한 눈으로 볼 때가 많고 지금처럼 분노에 찬 눈빛일 때도 있었다.

"못난 인사. 기훈이가 당하는 거 옆에서 보고도 그런 말이 나와?"

"인영이 그 사람이 기훈이에게 당했지 왜 기훈이가 그 사람에게 당했다고 자꾸만 우기세요. 기훈이가 그렇게 된 건……"

말해봤자 별 효과가 없을 듯해 나는 입을 다물었다. 밥을 먹이려는 서산댁과 밥을 먹지 않겠다고 떼를 쓰는 어머니의 실랑이를 지켜보다가 화제를 돌렸다.

"내일 진경이가 온다네요."

"뭐? 우리 채희가 온다고?"

어머니는 돌아가신 아버지는 물론이고 진경이도 알아보지 못했다. 진경이를 죽은 채희로 알았다. 하긴, 어머니가 채희에게 쏟은 사랑이 유별나긴 했다. 태명과 태명 처를 묻고 나서 혼자 남은 채희를 데려왔을 때 아이는 사람 몰골이 아니었다. 채희를 보려고 어머니와 서산댁이 안채에서 나오자 아이가 짐승처럼 괴성을 지르며 다짜고짜 마구간으로 기어들어갔다. 채희는 포플린 블라우스에 사내아이처럼 검정색 몽당바지를 입고 있었다. 블라우스가 원래는 흰색이었는데 감물과 풀물이 들어 우중충한 회색으로 변했고 쫑쫑 땋은 갈래머리에선 머릿니가 들끓었다.

"애 꼴이 왜 저런다니."

어머니와 서산댁은 여물통 앞에 서서 마구간을 들여다보며 발을 동동 굴렀다.

"아가, 어여 이리 나와."

어머니가 손짓해 부르자 마구간에 있던 채희가 한쪽 벽에 쌓아둔 건초 더미를 손으로 파기 시작했다. 두더지가 땅을 파는 것처럼 빠른 속도로 건초 더미를 파고들더니 그 안에 숨어버렸다.

"허, 사람이면 사람 새끼답게 키웠어야지."

그걸 본 어머니는 기함한 얼굴이었다. 채희를 마구간에서 끌어내자 어머니와 서산댁이 달려들어 채희의 머리에 석유를 바르고 머릿니를 잡느라 한바탕 법석을 떨었다. 깨끗하게 씻긴 뒤 방에 가자고 했더니 채희가 대뜸 할퀴려 들었다. 죽어도 방엔 들어가려고 하지 않았다. 억지로 밥을 먹여 재운 다음날 새벽 채희는 마구간에 있었다. 짚더미에 웅크린 소의 목에 달라붙어 쌕쌕거리며 자고 있었다. 소가 숨을 쉴 때마다 늘어진 목살이 움찔움찔 흔들리고 그때마다 보드라운 쇠털이 채희의 얼굴을 간질였다. 소똥이 질펀하게 깔린 마구간에서 자면서도 채희는 웃는 얼굴이었다. 마구간에서 풍기던 고소한 흙냄새, 건초 더미에서 나던 아릿하고 씁쌀한 풀냄새, 그런 것들이 어린 채희를 불렀는지도 모른다.

채희는 야생에서 짐승과 함께 자란 아이였다. 간혹 손거울이나 동화책을 사가지고 가면 채희는 그걸 우물 속에 던졌다. 산속에 숨어서 화전을 일구며 살던 태명과 태명 처도 내가 오는 걸 반기지 않았다. 채희의 유일한 친구는 산에 사는 동물이었고, 그 동물들과 숲과 벌판을 쏘다니며 자랐다. 그래서 말하는 것과 듣는 것이 늦었다.

채희를 사람으로 만들기 위한 어머니의 노력은 가히 필사적이었다. 할머니의 죽을 쑤던 정성과 나를 보듬어 안았던 사랑을 합한 것보다 더 많은 노력을 채희에게 쏟아부었다. 그 결과 채희는 어머니의 말만 간신히 알아들었다. 사람 꼴을 갖춘 채희는 하루가 다르게 변하면서 아름다운 여자아이로 자랐다. 하지만 사람과 눈을 맞추지는 못했다. 그애가 눈을 피하지 않는 유일한 사람은 어머니뿐이었다. 지금 생각해보면 치유가 가능한 유사자폐였는데 그 시절엔 자폐에 관한 상식이 전무해서 채희는 모자란 아이, 덜떨어진 아이, 맹한 아이로 인식됐다. 채희는 학습 부진아였고 지능까지 낮아서 반박할 수도 없었다.

상을 물린 어머니가 침대머리에 기대어 앉아 있었다. 서산댁이 어머니의 등을 베개로 괴어주었다.

"우리 채희는 팔다리가 길쭉길쭉하니 참 예뻤어."

어머니는 왜 과거형으로 말하는 것일까. 채희가 죽은 걸 알고 하는 말이 아닐까. 나는 어머니의 눈을 가만히 들여다봤다. 초점이 풀려 있었다. 어머니의 눈은 뭔가를 감춘 눈이 아니라 채희를 키우던 과거의 어느 지점으로 거슬러오르는 중인 듯했다.

"저 그만 건너갈 게요."

"채희가 오면 심심할 테니 옆집 안나 좀 데려와. 그애랑 놀게."

어머니가 보채듯이 내게 말했다.

"꼬마였던 안나는 지금 미국에 살아요. 이젠 오십대 아줌마가 됐어요."

식후 삼십 분. 어머니에게 혈전약을 먹이던 서산댁이 답답한 듯 말했다. 안나는 기훈과 인영의 딸이다. 어머니는 아버지와 진경은 까맣게 잊었으면서도 왜 그들을 잊지 못하는 것인지. 기훈네에게 품은 적의가 고장난 전두엽 속에 고스란히 남아 있어서 그런지도 모른다.

나는 안채를 나와 별채로 들어섰다. 안채는 별채와 마주보게 배치되어 있다. 안채에는 부엌이, 별채에는 고방이 직각으로 꺾인 채 딸려 있다. 안채의 앞마당과 뒷마당은 각 건물과 높은 토담으로 폐쇄되어 중문을 통해서만 출입이 가능하다. 조선시대 양반가에서는 부녀자들의 편한 출입을 위해 중문 외에 일각문을 따로 두었다. 안채에는 눈

씻고 찾아봐도 일각문은 고사하고 쪽문조차 없다. 내시가의 전형적인 형태로 조선시대 양반가보다 폐쇄성이 높은 집이다. 밖을 향해 뚫린 데라곤 안채 뒷마당을 둘러싼 탱자 울타리의 개구멍이 고작이다.

탱자 울타리는 높이가 삼 미터 정도 된다. 탱자나무가 촘촘히 심긴 울타리에 비가 내리면 가죽 같은 탱자잎이 더욱 질겨 보이고 톱니처럼 생긴 잎의 가장자리는 금방이라도 찌를 듯 날카롭다. 탱자 울타리는 누가 언제 조성했는지 아무도 모른다. 우리 집과 기훈네 집이 세워지기 전부터 있었다고 한다. 탱자나무는 동서남북 오만 데서 불어오는 바람을 맞으며 두 집을 굳건히 지키고 있다. 수백 년 동안 땅속으로 은밀하게 뻗은 탱자뿌리는 크기가 어마어마할 것이다. 그 뿌리는 황간면 소재지를 몽땅 덮고도 남을 만큼 거대할지도 모른다. 그건 그 악스럽게 자란 저 탱자가시를 보면 알게 된다. 늙어빠진 마귀할멈의 손톱처럼 딱딱하게 마르고 비틀어진 가시. 두 집안은 탱자 울타리를 사이에 두고 때론 서로를 찌르고 때론 팔짱을 끼며 그렇게 살아왔다.

"두 집구석에 맨 독한 종자들만 살아놔서 탱자 울타리가 저리도 무성하다. 거름기도 없는 퍼석한 땅에서 어쩜 저토록 시퍼렇게 자랄꼬. 독을 품은 탱자가시 좀 봐라. 아우, 징글징글한 저놈의 탱자!"

젊은 어머니는 탱자나무를 지나칠 때마다 울타리 틈으로 기훈이네 집을 흘금흘금 엿봤다. 그러고는 두 집이 울릴 만큼 쩌렁쩌렁한 소리로 저주를 퍼부었다. 어머니의 저주를 먹고 자란 탱자나무는 해가 갈수록 울울창창했다. 거름도 주지 않고 음식 찌꺼기나 개똥조차 묻어주지 않는데 어머니 말마따나 어쩜 저리도 무성하게 자라는지.

탱자꽃이 하얗게 피는 봄이면 꽃에 휘둘려 머리가 어지러웠다. 그

릅밤에 핀 탱자꽃은 너무나 요염해서 눈길을 돌려야만 할 지경이었다. 꽃이 피면 어머니는 탱자 울타리 근처엔 얼쩡거리지 못하도록 날 막아서곤 했다. 탱자꽃에 눈을 흘기며 탱자가 요물이라고 했다. 그 요물이 인영에게 하는 말인가 싶어 슬그머니 어머니를 건너다보기도 했다.

어머니는 반신마비와 치매기, 감각장애로 인해 대소변을 가리지 못하는 등 아흔을 넘긴 노인답게 뇌졸중 증상을 골고루 앓고 있는데 말만은 기가 막히게 하는 특이한 케이스였다. 뇌경색으로 혈관이 일시적으로 막힐 때 언어를 담당하는 뇌혈관은 막히지 않았나보았다. 게다가 다른 부분의 기능이 퇴화하면서 언어를 담당하는 뇌세포만 활성화되었는지 형용사와 부사의 활용도가 뛰어났다. 어머니는 인영을 볼 때마다 눈꼬리를 샐쭉하니 올리고 야무지게 말했다. 옹기장수 딸년이 왔구나. 복살머리라곤 서푼어치도 없게 생긴 년.

말은 야무지게 했어도 틀니가 잇몸에 부딪히며 더거덕더거덕하는 소리가 어머니의 말끝에 묻어 들렸다. 어머니는 어떤 분노와 원망도 섞이지 않은 안온한 표정으로 노래하듯 읊조렸다. 내 아들 영혼을 조각조각 파먹은 불여우.

그 불여우도 늙어서 할머니가 됐는데 어머니에겐 인영이가 젊은 여자로 보이는 모양이다. 어머니가 말하면 옆에서 수발들던 서산댁이 지레 무안해하며, 어른에게 말 못 하고 죽은 귀신이 씐 것 같다고 인영의 편을 들어주었다. 인영은 그런 서산댁의 마음 씀씀이가 조금도 고맙지 않았을 것이다.

인영이가 옹기장수 딸년이던 시절로 돌아갈 수만 있다면 돌아가고 싶다. 요즘의 일상이 단조로운 흑백이라면 그땐 하루하루가 총천연색으로 빛나던 나날이었다. 길고긴 여름방학은 비누거품처럼 가볍고 향기로웠다. 찌는 듯한 여름날 오후엔 인영과 물 위에 누워 초강을 따라 하염없이 떠내려가곤 했다. 등을 맡긴 강물에 미역처럼 풀어지던 인영의 길고 풍성한 머리, 발치께에서 들리던 나른한 물장구 소리, 물을 먹어 귀가 먹먹한 상태로 하늘을 올려다보면 생일선물처럼 떠 있던 새하얀 양떼구름들.

나는 이상하리만치 흙 만지는 걸 좋아했다. 어릴 땐 인영이네 옹기막에서 살다시피 했다. 흙장난은 아이들에게도 인기가 좋아서 기훈이와 형뻘인 마사토가 따라오기도 했다. 우리는 인영이네 옹기막을 놀이터 삼아 어울려 놀았다. 그때부터 인영 아버지는 날 예사롭지 않게 보았다. 타고난 아이, 그게 나에 대한 인영 아버지의 평가였다. 인영 아버지가 도토(陶土)를 밟으면 나도 따라 밟았다. 인영 아버지가 발로 물레를 돌리면 어린 나도 물레를 돌리고 싶어서 안달했다. 물레를 멈춘 인영 아버지는 당신이 만든 항아리와 물레 사이의 흙을 실로 자르고 그 항아리를 집어 바닥에 내려놓았다. 그러고는 흙이 묻은 손을 수건에 닦고 담뱃대에 잘게 썬 연초를 채웠다. 담배를 한 모금 깊이 빨아들인 후 인영 아버지가 내게 물었다.

"그릇 굽는 게 재미있어 보이냐?"

"네, 보기만 해도 좋아요."

"보기만 해도 좋다…… 좋은 데야 별수 없지. 그럼 너도 한번 해봐라."

인영 아버지는 헛간에 있는 세 대의 물레 중 두번째로 작은 물레를 내주었다.

"만들었다가 부수고 다시 만들어봐."

물레 중 가장 작은 게 인영의 물레였다. 인영의 부모는 장날이 되면 그간 만든 독과 자배기를 수레에 싣고 장에 팔러 갔다. 부모가 없는 장날이면 인영과 난 배고픈 것도 잊고 온종일 헛간에서 놀았다. 한 덩어리의 도토를 물레 위에 올려놓고 물을 발라가며 여러 가지 모양을 만들었다가 부수고 다시 만들곤 했다. 오른발과 왼발을 바꿔가며 물레를 돌렸고 손으론 도자기 비슷한 걸 빚기도 했다. 인영이가 만든 것보다 내 것이 항상 형태가 반듯했다.

우리가 자라면서 인영 아버지는 여러 비법을 전수해주었다. 흙과 불의 온도에 대해, 도토가 될 때까지 흙을 거르는 법과 유약 만드는 법에 관해서도 말해주었다. 유약은 식물의 잎에서 채취한다고 했다. 잣나무, 밤나무, 소나무, 상수리나무, 고사리 등의 잎을 연할 때 따서 말린다. 말린 잎을 불에 태워 재를 받는다. 재를 물에 가라앉혀 웃물을 떠내고 침전된 것으로 유약을 만든다고 했다. 청자의 유약은 도공에 따라 다른데, 섞는 방법에 비밀이 있다고 했다. 섞는 비율에 따라 색이 달라진다고도 했다.

인영 아버지는 일본인들이 질 나쁜 공장 유약을 퍼뜨려서 조선 본래의 것인, 식물에서 채취한 유약을 만들지 못하는 도공들이 많다고 한탄하기도 했다. 한탄이라기보다는 분노에 가까운 말투였다. 그래도 인영 아버지의 솜씨를 처음으로 인정하고 아껴준 건 마사토의 아버지였다. 일본인인 그는 인영 아버지가 만든 청자와 백자를 후한 값에 사주었다. 그 덕에 생계수단인 옹기를 전처럼 열심히 만들지 않아도 되었다. 그중 인영 아버지가 만든 백자는 일본 우익계 관료인 마사토 백부의 손을 거쳐 일본 황실에도 들어갔다.

어느 날 나는 위가 넓게 퍼진, 지름이 이십 센티미터나 되는 밥사발만한 찻잔을 만들었다. 인영 아버지가 찻잔을 살펴보더니 그건 부수지 않아도 된다고 했다. 도자기를 가마에 넣을 때 같이 구워주겠다고 했다.

"어디 좀 보자."

찻잔을 만들면 인영 아버지가 물레에서 일어나 내 쪽으로 와선 과연, 하고 혼잣말을 했다. 그러곤 내가 만든 찻잔을 실로 떼어 바닥에 내려놓았다.

"더 만들어봐."

"찻잔 말인가요?"

"도자기는 아직 어려우니 접시든 병이든 아무거라도 좋아."

인영 아버지는 내가 만든 걸 끝없이 보고 싶어했다. 나는 도토의 은은한 광택과 촉감에 완전히 매료되었다. 풀벌레 소리를 들으며 물레를 돌리면 더없이 행복했다. 도토가 얼어붙는 겨울에는 도자기와 옹기 만드는 일을 쉬었다. 봄이 올 때까지 그동안 만든 것들을 가마에 넣어 구웠다. 겨울방학이면 나는 가마에 지필 땔나무를 산에서 해오곤 했다. 그러던 어느 날 헛간의 선반 위에 두 개의 백자 찻잔이 얹혀 있었다.

"잘 만들어졌다. 너희들이 만든 찻잔의 유약을 청자로 할까 생각하다가 그냥 백자로 하기로 했다. 첫 작품이니 가지고 가서 귀하게 쓰도록 해."

인영은 자기가 만든 매끈한 흰 찻잔의 둔부를 쓰다듬으며 한껏 들뜬 표정이었다. 나는 내가 만든 찻잔을 물끄러미 쳐다보았다. 내가 만든 거라고는 믿기지 않을 만큼 안정된 찻잔으로 보였다. 이 찻잔을 아버지가 술잔으로 쓰면 좋을 것 같았다. 그러나 아버지의 술잔으로 쓰이지 못했다.

"잘하는 짓이다! 내시로는 모자라더? 천하디천한 옹기장수 집구석에 굴을 파고 들어앉아 사는구나."

성난 어머니의 손에 찻잔이 박살나버렸다. 그날 이후 어머니 몰래 인영이네 옹기막에 갔다. 그즈음 나는 쓸쓸함에 매몰되어 있었는데, 흙을 만지면 마음이 무상해져서 좋았다. 그때는 몰랐다. 물레를 돌리며 내시의 양자라는 비천한 신분을, 내 외로움을 도토 속에 이겨넣고 있었다는 사실을. 훗날 그 시절 접했던 흙과의 교감이 내 삶의 노동과 휴식의 시간을 적절히 배분하고 조절하는 능력을 키워주었다는 걸.

탱자 울타리는 위협적이다. 가죽처럼 반들반들한 초록잎들이 속삭인다. 나를 뛰어넘어. 탱자 울타리 근처에 오면 사각사각 바람에 흔들리는 탱자잎들의 유혹이 시작된다. 인영이가 저기 네 코앞에 있잖아. 늙은 마귀할멈의 손톱처럼 마르고 딱딱한 탱자가시가 땅속의 수액을 빨아올리며 말한다. 시간이 없어. 젊은 한때 밤마다 꿈속에서 탱자 울타리를 넘고 또 넘었지만 지금은 그러지 않는다. 나는 탱자 울타리 개구멍을 통해 옆집으로 건너간다. 개구멍은 어린 시절 기훈과 내가 뚫은 것이다. 탱자 울타리 사이론 어머니와 기훈 어머니의 악담이 하루도 빠짐없이 오갔지만 기훈과 난 개구멍에 숨어서 키득거리며 놀았다. 수십 년이 지난 후 기훈과 인영이 낳은 딸 안나와 우리 채희도 개구멍에서 소꿉놀이를 하며 지냈다.

기훈과 내가 태어나기도 전 아득한 옛날부터, 효자동 집에서 두 집안이 대를 이어가며 함께 산 기억이 우리들의 유전자 속에 스며들어 어른들이 악담을 하건 말건 그렇게 붙어 놀았는지도 모른다. 어머니는 기훈을 보면 고개부터 돌렸다.

"머슴의 자식."

그러거나 말거나 기훈은 흔연한 얼굴로 어머니께 다가와 인사를 드렸다. 어디 한구석 머슴다운 데라곤 기훈에게서 찾아볼 수 없었다. 깎은 밤톨처럼 해말간 얼굴에 손마저도 길쭉하고 손가락의 끝마디가 갸름했다. 기훈을 훔쳐보던 어머니는 혀를 내밀고 고개를 잘래잘래 흔들었다.

"짝딸이 막손과 퉁방울 눈을 가진 여편네 사이에서 어찌 저런 자식이 나왔을꼬."

키가 작고 땅딸막한 막손을 어머니는 '짝딸이'라고 불렀다. 기훈 어머니는 어머니가 기훈을 보는 눈과는 다른 눈으로 날 봤다. 기훈은 어려서부터 약골이었다. 기훈 어머니는 튼튼한 내가 부러운 듯 밥 외에 따로 보양식을 먹는 게 있는지 꼬치꼬치 캐물었다. 조부의 예민한 혀탓에 우리 집 여자들이 음식에 기울이는 정성이 각별하다는 걸 알고 하는 말이었다. 특별한 걸 먹은 적이 없다고 하면 기훈 어머니는 "내시의 자식이……" 하며 고개를 외로 틀었다.

조부는 천생 내시였고 아버지는 헌헌장부였으나 손이 여자의 손처럼 곱고 말년엔 수염이 나질 않았다. 하지만 난 거세하지 않아서 내시의 특징을 찾을 수 없을뿐더러 또래에 비해 몸이 좋고 목소리가 우렁

우렁했다. 기훈 어머니에겐 그게 매우 부당하게 느껴졌던 모양이다. 어쨌든 기훈과 난 머슴의 자식과 내시의 양자라는 상처를 서로 껴안으며 어른들과는 무관하게 잘 지낸 편이다. 우리 사이에 인영이 끼어들기 전까지는.

안나와 채희가 소꿉놀이를 하며 놀던 시절만 해도 개구멍엔 짚자리가 깔려 있었다. 가을걷이가 끝나면 소작인을 통해 새 짚을 구했다. 그러면 허드렛일을 하던 이씨가 밤새 새끼를 꼬아 자리를 만들어주었다. 개구멍의 맨땅에 마른 짚단을 두둑이 깔고 그 위에 자리를 얹었다. 천장이 궁륭처럼 굽은 탱자나무 속 개구멍은 말이 개구멍일 뿐이지 안은 대여섯 명이 운신할 만큼 폭이 넓고 아늑했다.

그 속에서 안나와 채희가 어떤 얘기를 나눴는지 모르지만, 우리는 주로 인영이 얘기를 했다. 매양 내가 말했고, 기훈은 듣는 쪽이었다. 나는 인영에게 미쳐 있었다. 그래서 개구멍 속은 언제나 5월이고 수요일이었던 것 같다. 내가 사고로 어디엔가 쾅 부딪쳐, 그 충격으로 머리가 깨어지고, 깨진 뇌의 파편이 인영의 옆구리에 깊숙이 박힌 게 아니라면 그럴 수는 없었다. 인영을 향한 끊임없는 갈망이 날 아프게 들쑤셨다.

개구멍 속에선 기훈만이 제정신을 가진 인간이었다. 그건 사랑이 아니고 집착이야. 그 말을 할 때만 해도 기훈은 진실을 꿰뚫어볼 수 있는 눈을 가지고 있었다. 훗날 흐리마리한 눈으로 사철을 나는 기훈에게 연타로 어퍼컷을 먹였을 때 기훈은 말했다. 태혁아, 한 대 더 때리고 내게 약을 줘…… 네가 아직도 친구라면 약 좀 구해줘…… 기훈이 개자식.

나는 개구멍을 빠져나와 기훈이네 정원을 가로질렀다. 나를 맞은 건 빈집 도처에 만연한 누진 기운이다. 대문에서 현관까지 빼곡히 들어찬 꽃나무들은 제멋대로 자라 가지가 휘어지고 줄기엔 진딧물이 서캐처럼 허옇게 붙어 있다. 정원에 기승스레 돋은 저 풀들이라니. 그늘지고 습한 구석마다 낀 이끼와 거미줄로 치장한 처마 밑, 발을 뗄 엄두를 내지 못하고 머뭇거리다가 현관으로 난 좁장한 자갈길을 따라 걸었다. 사방으로 휘어진 꽃가지를 밀치며 조심스레 나아갔지만 몇 발짝을 떼기도 전에 장미가시에 이마를 긁히고 말았다. 나뭇가지를 자르고 마당의 잡초를 뽑고 집안을 돌보자면 사나흘은 잡아야 할 것 같다.

부산의 아파트에서 홀로 지내는 인영은 일 년에 두 번 제사를 지내러 내려온다. 며칠 있으면 제사가 드는 날이고 인영 역시 그날 내려올 것이다. 딱히 인영이가 부탁한 것도 아닌데 그녀가 내려오기 전엔 어김없이 빈집을 손봤다. 빈집은 하루가 다르게 무너진다. 옆집이어서 내 집처럼 자주 들러볼 수 있지만 일부러 그렇게 하지 않는다. 인영과 기훈이 생각나기 때문이다.

그제 새벽에도 나는 인영의 외마디 소리를 들었다. 시골 밤은 깊고 적막해서 나무 우듬지가 바람에 흔들리는 소리, 먼 데서 개 짖는 소리, 초강의 센 물살이 강바닥의 자갈을 휩쓰는 소리까지 정밀하게 들린다. 새벽 강에서 피어오른 안개가 대지를 빽빽하게 메울 무렵 인영이 지르는 외마디 소리를 들었다. 나는 잠에서 깨어나 인영이 지른 외마디에 대해 생각했다. 왜 그녀는 소리를 질렀을까? 정작 소리를 질러야 할 땐 속으로 잘도 삼키던 그녀였는데. 열정과 이상이 식어버린 지금 그 무엇이 그녀로 하여금 참을 수 없게 만들었을까. 비록 꿈속에서나마.

나는 인영을 사랑했다. 번번이 비참하게 버려져 홀로 남은 자신을 볼 때처럼. 세월이 흐르는 것에 숨막혀하며 늙어버린 육체로 인해 가쁜 숨을 몰아쉬는 지금도 나는 인영을 사랑한다. 내 들숨과 날숨 사이, 빗상뼈와 견갑골에도 인영이가 깃들이 있다. 그녀의 목뒤 검은 점과 나날이 가늘어지는 머리카락, 짜증과 분노, 망설임과 조바심에 대해 화를 내면서도 나는 인영을 사랑했다. 비온 뒤 지렁이가 땅바닥을 밀며 기어가는 시간처럼 느리고 질기게 인영을 사랑했다. 그건 사랑이 아니고 집착이야. 기훈이가 개구멍 속에서 가르쳐준 그때부터 그 후로도 쭉. 생은 견딜 수 있을 만큼의 고통만 준다고? 천만에. 생은 때때로 엿 먹이듯 견딜 수 없는 고통을 품에 안기기도 한다.

5. 김진경
나를 둘러싼 이 안개

금상교를 지나 마을로 향하는 큰길로 접어들었다. 피서철인데다 휴일까지 겹쳐 월류봉과 반야사 계곡을 찾는 행락객들로 큰길이 북적였다. 알록달록하게 차려입은 행락객들이 검은 정장을 한 채 커다란 트렁크를 질질 끌고 가는 날 힐끔거리며 지나갔다. 얼마 걷지 않아 땀이 밴 긴 바지가 종아리에 철썩 들러붙었다.

감나무 가로수들이 줄지어 선 큰길과는 대조적으로 집 앞 골목은 조용하기 그지없다. 솟을대문 앞에 이르자 폐가에 온 게 아닌가 싶어 눈을 비볐다. 오랜 시간을 두고 몰락을 향해가는 누추함이 먼저 눈에 들어왔다. 집은 우람하지만 빛과 색이 바랬고, 부식의 흔적이 역력한 아름드리 나무기둥과 하늘로 솟구친 겹처마 밑은 가난한 여자의 떨어진 속옷처럼 시멘트로 때운 흔적이 여기저기 들여다보였다.

내가 묵을 사랑채는 서산댁의 손길이 여러 차례 지나간 듯했다. 매트리스 위엔 흰 시트와 풀 먹인 삼베 홑이불이 깔려 있고, 새로 산 책상이 윗목에 놓였으며 옆엔 키가 큰 스탠드가 세워져 있었다. 나는 열린 문으로 방 안을 들여다보곤 트렁크를 골마루에 올렸다.

"사당에 들러 고하자꾸나."

골마루에 친 모시발을 걷어올리며 할아버지가 말했다.

"할아버지 저는 빼주세요. 사당에 절하는 건 안 하고 싶어요. 안채부터 들를게요."

"그래라. 그럼 이따가 보자."

이 집 사람들 특유의, 친모에게 양육받지 못하고 자란 사람들이 흔히 그러듯, 사람 사이에 매끄럽게 스미지 못하고 덜 익은 무처럼 설컹거리는 기미가 느껴지는 태도로 날 맞이한 할아버지는 곧장 사무실이 있는 중사랑채로 건너갔다. 그러나 할아버지가 얼마나 날 사랑하는지는 눈빛만으로도 알았다. 그는 정신을 차릴 수 없도록 볼을 비비거나 숨막히게 안아준다거나 하는 살뜰한 사랑은 주지 못했으나, 다른 어머니들이 하지 못하는 많은 것들을 해주었다. 그는 어린 날 인격체로 대접했다. 어린아이가 하는 말을 진지하게 경청할 줄 알았으며 내가 무엇을 하든 그게 비록 틀린 일일지라도 전폭적으로 지지했다. 이러한 양육방식은 내가 또래에 비해 일찍 독립된 개체로 자라는 데 지대한 영향을 미쳤다.

할아버지가 할 수 없는 것은 안나 아줌마가 대신했다. 초경을 시작하던 날 생리대를 사다주며 사용법을 알려준 것도 안나 아줌마였다. 그후 남편을 따라 뉴욕으로 건너간 안나 아줌마는 엄마가 필요한 순간이면 귀신같이 알고 전화해서 꼬인 문제를 해결해주곤 했다.

난 그녀의 도움으로 세면대 배수구가 막힌 것도 칼집을 잘게 낸 케

이블타이로 간단하게 뚫었고, 아파트 전세계약일이 지나도록 별말이 없던 집주인이 불시에 올려달라던 전세금을 주지 않아도 되었다. 안나 아줌마가 시키는 대로 집주인에게 전화만 한 통 넣었을 뿐이다. 그건 임대차보호법에 위배되는 행위라고, 전세금을 올려받으려면 육 개월 전에 세입자에게 통보해야만 한다고, 계약일이 지나도록 통보하지 않으면 계약서를 다시 쓰지 않아도 묵시적 계약이 이루어진 걸로 간주되는 거라고. 내 전화를 받은 집주인은 정말이지 찍소리도 하지 못했다. 나는 밤잠을 자지 않고 프레젠테이션 자료를 준비하는 게 쉽지 이런 일을 능숙하게 처리하지 못해 늘 곤란을 겪는다. 꼭 엉덩이 부분에 실밥 터진 바지를 입고 허둥지둥하는 꼴이다. 그나마 '생활의 지혜' 담당인 안나 아줌마 덕분에 실밥 터진 바지 신세는 면하고 산다.

"채희는 얼굴이 희고 고왔지. 채희와 같은 옷을 입어도 난 주워 입은 것처럼 태가 안 났어. 나는 왜 부모를 안 닮았나 몰라. 하필이면 우리 할머니를 닮았다지 뭐니."

안나 아줌마의 말에는 친구에 대한 질투가 조금도 묻어 있지 않았다. 날 낳다가 죽은 엄마에 대한 예의 때문인지는 몰라도. 이렇듯 안나 아줌마와 엄마는 찰떡처럼 붙어다니던 단짝친구였고, 할아버지와 박기훈은 만나기만 하면 사방팔방 피가 튀는 적이었으며, 증조부와 막손은 주종관계였고, 증조모와 막손 처는 사무치도록 한이 맺힌 철천지원수지간이었다. 대대로 내려오는 관계만큼이나 괴상하게 생긴 탱자 울타리가 두 집 사이를 가로막고 있다.

중풍으로 누워 있는 증조모는 올해 아흔 살쯤 된다. 아니, 오래전에 아흔을 넘겼는지도 모른다. 안채로 가서 뼈만 남은 앙상한 손을 잡아드렸더니 침대에 누운 증조모는 채희 왔니, 하고 죽은 엄마의 이름을 불렀다. 정신이 들락날락하는 증조모는 차안도 피안도 아닌 경계의 세계에 머물러 있으므로 이승의 나이를 셈하는 건 무의미한 일이다. 증조모에겐 한 해나 하루라는 수 자체가 무용하기 때문에 나는 증조모의 나이를 셈하지 않은 지 오래됐다. 증조모는 인간의 나이가 아니라 귀신의 나이, 사물의 나이를 먹고 있는 게 분명하다.

그럼에도 증조모의 나이를 기어코 세려면 기존의 한 살 두 살이 아닌 다른 방법으로 세어야 마땅하다. 왜, 그거 있지 않은가? 설날에 하는 윷놀이. 윷의 한살이를 나기 위해 도, 개, 걸, 윷, 모처럼 차분히 한 끗씩 앞으로 나아가는 정상적인 수 말고 뒷걸음질치는 뒷도 같은 것. 너무 오래 산 탓에 현재의 기억이 사라지고 과거의 일부분만 편집해서 기억하는 증조모에겐 뒷도 한 살, 뒷도 두 살, 이런 식으로 나이를 깎아 셈하는 게 올바른 계산법인지도 모른다.

"채희가 아니고 진경이라는데도 자꾸만 저러시네."

내가 사온 백도를 믹서에 넣던 서산댁이 돌아보며 말했다. 서산댁은 동글동글한 얼굴에 뺨까지 붉어 언제나 태평해 보인다. 포근하게 살이 오른 서산댁의 뒷모습을 뜯어보면 환희나 기쁨을 받아들이는 것만도 벅차서 분노와 화, 다급한 일 따위는 저장할 여력이 없는 몸 같기도 하다. 그녀는 걸음마저도 으슬렁으슬렁 걷는다. 서산댁은 그 태만한 팔자걸음 틈새로 자신의 심각한 문제를 아무도 보지 못하게 술술 흘려버리는지도 모른다. 서산댁의 치마꼬리에 묻어서 유년을 보낸 게 그나마도 내겐 축복이었다.

서산댁은 내가 서울에서 쉽게 해먹을 수 없는 잡채 같은 손이 많이

가는 요리를 한 상 가득 차려냈다. 기름 냄새, 양념 냄새가 떠도는 식탁에서 우리는 포만감에 젖은 얼굴로 각기 다른 차를 마셨다. 나는 티백으로 된 원두커피를, 할아버지는 영국산 홍차를, 서산댁은 설거지를 하며 짬짬이 믹스커피를 홀짝거렸다.

"여름휴가는 며칠이나 얻은 게냐?"

잘 우린 홍차를 찻잔에 따르던 할아버지가 느긋하게 물었다.

"저 여기 휴가 온 게 아니고 일하러 내려왔어요."

"일이라니. 무슨 일?"

"노근리사건 취재 때문에요. 회사에서 그 사건을 다큐로 제작할 계획이거든요."

"노근리라…… 그럼 네가 그 일을 맡은 게냐?"

"아뇨, 후배가 맡은 건데 제가 뒤에서 돕기로 했어요. 마침 제 고향도 여기고 해서요."

할아버지가 마뜩잖은 표정을 지었다.

"난 네가 그 일을 안 했으면 싶다. 언론에서 한바탕 훑고 갔는데 더 나올 게 뭐가 있다고. 괜히 헛품만 팔기 십상이지."

"그렇겠죠? 그래도 도와줘야 해요. 할아버지, 왜 그동안 노근리사건에 관해선 제게 한마디도 안 하셨어요?"

"그게 뭐 좋은 일이라고 떠들겠니. 게다가 넌 여기서 중학교를 졸업하고 곧장 서울로 올라가 학교를 다녔잖니. 집엔 잘 내려오는 아이도 아니었고. 나 또한 네가 그러길 바랐다만."

그건 그랬다. 난 가급적 고향 쪽으론 고개도 돌리고 싶지 않았다. 설령 할아버지가 노근리사건 얘기를 했어도 귀담아듣지 않았을 것이다.

"그래도 엄청난 일이었잖아요. 후퇴하던 미군에게 학살당한 양민이 확인된 숫자만 백삼십오 명이고, 희생자가 사백여 명에 이를 것으로 추정되는…… 노근리 쌍굴이면 바로 코앞에서 벌어진 일인데, 다들 짠 것처럼 입을 다물고 있었다는 게 이상해서요."

"이상하긴 뭐가 이상해. 그 사건이 너희 세대에겐 엄청난 일이겠지. 하나 우리는 그게 그리 큰일이란 생각도 못 했어. 그땐 죽음이 흔했다. 우린 죽음에 무감각했었다고. 그 시절을 생각해봐. 한국전쟁 때 이 좁은 땅에서 사십여만 명이 학살당했어. 북한군의 남한 장악 때 죽은 우익이 십이만 명, 남한군에 의해 죽은 보도연맹원이 이십만 명, 형무소 수감자가 오만 명, 빨치산 토벌 과정에서 또 오만 명이 죽어나갔고. 이게 가장 적게 잡은 수치라더라."

"군인들 포함해서요?"

"아냐. 죽은 민간인 수만 그래. 군인은 더 죽었지. 남북한 군인은 사상자가 너무 많으니 빼고 말해도 중공군만 삼십만 명, 미군은 오만 명이 넘게 죽었어. 그런 마당에 사백 명쯤 죽은 것은 사건도 아니었어. 그땐 노근리사건이란 명칭조차 없었다. 한때 남한에선 한국전쟁에 전쟁이란 용어를 붙이면 불온시되던 시절이 있었어. 전쟁이 아니라 사변이나 난리로 본 거야. 해서 만주사변처럼 6·25사변이나 6·25동란으로 불렀지. 반면 북한에선 조국통일전쟁 혹은 민족해방전쟁이라 했고. 한국전쟁이 남측 입장에선 공산 침략군의 야욕을 분쇄한 자유수호전쟁이었고, 북측 입장에선 미제의 침략을 응징한 조국수호전쟁이 된 거야. 그 결과 한반도는 전쟁 후 성한 건물이 하나도 없을 정도로 초토화가 되었지. 지긋지긋한 그놈의 이념전쟁, 지금도 변한 게 없어.

남과 북에선 여전히 빨갱이니 괴뢰니 하는 용어를 사용하고 있잖아."

한국전쟁을 겪은 사람답게 할아버지는 희생자의 수까지 줄줄이 꿰고 있었다.

"그래도 노근리사건은 성격이 다르잖아요."

"다르긴 뭐가 달라? 빨갱이 찾아내려다 그리된 건데. 저 앞산 너머로 가면 상촌면이 나와. 상촌면 상도대리와 물한리 쪽이 빨치산 루트였어. 거긴 삼도와 접경지역이어서 상도대리 뒷길로 들어서면 경상도와 전라도, 충청도를 오갈 수 있는 산길이 연결되어 있어. 우두령은 경상도로, 도마령은 전라도로, 물한재를 넘으면 충청도가 나오지. 모르긴 해도 노근리사건이 일어나기 직전에 남한에 잔존했던 빨치산들이 북한군 유격대와 접선하느라 그 루트를 통해 들락날락했을 수도 있어."

"북한군 유격대라뇨?"

"남한의 빨치산에 투입하기 위해 게릴라들을 훈련시켰던 강동정치학원 소속의 북한군을 말하는 거야. 1950년 9월 미군의 인천상륙작전으로 남한이 서울을 탈환하자 이들은 남쪽에 남아 퇴로가 막힌 북한군을 규합하지. 그러곤 북한군 제2전선을 형성하거든. 북한군 제2전선은 태백산맥을 따라 부분적으로 월북하며 후방을 교란하는 임무를 맡았어. 배후에서 타격하는 북한군 제2전선 때문에 한국군과 미군들의 피해가 상당했어."

"강동정치학원 소속의 유격대들이 한국전쟁 땐 북한군 제2전선이 됐다는 말이지요?"

"그렇지. 남한에서는 한국전쟁이 일어나기 전부터 강동정치학원

쪽 유격대의 움직임을 주시하고 있었을 거야. 그래선지 노근리사건이 일어날 무렵 당국에선 이 일대를 아예 빨갱이들이 우글거리는 빨갱이 밭으로 본 모양이야. 우리야 억울하지. 삼도를 넘나들 수 있는 길이 왜 하필이면 거기 있어가지고. 그 길은 빨치산 루트뿐 아니라 옛날엔 동학군도 넘어다니고 장꾼들도 넘어다니던 지름길이었어. 여기 사는 주민들이 그 빨치산 루트를 탄 건 아니거든. 나는 노근리사건이 그 세 고개 때문에, 즉 지리적 위치 때문에 억울하게 일어난 일로 본다만."

"그럼 삼도봉이 빨치산 루트였다는 건가요?"

"아니야. 삼도봉은 봉우리가 높아서 사람이 넘을 수가 없고, 삼도봉 옆에 삼도를 넘나들 수 있는 세 개의 고개가 따로 있다니깐."

할아버지는 내가 생각하던 그 힘센 할아버지가 아니었다. 흥분과 피로에 젖은 눈, 처진 입, 주름살로 덮인 얼굴로 인해 인상이 다소 편협해 보였다. 게다가 다관에서 따른 홍차를 한 모금 마시고 나면 입맛을 다시듯 입술을 오물거렸다. 오물거리는 할아버지의 입놀림은 새로 생긴 노인성 버릇인 듯했다. 근엄해 보이는 넓은 이마와 길게 다듬은 흰머리가 그나마 잃어버릴 뻔한 품위를 간신히 지탱하고 있었다.

"노근리사건이 일어났을 때 할아버지는 어디 계셨어요?"

"나야…… 집에 있었지."

할아버지가 찻잔을 받침 위에 내려놓으며 말했다.

"전쟁이 났는데 피란을 안 가고요?"

"전쟁이 났다고 모조리 피란을 가는 건 아니야. 농민들이 땅을 버리고 가는 게 어디 쉬운 일인 줄 아니. 집집마다 피치 못할 사정도 있는 것이고. 우리 집과 기훈네는 폭탄이 떨어져도 쌀장사를 하느라 정신이 없었어. 돈을 셀 시간도 없어서 그냥 망태기에 쓸어담았지. 한국전쟁 때 유엔군에게 필요한 돈을 한국이 원화로 대여했어. 그러느라고 돈을 어마어마하게 찍어낸 거야. 당연히 통화가 팽창했지. 게다가 '임시토지수득세'라고 해서 세금을 현물로 받아 군량미와 공무원 봉급을 해결했거든. 농민들은 쌀로 세금을 내고 나면 팔 쌀이 없었어. 그 시절 쌀은 부르는 게 값이었지. 전쟁기간 동안 곡물 가격이 적게는 열두 배에서 많게는 스물다섯 배까지 뛰었으니까. 지가증권마저도 가치가 반 이하로 떨어진 상태에서 다시 '꺾기'를 통해 넘기곤 했어. 기훈네는 한국전쟁 때 쌀장사로 기반을 잡은 셈이고 우리도 그때 잃어버린 땅을 되찾았단다."

"유엔군을 먹여살리느라 내 나라 국민들은 초근목피로 연명한 셈이네요."

"한국전쟁이 국제전 성격을 띤 내전이었으니…… 그랬지."

"우리는 지주인데 어떻게 무사할 수가 있었죠? 피란을 가지 않았다면서요."

"국군과 유엔군이 들어오면 태극기를 흔들고 북한군이 들어오면 인공기를 흔들어서 살아남았지. 이 말은 농담이고, 우린 내시였잖니. 지주이긴 해도 신분이 천했어. 소작인을 혹독하게 대한 일도 없었고. 그래선지 이쪽과 저쪽에서 트집을 잡지 않아 장사에만 전념할 수가 있었어. 그리고 군인으로 차출되기엔 아버지는 너무 늙었고 난 너무 어렸지. 중학교 삼학년이었으니까. 그게 피란을 가지 않은 주된 이유이기도 했어."

이웃 일본이 한국전쟁의 특수를 톡톡히 누린 건 알지만 제공권을 장악한 미군 비행기가 수시로 폭격을 해대는 전쟁터에서 돈을 번 자국민이 있었다니. 그것도 내 증조부가…… 이 집과 내가 누리는 모든 것이 한국전쟁으로 어지러운 그 난리중에 되찾은 거라니. 이건 좀 아니지 않은가.

동그랗게 말린 모기향에서 솟아오르는 연기를 바라보다가 사랑채로 건너왔다. 내 발소리와 풀벌레들의 합창으로 어둠에 젖은 사랑마당이 잠시 소란스러웠다. 방으로 들어와 삼베 홑이불을 덮자 그제야 집에 돌아왔다는 실감이 났다. 풀기가 느껴지는 빳빳한 여름 이부자리, 장지문, 골마루, 골 깊은 기와지붕. 세월이야 어찌 흐르든, 어찌 미쳐 날뛰든 절대로 변치 않을 풍경들. 할아버지가 중사랑채로 옮겨가기 전에 썼던 건넛방에서 밤새 문풍지 떨리는 소리가 났다. 나는 삼베 홑이불을 턱밑까지 끌어당겨 덮고 눈을 꾹 감았다.

"일찍 나왔네."

윤자가 젖은 머리를 수건으로 털며 주방에서 나왔다. 밝은 갈색으로 염색한 머리가 앞으로 우수수 쏟아지더니 빠르게 뒤로 젖혀졌다. 젖은 머리를 수건으로 둥글게 감싼 윤자가 갓 뽑은 커피를 가져왔다. 향이 짙었다.

"꼬락서니가 이래서 미안하다. 음악이나 틀까?"

"난 괜찮은데."

방금 청소를 마쳤는지 바닥엔 물기가 묻어 있고 실내엔 청량한 기운이 감돌았다. 창으로 들어오는 아침햇살 탓인지 전날 느꼈던 고리탑탑한 분위기는 어디론가 사라지고 없었다. 마치 다른 다방에 들어온 듯했다. 나는 윤자와 가까운 계산대 앞 의자에 앉았다. 평일이어서 반짝 행락객마저 철수해버린 텅 빈 삼거리가 열린 창으로 내려다보였다. 삼거리 서남방 쪽으론 노근리 쌍굴이 엇비스듬히 보였다. 윤자는 이동용 손거울을 계산대에 가져다놓더니, 허리를 구부린 채 손거울을 들여다보며 빠르게 화장하기 시작했다.

"윤자야, 빼들네 아줌마 말이야. 그 눈, 노근리사건 때 다친 거 맞지?"

"글쎄, 정확히는 모르겠어. 노근리사건 대책위원회에서 조사를 나온 적이 있긴 해. 그 사건의 희생자면 장부에 이름을 올려 미국 정부에 피해 보상금을 신청한다고. 하여간 그 일로 여기도 시끄러웠어. 조사원이 명신상회에 갔다가 뜨거운 물을 뒤집어썼다고 하더라. 노근리사건은 자기도 아는 바 없다고. 빼들네는 노근리 얘기만 꺼내면 화를 발칵 내. 그런데 그건 왜 묻니?"

"아니, 그냥. 저기 노근리 쌍굴이 보이기에……"

내가 노근리사건에 흥미를 느낀 것은 엄연히 노근리가 황간면에 속하는데, 그 사건에 희생된 황간 사람이 한 명도 없다는 이유 때문이었다. 언론을 통해 사건이 이슈화되고 나서 노근리사건 대책위원회가 생겼다. 거기에도 황간 사람은 물론 노근리 사람도 들어 있지 않았다. 영동읍에 사는 희생자는 칸이 부족할 정도로 빡빡하게 적혀 있었다. 노근리에서 일어난 사건에 노근리 사람이 단 한 명도 포함되어 있지 않다니. 아무래도 수상했다.

어젯밤의 얘기를 종합해보면 할아버지는 노근리사건 현장에 없었다. 전쟁통에 우리 집과 기훈 할아버지네는 쌀장사를 하느라 혈안이 되어 노근리사건엔 신경쓸 겨를이 없었다. 할아버지는 그때 중학교 삼학년이었다. 가족이 피해를 입지 않는 한, 옆에서 폭탄이 터져도 무심할 수 있는 나이였다. 얼마든지 전쟁이 관심 밖일 수도 있었다. 그렇다면 1차 취재원인 할아버지는 제외되어야 마땅하다. 한국전쟁에 관한 소견을 들은 것만으로 충분했다.

"혹시…… 너희 엄마 때문에 그러는 거니? 얘, 그 일은 잊어버려. 까마득한 옛날 일을 들춰내 뭘 어쩌려고? 너희 할아버지도 할 만큼 하셨어."

분첩으로 얼굴을 두드리던 윤자가 엉뚱한 방향으로 말을 돌렸다.

"우리 엄마라니?"

"노근리 쌍굴이면 너희 엄마 때문 아니었어?"

윤자가 내 눈을 빤히 들여다봤다. 마치 마음속을 읽으려는 것 같았다.

"우리 엄마가 노근리 쌍굴과 무슨 상관이 있니?"

내가 묻자 쌍꺼풀 수술을 한 윤자의 눈이 이상할 정도로 둥그렇게 커졌다.

"어머 진경아, 너 모르는구나!"

"내가 모르는 게 뭐가 있니. 노근리사건은 우리 엄마가 태어나기도 전인 1950년도에 일어난 일이고 엄마는 날 낳다가 돌아가셨는데."

"아, 미안. 다방이란 데가 근거 없는 소문이 떠돌곤 하는 곳이어서 내가 생각 없이 얘길 했나봐."

윤자는 무슨 말을 하면 좋을지 알 수가 없어서 난처한 눈치였다. 때맞춰 열차가 도착했는지 한 무리의 사람들이 다방 문을 열고 들어왔다. 자빠질 듯이 걷지 않고 반듯하게 걷는 걸 보면 마을 사람들은 아닌 듯했다. 윤자가 손님을 맞기 위해 계산대에서 일어섰다. 노근리 쌍굴에 관한 말끝에 엄마의 얘기가 나오다니. 분명히 감춰진 게 있었다. 윤자는 더 말할 것 같지 않았다. 그렇다면 남은 카드는 뻐들네뿐이다. 나는 스케이트를 타다가 얼음구멍에 빠진 사람처럼 필사적으로, 정신없이 걸었다. 갑자기 생긴 전의로 몸에 불이 붙는 것 같았다. 월류다방을 나와 명신상회까지 어떻게 왔는지 기억이 나지 않았다.

"큰기와집 딸이구먼. 상판대기를 보아하니 뭘 사러 온 것 같진 않고."

가게 뒷방에 쭈그려앉은 뻐들네는 전처럼 고개를 돌리거나 숙이지 않았다. 뻐들네가 날 똑바로 쳐다봐도 의안 때문에 딴 데를 보는 것 같았다. 그래서 그녀의 생각을 읽을 수도, 속을 알아챌 수도 없었다. 세상일이란 이렇듯 약점이 강점이 될 때도 있다.

"어여, 장승처럼 서 있지 말고 들어와. 못 올 데를 왔어? 여기도 사람 사는 데여."

나는 무엇에 씐 듯이 그녀가 있는 가게 뒷방으로 걸어들어갔다. 가게 뒷방은 낮에도 불을 켜야 될 정도로 컴컴했고, 살림을 구저분하게 늘어놔서 두 사람이 앉기에도 좁아 보였다. 문턱 가까이 앉은 뻐들네가 몸을 틀어 자리를 마련했다. 구두를 벗고 방으로 들어서자 노린내와 독한 암내가 코를 찔렀다. 그 방엔 창문이 없었다.

"어쩐 일로 여기까지 걸음을 했댜?"

"여쭤볼 게 있어서요."

벌써부터 가슴에선 두방망이질이 시작됐다.

“나한티?”

“네.”

“차부터 마시고 물어도 물어.”

전기주전자에서 물 끓는 소리가 요란했다. 빼들네가 육중한 몸을 일으키더니 선반에서 찻잔을 꺼냈다. 수십 년 전에 유행한 옴팍한 파이렉스 찻잔이었다. 찻진의 비닥과 손잡이엔 갈색 때가 껴 있었다. 빼들네는 벌겋게 녹이 슨 양철통의 뚜껑을 어렵게 연 뒤 고약처럼 찐득거리는 검은 덩어리를 한 숟갈 떠냈다. 그걸 찻잔에 넣곤 뜨거운 물을 부어 휘휘 저었다. 늦지만 않았으면 사양하고 싶을 만큼 모양새가 형편없는 차였다. 나는 빼들네가 마시던 쪽엔 입을 대고 싶지 않아 찻잔을 살며시 돌려 왼손으로 손잡이를 잡았다. 맛이 간 쌍화차였다. 역해서 뱉고 싶은 걸 억지로 한 모금 삼켰다.

“까탈시럽기는. 먹고 죽을 거 줬을개비? 안 죽어.”

빼들네가 눈을 흘긴 것 같긴 한데 확인할 수 없었다. 빼들네의 두 눈이 각기 다른 방향을 향한 탓이다.

“이제 뭐가 궁금한지 말해봐.”

“노근리사건 때문에 왔어요.”

“그 사건이라면 할 말 없어. 딴 데 가서 알아봐.”

짐작한 대로 빼들네의 반응이 싸늘했다.

“그럼 우리 엄마가 그 사건과 무슨 관련이 있는지 아세요?”

빼들네가 얄궂은 미소를 지으며 바라봤다.

“채희? 노근리 쌍굴에서 목매달아 죽은 채희 말이여?”

앞에서 불발탄이 펑펑 터졌다. 그것은 오색의 폭죽 같기도 했다. 검보라색의 폭죽 하나가 뒤늦게 터지더니 눈앞을 침침하게 덮었다. 나는 그만 쥐고 있던 찻잔을 떨어뜨리고 말았다.

"아이고, 왜 이랴! 혼겁을 했나벼."

쌍화차가 바지에 튀긴 했어도 다행히 데진 않았다. 빼들네가 찬물에 적신 수건을 가져와 내 다리와 바지를 닦아주었고 쌍화차가 엎질러진 바닥도 그 수건으로 마저 닦았다. 그럼에도 바닥이 끈끈했다.

"채희의 죽음에 대해선 몰랐던 모양이구먼."

"엄마가 절 낳다가 돌아가신 줄로 알고 있었어요."

"자네도 시집갈 나이가 훌쩍 지난 어른이 됐으니 알 건 알어야제. 채희가 죽은 걸 제일 먼저 발견한 게 나여. 그게 궁금했다면 제대로 찾아오긴 했어. 자세한 걸 알고 싶으면 날 따라와."

빼들네가 끙, 하고 포대자루 같은 몸을 일으키더니 방을 나섰다. 그녀에게선 왠지 모를 흥이 느껴졌다. 신바람이 난 것 같기도 했다. 빈 맥주병과 음료수를 담은 상자들이 무질서하게 쌓인 손바닥만한 뒤뜰에 옥상으로 올라가는 철제계단이 있었다. 몸집이 푸짐한 빼들네가 한 칸씩 발을 딛고 오를 때마다 녹슨 철제계단이 비명을 지르듯 삐걱거렸다. 옥상엔 고물상에서 주워온 듯 보이는 헌 의자와 의자 등받이에 걸린 망원경만 있을 뿐, 사면이 탁 트여 있었다. 옥상에 올라서자 황간면의 지형이 한눈에 보였다.

"여기가 내 숨구멍을 틔우는 곳이여. 왼종일 방 안에 있으면 갑갑하거든."

옥상의 한가운데 선 빼들네가 체조하듯 두 팔을 활짝 펼쳤다. 산발한 빼들네의 머리와 통짜로 된 원피스 자락이 바람에 깃발처럼 나부

꼈다. 빠들네 옆에 서서 시원한 바람을 맞자 나도 막힌 숨통이 조금은 트이는 것 같았다.

"이리 와서 의자에 잠깐 앉아봐."

빠들네가 의자 등받이에 걸린 망원경을 벗기며 말했다. 내가 의자에 앉자 빠들네는 내 눈 가까이로 망원경을 들이댔다.

"이 망원경을 잡고 고개를 약간 돌려. 아니 그짝 말고 이짝으로."

빠들네가 지시하는 방향으로 고개를 틀자 노근리 쌍굴이 망원렌즈 안으로 쑥 들어왔다.

"채희가 죽던 날, 의자에 앉아서 망원경으로 노근리 쌍굴을 봤어. 자네가 두 돌은 지났을 때여. 그땐 이 망원경이 아니고 우리 가게에서 팔던 구식 미제 망원경이었제. 그것은 이것보다 훨씬 잘 보였어. 난 놀래 자빠지는 줄 알았지. 노근리 쌍굴의 정면에서 뭐가 덜렁거리고 있었으니. 지금 생각해봐도 사람이 목매달아 죽을 건 아니여. 분홍색 혀가 쑥 빠져나온 것이, 보기에 영 숭하. 숨이 끊길 때 오줌을 쌌는지 아랫도리가 펑 젖어 있더라고. 그걸 목격하고 나선 밤마다 꿈자리가 뒤숭숭했어. 분명히 채희는 저기 저 쌍굴 위 시커먼 철로 보이지? 저 철로에 밧줄을 걸고, 그 줄을 길게 늘여 제 목을 묶은 뒤 고냥 노근리 쌍굴 앞으로 뛰어내린 것이여."

빠들네의 말이 예리한 송곳이 되어 명치끝을 후벼팠다. 숨이 쉬어지질 않았다.

"어떻게 그럴 수가……! 갓난애를 둔 사람이……"

"그 나이가 어디 앞뒤 분간이 되는 나이간디. 애를 낳았어도 어린애나 마찬가지여. 그러니 그 모진 짓을 했겠지."

한동안 정적이 흘렀다. 삼거리를 지나던 승용차의 경적음이 빼들네와 나 사이에 흐르는 정적을 갈랐다.

"엄마가 왜 노근리 쌍굴에서 목을 맸을까요?"

"노근리 쌍굴이 연애장소잖어. 채희가 거기서 널 뱄어. 난 그것도 봤어."

언젠간 이런 날이 올 줄 알았다는 자포자기의 순간, 엄마를 미혼모로 만들고 목을 매어 죽게끔 몰아간 내 아버지란 작자가 궁금해졌다.

"상대가 누구였어요?"

내 질문에 한참 뜸을 들이던 빼들네가 썹은 돌을 뱉듯 말을 툭 던졌다.

"박기훈."

"박기훈이라면…… 안나 아줌마의 아버지를 말하는 건가요? 에이, 그럴 리가요. 그분은 할아버지의 친군데요."

"원래 가까운 놈이 그러는 거여. 박기훈이가 어디 사람이었간? 마약에 쩐 인간 말짜였어. 채희와 노근리 쌍굴에서 뒹구는 걸 이 한쪽 눈으로 똑똑히 봤다니께."

"아, 말도 안 돼요!"

온몸의 피가 머리로 쏠리는 것 같았다.

"믿기 싫으면 믿지 마. 나도 아쉬울 건 없어."

나를 쳐다보며 입귀를 실룩이던 빼들네가 철제계단을 향해 몸을 돌렸다. 나는 손에 쥐고 있던 망원경을 의자 등받이에 걸었다. 수전증에 걸린 것처럼 손이 떨려서 망원경의 줄이 자꾸만 새끼손가락에 감겼다.

"아줌마는 이 망원경으로 세상 온갖 것을 다 보나봐요."

철제계단 앞에서 걸음을 멈춘 빼들네가 고개를 휙 돌렸다.

"말해 뭐햐. 고것이 내 취미생활인디. 내가 옥상에서 망원경으로 여기저기 들여다본다는 건 자네와 나 둘만 아는 비밀이여. 내 취미라곤 오로지 요것 하나뿐인께, 비밀은 꼭 지켜야 혀. 알것제?"

두 발짝 앞으로 다가온 빼들네가 누런 이를 드러내며 기괴하게 웃었다. 나는 뒷걸음질쳤다. 한쪽 눈에 의안을 한 악마가 내 앞에 단단히 버티고 서 있었다.

난 엄마의 얼굴을 본 기억이 없고, 소리내어 부르지도 못했다. 친구들이 엄마, 하고 온기 어린 목소리로 부르거나, 심통난 얼굴로 발길질하듯 목청이 터져라 부르는 걸 볼 때면 부럽기는 했다. 함부로 대해도 흉허물이 없는 유일한 존재가 엄마라는 사람이구나, 내가 집에서 타이트한 정장을 입고 생활하는 사람처럼 매사에 긴장하며 사는 이유가 엄마의 부재 때문이었구나, 어설피 깨닫긴 했어도 엄마라는 단어는 여전히 추상적이고 비현실적인 느낌이었다. 날 낳다 죽었건 목을 매고 죽었건 엄마는 과거에도 없고 현재도 없는 사람이었다. 상황이 별로 달라질 게 없었다.

그러나 박기훈이 아버지라면, 가정만 했을 뿐인데도 쇠절굿공이로 정수리를 얻어맞은 것처럼 머리가 띵했다. 이게 사실이라면 똥통에 빠진 것과 다름없는 사태가 발생할 것이다. 청소도구함과는 비교할 수도 없는 일이었다. 호흡이 거칠어졌다. 선불 맞은 노루처럼 겅중겅중 뛰고 싶었다.

사랑채가 대문과 가깝다는 게 무엇보다 고마웠다. 나는 방으로 들어와 문을 잠그고 벽에 기댄 채 한참 동안 서 있었다. 앉고 싶은 생각이 들지 않았다. 누구에게든 하소연하고 싶었다. 비명이라도 질러야 마땅했다. 하나 나는 허물없는 친구를 만들지 못했다. 그런 친구가 있대도 쉽게 의논할 수 있는 말이 아니었다. 전화로 타인의 숨소리를 들으며 이 문제와 관련 없는 사소한 대화 끝에 응응, 무성의한 대답이라도 할 수 있으면 위안이 될 것도 같았다. 이런 때 왜 박의 얼굴이 떠오르는 것인지. 내가 대인관계에 문제가 많다는 건 알지만 지금 전화할 사람이 박밖에 없다는 건 비극이었다. 신호음이 가는데도 박은 전화를 받지 않았다. 다행이라는 생각이 드는 한편 은연중 그의 부재가 아쉽기도 했다.

탱자 울타리 개구멍 속에서 박기훈을 훔쳐본 기억이 있다. 그가 정원에 서서 하늘을 올려다보고 있었다. 그의 뒤론 안나 아줌마네 이층집이 먼 데서 배달된 그림엽서처럼 선명하게 펼쳐져 있었다. 적산가옥이던 집을 새마을운동이 한창이던 시절에 개축한 것으로 다른 이층집에 비해 높이가 낮은데다 창문마저 작아 좀 우중충하고 답답해 보이는 집이었다. 그 집이 선명하게 보인 건 봄빛이 부린 마술 탓이다.

박기훈의 바지 위로 드러난 허리띠의 버클에서 샛노란 봄빛이 바글바글 끓고 있었다. 버클에서 반사된 빛이 내 눈을 찔렀다. 나는 자동적으로 무릎에 얼굴을 묻었는데 그 바람에 깔고 앉은 짚에서 부스럭거리는 소리가 났다. 나는 지레 놀라 몸을 웅크렸다. 개구멍으로 다가오는 박기훈의 저벅거리는 발소리가 등 너머로 들렸다. 고개를 드니 푸른 체크무늬 셔츠를 입은 박기훈이 개구멍 속을 들여다보고 있었다. 그의 코에 걸린 은테안경의 렌즈엔 초록색 탱자잎들이 어른거렸다.

"오, 너로구나. 진경이."

그가 도치법으로 나를 부르자 환한 봄빛이 개구멍 속으로 쏟아져들어왔다. 그 순간 개가죽처럼 질긴 초록의 탱자잎들도 부드러운 연두색으로 변했다.

"이리 오련."

박기훈의 마르고 청결한 손이 개구멍 속으로 정중하게 들어왔다. 마치 댄스홀에서 파트너에게 춤을 청하는 듯한 포즈였다. 이리 오렴, 이 아닌 이리 오련, 이란 날렵한 그의 말이 세모꼴의 예리한 화살촉이 되어 내 심장에 날아와 꽂혔다. 피가 당기는 게 그런 것일까. 그는 소문처럼 아편쟁이가 아니었다. 아내가 없는 곳이면 어디든 떠돌며 다니다가 늙어서 집으로 기어들어온 인간 망종이 아니었다. 생각에 잠긴 얼굴을 한 망종은 흔치 않으니까.

그의 손을 잡고 개구멍을 빠져나와 안나 아줌마네 집으로 들어갔다. 집엔 인영 할머니도 안나 아줌마도 없었다. 흙이 묻은 옷자락을 숨기느라 애쓰며 그가 준 초콜릿 비스킷을 소리나지 않게 베어먹은 기억이 있다. 과자 부스러기를 입가에 묻히지 않으려고 지나치게 입을 동그랗게 벌리며 먹느라 한동안 입 주변이 얼얼했던 기억도. 그리고 오래도록 남아 있던 달콤 쌉쌀한 초콜릿 비스킷의 맛.

안나 아줌마가 끝없이 베푸는 친절도 곰곰이 따져볼 문제였다. 내가 죽은 단짝친구의 딸이어서가 아니라 자기 아버지로 인한 죄책감 때문은 아니었는지. 커피가 없었다면 세상은 진작 혼란의 도가니에 빠졌을 것이다. 물을 끓여 뜨거운 커피를 마시자 마음이 진정되었다. 혼자 갖은 상상을 하며 심장박동수나 늘리느니 한시바삐 사실여부를 확인하는 게 나왔다. 나는 크게 한 건 하고 들어온 양아치처럼 슬리퍼를 힘주어 퍽퍽 끌며 중사랑채로 건너갔다. 내 말을 들은 할아버지가 헛, 하고 웃었다.

"그놈의 여편네. 그렇게 혼나고도 그런 말을 하고 다니든?"

"……"

"원, 말이 말 같아야 대꾸를 하지. 아무려면 기훈이가."

"그 아무렴, 이 수많은 사람의 발목을 잡았어요."

"황간 바닥에 기훈이에 관한 풍문이 암만 무성하다 해도 그건 아니다. 나만큼 기훈이를 잘 아는 사람은 없어. 기훈이는 네가 생각하는 그런 사람이 아니야."

할아버지의 말을 듣자 안도의 한숨이 쉬어졌다. 나는 할아버지의 완강한 부정에 기대고 싶었다. 할아버지는 사랑하던 연인을 절친했던 박기훈에게 뺏겼다. 배신에도 급이 있다면 그건 최하급에 속하는 가장 치사한 배신이다. 할아버지가 박기훈을 두둔할 아무런 이유가 없었다. 게다가 할아버지는 지금껏 인영 할머니를 단념하지 않고 있다.

인영 할머니가 다 늦게 부산의 아파트로 이사한 것은 할아버지 때문인지도 모른다. 말이야 친정 가까운 곳에 살기 위해서라고 하지만 할아버지를 피할 구실일 수도 있었다. 그즈음 할아버지는 인영 할머니를 '옆집'이라 부르지 않고 '그 사람'이라고 불렀다. 인영 할머니가 집을 떠나 부산으로 이사를 한 것은 할아버지가 그녀를 그 사람이라고 부를 때였다. 이처럼 두 사람은 호칭을 세밀히 골라 쓸 만큼 늙지도 지치지도 않았다. 손등에 검버섯이 피는 나이가 됐어도 둘의 관계는 무르거나 부패하지 않았다. 사랑이라 일컫는, 질투와 분노, 절망과 증오, 애욕 따위의 감정으로 버무려진 그것이, 정수리에 벼락처럼 내리꽂혀 다리까지 관통하는 바람에, 그것에 일자로 꿰인 두 사람은 늙지도 죽지도 못하고 박제가 됐다. 사랑할 수도, 사랑하지 않을 수도 없어서. 그렇게 늙은 연인을 옆에서 지켜보는 것은 징그러운 일이다.

"그럼 엄마는……"

"채희는 네가 두 돌 지날 무렵에 산후 우울증으로 주었다."

"삐들네 아줌마의 말이 아주 틀린 것은 아니네요."

"그래. 채희가 노근리 쌍굴에서 목을 맨 것은 맞아."

"네에!"

"충격이 클까봐 사실대로 말할 수가 없었다. 너도 언젠간 이 일을 알게 될 거라고 생각은 했다만. 널 서울로 올려보낸 것도 그 때문이야."

나는 중학교를 갓 졸업한 나이에 서울에서 혼자 살았다. 제아무리 독립적인 인간이라 할지라도 그 나이엔 스스로 처리할 수 없는 일들이 많다. 여러 하숙집을 전전하고 고등학교와 대학에 입학할 때마다 수고를 요하는 일들이 생겼다. 일의 뒤처리는 할아버지가 올라와 말끔히 해결해주곤 했다. 서울 나들이를 하는 게 큰일이던 시절에, 수고를 마다 않고 날 서울로 보낸 목적이 내시라는 신분 때문인 줄 알았다. 따돌림을 당하는 내가 측은해서 서울로 보낸 줄 알았다. 그런데 그게 아니었다. 엄마의 자살을 숨기기 위해서였다.

나는 괴롭히던 아이들의 악의적인 눈빛을 떠올렸다. 엄마가 목을 매고 자살한 걸 알았다면 가만있을 아이들이 아니다. 그들도 몰랐던 게 분명하다. 그렇다면…… 내시의 딸이라고 놀리는 아이들을 피해

도망가다 넘어져, 다친 무릎을 쓰다듬고 있으면 동네 아줌마들이 다가와 물었다. 상처를 호호 불며 비 맞은 참새처럼 떨고 있는 내게 눈을 반짝이며 물었다. 너희 할머니와 할아버지는 밤에 같이 자느냐고. 넘어진 아이에게 또다시 결정타를 날리던 동네 아줌마들이 쉬쉬하며 엄마의 자살을 덮은 이유가 어른다움이나 도덕심, 공동체의식의 발로라고 이해하고 넘어가기엔 아무래도 개운치가 않았다. 엄마의 자살이, 자살의 방법이 충격적이라 하더라도 호기심 많은 동네 아줌마들의 입조차 다물게 만들었다니.

"사체를 수습해 화장을 하곤 채희를 목매어 죽게 만든 놈을 찾아 헤맸다. 그 일에 내 모든 힘과 역량을 쏟았어. 이 마을은 말할 것도 없고 충청도 일대를 샅샅이 뒤지고 다녔다. 네 아비, 이젠 아비란 말도 하기 싫다만 어쨌든 그놈을 찾을 수가 없더라. 그러니 그 문제는 그만 접어. 누가 뭐래도 넌 우리 집 사람이 분명하니까. 기훈과의 사이가 정 궁금하면 유전자 검사를 할 수도 있겠지. 안나의 머리카락 몇 개만 있으면 되지 않니."

할아버지가 유전자 검사라는 말을 꺼낼 정도면 박기훈이 내 아버지가 아닌 것만은 확실했다. 엄마가 목을 매고 죽은 것과 동네 아줌마들이 그것에 대해 함구한 점은 궁금해도 어차피 난 미혼모의 딸이 아니었더냐. 미혼모의 딸은 원래가 궁금증에 휩싸여 자라는 법이다. 미혼모의 굴레가 어떤 것인지도 나는 잘 알았다. 그러니 박기훈의 딸이 아닌 것만 해도 어디랴 싶었다. 박기훈의 딸 박진경만 아니라면 이진경이 된들 정진경이 된들 상관없었다. 지금껏 김진경으로 살아왔고 아버지완 상관없이 난 앞으로도 김진경으로 살아갈 거니까.

시골의 밤은 일찍 찾아왔다. 저녁을 먹고 서산댁을 도와 증조모를 목욕시킨 뒤 사랑채로 건너왔다. 박기훈 때문에 엄마가 죽었다는 뻐들네의 말은 거짓이었다. 할아버지의 말에 의하면 뻐들네는 외모가 뛰어난 사람을 질투하는 경향이 있단다. 전에도 이런 일이 몇 번 있었다고 했다. 무지막지하게 살이 찐 육중한 몸, 산발한 머리와 의안. 물건 파는 일 외엔 사람들과 교류를 끊고 컴컴한 방에 틀어박혀 홀로 지내는 뻐들네를 떠올리니 그녀가 왜 그런 거짓말을 했는지 알 것도 같았다. 박기훈과 서인영, 김채희는 이런 시골에선 흔치 않은 외모를 지녔다. 뻐들네는 그 거짓말로 세 사람을 고통 속에 몰아넣을 수가 있었다.

"망할 놈의 여편네. 그때 내가 나서서 밝히지 않았다면 돌멩이 하날 던져서 여러 명 잡을 뻔했지."

웬만해선 거친 말을 하지 않는 할아버지가 뻐들네를 욕했다. 그렇게 당하고도 할아버지는 명신상회에서 물건을 사고 있었다. 나는 시골 인심이어서 그러려니 했다.

우리나라가 인터넷 강국이란 말이 피부로 느껴졌다. 시골에도 집집마다 인터넷이 들어왔다. 몇 해 전 시골집에 인터넷을 달았다는 말을 듣곤 어마, 하고 웃은 기억이 난다. 할아버지가 새 휴대전화의 번호를 불러줄 때도 그랬다. 시골에서도 보기 드문 전통한옥에 사는 할아버지가 첨단기기를 이용하는 게 어울리지 않는다고 생각했다. 할아버지라는 단어 뒤에 숨은 꼰대나 노친네 따위의 이미지가 편견으로 작용한 탓이다.

생각해보니 이 고장에서 가장 먼저 승용차를 사서 운전하고 다닌 사람이 할아버지였다. 내가 어렸을 적에 할아버지는 돼지농장에서 흑

갈색 말을 즐겨 탔다. 중키의 말인데 골격이 전체적으로 가는 편이었다. 가슴통은 벌어졌지만 가슴패기가 좁고 뒷다리가 약간 구부러져 있었다. 증조부가 마지막으로 탔던 말의 새끼의 새끼인데, 눈꺼풀에 흰 솜털이 나서 우리는 그 말에 흰눈이라는 이름을 붙였다.

할아버지는 흰눈이를 타고 한갓진 길로 종종 외승을 나갔다. 연둣빛 새 풀이 묵은 풀 사이로 비주룩이 고개를 내미는 봄날이면 들판엔 냉이꽃과 개불알꽃이 지천으로 피어났다. 흰눈이를 탄 할아버지가 그곳을 지나가면 점점이 뿌려진 듯 보이는 노란 냉이꽃과 보라색 개불알꽃이 할아버지가 쓴 일명 카우보이 모자인 솜브레로와 어울려 들판이 한 폭의 아름다운 풍경화로 변하곤 했다. 돌림병으로 죽은 돼지들이 리어카 가득 실려나오던 그해, 돼지농장 옆 축사에서 키우던 흰눈이의 눈에도 눈곱이 끼고 군데군데 털이 빠졌다. 흰눈이가 죽자 할아버지는 반짝반짝한 새 오토바이를 장만했다. 할아버지도 나름 신세대였다.

노트북을 인터넷에 연결했더니 메일이 다섯 통이나 와 있었다. 네 통은 스팸 메일이었고 한 통은 박에게 온 거였다. 잘 도착했느냐는 안부 메일이었다. 구성작업이 되지 않아 하루에도 열 번은 죽고 싶다는 엄살과 노근리사건의 피해자들과 빨리 접촉하라는 협박이 함께 담겨 있었다. 말미에는 추신이 붙어 있었다.

선배, 내가 전에 말한 노근리 다큐 파일 보낼게. 찾아보니 BBC에서 방영한 노근리사건 다큐를 EBS에서 번역해 내보낸 게 있더라. 선배의 형편없는 영어 실력을 감안해 EBS 걸로 보내니 그리 알 것.

나는 오늘 받은 충격을 해소하고자 아무 생각 없이 인터넷 공간을 떠돌다가 첨부된 박의 파일을 열었다.

2002년 2월 1일, 영국 전역에 방영된 BBC 다큐 프로그램
모두 죽여라 : 한국전쟁에서 미군이 한 행위
(Kill'em All : The American Military in Korea)

나는 버디 웬젤이라고 합니다.

한국전쟁 당시 미 제1기병사단 제7기병연대 2대대 H중대에 소속되어 있었죠. 그때 미군은 지원제가 아니라 징병제였어요. 미국의 젊은이들은 대학에 다니다가도 징집되어 한국전쟁에 투입될 때였죠. 오히려 한국인은 아무 대학에나 등록하면 징집이 면제되었지만요. 미군 병사들은 저처럼 고학력자는 드물고 대개 학력이 낮았다고 기억합니다만, 난 대학에서 생물학을 전공하다 징집되어 한국전쟁에 투입되었죠. 부대를 따라 한국으로 건너오기 전엔 일본 군정사무실에서 잠깐 행정일을 봤습니다. 우리 연대는 같은 사단 제5, 제8기병연대보다 늦게 부산에 도착했어요. 헬렌이라는 태풍이 불어와 풍랑이 심했던 게 생각납니다. 그게 한국으로 건너가지 말라는 신호라는 걸 그때는 몰랐지요. 딘 소장의 실종 소식은 한국으로 건너와서 들었습니다. 빅 뉴스였지요. 부대가 시끌시끌했어요. 딘 소장이 실종되지만 않았어도 일이 그렇게 커지진 않았을 겁니다.

버디 웬젤의 주름진 얼굴이 클로즈업되더니 흐린 눈동자에 카메라의 초점이 맞춰졌다.

한국전쟁이 발발한 후 긴급 투입된 미군은 패전에 패전을 거듭했습니다. 북한군의 전쟁 수행 능력을 얕잡아본 탓이지요. 북한군은 맹렬한 기세로 쳐내려왔습니다. 1950년 7월 21일 영동 부근의 마을 주민들에게 대피방송을 하고, 7월 25일 우리 사단이 추풍령 방어선을 구축하자 정상진출이 어렵게 된 북한군이 흰색 두루마기 차림으로 황간면 노근리 경부선 철로를 통과했다는 보고가 있었습니다. 그 너머가 추풍령이에요. 경상북도 관문인 추풍령이 북한군에게 넘어가면 임시수도인 대구의 안전을 보장하기 어렵습니다. 그래서 7월 26일 워커 장군은 영동 전선을 통과하는 피란민을 저지하라고 명령합니다. 이날부터 노근리에서 대규모 민간인 사살이 이루어집니다.

후퇴하던 미군이 충북 영동군 황간면 노근리 경부선 철로와 그 밑 쌍굴에서 피란민을 전투기와 기관총으로 무차별 학살했다고 TV 화면 속 아나운서가 목소리에 힘을 주어 또박또박 전했다. 확인된 사망자는 백삼십오 명이지만 총 사망자 수가 사백여 명에 이를 것으로 추정된다고 말했다. 1950년 7월 26일부터 7월 29일 아침까지 나흘 동안 학살이 지속되었다는 말도 덧붙였다. 마이크를 쥔 아나운서의 등뒤로 노근리 쌍굴이 보였다. 무수한 총탄 자국이 쌍굴의 검은 벽에 고스란히 남아 있었다. 이어서 카메라 앵글이 버디 웬젤을 잡았다.

나는 황간면에 주둔한 사단에 있다가 쌍굴 앞에 배치되었어요. 부대와 노근리 쌍굴을 왔다갔다했지요. 내가 갔을 땐 노근리 철로에서 한 차례 학살한 다음 살아남은 피란민들을 쌍굴 안으로 몰아넣은 뒤였습니다. 그들은 총알을 막기 위해 굴 입구에 피란 짐을 쌓아두고 있었어요. 입구 기까이 다가가자 한 치의 틈도 없이 빼곡하게 들어찬 피란민들의 머리가 보였고, 겹겹이 포개앉은 그들에게선 쉰 옥수수 냄새 같은 몸냄새가 심하게 났어요. 대소변도 굴속에서 해결하는지 지린내와 구린내, 부상당한 피란민의 살이 썩는 냄새까지 합쳐져 머리가 아팠습니다. 지린내, 구린내, 살이 썩는 냄새보다 사람들이 오랫동안 씻지 못할 때 나는 쉰 옥수수 냄새가 더 참기 힘들더군요. 코를 들 수가 없을 지경이었어요.

피란 짐 사이로 얼굴에 피가 흐르는 여자아이가 보였습니다. 포탄을 눈에 맞았는지, 오른쪽 눈에서 빠진 안구가 젤리처럼 미끈거리는 물질에 매달려 대롱거리고…… 코 반쪽이 날아간 남자아이도 보였고요…… 상처 입은 남자아이의 얼굴 위론 쇠파리가 맴돌고 있는 게 보였습니다. 너무 충격적이어서 나는 눈을 감아버렸습니다. 그 와중에 굴에서 아기를 낳은 부인도 있었습니다. 아비규환 속에서도 아들이라고 기뻐하더군요.

내가 쌍굴에 배치된 첫날, 우리는 부상당한 피란민들을 소독하고 치료해줬습니다. 밤이 되자 나오지 말라고 여러 번 주의를 줬는데도 몇몇 피란민이 덥다고 굴 밖으로 나왔어요. 그들은 도대체가 말을 들어먹질 않았어요. 아이들도 시끄럽게 울었고요. 그리고 질식

할 듯한 무더위가 연일 이어졌습니다. 감나무 가지에 달라붙은 매미들도 그악스레 울어댔고요. 지휘관인 그레이 상사가 잔뜩 인상을 쓰며 쌍굴을 향해 발사하라고 명령했습니다.

발사하라!

굴속에는 김과 박이라는 중학교 삼학년인 남학생 두 명이 있었습니다. 그들이 피란민과 우리 사이에서 통역을 했어요. 아시아계로는 드물게 흰 얼굴에 안경을 낀 박은 영어를 잘했던 기억이 나요. 비록 영국식 발음이긴 했지만요. 김은 큰 키에 눈썹이 짙었고, 입가에 검은 점이 있었습니다. 김은 일본어를 잘했지만 영어는 박만큼 하지 못했어요. 그래서 김에겐 우리 부대의 일본인 통역관이 필요했지요. 김과 박은 우리와도 친했습니다. 친하다는 말이 이상하네요. 서로 대화를 나누다가도 김과 박이 굴속으로 들어가면 우린 돌아서서 총을 쏘곤 했거든요.

김과 박은 굴속의 피란민들이 순수한 민간인이라고 극구 주장했어요. 물론 피란민의 짐을 검사했지요. 부엌칼과 낫 외엔 수상한 무기나 무전기는 나오지 않았습니다. 그래도 그레이 상사는 쌍굴을 향해 발사하라고 명령했습니다. 저들은 민간인으로 보이는데 어떻게 사격을 하느냐고 대들자 그레이는 권총을 뽑아 내 머리에 겨눈 채 전투중 명령 불복종으로 사살하겠다고 위협했어요. 전투중 명령 불복종이라는 말의 이면에는 군인은 옳고 그름을 판단하고 양심에 따라 행동할 자유가 없다는 뜻이 담겨 있습니다.

네 대가리로 생각하고 판단하지 마, 새꺄!

그레이는 내게 총을 겨눈 채 욕설을 퍼부었습니다.

저들을 사냥감이라고 생각해! 집시처럼 키가 작고 노란 얼굴을 가진 사냥감에 불과할 뿐이라고 생각하란 말이야!

그레이는 더이상 인자한 상사가 아니었어요. 알 수 없는 공포가 그의 몸을 휘감고 있었습니다. 두 눈도 정상이 아니었어요. 패닉상태에 빠진 것 같았습니다. 그레이 상사는 사타구니에 손을 집어넣은 채 미친놈처럼 소리질렀어요.

모두 쏴 죽여라!

인간이 집단 속에 있으면 대담해집니다. 특히 그 집단이 군대일 경우는 더하죠. 이성보다는 본능이, 본능 속에 도사린 야수성이 충동적으로 폭발할 때가 있습니다. 어떤 동기로든 한번 촉발된 야수성은 그 무엇으로도 막을 수가 없지요. 그것은 터진 둑의 물처럼 흘러내립니다.

내가 총을 겨눈 사람이 적인지 민간인인지 생각할 겨를이 없었어요. 목표물이 뭐든 상관없었습니다. 그게 아이든, 어른이든, 여자든, 남자든 우리는 가리지 않고 총을 쐈죠. 낮이면 그들을 치료해주고 밤이 되면 쏩니다. 찢어질 듯한 비명소리, 총소리를 몽땅 빨아들이는 블랙홀 같은 컴컴한 쌍굴을 향해 쏘고 또 쏩니다. 이건 제 생각입니다만 잡은 먹이를 금방 죽이지 않고 가지고 놀다가 서서히 죽이는 것 같다는 생각이 들 때도 있었습니다. 우리는 나흘 동안 대략 십이만 발의 총알을 노근리 쌍굴에 퍼부었습니다.

우리는 낮이면 그들을 피란민으로 대하고 밤엔 적으로 간주했습니다. 굴 밖으로 나오면 무조건 적으로 보고 쏘았고요. 나중에는 낮에도 쏘았죠. 일정한 원칙도 경계도 없었기 때문에 혼란스러웠어요. 무엇이었을까요? 그레이를 그렇게 만든 것이.

나중에야 알았습니다. 군의관이 말해주더군요.

그레이의 페니스가 썩게 생겨서 저러는 거라고.

그레이가 굴속의 여자를 불러내 개울가에서 덮쳤나봅니다. 여자가 그레이의 페니스를 이빨로 물어뜯었대요. 물론 여자는 그 즉시 사살당했지요. 그레이는 의무대에서 너덜너덜한 페니스를 치료받긴 했지만 여름이어서 그게 아물지 않고 덧났던가봐요. 고름이 찬 환부에서 통증이 밀려올 때마다 그레이는 사타구니에 손을 집어넣은 채 총을 쏘라며 고래고래 소리를 질렀어요.

어디 그레이뿐이겠습니까?

형편없이 깨진 대전전투, 실종된 딘 소장, 피란민 복장으로 전선을 유린한 북한군들, 피란민을 저지하라는 워커 장군의 명령, 그것들이 한데 얽혀 일어난 일인걸요. 무엇보다 쌍굴의 사격부대가 수시로 바뀌어 명령체계가 잡히지 않았던 점도 있었고요. 그래도 그

한가운데 기관총을 쥔 내가 있었습니다. 그것은 지울 수 없는 기정사실입니다.

나는 보았습니다.

아기가 시끄럽게 울자 개울물에 아기를 넣고, 두툼한 손으로 아기의 목을 누르는 남자를요. 쌍굴 한쪽으론 작은 개울이 흘렀어요. 우리가 보초를 서던 굴 밖 언덕 밑으로는 제법 큰 시내가 형성되어 있었고요. 그 아기는 쌍굴에서 태어난 사내아이였어요. 아기를 죽인 남자는 아기 아버지였고요.

부대가 노근리에서 철수하기 전날 밤, 통역을 맡은 박과 김이 쌍굴에서 탈출했습니다. 그날 밤의 일이 잊히질 않아요. 낮고 동그란 한국의 산을 달빛이 노랗게 비추는 밤이었어요. 박과 김은 옷을 벗고 진흙을 알몸에 빈틈없이 바른 채로 기어서 굴 밖으로 나왔어요. 데일리 이병과 난 쌍굴 다리 왼쪽 언덕에서 보초를 서고 있었는데 그들이 환하게 보였죠. 보초를 서던 언덕과 쌍굴이 기역자로 꺾인 채 잇닿아 있어서 거리가 가까운 탓도 있지만 그들의 몸이 움직일 때마다 변화하는 근육까지 생생하게 보였던 건 아마도 달빛 때문이었을 거예요.

그날 데일리는 달빛으로 눈을 소독한 것 같다고 그랬지요. 평소에 마음 준 여자가 있다면 그 여자와 손을 잡고 달빛이 비치는 비포장도로를 밤새 걷고 싶은 그런 밤이었어요. 북한군의 게릴라 전술로 전후방이 따로 없을 때여서 언제 적이

출몰할지 모르긴 하지만요. 그래도 한번쯤은 목숨 걸고 여자와 나란히 걷고 싶은 밤이었거든요. 내가 데일리 이병에게 그들을 보내주자고 눈을 찡긋거렸습니다. 그 또래 남동생이 있던 데일리 이병도 동의했어요. 굴을 벗어나 저만치 도망가던 김이 힐끗 돌아보더군요. 굳이 달빛이 아니어도 죽이기엔 아까운 학생들이었습니다.

난 가끔 김과 박이 궁금해요. 그들의 남은 인생은 어땠을까. 살아 있다면 그들도 지금의 나처럼 늙었을 거예요.

보고 싶다니요?

절대로 그들을 다시 보고 싶지는 않습니다.

다만 궁금할 뿐입니다.

노근리에서 있었던 김과 박의 탈출사건은 정말이지 그날 하루 반짝이던 달빛 같은 거였지요. 그래도 그 김과 박이 오늘날까지 살게끔 내 숨구멍을 터준 것은 확실합니다.

나는 빨려들 듯, 화면을 주시했다. 다큐가 끝났는데도 몸에 쥐가 난 것처럼 움직이지 못했다. 노근리 쌍굴에서 통역을 담당한 두 명의 남학생. 그들은 중학교 삼학년이었다. 아시아계로는 드물게 흰 얼굴에 안경을 낀 박과 큰 키에 짙은 눈썹, 입가에 검은 점이 있는 김.

박과 김은 박기훈과 김태혁이 분명하다!

박기훈은 흰 얼굴에 안경을 꼈고, 김태혁은 키가 크고 눈썹이 짙으며 입가에 반질반질한 검은 점이 있다. 확고부동한 물증이 또 있다. 그때 그들은 중학교 삼학년이었고 친구였다. 박기훈의 영어 실력은 모르지만 할아버지는 지금도 일본어가 유창하다. 그것은 부정할 수 없는 사실이었다. 그런데 할아버지는 노근리사건 현장에 없었다고 말했다. 왜 그랬을까? 그리고 훗날 엄마가 그 현장에서 목을 매고 죽었다.

누군가 내 심장을 틀어쥐고 빨래 짜듯 쥐어짜는 것 같았다. 오늘 중 사랑채에서 할아버지에게 그 말을 들었을 땐, 엄마가 노근리 쌍굴에서 목을 맨 게 별로 이상하지 않았다. 그곳은 청춘남녀들의 연애장소이기도 하니까. 사생아를 낳은 여자가 사생아를 가진 장소에서 충분히 목을 맬 수도 있다고 생각했다. 하필이면 그게 내 엄마여서 쇠절굿공이로 정수리를 한 대 얻어맞은 것처럼 휘청거리긴 했지만.

나는 매트리스에 비스듬히 드러누웠다. 명치가 따끔따끔하게 아렸고 머릿속이 표백된 것처럼 새하얘졌다. 뇌의 어딘가에 금이 가고 있는 것 같았다. 천장 벽지의 사방무늬가 점점 크게 확대되더니 물결치듯 좌우로 일렁였다. 그러더니 갖가지 의혹이 솟구쳤다. 풀고 싶어도 풀 수 없는 의혹들이었고 안개가 짙게 낀 미로 속에 나 혼자 갇힌 기분이었다. 송곳으로 찌르는 듯한 통증이 오는 가슴을 두 손으로 꽉 누른 채 나는 매트리스 위에서 엎치락뒤치락했다. 눈이 싸하니 매웠다.

나를 둘러싼 이 안개. 나는 솔직히 나를 둘러싼 안개가 걷히지 않길 바랐다. 어려서부터 감지한 불안 때문인지 아니면 진실을 목도하는 게 싫어서 그랬는지는 모르겠다. 그런데 노근리 쌍굴은 청춘남녀들의 연애장소만이 아니었다. 노근리사건이 일어난 장소이기도 했다. 그곳에 할아버지가 있었다. 우연인지는 모르겠으나 엄마도 거기서 목을 맸다……? 왜 우연이 아닐 거라는 쪽으로 마음이 자꾸만 기우는 것인지. 모든 것이 불길했다. 알 수 없는 것은 내 앞에 펼쳐진 상황이 혼란스러울수록 불타오르는 전의가, 의혹을 풀고 싶은 투지가 내부에서 끊임없이 샘솟고 있다는 사실이었다.

뭘까? 이것은.

직업병과는 다른 기운이었다.

다음날 다큐를 다시 재생시켰다. 버디 웬젤이 나오자 정지버튼을 눌렀다. 화면 하단에 그의 나이와 거주지가 적혀 있었다. 그는 미국 조지아 주 애틀랜타에 살고 있었다. 나는 메일함을 뒤져 뉴욕에 사는 안나 아줌마의 이메일 주소를 찾아냈다. 내가 고향으로 내려오게 된 연유와 여기서 겪은 일들을 상세히 적었다. 어렵겠지만 애틀랜타에 거주하는 버디 웬젤을 찾아달라는 부탁도 잊지 않았다. 그리고 박이 보낸 노근리 다큐 파일을 복사해서 안나 아줌마의 이메일로 발송했다. 안나 아줌마 역시 두 집안이 노근리사건에 연루된 사실을 모르고 있을 게 분명했다. 모르고 있다면 안나 아줌마도 알아야 했다.

육십 년 동안 단단히 봉인된 음모가 날 기다리고 있는 것만은 확실했다. 봉인된 그것이 그만 열어달라고 거세게 문을 두드리고 있다. 노근리 다큐를 하지 않겠다고 두 번이나 거절했는데도 이 일에서 발을 빼지 못한 것은 운명 때문인지도 모른다. 이젠 순순히 항복하고 운명이란 놈이 인도하는 데로 따라갈 수밖에 없다. 국장과 기 싸움을 벌인 일, 펜션에서 구성작업중인 박을 사사건건 방해한 것, 다큐가 진행되면 나는 뒤에서 돕는 시늉만 하기로 옹졸하게 마음먹었던 일이며 그 모든 것들을 지금 와서 하나하나 돌이켜보니 새삼 부끄럽고 민망했다. 국장과 박이 말려도 내가 나서서 해야 될 일이었다.

6. 김태혁
나흘 동안에

사흘 내내 장맛비가 내렸다. 비가 그친 사이 기와지붕을 손보고 하수구를 덮은 나뭇잎을 걷어냈다. 서산댁은 집 안팎을 드나들며 비설거지를 했다. 사당 옆 둔덕에 있는 거름 더미에서 날벌레가 끓었다. 서산댁과 방수포를 펼쳐 거름 더미를 덮자 이내 굵은 빗방울이 떨어졌다. 나는 장화를 신어 괜찮았지만 서산댁은 물이 고인 웅덩이에 몇 번이나 발이 빠졌다. 앞서 걷는 서산댁의 보라색 고무 슬리퍼에서 꿀렁거리는 소리가 나더니 누런 흙탕물이 쏟아졌다. 장마가 길면 어머니의 짜증이 심해진다. 어머니의 성화에 퉁명하게 대꾸하는 서산댁의 목소리가 안채에서 흘러나오기도 했다. 진경이는 식사 때만 잠깐 얼굴을 보일 뿐 사랑채에서 꼼짝하지 않고 있다.

"진경이가 오면 집에 활기가 돌 줄 알았는데 그렇지도 않네요."

세탁기에서 빨래를 꺼내던 서산댁이 말했다.

"진경이야 원래 성격이 그런 걸, 뭐."

비가 내리는 안채마당을 흘깃거리던 서산댁이 건조대를 가져와 마루에 폈다. 세탁한 빨래를 탈탈 털어 널던 서산댁이 바지 하나를 집어 내 앞에 활짝 펴 보였다.

"이 옷 좀 보세요."

"웬 군복 바지요?"

"신경이 바지예요. 옷을 사도 어디서 상남자들이나 입는 뻣뻣한 것으로 골라서 사니, 원. 저 나이에 입을 만한 예쁜 옷들이 얼마나 많아요. 요즘 여자애들처럼 엉덩이가 훤히 보이는 똥꼬치마라도 입으면 좀 좋아요. 치마 입는 걸 한 번도 못 봤으니. 그래도 채희가 키우는 재미는 있었어요."

채희는 늦되긴 했어도 사람에게 붙는 맛이 있었다. 얼굴이 예쁘기도 했거니와 하는 짓이 천생 여자였다. 어머니는 채희가 배같이 연한 아이라고 했다. 저런 아이가 어떻게 산속에서 짐승처럼 자랐는지 알 수 없다고 했다. 채희를 집에 데려온 후 나는 장날마다 하늘하늘한 지지미 블라우스와 주름치마를 사들였고, 서산댁은 채희의 머리를 묶어주거나 땋았고, 핀을 쫑쫑쫑 꽂느라 바빴다. 진경이는 그런 채희의 뱃속에서 나온 아이 같지가 않았다. 어려서부터 뻰대기로 유명했다. 서산댁은 진경이의 뼈가 통뼈라며 조금만 안아도 팔이며 어깨가 저리다고 했다. 진경이는 걸음을 떼기 시작하면서 남의 품에 안기는 걸 거부했다.

"어른께서 진경이를 나 몰라라 한 이유가 있는 거라고요."

서산댁의 말처럼 진경이는 남이 골라준 옷을 입지 않았다. 사소한 것도 꼭 자기가 선택하고 결정을 내렸다. 누구에게도 곁을 주지 않았다. 되레 제 옆에 다가올까봐 겁을 내며 털어내기 바빴다. 하다못해 개나 고양이, 살아 있는 모든 생물에게도 그랬다. 난 두 아이가 모두 측은했다. 채희는 못난 손가락이어서 아팠고, 진경이는 누에고치처럼 혼자만의 집을 짓고 그 안에 틀어박힌 채 살아서 아팠다.

엊그제 사무실에서 지방신문을 보고 있는데 진경이가 문을 열고 들어왔다. 거센 빗줄기가 안으로 들이쳤다. 진경이는 젖은 옷을 수건으로 닦고 맞은편 의자에 앉았다. 사소한 잡담을 이어가던 중에 진경이가 느닷없이 말했다. 할아버지는 노근리사건 현장에 있었다고. 교육방송에서 내보낸 BBC 다큐를 봤노라고. 기훈 할아버지와 그 현장에 같이 있었다고. 진경이는 말짱한 얼굴로 그 말을 하곤 사무실을 나갔다.

입을 꾹 다문 진경이가 중사랑마당으로 접어드는 것을 나는 사무실 창을 통해 보았다. 그애가 쓴 검은 우산이 고방 앞 화단을 지나 중문를 넘어 사랑채 담 쪽으로 사라지는 걸 의자에 앉아서 보기만 했다. 단호하게 일어나서 나가는 진경이를 붙잡지 않았다. 내가 보고 듣고 겪은 일들을 진경이에게 조곤조곤 말하지 못했다. 노근리사건만 뚝 떼어 말한들 진경이가 이해했을까. 기훈과 내가 어떻게 노근리 쌍굴에 갇히게 됐는지, 거기서 겪은 일을 설명하려면 역사를 한참 거슬러 올라야 한다.

하나 진경이가 알려고 들었다면 얼마든지 알았을 것이다. 황간으로 낙향하기 전, 효자동 집에 살던 시절로 거슬러올라가 궁에 얽힌 이야기며 주인과 머슴으로 대를 이어 살던 두 집안의 사연을 내가 굳이 말하지 않아도 알았을 것이다. 집안의 역사가 담긴 사당 문을 열어보기만 해도, 말하기 좋아하는 어머니의 말동무만 살갑게 해줬어도 노근리사건은 물론이고 지금까지 일어난 일과 듣지 않아도 될 시시콜콜한 얘기까지 들었을 것이다. 눈 감고 귀 닫은 건 진경이었다. 그래 놓곤 제 할말만 하곤 휑하니 나가다니. 버르장머리하곤.

나는 진경이가 앉았던 의자를, 오래 사용해서 쿠션이 꺼지고 가죽이 쭈글쭈글 늘어난 통에 진경이의 엉덩이 자국이 동그랗게 남은 의자를 노려보다가 일어섰다. 사무실의 집기와 집 안의 가구들은 품질이 좋은 것이긴 하나, 한물간 디자인이거나 귀퉁이가 조금씩 떨어져나간 게 대부분이다. 젊은 세대처럼 툭하면 싫증을 내거나 유행 따라 가구를 바꾸지 않은 탓이다. 내게 가구는 그냥 가구였다. 밥이 그냥 밥이듯이. 거기에 다른 의미를 부여하지 않아서 부서질 때까지 줄기차게 쓸 수 있는 것이다. 그래선지 집과 가구도 주인을 닮아서 완고하게 생겼다.

밖엔 비가 내렸고 나는 사무실을 오락가락 거닐었다. 사실 이곳은 사무실이라고 부르기엔 적절하지 않다. 내가 여기서 사무를 보는 건 고작 한두 시간에 불과하다. 혼자만의 공간이 필요해서 일을 핑계로 집에 사무실을 마련했다. 나는 책상에 놓인 유선 전화기의 말린 줄을 풀고 함부로 꽂힌 볼펜과 사인펜을 가지런히 모아 펜꽂이에 다시 꽂기도 했다. 그러다가 벽거울 앞에 섰다.

테두리에 꽃 모양의 자개가 박힌 벽거울 안엔 미간과 이마에 깊은 주름이 지고 턱선을 따라 검버섯이 얼룩처럼 핀 노인이 서 있었다. 편견과 욕망에 사로잡힌 눈과 이기심으로 불룩하게 늘어진 눈 밑 지방살. 부정하고 싶은 얼굴이었다. 얼굴은 주름투성이로 변했는데 예나 지금이나 다름없는 귀가 낯설었다. 본디 인간의 귀가 이상하게 생기긴 했다. 신이 인간의 눈과 코와 입을 만들다가 시간에 쫓긴 나머지 한 손으로 대강 주무른 귀를 패대기치듯 얼굴 옆댕이에 찍어붙인 것 같았다.

한때 사람의 얼굴 가운데 귀만 보이던 시절이 있었다. 내가 본 귀 중 제일 잘생긴 귀는 기훈 아버지 막손의 귀다. 막손의 귀는 크고 높이 솟았으며 귓불이 도톰한데다가 건강한 핑크색이었다. 이목구비 중 오로지 귀 하나만 돋보이던 막손. 키가 작고 땅딸막한 막손은 조용한 성품이었다. 아버지 김치석이 내지르는 성격이라면 막손은 참는데 소질이 있는 사람이다. 그래서 둘은 친구가 될 수 있었다.

막손은 두 손을 공손히 모은 자세로 어깨를 늘 움츠리고 있었는데, 기가 죽어 어깨를 움츠린 게 아니라 멀리 뛰기 위해 몸을 낮추고 숨을 참는 사람처럼 보였다. 그가 입은 잠바 밖으로 드러난 다부진 어깨며 잘생긴 귀를 감추려고 저러는 게 아닐까 하는 의문이 들기도 했다. 하나 막손을 아는 사람이면 그가 다른 의도로 숨기는 게 아니라 자신을 세상에 드러내는 데 익숙하지 않아서 그런다는 것쯤 누구나 알았다.

조부 반종학을 따라 황간으로 내려온 막손네는 중사랑채에 짐을 풀었다. 그들은 그간 받은 노임으로 논밭을 마련하고 방이 세 칸 딸린 반듯한 집을 구해 나갔다. 막손아비는 자기 땅에 농사를 지으면서도 우리 마름일을 보았다. 황간 장터에서 할복 자결한 조부의 시신을 수습하고 장례를 치르는 일도 막손아비가 맡았다.

한성에서 소식을 듣고 내려온 아버지는 배를 가른 조부의 주검을 본 후 넋 나간 얼굴이 되어 상청 앞에 서 있었다. 사방 백 리 안에서 이름깨나 날린다는 사내들이 속속 모여들고 초상마당에선 다들 의인이 났다고 입 모아 수군거렸다. 그러나 아버지는 알고 있었다. 조부는 왕이 없는 세상을 마주할 자신이 없어서 자결한 것이지 의인으로 할복한 게 아니란 걸.

"어이어이."

아버지는 이 모든 일이 비루해서 울었고 내시의 삶이 덧없어서 울었다. 굴건을 쓴 아버지가 눈물을 흩뿌리며 곡을 할 때마다 대지팡이를 짚은 손이 떨렸다. 행여 탈진할까봐 막손어미는 때마다 아버지의 입에 곡기가 들어갔는지 그걸 점검하느라 여념이 없었다. 석 달 열흘만에 곡을 멈췄다. 동트기 전에 길제사를 드린 뒤 신주를 사당에 모시기 위해 상청으로 가던 아버지의 다리가 눈에 띄게 휘청거렸다. 드디어 집안의 기둥이던 조부가 떠나는 것이다.

조부의 신주는 막손아비가 만들었다. 이른 아침 목욕을 마친 막손아비는 노구를 이끌고 산속으로 들어갔다. 닭소리, 개소리, 사람소리가 들리지 않는 깊은 산속의 정결한 밤나무를 찾아 길이 여덟 치, 너비는 두 치가량의 크기로 깎았다. 신주의 윗면은 둥글게 하고 아랫면은 모지게 만들었다. 왕의 측근에서 세상 모든 영화를 누린 조부의 인격이 부여될 신주로는 조금도 손색이 없었다.

삼 년 탈상을 마친 아버지를 집안일에 관심을 갖도록 유도한 사람도 막손아비였다. 아버지는 막손아비가 이끄는 대로 조부가 남긴 땅을 돌보며 고향에 정을 붙였다. 본디 아버지는 어려운 조부보단 막손아비를 따랐고, 막손어미를 친어머니처럼 여겼던 사람이다. 그들이 있어서 조부의 빈자리가 커 보이지 않았다 했다.

막손은 조부를 따라 이곳에 내려온 뒤 옆집 도정상회 급사로 들어갔다. 도정상회는 황간에서 가장 큰 정미소로 마사토 부친이 운영하고 있었는데 조부가 중간에 말을 넣어주었다고 한다. 성실한 막손은 곧바로 마사토 부친의 눈에 들었다. 그 무렵 막손은 살림이 윤택한 이고장 토박이의 외동딸을 아내로 맞았다. 막손 처는 고운 데 하나 없는 외모였는데도 어쩐 일로 막손의 사랑만은 듬뿍 받았다.

해방되기 전날, 마사토 부친은 자신이 운영하던 도정상회와 월류광산을 막손에게 넘기고 도망치듯 일본으로 떠났다. 막손은 명색이 도정상회 사장이어도 아버지 앞에서는 물 흐르듯 자연스레 상하관계를 유지했지만 막손 처는 이를 참지 못했다. 그녀는 행세깨나 하던 집안의 여식이었다. 시대가 바뀌어도 아버지를 주인 섬기듯 하는 남편의 처신이 불만이었다. 막손 처는 만만해 보이는 어머니에게 그 불만을 터뜨렸다. 그래봤자 내시 집안이라고 비아냥거리기 일쑤여서 불같은 어머니의 성미를 건드렸다.

"기훈이 저 어마이 안 있나? 그 여편네가 입만 열면 내시 집구석이라고 우리를 얼매나 괄시하더나. 허구한 날 영감태기가 사당에서 저 지랄을 하니 그 여편네가 신이 나서 더 지낀다. 망할 놈의 영감태기. 다섯 살 때 제 집 똥개한테 고추를 따먹히고 내시 양자로 들어간 기, 뭐 그리 대단한 벼슬이라고 이날 입때 저 야단인지."

어머니는 어린 내게 넋두리를 하며 아버지가 계신 사당 쪽으로 눈을 흘겼다. 두 집안의 갈등은 막손 처가 들어오면서 예고된 것이나 다름없었다. 막손아비가 죽은 뒤 막손어미는 가랑잎 같은 노인네가 되어 뒷방으로 내쳐졌다. 보지 않으면 좋을 것을. 안 보려고 해도 막손 처에게 구박당하는 막손어미가 탱자 울타리 틈으로 보였다. 알 수 없는 것은 막손이었다. 베갯머리송사 탓인지 자기 어머니에게 분별없이 행동하는 아내를 못 본 척했다. 보다못한 아버지가 막손어미를 우리 집으로 데려오겠다고 했다.

"어머니는 늙으셨네. 남의 집 부엌살이를 할 수 있는 연세가 아니셔."

막손의 눈매가 꼿꼿해졌다. 여테 아버지의 말을 거스르는 법이 없던 막손이었다. 아버지는 뭔가 일이 크게 잘못되어가고 있다는 걸 느꼈다.

"여보게 막손이, 무슨 말을 그리 섭섭하게 하나. 일을 시키겠다는 게 아니고 내 어머니처럼 모시겠다는 말일세. 그렇게도 날 모르겠나?"

"어머니는 자네 집 종이셨어. 그게 하루아침에 바뀌겠는가?"

"자네 처에게 조석으로 당하고 있는 것보다야 낫지 않겠나."

어느새 막손은 아버지에게 말을 트고 있었다. 까까머리 시절에도 똑 자른 반말을 하지 않았던 막손이었다. 그런 그가 아버지의 청을 단칼에 묵살해버렸다. 말도 안 되는 소리 그만하라고. 이젠 두 집안 재산이 서로 견줄 만큼 비슷해졌다. 아버지는 친어머니처럼 정이 들었던 막손어미 때문에라도 막손이 잘되길 바랐지만 자신을 뛰어넘을 만큼 부를 축적하길 바란 건 아니었다. 둘 사이를 지탱하던 근본적인 무엇인가가 파삭, 소리를 내며 갈라졌다.

훗날 그 말을 들은 막손 처는 탱자 울타리로 얼굴을 들이밀곤 남의 일에 감 놔라, 배 놔라 상관하지 말라며 어머니를 들들 볶았다. 어머니도 만만치 않았다. 평소엔 어머니의 요란한 대거리를 말리던 아버지가 그날 이후론 팔짱을 끼고 방관했다. 볕이 들지 않는 적산가옥 뒷방에서 가랑가랑 앓던 막손어미가 숨을 놓자 아버지가 전쟁을 선포하고 나섰다. 정미소인 도정상회는 사유재산이어서 승계가 가능하나 월류광산은 토지의 권리만 개인에게 있을 뿐 국가에서 발급한 광업권이 소멸될 시점이었다. 막손은 광업권을 새로 발급받아야만 할 처지에 놓였다. 지금은 광업권이 탐사권과 채굴권 둘로 나뉘고 기한이 각각인데, 그때만 해도 이십 년 기한의 광업권 하나만 있으면 언제든 채굴이 가능했다. 아버지는 그걸 노렸다. 막손은 아버지의 경쟁상대가 되질 못했다. 그는 아버지와 치열한 경쟁 끝에 어렵사리 광업권을 손에 넣었다. 막손이 광업권을 취득하기까지의 과정은 보지 않아도 안다. 가히 눈물겨웠으리라.

막손의 손에 광업권이 들어가자 항간 사람들은 막손을 다시 보기 시작했다. 천하의 김치석을 누르다니. 김치석이 누군가. 김치석의 부친 반종학은 고종과 순종을 측근에서 모셨고 영친왕 이은까지 돌본 종1품 숭록대부가 아닌가. 비록 내시일망정 죽은 뒤에도 그의 권세가 하늘을 찔렀다. 그런 세도가 내시 집안에서 대대로 머슴 살던 막손이 아버지를 꺾자, 머슴이 주인을 이겼다고 입 달린 사람마다 칭찬이 자자했다.

월류광산만 해도 막손이 목숨 걸고 광업권을 취득할 만큼 이익이 나진 않았다. 마사토 부친이 광산을 넘길 때부터 금과 구리의 채굴량이 눈에 띄게 줄고 있었다. 마사토 부친이 운영하던 시절이 월류광산의 전성기였다. 마사토 부친은 껍데기만 남은 광산을 막손에게 넘기고 일본으로 떠났던 것이다. 그걸 알면서도 막손이 광업권을 취득하기 위해 혈안이 되어 덤빈 것은 상대가 아버지였기 때문이다. 어렵게 손에 넣은 월류광산이 막손에겐 골칫덩이였다. 금과 구리의 채굴량이 바닥을 보이자 그는 월류광산을 폐광시켰다. 막손은 그 손해를 감수하고서라도 한 번쯤은 아버지를 꺾고 싶었다.

그 무렵이었을 것이다. 탱자 울타리의 가시가 마귀할멈의 손톱처럼 길게 뻗어나온 것은. 탱자 울타리를 사이에 두고 어머니와 막손 처의 악다구니가 하루도 빠짐없이 들렸다. 어머니는 도정상회에서 방아를 찧을 때마다 날리는 겨 껍질과 먼지 북데기를 탓했고, 막손 처는 귀신을 부르는 사당의 향내 때문에 뒷골이 땅긴다고 성화였다. 썩을 놈의, 오살할 놈의, 염병할 놈의 집구석 따위의 거친 욕이 가시가 빽빽한 탱자 울타리를 뚫고 기세등등하게 오갔다.

연일 계속된 비 탓에 느지막이 눈을 떴다. 늦었다곤 해도 새벽 다섯 시였다. 중사랑의 유리문을 열었더니 밤사이 비가 그쳤나보았다. 나는 사당으로 올라가 향을 지핀 후 아침문안을 드렸다. 절을 하는데 눅눅한 기운이 마룻장을 타고 올라왔다. 아버지가 계셨다면 벌써 아궁이에 불을 지펴 사당의 누기부터 제거했을 것이다. 내 딴엔 한다고 하는데도 이럴 땐 어김없이 아버지의 부재가 느껴졌다. 아버지는 당신이 돌아가시자마자 사당이 폐쇄될 줄 알았을 것이다. 언젠가 사당으로 쳐들어가 아버지에게 대든 적이 있다. 피가 끓던 젊은 시절의 일이었다.

"설마 그 시절의 알량한 영화를 그리워하는 건 아니겠죠!"

절을 하다가 힐끗 돌아본 아버지는 일체 말이 없었다. 흑립의 그림자에 가려진 아버지의 얼굴은 표정조차 읽을 수 없었다.

"지금이 어떤 시댄데 이게 다 무슨 소용입니까. 아예 세상에 대고 광고를 하세요. 대를 이어온 내시 집안이 여기 있다고! 아직도 출타할 때마다 죽은 내시 조상들에게 출입고나 올리는…… 귀신 같은 이 사당부터 없애야 합니다."

"이노옴!"

아버지의 벽력같은 고함과 함께 놋쇠 향로가 날아왔다. 내 이마를 스치며 날아간 놋쇠 향로가 문설주에 부딪쳐 요란한 쇳소리를 내며 뒹굴었다. 향로에 담긴 모래가 쏟아지고 타버린 향의 재가 허공을 풀풀 날아다녔다.

"아이고, 내 새끼 잡네이!"

사당으로 뛰어들어온 어머니의 매운 손에 이끌려 나는 밖으로 나갔다.

"저 양반 저러는 게 어디 하루이틀이냐. 이마를 이래 밤송이로 만들어놔야 네 속이 시원하나, 으이?"

날 안채마당으로 끌고 간 어머니는 허리끈을 풀어 핏방울이 맺힌 이마를 묶어준 뒤 절절한 목소리로 말했다.

"태혁아, 우리 문디 태혁아이. 옆집 뺑쟁이 기훈이랑은 말도 섞지 마라. 기훈이 마누라한테는 눈길도 주지 마라. 기훈이 딸이 우리 채희와 동갑이다. 그러니 너도 마음을 고쳐먹어야지. 사람 힘으로는 절대 안 되는 기, 그게 바로 인연이라 카는 기다. 따지고 보면 우리가 이승에서 모자 인연으로 엮인 것도 그렇고."

"시끄럽소!"

나는 안채의 흙담을 주먹으로 내리쳤다. 내 서슬에 담이 움푹 파였고 흙이 가루가 되어 풀풀 날렸다.

"더 쳐라! 사정없이 쳐라! 그래가지고 니 손모가지가 부러지겠나, 안채 담벼락이 무너지겠나. 저 소가지를 보면 똑 즈그 아버지랑 한 틀에 찍어놓은 거 같다. 오메, 무시라. 인영이 고 불여우 같은 년이 내 새끼 얼까지 몽땅 빼갔나보네. 참말로 이 일을 우짜면 좋나!"

어머니의 긴 사설이 끝나기도 전에 나는 이마에 내천자를 그리며 사랑채로 건너갔고, 채희는 탱자 울타리 개구멍을 통해 옆집 도정상회로 도망쳤다.

"채희, 이 노무 가시나. 퍼뜩 이리 안 오나! 놀아도 하필이면 도정상회, 저 뽕쟁이 집구석에 가서 천 날 만 날 놀아쌓나. 그 상놈의 집구석에서 보고 배울 것이 뭐가 있다고, 으이!"

어머니는 나로 인해 사나워진 심사를 어린 채희에게 풀었다. 그때만 해도 어머니는 젊었다. 이렇듯 한 여자가 할머니가 되는 건 순간이다. 나 역시 어느 결에 할아버지가 되었듯이. 아버지가 돌아가신 뒤 나는 양세계보와 사당 열쇠를 넘겨받았다. 그때 작정만 했으면 얼마든지 사당을 폐쇄할 수가 있었다. 하나 사당 열쇠를 받고 보니 밖에서 보던 그 사당이 아니었다. 좋고 싫음을 논할 계제가 아니었다. 사당은 이미 그 자체로 살아 움직이고 있었다. 누구보다 사당이 없어지길 간절히 원했던 아버지, 양세계보를 없애기 위해 같은 김가인 날 양자로 들인 아버지, 그런 아버지도 말년엔 충실한 사당지기로 사셨다. 언젠간 없어질 테지만 당신이 살아 있는 동안엔 이 사당에서 발을 뺄 수 없을 거라는 체념과 이상한 의무감, 거부할 수 없는 운명에 묶인 탓이리라.

내게 할당된 삶이 깊고 무거운 탓인지 요즈음은 시간이 역순으로 흐르는 것 같다. 어제 일어난 일이 먼 옛날의 일처럼 느껴지고, 아득한 세월 저쪽에 쟁여둔 사건이 어제 일인 양 가깝게 느껴진다. 절을 하고 일어서는데 손목이 시큰거렸다. 도처에 만연한 습기 탓이다. 사당 문을 열고 나와 신발을 꿰어신은 후 마을을 굽어보았다. 안개가 끼고 있었다.

초강에서 스멀스멀 피어오른 안개가 황간 역사를 삼킨 뒤 삼거리를 뿌옇게 덮기 시작했다. 베일처럼 낮게 깔린 안개가 마을로 천천히 밀려왔다. 비가 갠 신작로를 통과하면서 안개의 입자가 조밀하게 뭉쳐졌다. 안개 사이론 젖은 나뭇잎 냄새와 새벽밥이 익는 냄새, 인근 축사에서 풍기는 악취가 뒤섞인 채 흘러나오고 있었다. 삽시간에 신작로를 덮은 안개가 뱀이 똬리를 튼 기괴한 형상으로 뭉쳐져 마을을 단단히 에워쌌다. 근자엔 보기 드문 농무(濃霧)였다.

그날 새벽 추풍령 기상대가 안개주의보를 발령했다. 안개주의보가 발령되자 가장 먼저 달고 새곰한 공기가 사라지고 악산 중의 악산으로 통하는 삼도봉의 능선이 지워졌다. 산 밑 들녘에 자리잡은 면소재지가 지워지고 월류봉 중턱에 뾰족하게 솟은, 여자의 성기를 닮았다고 해서 아이들이 '보지바우'라고 부르던 구무바위도 지워졌다. 황간의 풍경이 안개 속에 완전히 파묻혔다가 바람의 이동에 따라 순차적으로 모습을 드러냈다.

월류봉의 아찔한 절벽과 노송 군락이 먼저 보인다. 절벽 틈으로 뿌리를 내린 탓에 아름다운 형태로 뒤틀린 노송, 노송 옆엔 기암괴석이 버티고 서서 발밑으로 흐르는 초강을 굽어보고 있다. 절벽과 노송과 기암괴석을 따로 떼어놓고 보면 충북의 알프스라고 칭할 만큼 천하절경인 것만은 분명하나 그것들은 주변 환경과 화합하지 못했다. 완벽하게 지워졌다가 조금씩 드러난 풍경 덕에 발견한 문제점이기도 하다. 세부묘사는 기가 막힌데 전체적인 구도가 틀어진 그림을 보는 것 같다고나 할까. 그래서 어딘지 모르게 비뚜름해 보이는 게 황간의 첫인상이다. 이처럼 세상에는 말로써 표현 불가능한 풍경을 가진 마을이 하나쯤은 숨어 있기 마련이다.

이와는 반대로 1751년 조선 영조 때 사람 이중환은 자신이 저술한 인문지리서인 『택리지』에 황간을 이렇게 쓰고 있다. "시내와 산의 경치가 지극히 아름다우며 물을 댈 수 있는 기름진 논과 목화밭이 많다. 영남과 호남 사이에 끼어 땅이 궁벽하지 않고 장사꾼이 많이 모여들어 교역이 활발하게 이루어지기 때문에 이 지방엔 부유한 사람들이 많다. 들판이 환하게 트여 있지 않아 맑고 밝은 기상은 강의 북쪽 양산, 이산보단 못하다. 북쪽은 속리산과 잇닿아 시루목과 장산이 있고 남쪽으로는 황악산과 이웃해 상하궁곡이 있어 난리를 피할 수 있으니 참으로 복된 땅이다."

경상북도 상주에서 팔음산을 넘으면 청산을 통해 황간으로 오는 길이 나 있다. 청산 문바우는 동학 교주 최시형의 도피처로 동학교도들이 작은 장안이라고 부르던 곳이기도 하다. 이처럼 『택리지』에는 황간에 대한 부정보다는 긍정하는 표현이 많고, 난리를 피할 수 있는 복된 땅이라고 적혀 있다. 재가 높고 수목이 울창한 탓에 하늘만 보이는 산골이 많고 뾰족하게 솟은 구무바위로 인해 천혜의 요새로 명성이 높았을 것이다. 그러나 두루 읽히는 천하의 『택리지』도 감히 예측

하지 못한 사건이 있었으니, 난리를 피할 수 있다던 복된 땅이 엄청난 난리를 겪었다. 진경은 그 사건을 취재하겠다고 내려와선 사랑채에 틀어박혀 있다. 안개가 걷힌 뒤 따가운 햇볕이 쏟아졌다. 비에 젖은 안채마당이 꾸덕꾸덕 마르고 있었다. 오랜만에 진경이가 안채로 나왔다. 서산댁이 찐 옥수수와 식혜를 내왔고, 내리쬐는 햇살 탓에 어머니의 기분이 좋아 보였다.

"아따, 어릴 땐 곱더니만 크면서 그 인물이 어디로 갔는지. 애들은 하루에도 수십 번씩 얼굴이 변한다는 말은 정녕코 널 두고 한 말인갑다."

어머니는 여전히 진경이를 채희로 알았다. 진경이는 휠체어에 탄 어머니 곁에서 찐 옥수수를 먹고 있었고, 나는 어제 사무실에서 있었던 일로 진경의 눈치가 보여 괜한 헛기침을 했다. 찐 옥수수를 먹느라 고개를 숙일 때마다 진경이의 머리카락이 앞으로 흘러내렸다. 서산댁이 요새는 쓰지도 않는 검정 고무줄을 어디서 가져와 머리를 묶으라고 했다. 진경이는 서산댁에게 받은 검정 고무줄을 앞니로 사리물었다. 그러고는 줄 끝을 한 손으로 당긴 채 어깨에 닿는 긴 머리를 뒤통수로 모으더니 고무줄로 돌돌 감았다. 아주 잠깐 팽팽하게 당겨진 고무줄이 진경이의 입과 귀를 거쳐 뒤통수로 어슷하게 지나갔다. 끝이 뭉툭한 4B 연필로 얼굴 옆면에 빗금을 그은 것 같았다. 그걸 보고 있으려니 가슴이 뻐근했다. 채희도 머리를 묶을 때면 꼭 저랬는데. 어린 게 어느새 자라 제 어미보다 성숙한 여자가 됐다니.

진경이는 내 손으로 받은 아이여서 더욱 애틋하다. 채희가 산통을 시작했을 때 소문이 날까 두려워 병원에 데려가지 못했다. 대신 우리 돼지들의 건강을 돌보던 수의사를 집으로 불렀다. 그의 입을 단단히 막은 후 수의사의 지시대로 물을 끓이고 탯줄을 끊을 가위를 소독했다. 그날 밤에도 비가 왔다. 사방이 눅눅한 가운데 진경이는 채희의 자궁을 힘차게 밀고 나왔다. 내 손바닥 안에서 고물거리던 열 개의 발가락들, 그 여리고 보드레한 감촉, 비냄새와 함께 젖은 땅에서 훅 끼치던 흙냄새, 피비린내, 치받듯 울이대던 진경이의 첫 울음소리.

"딸이에요."

사람을 처음 받는다던 수의사는 채희의 산통에 지쳐 목이 쉬어 있었다.

"채희, 저 애린 것의 운명을 어쩌면 좋다니."

어머니는 갓 태어난 진경이보다 사생아를 낳은 채희가 가엾어서 소리 죽여 흐느끼며 첫 미역국을 끓였다. 당시 노안이던 어머니는 쇠고기 미역국이 끓는 냄새를 따라 부뚜막으로 이동하는 개미떼의 행렬을 보지 못했다. 국간을 본 어머니가 무심코 국자를 부뚜막에 놓자, 개미들이 미역국이 묻은 국자에 새까맣게 들러붙었다. 어머니는 그 국자로 바글바글 끓는 미역국을 휘저어서 그릇에 가득 국을 펐다. 채희는 어머니의 눈물이 방울방울 떨어진 짭짤한 미역국을 먹다가 국물 위에 개미가 떠 있는 걸 보곤 황급히 뱉어냈다. 안 그래도 해산한 뒤 몸이 좋지 않았던 채희의 몸조리기간이 늘어나기 시작했다.

그날부터 진경이의 양육은 온전히 내 것이 되었다. 갓 태어난 아기가 주는 힘은 놀라웠다. 흥분과 경이, 설렘. 진경이로 인해 그간 피폐했던 삶의 중심이 잡혔다. 진경이는 빠르게 성장했다. 그 아이가 가진 단단한 침묵, 고요한 응집력, 이따금 분출되는 폭풍 같은 열정, 한때 채희가 누렸던 야생의 기운을 고스란히 빼온 것처럼 느껴지는 질기고 굳센 기질.

그때 젖먹이 진경이가 없었다면 나는 저 탱자 울타리를 기어이 뛰어넘고 말았을 것이다. 날카로운 가시에 팔다리가 긁히고 살갗이 너덜너덜해져 몸의 뼈가 허옇게 드러나는 한이 있더라도, 또다른 지옥이 눈앞에 펼쳐진다 하더라도. 그랬다면 나와 인영의 삶은 지금과는 아주 많이 달라졌을 것이다. 눈이 시큰거리더니 이내 눈물이 차올랐다. 나는 이를 들킬세라 식혜를 마시다 말곤 또 한차례 헛기침을 했다.

"나도 네 나이 때는 이가 좋아서 야문 걸 곧잘 먹곤 했는데."

식혜를 한 모금 마신 어머니가 손수건으로 입가를 훔치며 말했다.

"꼭 애가 들어선 것마냥 마른오징어가 어찌나 먹고 싶던지, 오징어 한 축을 쌀 두 바가지와 바꿔 먹은 적이 있었다. 그 난리통에 죽은 줄만 알았던 우리 태혁이가 살아 돌아와서 그런가. 그때야 뭐가 먹히데."

"어른께서 또 옛날 일이 생각나셨나보네."

서산댁이 옆에서 거들자 어머니가 손을 휘저어 서산댁의 말을 막았다.

"일사후퇴 때 원산에서 피란 나온 피란민이 오징어 한 축을 가져왔더라. 당시 오징어 한 축의 시세가 고무신 열 켤레 값이었거든. 한 바가지만 줘도 되는 쌀을 두 바가지나 퍼주곤 누가 볼까 돌아앉아서 오징어를 오금오금 씹어먹었다. 그 야문 걸 먹어야만 살 것 같아서. 굶어 죽는 사람이 태반인 시절에…… 속도 없이…… 오징어 다리를 정신없이 뜯어먹는데 어금니 하나가 방바닥에 툭 떨어지더라. 호강에 받치면 요강에 빠진다더니 내가 딱 그 꼴이었어. 이빨이 빠지는 줄도 모르고 오징어만 먹어댔으니."

치매기라는 게 그런 것인지. 정신이 오락가락하면서도 어머니는 과거의 일부분을 정교하게 떠올리고 있었다. 날이 맑으면 어머니의 정신도 맑아진다. 나는 어머니가 꺼낸 이야기 때문에 더럭 겁이 났다.

"한국전쟁 때 얘긴가요?"

옥수수 고갱이를 쟁반에 내려놓던 진경이가 어머니의 말을 가로챘다. 그 말을 놓칠 진경이가 아니었다.

"하모, 우리 태혁이가 노근리 쌍굴에 갇혀 있었다. 그때부터 식도가 막혀서 도저히 음식을 삼킬 수가 없더라. 태혁이만은 살아 돌아올 거라고 얼마나 이를 깨물고 기다렸는지, 그때 내 이와 잇몸이 모조리 상했어. 태혁이가 돌아오고 나서야 입에 뭘 넣을 수가 있었다. 인영이 고년만 아니었으면 우리 태혁이가 그 꼴은 안 당했을 건데."

"증조할머니 말씀이 사실이에요?"

진경이가 턱을 치켜들고 물었다. 피해갈 수 없었다. 진경이는 탐색하는 눈길로 날 쳐다봤다. 나는 눈을 내리깔고 침묵으로 대응했다. 쇠파리 한 마리가 붕붕거리며 날아다니는데도 진경이는 미동조차 하지 않았다. 나는 진경이가 쟁반에 내려놓은, 알이 빠진 옥수수 고갱이를 멀거니 바라봤다. 진경이와 나 사이에 흐르는 팽팽한 기류를 무시한 채 어머니는 원산 오징어의 맛이 얼마나 기가 막혔는지에 대해 서산댁에게 웅얼웅얼 얘기했다. 서산댁은 쇠파리를 쫓느라 어머니의 얘기를 건성으로 듣는 눈치였다. 나는 안채를 나와 마당의 평상으로 자리를 옮겼다. 진경이가 조용히 내 뒤를 따라왔다.

"할아버지."

진경이가 불렀다.

"이젠 노근리 쌍굴에서 일어난 일에 관해 말씀해주셔야만 해요."

진경이가 재촉했지만 입을 떼기가 두려웠다. 어디서부터, 어떻게 말해야 하나. 입 주변의 근육이 팽팽하게 땅겼다. 나는 무대에 오르는 성악가처럼 입을 벌렸다가 오므리기를 반복해 입 주변의 근육을 풀어준 뒤 진경이에게 천천히 말하기 시작했다.

첫 작품인 백자 찻잔이 깨어질 때 예고된 것처럼 나와 인영의 앞날은 순탄하지 않았다. 서울로 유학 간 기훈과 달리 난 가까운 영동중학교에 입학했다. 내가 도시 학교가 아닌 영동중학교를 선택한 것은 인영이네 옹기막에서 일하고 싶어서였다. 나는 학교에서 돌아오면 인영 아버지의 일을 도왔다. 아버지는 웬일로 이런 행동을 묵인해주었고 어머니만 옹기막을 한번씩 찾아와 시앗 본 본처처럼 행패를 부렸다. 네가 정말 옹기장수가 되려고 이러느냐며, 남세스러워 어찌 얼굴을 들고 다니겠느냐고 성화였다. 내시 집안이나 도공 집안이나 피차일반이라며 인영 어머니도 가만있지 않았다. 두 어머니는 만나기만 하면 상대의 머리채를 단단히 그러쥐었고 그것도 힘에 부치면 삿대질을 했다.

"입이 찢어져도 말은 바로 해야지. 너희가 대대로 옹기장수지 도공은 무슨 도공! 쓸 만한 도공은 임진왜란 때 죄 잡혀갔어!"

"김가, 반가, 윤가, 아이고 정신 사나워라. 성이란 성은 몽땅 주워 모은 내시 집안 개족보는 어쩌고!"

싸움이 끝나면 두 어머니는 맨땅에 주저앉아 발 뻗고 울었다. 인영

어머니는 임진왜란 때 일본에 잡혀가지 못한 선조를 원망하며, 뛰어난 도공이 되지 못한 시댁 선조 때문에 설움이 복받쳐 울었다. 어머니는 다채로운 성이 존재하는, 사람들이 개족보라고 멸시하는 집안내력 때문에, 쌀 두 가마니에 혹해 자신을 내시 집안에 팔아먹은 부모를 탓하며 울음을 터뜨렸다. 어머니는 내시 집안 며느리로 호의호식하며 지낸 날들을 까맣게 잊고 있었다.

해방이 되자 인영이네 가세가 급격히 기울었다. 마사토네가 일본으로 돌아가면서 도자기의 주문이 끊겼다. 해방된 한국에서 도자기를 찾는 사람이 드물었고 게다가 인영 아버지는 이름난 도공이 아니었다. 1950년 7월, 한국전쟁이 일어나자 미군 통역관이 된 마사토가 인영이네 옹기막을 찾아왔다. 마사토는 청자와 백자를 대량 주문했다. 틈날 때마다 만들어둔 도자기가 있어서 겨우 주문받은 수량을 맞출 수가 있었다.

그 무렵 전선이 영동읍에 형성되어 있었다. 물론 나는 이 사실을 노근리사건이 터진 날 알게 된다. 전쟁중엔 모든 정보가 막혀 있었다. 그때는 아군과 북한군의 큰 마찰이 없어서 북한군이 코앞까지 쳐들어왔다는 것도 몰랐다. 낙동강에서 북한군의 대대적인 8월 공세가 있기 전, 짧은 휴지기였다.

나는 아침마다 인영이네 옹기막에 출근하다시피 했다. 가족들은 기훈네와 쌀장사를 하느라 내게 신경쓸 겨를이 없었다. 전쟁이 났다는 건 알았지만 우리 집에서 인영이네 옹기막은 그리 먼 거리가 아니었고 아직 그 길은 안전했다. 미군들이 지키고 있었으니까.

1950년 7월 25일. 그날은 도자기를 운반하는 날이어서 태명을 데리고 집을 나섰다. 태명은 생가의 사촌동생인데 가난한 형편 탓에 한 입 덜 요량으로 우리 집에 맡긴 아이였다. 태명은 어려서부터 내 잔심부름을 도맡아 했다. 인영이네 옹기막은 황간면에서 영동읍으로 가는 길에 위치한 서송원리에, 마사토에게 주문받은 도자기를 운반할 미군의 제7기병연대 막사는 노근리 인근에 있었다. 미군 연대 막사로 가려면 4번 경부국도를 통과해야만 했다.

도자기를 실은 우마차를 끌고 경부국도로 들어서자 피란민의 행렬이 갑자기 불어났다. 경부국도로 몰려드는 피란민 때문에 우마차가 움직이질 않았다. 우리는 우마차에서 내려 인영 아버지가 우마차를 끌고 태명과 난 뒤에서 밀며 피란민 틈에 섞여 걷기 시작했다. 미군들이 앞에서 피란민의 행렬을 이끌고 있었다. 그들은 피란민을 데리고 국도 옆 경부선 철로로 올라갔다. 미군 트럭의 원활한 통행을 위해 경부국도를 비울 계획인 것 같았다.

망설이다가 우리도 우마차를 끌고 경부선 철로 위로 올라갔다. 우마차가 가긴 힘든 길이지만 그렇다고 주문받은 도자기를 포기할 수는 없었다. 피란민 대부분은 지게에 피란 짐을 지고 있었고, 소를 몰고 가는 사람도 드문드문 있었다. 따가운 볕이 철로를 녹일 듯이 퍼부었다. 우리는 고개를 숙인 채 벌겋게 달궈진 철로를 피해 검은 침목을 밟으며 줄 맞춰 걸었다. 철로 아래 국도변 가로수에선 매미들이 그악스레 울었다.

선두에 선 미군이 행렬을 정지시키더니 피란민의 짐을 수색하기 시작했다. 미군들은 피란민 속에 변복한 북한군이나 북한군의 첩자가 있다고 믿는 눈치였다. 절호의 기회였다. 내 차례가 되자 나는 미군에게 짧은 영어와 일본어로 말했다. 우리는 피란민이 아니라고, 제7기병연대 막사로 가는 길이라고. 도자기가 실린 우마차를 가리켰지만 미군은 내 가슴에 총구를 들이댈 뿐이었다.

그러는 사이 다른 미군이 어디론가 무전을 쳤다. 잠시 후 미군 정찰기 한 대가 상공에 나타나 피란민의 머리 위를 맴돌다 사라졌다. 줄지어 서 있던 피란민의 행렬이 흐트러진 것은 그즈음이었다.

"삐이십구(B29)다!"

행렬을 이탈한 피란민 하나가 달음박질치며 날카롭게 외쳤다. 하늘을 올려다보니 저 멀리 남쪽에서 미 전투기 두 대가 창공을 가르며 날아오는 게 보였다. 그 전투기가 제8전폭대대 소속의 F-80 기종이라는 건 나중에야 알았다. 전투기가 뜨자 짐을 수색하던 미군들이 재빠르게 도망쳤다.

미군들이 사라지자 전투기에서 폭탄이 떨어져내렸다. 귀청을 찢는 듯한 굉음과 함께 철로변에 있던 흙과 자갈이 튀어올랐다. 우리는 우마차 옆에 납작 엎드렸다. 엄청난 먼지바람이 불어와 눈을 뜨고 있기가 어려웠다. 짐승과 사람의 뼈와 살이 사방으로 튈 때마다 이어지는 비명소리. 폭격에 맞아 떨어진 팔을 다른 손에 쥐고 죽어가는 피투성이 남자. 아이들을 품안에 감싼 채 철로에 엎드린 아낙네. 흩어진 가족들의 이름을 소리쳐 부르며 우는 소년. 삽시간에 철로 위는 아수라장으로 변했고 핏물이 침목에 흥건하게 고였다.

전투기에서 이십여 분간 폭격을 하더니 이번에는 기총소사가 시작됐다. 빗발치는 총알을 피해 우리 앞으로 달리던 여자가 침목에 고인 핏물을 밟고 뒤로 벌러덩 넘어졌다. 자기가 지고 있던 등짐 위에 드러

누운 꼴이 된 여자는 속옷을 환히 내보이며 두 다리를 버둥거렸다. 뒤이어 어어어, 하는 소리가 들리더니 지게를 진 남자가 그 여자에게로 와 엎어졌다. 지게를 진 남자의 등에 세 발의 총알이 연속으로 날아와 박힌 건 남자가 엎어지고 일 초도 지나지 않아서였다. 남자와 여자의 몸이 동시에 축 늘어졌다.

달아나던 사람들이 남녀의 시신을 피해 우리가 있는 우마차 쪽으로 몰렸다. 옆에 세워둔 우마차가 사람들의 발길에 채여 쓰러졌다. 도자기의 파편이 철로에 부딪치는 둔탁한 소리가 들려왔다. 겨우 정신을 차리고 일어나보니 인영 아버지가 우마차에 깔린 채 피를 흘리고 있었다.

"아저씨!"

아무리 흔들어도 인영 아버지는 움직이질 않았다.

"형, 어떡해."

태명이가 옆에서 울먹였다. 머리 위로 쏟아지는 총알을 피하는 게 무엇보다 급했다. 나는 태명의 손을 잡고 구르듯이 철로에서 내려와 집이 있는 황간 쪽으로 달렸다. 등뒤에서 기관총 소리가 쉴새없이 들렸다. 우리와 나란히 뛰던 사람들이 푹푹 고꾸라졌다. 앞서 뛰던 사람들은 논둑이나 수로에 숨어들기도 했다. 그들을 따라 논둑으로 내려가려는 태명에게 앞에 보이는 노근리 쌍굴을 가리켰다. 태명이가 고개를 끄덕였다. 우리는 숨이 턱에 차게 달려 노근리 쌍굴로 뛰어들었다. 굴속엔 우리보다 먼저 온 사람이 많았다.

전투기에서 쏘아대는 총알을 피할 수 있겠다는 생각이 들자 그제야 인영 아버지의 죽음이 실감났다. 이 사실을 알고 오열할 인영의 얼굴이 떠오르고, 집에 남은 가족들의 얼굴이 차례차례 뇌리를 스치고 지나갔다. 총성이 멈추고 얼마나 지났을까. 미군들이 살아남은 피란민을 쌍굴로 몰아넣기 시작했다. 그들은, 전투기의 폭격을 피해 논둑과 근처 야산, 수로에 숨었던 사람들이었다. 옆 굴은 가장자리로 물이 흘러 바닥이 젖어 있었기 때문에 많은 사람들이 우리가 있는 굴로 밀고 들어왔다. 봇짐을 머리에 이거나 등에 짊어진 사람, 다친 사람을 부축한 사람, 아기를 업은 여자들이 우르르 몰려들었다.

그 틈에 기훈과 기훈 어머니가 보였다. 그 와중에도 기훈 어머니는 내게 눈을 흘겼지만 기훈의 얼굴엔 반가운 기색이 역력했다. 도정상회에서 팔 쌀을 주곡리 외가에서 대신 매입해주곤 했는데, 어머니와 그 쌀을 가지러 외가에 다녀오는 길이라고 했다. 달구지에 바리바리 실린 기훈이네 쌀가마니가 폭격에도 용케 그대로 있었다. 전투기에서 폭격이 시작됐을 때 기훈은 근처 야산에 숨어 있었노라고 했다.

"어제 외가가 있는 주곡리와 임계리 일대에 대피령이 내려졌어. 하가리 천변에서 미군들과 하룻밤 노숙한 후 오는 길이야."

"이 사람들 전부?"

나는 굴속에 있는 사람들을 둘러보며 말했다.

"너처럼 중간에 합류한 사람도 있지만 대부분 하가리 천변에서 같이 잔 사람들이야. 지금 전선이 영동읍에 있는 모양인데 미군이 북한군에게 밀리는 눈치야. 넌 옹기막에서 오는 길이니? 태명이도 같이?"

기훈이가 속삭이듯 말했다. 인영 아버지가 철로에서 돌아가셨다고 하자 기훈이도 야산에 숨다가 외삼촌과 외할머니를 잃었다고 했다. 우리는 더이상 말을 잇지 못했다. 피란민을 쌍굴로 몰아넣은 미군들은 쌍굴 맞은편 언덕에 진지를 구축하기 시작했다. 그들은 쌍굴 건너편 경부국도 쪽에도 진지를 구축했다.

한숨 돌린 피란민들은 흩어진 가족들을 찾아 양쪽 굴을 우왕좌왕 드나들었다. 대전에서 내려온 피란민도 더러 있지만 주곡리와 임계리 주민들이 대부분이었다. 거반 눈에 익은 얼굴이었다. 부상자들의 신음소리가 여기저기서 터져나왔다. 미군과 쌍굴로 들어온 군의관이 부상자들을 치료하기 시작했다.

"니미, 폭격할 땐 언제고 폭격하고 나서 치료를 해주다니. 난 야들 하는 짓거리가 통 이해 불가여."

다리에 총상을 입은 할아버지의 말마따나 미군들의 행동은 이해하기 어려웠다. 버들이와 임계리에 사는 여자애의 상처가 가장 깊었다. 버들이는 철로에서 폭격을 당해 한쪽 눈이 빠졌는데, 빠진 눈알을 피 묻은 수건으로 누르고 있었다. 명희의 무릎에 누운 버들이는 이를 악물고 끙끙거렸다. 통증 때문에 어린 버들이의 손발이 사시나무처럼 떨렸다. 명희는 곧 울음을 터뜨릴 것 같은 표정으로 동생의 상처를 살피고 있었다. 명희가 조심스레 피 묻은 수건을 걷어내자 젤리처럼 미끈한 물질에 싸인 버들이의 빠져나온 눈알이 보였다. 오메, 옆에서 들여다보던 아낙이 징그럽다는 듯 몸을 떨며 뒤로 물러났다. 명희의 손이 약간만 움직여도 버들이의 손발이 오그라들었다. 임계리에 사는 여자애는 얼굴과 목에 심한 화상을 입었다.

"여자애 낯짝을 이래 독하게 지져놔서 어짤까나. 어린 지지배는 눈깔 하나가 빠져불고. 시상에 이런 난리가 어디 있다냐."

명희 옆에서 훌쩍이던 아낙이 임계리 여자애의 얼굴에 흐르는 진물을 치맛자락으로 닦아냈다. 그때마다 임계리 여자애가 소스라치게 비명을 질렀다. 할아버지의 다리에 박힌 총알을 제거하던 군의관이 임계리 여자애의 비명소리에 고개를 돌렸다. 군의관은 손짓으로 아낙을 말리더니 임계리 여자애와 버들이의 상처를 소독하고 상처 부위에 거즈를 댄 후 붕대로 감아주었다. 그제야 사람들이 다리를 뻗고 앉았다.

"흐미, 군의관 옆에 있는 저 미군 쫌 보소. 완전 얌생이 상호요."

땀이 찬 적삼 속에 손을 집어넣어 가슴을 벅벅 긁던 여자가 비녀 찌른 여자에게 말했다.

"쟈도 어데 지가 저래 생기고 싶어서 저래 생겼겠소. 저도 거울을 보면 지 상호가 참말로 깝깝할 거구만요. 근데 쟈들 땜시 우리가 이 무슨 개고생이오."

"아, 빨갱이가 쳐내려와서 이 야단이 안 났소. 쳐내려오려면 평일을 택해 쳐내려올 것이제, 남들 꿀잠 자는 공일날 새벽에 불알을 달랑거리며 쳐내려오는 기 말이 되오? 그래서 빨갱이제, 달리 빨갱이라. 근데 저 눈깔 투미한 것들이 우리를 빨갱이로 잡네이."

"난 빨갱이보다 코쟁이 야들이 더 무섭소. 쳐다만 봐도 오금이 바짝 쪼리는 것이."

미군들이 치료해주는 바람에 얼어붙은 마음이 녹았는지 두 여자가 얼굴을 마주한 채 두런거렸다.

"우리는 순수한 양민이에요. 적이 아닙니다."

기훈이가 미군들에게 영어로 말했다. 기훈이는 어머니의 극성으로 일찍 영어를 배웠다.

"연대 막사에 있는 통역관 마사토를 불러주세요. 제7기병연대에서 주문한 도자기를 가지고 오는 길이에요."

내가 일본어로 말했다. 우리의 말을 들은 척도 하지 않던 군의관이 버들이와 임계리 여자애를 가리키며 내일 후방에 있는 병원으로 후송될 거라고 말했다. 그때부터 기훈과 난 미군들의 말을 통역하기 시작했다. 그들은 기훈과 내 팔의 윗부분을 흰 붕대로 둘둘 감아주었다. 그게 통역의 표시인 것 같았다.

"왜 너한테 외가에 같이 가자고 했던고! 영어는 왜 갈쳤던고! 낫으로 내 발등을 칵 찍어불고 싶다."

하나뿐인 아들이 행여 미군에게 횡액을 당할세라 기훈어머니의 얼굴이 하얗게 질렸다. 그들은 우리가 피란민이라는 걸 믿지 않는 눈치였다. 나는 기훈과 함께 마사토를 불러달라고 미군들에게 통사정했다.

"도정상회 마사토 형만 온다면……"

미군부대 통역관인 마사토는 황간 도정상회에서 태어났다. 해방이 되던 해 가족과 함께 쫓기듯 일본으로 건너갔지만 이 부근에서 도정상회 마사토를 모르는 사람은 없다. 피란민들은 가을이면 누구나 황간 도정상회에서 방아를 찧었다. 마사토가 온다면 우리가 순수한 피란민임을 입증하게 될 것이고, 그러면 별문제없이 풀려날 거라고 믿었다. 그러나 마사토가 추풍령 방어선에 투입되었다는 말뿐 미군들은 우리의 청을 들어주지 않았다. 마사토 대신 다른 일본인 통역관이 왔다. 마지막 희망의 끈마저 놓치자 거대한 공포가 파도처럼 덮쳐왔다.

마사토가 오지 못한다는 말을 들은 몇몇 피란민의 얼굴이 흙빛이 되었다. 소문은 금방 양쪽 굴로 퍼져나갔다. 피란민들이 동요하기 시작했다. 그때 밖에서 요란한 총소리가 들렸다. 한차례 아우성이 일었다. 철로에 버리고 온 가재도구를 가지러 가던 사람이 미군이 쏜 총에 맞았다고 했다. 진지를 구축한 미군들은 피란민이 굴 밖으로 나오면 쏘았다. 더러 총알이 굴속으로 날아오기도 했다.

"제발 굴 밖으론 나가지 마세요. 나가면 죽어요!"

누군가 성마르게 외쳤다. 총소리가 그친 후 한동안 미군들이 보이지 않았나. 그사이 나는 데명과 기훈과 함께 달구지에서 쌀가마니를 끌어내렸다. 굴속에 앉아 있던 남자들이 하나둘 일어나서 우리를 돕기 시작했다. 우리는 기훈이네 쌀가마니를 굴 입구에 차곡차곡 쌓아 바리케이드를 쳤다. 굴 입구가 삼분의 일가량 막히자 기훈 어머니는 바리케이드 안쪽, 가장 안전한 곳에 기훈 외숙모와 자리잡고 앉았다. 그날 밤, 어수선한 틈을 타 남자들 이십여 명이 쌍굴에서 도망쳤다. 먼 데서 따다닥 딱딱, 볶인 콩이 프라이팬에서 튀는 듯한 총소리가 들렸다.

"암만해도 도망가다 절반은 뒈진 것 같어."

굴 입구에서 망을 보던 남자가 쉬고 갈라터진 목소리로 말했다. 한참 뒤 병사 두 명을 앞세운 미군상사가 굴속으로 들이닥쳤다.

"어이 통역들!"

얼굴이 벌겋게 달아오른 미군상사가 두리번거리며 기훈과 날 찾았다. 그는 순수한 피란민이면 왜 목숨을 걸고 쌍굴을 탈출하느냐며, 너희 가운데 북한군의 첩자가 섞여 있는 게 분명하다고 말했다. 그가 그레이였다. 코가 막혔는지 말을 할 때마다 킁킁거렸고, 연방 콧잔등을 쌜긋거렸다. 어둠 속에서 그레이의 파란 눈이 반짝거렸다. 그는 버들이를 안고 있는 명희에게서 눈을 떼지 못하고 있었다. 명희를 쳐다보는 눈빛이 예사롭지 않았다. 명희와 버들이는 부모를 일찍 여의고 할머니와 살고 있었다. 늙은 할머니는 집에 남고 자매만 피난길에 나섰나보았다.

"저 여자 이름이 뭔가?"

그레이가 기훈에게 물었다. 우리에게 말하면서도 그레이의 눈길은 명희에게 머물러 있었다.

"음마, 뭐 저런 오사리잡놈이 다 있다. 명희를 쳐다보는 눈깔 좀 보소. 저 투미한 눈깔로도 여자 인물은 뵈는갑지. 얼굴은 절간의 사천왕상처럼 험상궂게 생긴 것이."

"이럴 줄 알았으면 명희 얼굴에 숯검정이라도 칠해줄 것을."

아까부터 굴 안쪽에서 넉살을 떨던 두 여자가 귓속말로 속닥거렸다. 기훈은 그레이의 험악한 분위기에 눌려 말을 더듬었다.

"명……희입니다."

"몇 살인가?"

"열여섯 살입니다."

"흠."

명희는 우리와 같은 학년이었다. 초등학교 때 같은 반을 한 적이 있어서 명희네 형편을 잘 알고 있었다. 노란 수염이 까칠하게 돋은 턱을 문지르던 그레이가 기훈에게 말했다.

"네가 저 여자를 진지로 데려와. 북한군의 스파이가 아닌지 조사를 해야겠어."

말을 마친 그레이가 병사들을 데리고 저벅거리며 굴 밖으로 나갔다. 그레이의 말을 기훈에게 전해들은 사람들은 침묵으로 일관했다.

우리는 그레이가 무엇을 원하는지 알고 있었다. 그레이에게 가게 되면 어떤 일을 당하게 될지도. 명희를 쳐다보던 그레이의 눈빛만으로도 짐작할 수 있었다. 그러나 아무도 안 된다고 말하지 않았다. 굴속엔 명희를 위해 나서줄 부모가 없었다. 위험을 감지한 명희가 굴속을 둘러보다가 애원하는 눈빛으로 날 쳐다봤다. 나는 굳은 얼굴로 명희의 시선을 외면했다. 명희의 시선을 외면한 그 순간이 무척 길게 느껴졌다. 명희의 절박한 시선이 내 얼굴에 머물러 있는 동안, 나는 손에 식은땀이 나서 주먹을 폈다가 다시 쥐어야만 했다. 이번엔 명희의 시선이 기훈에게로 옮겨갔다. 기훈마저 무표정한 얼굴로 외면하자 절망한 명희는 부들부들 떨며 쌀가마니 뒤에 숨었다. 그와 동시에 한쪽 눈을 붕대로 감은 버들이가 내 발목을 붙잡고 늘어졌다.

"태혁 오빠, 우리 언니 좀 살려줘!"

어린 게 손아귀의 힘이 어찌나 센지 발목이 떨어져나가는 것 같았다. 그 순간 내 안에서 꽉 조인 나사 하나가 풀려버렸다. 피가 거꾸로 치솟는 것 같았다. 나는 무작정 굴 입구로 걸어나갔다.

"형, 왜 이래? 뭘 어쩌려고."

울상이 된 태명이가 뒤따라 나오며 날 말렸다.

"이거 놔!"

나는 태명의 손을 사납게 뿌리쳤다. 이미 내부에선 뭔가 펑, 하고 터져버린 뒤였다. 눈앞이 까맸다.

"그레이 상사님!"

진지로 올라가던 그레이가 걸음을 멈추고 '뭐야, 저 새끼' 하는 눈으로 날 노려봤다.

"무슨 조사인지는 모르겠으나, 그 조사 여기서 하면 안 됩니까?"

나는 영어로 긴 문장을 말할 자신이 없어서 편한 일본어로 했다. 그 날은 미군들 옆에 껌처럼 붙어 있던 일본인 통역관이 없었다. 일본어라곤 모르는 그레이가 희한하게도 내 말을 알아들은 것 같았다. 그레이가 대뜸 욕설을 퍼붓더니 허리에 찬 권총을 뽑아들었다. 그때 태명이 번개처럼 달려들어 날 밀쳤다. 그와 동시에 총성이 울렸고 나는 옆으로 태명은 앞으로 고꾸라졌다. 그레이가 쏜 총알이 태명의 코를 스치며 날아갔다. 태명의 얼굴이 금세 피범벅이 되었다. 태명의 코 반쪽이 무너진 것 같았다.

"태명아!"

사람들이 몰려들었고, 나는 굴 벽에 머리를 짓찧으며 울부짖었다. 진지에서 뛰어온 미군들이 태명을 지혈한 후 들것에 실어 트럭으로 옮겼다. 부상이 심한 임계리 여자애와 버들이도 트럭에 같이 태워 보낼 모양이었다. 버들이는 명희에게 찰거머리처럼 달라붙어 떨어지지 않으려고 했다. 버들이가 발버둥치며 울었다. 명희에게서 떼어내기 위해 몇몇이 달려들자 숫제 버들이는 명희의 허리를 안곤 두 손으로 깍지를 꼈다.

"싫어, 싫어! 병원 안 가. 죽어도 언니랑 여기에 있을 거야. 언니, 제발 날 보내지 마!"

"버들아, 병원에서 치료받고 있으면 언니가 꼭 찾으러 갈게. 약속해."

명희가 다독이자 그제야 버들이가 깍지 낀 손을 풀었다. 얼마나 힘을 주었던지 버들이의 손바닥에 붉은 줄이 선명하게 남아 있었다. 그날 밤 부상자 셋이 후방병원으로 긴급 후송되었다. 명희는 쌍굴 앞에 서서 트럭이 사라진 경부국도를, 버들이가 떠나간 추풍령 방향을 한동안 멍하니 바라보고 있었다. 미군들이 기관총으로 등을 밀어대자 그제야 정신이 들었는지 명희가 쌍굴 안으로 터벅터벅 걸어들어왔다.

"인자 우리는 싹 죽었소. 오도 가도 못하고 머잖아 쌍굴 귀신이 될 것이오."

옆 굴에서 자기들끼리 두런거리는 소리가 들려왔다. 그날 밤 명희는 그레이 상사에게 갔다. 고개를 푹 숙인 채 아무런 저항도 하지 않고 기훈이가 이끄는 대로 순순히 따라갔다.

"기훈아, 이 씹새끼야!"

나는 태명의 코 반쪽이 무너진 걸 본 후 얼이 빠진 상태였다. 굴 바닥에 널브러져 명희를 데려가는 기훈에게 상욕을 퍼부었다. 내 눈가로 흘러내린 눈물이 귓바퀴를 타고 뒤통수로 스며들었다.

"이것은 안 될 말이제라."

"이런다고 우리가 여기서 살아 나갈 성싶소? 임자들은 참말로 좁쌀뱅이들이오."

두 여자가 뒷짐을 지고 서성거리는 남자들을 몰아세우며 흐느꼈다. 그러나 그 여자들도 굴 밖으로 나가는 명희를 붙잡지 못했다. 명희의 발소리가 멀어지자 굴속이 찬물을 끼얹은 듯 조용해졌다. 불편한 침묵이 이어지고 간간이 억눌린 한숨소리만 들릴 뿐이었다. 가까운 논에서 개구리가 기승스레 울었다.

"엄마, 집에 가고 싶어."

굴 안쪽에서 어린아이가 칭얼거렸다. 아이의 말마따나 집을 눈앞에 두고도 가지 못하니 환장할 지경이었다. 차라리 먼 곳에 잡혀와 있으면 쉽게 포기했을 텐데. 우리는 쪼그리고 앉아서 무릎에 얼굴을 묻은 채 아침이 오길 기다렸다.

"폭폭해도 으짜겠소. 바짝 붙어서 자야제. 다리 한 짝을 이리로 올려불면 난 으짜라고 이러요."

"어이 갑생이, 똥은 저짝으로 가서 싸더라고."

따가운 눈총을 받으며 자리에 누운 몇몇 사람들의 쭝얼거리는 소리가 끝나기도 전에 귀청을 찢는 듯한 총소리가 들렸다. 뒤이어 개울가에서 사타구니에 손을 넣은 그레이가 길길이 날뛰는 게 보였다. 쌍굴 앞엔 노근리 방향으로 개울이 흐르고 있었는데, 굴 안에서도 개울과 개울가의 풀숲이 보였다.

7월 27일 새벽, 명희는 그레이가 쏜 총에 맞아 죽었다. 명희가 죽은 뒤 비 오듯 총알이 굴속으로 날아왔다. 순식간에 피란민 삼십여 명이 죽어나갔다. 굴속에선 총소리가 대포 소리처럼 크게 들렸고, 굴 전체가 웅웅 울렸다. 이젠 허투루 입을 여는 사람이 없었다. 죽음의 공포가 시시각각 위협했다. 우리는 포수에게 쫓기는 짐승마냥 신경이 극도로 예민해졌다. 땀이 끈끈하게 배어났다. 옆 굴에서 산통이 분명한 아낙네의 신음소리가 들렸다.

"에헤, 하필이면 이런 때…… 뭐 좋은 꼴을 보겠다고."

"아, 고것이 마음대로 조절이 된다요?"

옆 굴에서 산모의 신음소리가 높아질 때마다 이쪽 굴에서도 산모와 아기를 걱정하는 목소리가 제각각 이어졌다.

"저걸 어쩌누. 깨끗한 물이라도 있어야 할 텐데."

옆 굴을 향해 돌아앉은 할머니가 혀를 찼다. 쌍굴 앞에 흐르는 개울은 하루 사이에 피로 붉게 물들었다. 깨끗한 물을 뜨러 굴 밖을 나가면 총알이 날아왔다. 피란용으로 싸온 찐 감자와 주먹밥이 바닥나자 피란민들은 기훈이네 쌀가마니를 풀어헤쳤다. 쌍굴 앞에 흐르는 핏물을 떠서 생쌀과 같이 먹으며 허기를 달래는 처지였다. 산모에게 핏물을 먹일 순 없었다. 핏물을 먹고 동티가 나서 죽으나, 총에 맞아 죽으나 마찬가지지만 그래도 몸을 푼 산모가 아닌가.

통역은 굴 밖으로 나가는 게 가능했다. 우리가 두른 흰 붕대 완장을 보면 미군들은 총을 쏘지 않았다. 얼굴이 비슷하게 생긴 동양인 중 통역을 구별하기 위해 팔에 붕대를 감아준 것 같았다. 내가 진지를 향해 손짓하자 미군 둘이 뛰어내려왔다. 그들이 버디 웬젤과 데일리였다.

산모가 있다고 하자 버디 웬젤이 소독한 가위와 붕대, 세탁한 모포 두 장을 내주었다. 데일리는 진지 앞에 흐르는 깨끗한 물을 긷도록 허락해주었고 산모가 먹을 시레이션(c-ration)을 나누어주었다. 그레이가 없을 때면 버디 웬젤과 데일리는 우리에게 친절했다. 산모는 진통 끝에 사내아이를 낳았다. 밤에만 총을 쏘던 미군들은 낮에도 쏘았고, 총을 쏘는 횟수가 점점 잦아졌다. 굴 밖엘 나가도, 소리가 나도 총알이 날아왔다. 우스갯소리를 받고 치던 두 여자가 어깨와 배에 나란히 관통상을 입고 죽어나간 후 굴속이 한층 침울해졌다.

7월 27일 밤이 되자 산모가 있는 옆 굴에서 갓난아기가 숨이 넘어갈 듯이 울었다. 빗발치듯 총알이 날아왔다. 그래도 갓난아기의 울음소리가 그치질 않았다. 더는 견딜 수 없었다. 죽든 살든 이 상황이 어서 끝나기를 빌었다. 얼마 후 갓난아기의 울음소리가 뚝 그쳤다. 아기

아버지가 개울 속에 갓난아기를 넣고 목을 눌렀다고 했다. 우리는 7월 28일 아침에야 그 사실을 알았다.

양민을 앞세운 북한군 게릴라가 노근리에서 마주보이는 월류봉까지 전진해왔다고 했다. 다행히 경북 상주 부근에서 방어전을 펼치던 국군 1사단과 연합해 초기진압에 성공했다고 버디 웬젤이 말했다. 그 일 때문인지 그날 밤엔 그레이를 비롯한 간부들이 노근리 인근에 있는 연대 막사로 불려가고 버디 웬젤과 데일리, 단둘이 쌍굴 진지를 지킨다고 했다. 이미 피란민 백여 명이 쌍굴에서 죽었다. 우리는 그레이가 없는 28일 밤을 노렸다.

남자들이 굴속에서 탈출계획을 세우고 있었다. 기훈은 어머니 때문에 머뭇거렸다. 기훈 어머니가 고열로 앓고 있었다. 버디 웬젤이 가져다준 아스피린 덕분에 열이 한풀 꺾였지만 거동할 수 있는 상태가 아니었다. 기훈 외숙모가 쌍굴 앞에 흐르는 핏물에 수건을 적셔 기훈 어머니의 몸을 닦아주었다. 기훈 어머니는 열에 들떠 헛소리를 하는 것처럼 가아…… 어서 가…… 너라도 살아야지…… 부르튼 입술로 중얼거렸다.

7월 28일 밤, 우리는 옷을 벗고 몸에 진흙을 잔뜩 발랐다. 달빛이 매우 밝았다. 여기 있어도 죽고 나가도 죽는다. 옆에 있던 사람들이 하나둘 죽어나가는 걸 보면, 죽은 사람의 숫자가 불어날수록 그들이 흘린 피에 손을 적시면 서서히 두려움이 걷혔다. 공포와 두려움 같은 감정은 마비되고 눈만 살아서 반들거린다. 그때부터 사람인지 짐승인지 구별이 불가능하다.

우리는 낮은 포복자세로 기어서 굴을 빠져나왔다. 미군 진지를 벗어날 무렵에야 일어나 달리기 시작했다. 그날 밤은 이상하게 미군 진지가 텅 빈 것처럼 고요했다. 나는 정신없이 달리다가 멈춰 서서 미군 진지를 올려다봤다. 진지는 침묵에 싸였고 무성한 아카시아숲엔 달빛만 저 홀로 교교하게 빛났다. 7월 29일 오전 미군들이 퇴각했다. 기훈 어머니와 기훈 외숙모를 비롯한 생존자들이 귀신같은 몰골로 쌍굴을 기어서 나왔나. 명희의 시신은 개울가 풀숲에 그냥 버려져 있었다. 흰 저고리 고름이 풀리고 검정 몽당치마의 말기가 찢긴 채로. 명희는 눈을 뜨고 죽었다.

7. 버디 웬젤
귓속의 매미가 쉬지 않고 울었지

조지아 주 애틀랜타

천둥이 지축을 울리며 한차례 내리쳤다. 그 기세에 여닫이 창문이 열렸고 비가 방으로 들이쳤다. 일기예보만 믿고 창문을 열어놓은 탓이다. 나는 절름거리며 걸어가 창문을 닫고 지팡이로 매트를 끌어와 방에 고인 빗물을 훔쳤다. 그래도 방 안엔 물기가 남아 있다. 미끄러지지 않으려면 창문 근처엔 얼씬도 하지 말아야 한다. 벌써 겨드랑이에 땀이 찬다.

어제 저녁나절부터 다리가 쑤셨지만 텔레비전에선 화창한 날씨에 무더위가 계속될 거라고 했다. 수없이 속으면서도 일기예보를 맹신하는 버릇을 버리지 못했다. 아들은 그 점 또한 아버지가 갖고 있는 완고한 습관들 중 하나라고 말했다. 떼려고 해도 딱딱하게 굳어서 떼지 못하는 성가신 딱지를 보듯 날 쳐다보며 아들이 무의식중에 뱉은 말이다.

아들과 모처럼 하는 식사였다. 요 몇 년 동안 나는 아들과 뚱한 표정으로 멋쩍게 식탁에 앉곤 했다. 접시에 담긴 요리가 삼분의 일가량 비워지면 잡아먹을 듯이 서로 노려보다가 마지막엔 큰소리로 대판 싸우며 식사를 끝내기 일쑤였다. 물론 한때는 아들과 하는 식사에서 정겨움을 느낀 적도 있다. 아들의 귀밑에 시커먼 구레나룻이 나기 전, 자신도 엄연한 수컷이라고 몸으로 강조하기 전, 뱃살이 흉물스럽게 튀어나오기 전엔 우리의 식탁도 그런대로 평화로웠다.

그날 아들은 납작하게 잘린 바게트에 크림치즈를 무한정 바르고 있었다. 치즈를 바게트 위에 산처럼 쌓아두고 베어먹을 작정인가보았다. 녀석은 어려서부터 크림치즈라면 환장을 했다. 근래 들어 부쩍 나온 아들의 배를 노려보다가, 아들이 나이프로 크림치즈를 덜어내려는 순간 나는 손으로 치즈종지를 툭 쳤다. 그것으로도 모자라 식탁 위에 뒹구는 치즈종지를 지팡이로 멀찌막이 치워버렸다. 네가 못마땅한 게 있으면 나도 못마땅한 게 있다는 듯 아주 호기롭게.

"제발 치즈라도 편안히 먹게 내버려두시면 안 돼요?"

"작년보다 배가 더 나왔구나. 이러다간 빵, 하고 터지겠다. 옆구리 살은 그게 또 뭐냐? 살이 벨트 위로 흘러넘치다 못해 멜론처럼 옆구리에 주렁주렁 달려 있구나."

"아버진 말을 해도 꼭 그렇게 하세요."

"네 건강이 걱정돼서 그런다. 너도 나이가 오십이 넘지 않았니. 체중 줄일 생각을 해야지. 그 나이엔 돌연사가 많다고 들었다."

"아버지는 같은 말을 해도 듣는 사람의 속을 어쩌면 그렇게 긁으세요? 긁고 할퀴는 것도 소질이라면 아버진 그 방면의 소질을 타고나셨어요."

아들의 얼굴이 벌겋게 달아올랐다. 이번에도 아들의 약을 바짝 올리는 데 성공했다.

"저도 늙었어요. 너무 그러지 마세요."

"흥, 나 늙은 것도 서러운데 너 늙은 것까지 헤아려줄 마음의 여유가 없다."

"아버지가 이럴 때마다 여기 오지 않겠다고, 아버지가 있는 쪽으론 오줌도 누지 않겠다고 신께 맹세하고 싶은 심정이에요."

불끈 쥔 아들의 주먹이 식탁 밑으로 보인다. 회계사를 한다는 놈이 계집애처럼 파르르 떠는 저 꼬락서니 좀 보라지. 나도 주먹을 불끈 움켜쥐었다. 석 달에 한 번씩 꼬박꼬박 집에 오던 놈이 언제부턴가 육 개월 정도 간격을 두더니 요샌 일 년에 한 번만 온다. 육 개월에 한 번씩만 찾아왔어도 내가 이러진 않는다.

"신이 있다고 누가 그러더냐? 신이 있다면 세상이 요 모양 요 꼴이겠냐? 너희가 믿는 그 신은 분명 잘난 놈이나 부자한테만 붙어먹고 사는 아주 비열한 놈이다. 신이 놈인지 년인지 모르지만 약삭빠르기가 비호같은 존재야. 그러니 신은 믿을 것도, 숭배할 것도 못 돼."

내 말에 아들이 픽 웃었다.

"다른 사람에겐 그런 말씀하지 마세요. 하나의 현상에 대해 단편적으로 보고 성급하게 결론을 내리는 성격도 여전하고 심술궂게 표현하는 것도 변함없으시네요. 아무튼 그 점이 절 틈틈이 웃게 하지만요. 그 점만 고치면 아버지는 멋진 분이세요."

"나도 내가 멋진 줄은 안다."

무뚝뚝하게 말했지만, 그래봤자 절름발이였다. 나는 누가 뭐래도 내 주제 파악은 확실히 하고 사는 편이다. 늙으면 객관과 주관의 경계가 모호해져 무조건 자기 편한 방식대로 해석하는 경향이 있다. 나는 팔순의 나이인데도 냉철함을 잃지 않았다. 무턱대고 남에게 폐를 끼치거나 외롭다고 치대지도 않았다. 부엌살림과 일상용품들은 있어야 할 자리에 정확히 있고 서랍장엔 가지런히 개킨 속옷이 들어 있다. 하루도 샤워를 게을리하지 않았으며 옷차림도 단정했다.

이 집만 해도 그렇다. 할부를 끼고 산 집이 아니어서 고스란히 내 것이다. 한국전쟁에서 부상당한 다리 때문에 나오는 연금과 퇴직금으로 생활비 걱정은 없다. 훗날 목돈 들어가는 병이 생기면 그땐 집을 은행에 저당 잡힐 생각이다. 죽을 때까지 넉넉하지는 않겠지만 그렇다고 돈이 궁하지도 않을 것이다. 물론 아들 녀석에겐 한 푼도 물려주지 않을 것이다. 아들 역시 바라는 게 없다. 제 힘으로 공부했고 밥벌이도 그만하면 잘하는 눈치다. 내게 걱정을 끼치지 않는 것만 봐도 썩 괜찮은 아들이다.

그럼에도 나는 아들을 보면 화가 났다. 도대체가 근원을 알 수 없는 화였다. 아들 또한 당하고만 있지 않았다. 받은 만큼 번번이 돌려주었다. 때론 이자까지 쳐서 돌려줄 때도 있다. 그 점이 오늘날 아들을 성공하게 만든 건지도 모른다. 그게 사실이라면 나는 끊임없이 화를 내는 것으로 아들에게 세상 살아가는 법을 매섭게 일깨워준 셈이 된다. 아들에게 화를 내기 전엔 아내에게 화를 냈다. 내가 화를 잘 내고 아내에게 데면데면하게 굴긴 했어도 돌아보면 그리 폭력적인 가장은 아니었다.

"네 어머니가 죽은 후부터 화가 자주 난다."

샐러드를 앞접시에 덜던 아들의 손이 허공에서 멈췄다. 제 어머니에 관한 말이라면 아들은 늘 그랬다. 아들의 눈이 우묵하게 깊어지더니 금세 뿌예졌다. 빌어먹을, 눈물이라면 딱 질색이다.

"다리도 불편하신데 혼자 사는 건 무리예요. 주변에 좋은 할머니가 있으면 재혼하세요."

"할망구들이라면 아주 넌더리가 난다. 요 동네 할망구들만 봐도 할 일이 없으면 낮잠이나 퍼질러 잘 것이지, 참견을 잘하고 잔소리도 어찌나 심한지 이가 갈릴 지경이다."

"아버지도 그 할머니들보다 잔소리를 더하면 더했지 절대 못하지는 않아요."

아들이 꼴 보기 싫다. 식사를 마쳤으면 그만 가보라는 말이 곧 입에서 나올 것 같다.

"내가 불편한 게 뭐가 있더냐? 다리가 불편해도 내 손으로 뭐든지 다 하고 산다."

그건 맞는 말이다. 왼다리를 절어도 내가 못하는 건 없다. 하지만 왼다리를 절름거리며 사는데 적응할 만하니까 이젠 허리 디스크에 걸렸다. 처음엔 허리를 굽히고 펴는 게 몹시 힘들었다.

흥, 신은 내가 편하게 사는 걸 단 하루도 못 보지.

죽은 아내에게 화를 낼 수가 없어서 전지전능한 신에게 화를 터뜨렸다. 도전이 있으면 마땅히 응전이 따라야 하는 법. 나는 신의 도전을 받아들이기로 결심했다. 며칠 밤낮을 고민한 끝에 일층 차고로 내려가 양철을 두드리고 늘여서 집게를 만들었다. 청소부가 쓰는 집게처럼 가볍고 큰 것인데, 손잡이엔 버튼이 있고 끝부분엔 갈고리를 달았다. 그것만 있으면 집안일이 모두 해결되었다. 절름거리고 다니며 바닥에 떨어진 옷과 휴지를 집게로 척척 집었고, 옆에 달린 버튼을 누르면 갈고리가 튀어나와 멀리 있는 물건을 끌어올릴 수 있게 되었다. 한 달간 부지런히 연습했더니 집게가 손에 착 붙었다. 그러나 뒤에서 본다면 꼴이 우습긴 할 것이다. 집게로 물건을 집을 땐 성한 다리에 힘을 주어야 하기 때문에 엉덩이가 실룩거렸고, 몸 전체로 균형을 잡아야 할 땐 어깨가 우쭐거리는 게 영 볼썽사나웠다. 말다툼을 몇 번 했던 옆집 할망구의 말처럼 꼴불견일지도 모른다. 그러거나 말거나 나는 그 일이 손에 익어서 생활하는 데 불편을 느끼지 않았다.

"재혼하기 싫으면 시설 좋은 실버타운에 들어가는 건 어떠세요? 혼자 사는 것보단 그 편이 나을 텐데요. 적적하지도 않고요."

"나는 남과 똑같은 방식으로 사는 건 싫다. 남들 밥 먹을 때 밥 먹고, 같은 시간에 일제히 자는 건 못 한다. 아니, 절대로 안 할 작정이다. 인간이 무슨 식빵이냐? 땡 하고 종을 치면 거기에 맞춰 똑같이 생긴 빵틀에서 톡톡 튀어나오게? 나는 자고 싶을 때 자고, 먹고 싶을 때 아무 때나 먹으며 내 맘대로 살 거다."

내가 어금니를 깨물고 나는, 이란 단어에 힘을 주었을 때 아들의 얼굴로 핏기가 확 몰렸다. 폭풍 같은 열기가 치밀고 올라오는 모양이다. 아버지처럼 괴팍하고 성격이 희한한 노인네는…… 제발…… 하는 말을 구시렁거리더니 아들이 입을 다물었다. 말해봤자 내 입만 아프지, 하는 싸가지 없는 반응은 아니고 제풀에 화가 풀린 것 같았다. 아들은 화를 잘 내는 만큼 또 금방 화를 풀었다. 나처럼 몇 날 며칠을 꽁하게 삐친 채로 있거나 뒤끝이 남거나 하지도 않았다. 아들이 가진 드문 장점 중 하나다. 제발…… 다음엔 수긋이 좀 사세요, 라는 말을 덧붙이려다 만 거겠지.

"가깝게 지내는 친구가 한 분 정도는 있어야 할 것 아녜요."

"있다, 친구."

"아버지에게 무슨 친구가 있어요? 조금 친해지면 사사건건 시비를 걸어 학을 떼게 만드시면서."

"아 글쎄 있다니까, 친구."

"이름이 뭔데요?"

"안나라고 한다. 이 타운하우스에 살아. 저것도 안나가 칠해준 거다."

손으로 가리켜도 되는데 나는 일부러 지팡이를 쳐들어 흰 페인트가 칠해진 여닫이창문을 가리켰다. 이 기회에 안나의 존재를 아들에게 알리고 싶어서였다. 혼잣손에 이것저것 하고 산다지만 다리를 절룩거리면서 페인트까지 바르는 건 무리였다. 며칠 전에 안나가 집에서 쓰고 남은 거라며 흰 페인트를 가져와 창틀이며 문틀을 죄다 칠해줬다. 꼼꼼한 안나 덕분에 집이 봄날의 정원처럼 화사해졌다. 그래봤자, 심술보 노인네 혼자 살긴 하지만.

"그분은 나이가 어떻게 되세요?"

"아마 너보다 다섯 살은 적을걸."

"우와 아버지, 능력이 대단하세요."

아들이 산처럼 불룩 나온 배를 어루만지며 느물거렸다.

"저속한 상상은 아예 하지도 마라. 안나는 내 애인이 아니다. 나는 그애 아버지도 알고 어머니도 안다."

"그게 말이 돼요? 아버지처럼 팩, 하고 잘 삐치시는 분이. 아버지는 타인과 오래 사귀거나 교분을 나눌 성품이 아니세요."

"어째 네가 나보다 날 더 잘 아는 것 같구나."

"아버지에 대해선 저도 웬만큼 알지요."

"안나는 한국 여자다."

"아버지가 종교단체에 나가는 것도 아니고 모임에도 나갈 분이 아닌데…… 아, 혹시 아버지가 참전했던 그 한국전쟁에서 만난 사람인가요?"

아들의 푸른 눈동자가 호기심으로 반짝거렸다. 녀석의 눈만큼은 날 닮아서 선량하게 생겼다.

"그땐 안나가 태어나지도 않았을 때야. 난 안나의 엄마를 만났어."

"전쟁중에요?"

"그래. 한국전쟁 때 안나의 엄마를 봤다. 동양의 한 소녀가 오래된 뜰에서 머리를 감고 있었는데 천사가 있다면 바로 저런 모습일 거라고 생각했었지."

"사랑하셨나요?"

아들이 물었다.

"사랑은 무슨, 아주 어린 소녀였다니까. 예쁜 꽃이나 앙증맞은 새를 보는 느낌이었어."

"어쩐지…… 아버지는 사랑이라는 달콤한 말과는 어울리지 않아요."

"녀석, 말투하고는. 내가 세상에 나올 때부터 심술궂은 노인이었던 건 아냐. 내게도 젊은 한 시절이 있었다. 누구나 빛나는 한때는 있기 마련이거든."

내가 모처럼 환하게 웃자 아들이 의아한 눈으로 쳐다봤다. 아버지에게도 이런 얼굴이 있었나, 의혹이 담긴 눈빛이다. 오랜만에 가슴으로 웃은 덕분에 기분이 좋아져서 식탁 밑에 둔 와인을 꺼냈다. 아들이 와인을 가져왔을 때만 해도 나는 그걸 받지도 않았다. 정교하게 만든 튤립 한 송이가 와인 병에 꽂힌 걸 보곤 얜 또 시작이군, 하는 눈으로 거기 아무 데나 둬, 퉁명하게 말했을 뿐이다. 아까만 해도 겉치레에 신경쓰는 며느리가 몹시 거슬렸는데 지금은 이런 사치를 한번쯤 누리는 것도 괜찮을 것 같다. 나는 와인을 싼 포장지를 풀기 시작했다.

"네 아내에게 고맙다고 전해라."

내 말에 아들이 적잖이 당황했다. 헛말이라도 며느리를 칭찬할 사람이 아닌데, 하는 생각이 들었던 모양이다. 아들은 자기가 잘못 들은 게 아닌가 싶은지 내게 물었다.

"아버지, 방금 뭐라고 하셨어요?"

나는 아들의 궁금증을 알면서도 일부러 시치미를 뗐다.

"이거 지금 딸까? 난 한잔하고 싶구나."

"사무실에 전화 좀 하고요."

아들이 휴대전화를 꺼내들고 밖으로 나갔다. 며느리에게 이 상황을 전해주고 싶을 것이다. 제 아내가 와인을 포장할 때만 해도 아들은 말렸을 테지.

"아버지에게 좋은 말도 못 들을 텐데, 뭐하러 이런 수고를 해."

아들이 말리니 며느리는 한술 더 떠서 병에 꽃까지 꽂아 보냈을 것이다.

"우리가 결혼한 뒤부터 당신 아버진 눈을 빛내며 항상 내 꼬투리를 잡으려고 노력하죠. 이 와인을 들고 가면 당신 아버지가 뭐라고 하실지도 알아요. 그래도 난 와인에 꽃을 꽂아서 보낼 수밖에 없어요. 이게 나예요. 그러니 어쩌겠어요? 당신 아버지와 난 이대로 영원히 갈 수밖에 없는 운명인걸요."

며느리가 비탄에 빠진 척 연기를 했을지도 모른다. 아들은 그런 제 아내가 안쓰러웠겠지. 아들 부부는 각자 딴 볼일을 보며 자기 세계에 빠져 살다가도 나를 비난할 때면 급작스레 사이가 좋아지는 좀 희귀한 커플이다.

아들이 뚱뚱한 몸을 흔들며 덩굴식물이 늘어진 현관을 지나 검은 자갈이 깔린 정원을 벗어났다. 시야에서 비껴났던 아들이 집 앞 도로에 모습을 드러냈다. 아들이 승용차에 기댄 채 전화를 하고 있다. 조지아 주 어디서나 흔히 볼 수 있는 복숭아 잎사귀가 아들의 머리 위로 팔랑거리며 떨어진다. 조지아 주의 상징은 복숭아다. 아들의 차 앞에 주차된 내 승용차 번호판에도 복숭아 그림이 그려져 있다. 뚱뚱하게 변한 저 아들도 한때는 아름다운 뺨을 가진 소년이었다. 아들의 뺨이 복숭아처럼 통통하게 붉어질 시기에 나는 아들과 함께하지 못했다. 아들과 사이가 틀어진 것도 모두가 그 때문이다.

복숭아 잎사귀가 떨어지는 거리에서 무덤덤한 내 말에 흥분해서 전화하는 아들. 거들먹거리며 사는 아들에게서 느껴지는 결핍과 허기가 선연히 보여 나는 시선을 급히 다른 곳으로 돌려버렸다. 늙어가는 아들의 몸속엔 어린아이가 숨어 있다. 아무리 쓸어내도 팔랑거리며 떨어지는 저 복숭아 잎사귀처럼 아들의 몸속에 숨은 어린아이도 아무데서나 고개를 내밀고 울 것이다. 성가시게.

의병제대를 하고 돌아왔을 때 조국이 몹시 낯설었다. 입대 전만 해도 미국은 청교도적 가치관이 지배하던 사회였다. 노예해방은 됐지만 인종차별이 만연하고 여성은 남성의 보호 아래 가정을 돌봐야 한다는 전통적 사상이 널리 퍼져 있었다. 그러던 것이 전쟁을 통해 급변했다. 전쟁으로 흑인과 여성 노동력에 대한 수요가 급증했고 이들이 보다 넓은 세상을 겪으며 스스로 깨우치게 되었다. 그 결과 여성의 성혁명도, 흑인들의 인권운동도 이 시기에 시작됐다. 돌아보면 미국의 1950년대는 본격적인 가치관 변혁의 시기였다. 원자폭탄과 냉전에 의한 전후 미래상의 불안으로 히피족이나 마약과 같은 젊은 층의 문화가 갑자기 생겨난 시기이기도 했다. 그때 아이젠하워는 제2차세계대전 영웅의 이미지로 대통령에 당선됐지만 재임기간 동안 별다른 업적을 쌓지 못했다. 새로운 사회 분위기에 순응하지 못하고 보수적인 경향이 강했기 때문이다.

나는 돌변하는 미국사회에 적응하지 못했다. 어디를 가나 내가 발을 디딘 땅이 내려앉는 것 같은 멀미를 겪었다. 그러다가 변화하는 사회에 마지못해 끌려가면서 히피처럼 머리를 기르고 하루도 빠짐없이 술을 마셨다. 그럴 즈음 만난 게 아내였고 몇 번의 불장난 끝에 대책없이 결혼했다. 나는 결혼한 뒤 술을 끊었지만 금단증상에 시달렸다. 귓속에서 매미의 울음소리가 들리기 시작한 것이다.

노근리에는 잎을 무성하게 드리운 감나무가 많았다. 한국전쟁이 일어났던 그해 여름, 감나무 가지마다 매미떼가 새카맣게 달라붙어 시끄럽게 울어댔다. 난 대학에서 곤충을 연구한 탓에 노근리의 매미들을 눈여겨봤다. 그 지방 특유의 생태와 환경 때문인지는 모르겠으나 노근리의 매미들은 발성기관의 구조가 특수한 것 같았다. 다른 매미에 비해 큰 울림통을 가졌는지 소리가 엄청나게 컸다. 검은 몸통과 쓰름쓰름 쓰르르르, 하고 우는 소리로 봐서는 매미과의 유지매미 수컷들이 아닐까 싶었지만 꼭 유지매미라고 단정하기가 어려웠다. 매미는 빛의 세기에 따라 발성하는 법인데 그것들은 밤낮없이 그악스레 울었다.

매미의 천적인 거미와 사마귀, 말벌이 노근리 주변에 많아서 그토록 울었을까? 그도 아니면 땅속에서 나무뿌리의 수액을 받아먹으며 유충으로 버틴 십 년의 시간이 억울해서인지, 번데기의 과정 없이 탈피해서 성충이 되는 불완전변태인 자신들의 삶이 억울해서인지, 그것도 아니면 성충이 돼도 겨우 열흘 남짓 지상에서 살다 가는 자기 종족에 대한 불안감 때문인지는 모르겠다.

감나무에 부스럼이 난 것처럼 덕지덕지 붙은 걸 보면 유지매미라고 자신하다가도 그것들이 쓰름쓰름 쓰르르, 시끄럽게 울어대면 쓰름매미의 일종이 아닐까 하는 의심이 생기기도 했다. 또다른 날은 유지매미의 변종이라고 거반 확신하는 단계까지 갔다가 다음날은 그 확신을 부정하는 일도 있었다.

내가 왜 그처럼 노근리의 매미에게 집착했는지는 지금도 의문인데 다른 한편으로 생각하면 내 안에 방어장치 같은 게 형성되어 있어서 그것이 노근리사건의 본질에 다다르지 못하게 방해했기 때문이 아닌가 하는, 즉 내 눈이 노근리라는 본질을 응시하는 걸 원치 않아서, 거기서 저지른 일을 생각하지 못하도록 뇌가 작동했기 때문에 대학 때 과제로나 주어지던 매미에게 그토록 오래 시선이 붙들린 것인지도 모른다.

노근리의 매미는 지금도 내 속에 머물러 있고 세월이 흘러도 좀체 소리가 작아지는 법이 없다. 때때로 장기를 갉아먹고는 저희끼리 뱃속에서 시끄럽게 울다가 한꺼번에 날개를 펴고 후드득거리며 입 밖으로 쏟아져나오는 것 같다. 입에서 매미가 끝도 없이 쏟아져나오는 환각에 사로잡힐 때면 나는 정신을 잃었다. 정신을 잃기 전까지는 아무리 애를 써도 매미에 관한 생각을 떨칠 수가 없었다. 내 입에서 쏟아져나온 매미들은 유지매미일까? 쓰름매미일까? 그도 아니면 그것들과 유사한 종족일까? 혹은 자기 종족의 불완전변태를 염려하던 또 다른 매미의 변종일까 하고.

이렇듯 내가 환청과 환각을 두루 겪을 무렵에 태어난 게 저 아들 녀석이다. 그러니 어쩌겠는가! 하필이면 그때를 골라 태어난 제 박복함을 탓해야 하지 않겠는가. 내가 아들을 팽개치다시피 한 것도 어찌 보면 불가항력적인 일이었다. 노근리는 알파벳으로 표기하면 'NO GUNRI'다. 총이 없는 마을이라는 뜻이다. 그러나 내가 본 노근리는 총과 포탄에 덮인 마을이었다. 그걸 버텨낼 힘이 없어서 노근리의 매미가 그대의 귀에 붙어서 태평양을 건너왔노라고 보훈병원의 레지던트가 내 증상을 시적으로 표현했다.

"요즘도 환청이 심하세요?"

전화를 하고 들어온 아들이 물었다.

"그래. 매미가 계속 날 뜯어먹을 모양이야."

"그런 고통을 겪고 계시면서 그 방송에 나갈 마음이 생기던가요?"

아들은 내가 십 년 전에 출연한 BBC 다큐 얘기를 꺼냈다. 나 역시 그 방송이 마음에 들지 않았다. BBC에서 방영한 노근리 다큐를 보는 내내 심기가 불편했다. 노근리사건의 핵심 인물은 모두 죽고 주변 인물들만 나와서 저마다 지껄이는 꼴이라니. 박자가 맞지 않는 오케스트라의 공연을 보는 것 같았다.

"그래도 BBC 다큐 때문에 안나를 만나게 됐잖아. 방송에 나온 주소를 보고 안나가 집으로 찾아왔으니 난 그거면 됐다."

술기운 탓인지 내 말투가 한결 부드러워졌다.

"안나 어머니는 어떤 분이셨어요?"

아들의 눈이 호기심으로 반짝거렸다.

"자세히는 몰라. 하지만 인상이 강렬했어. 일본인 통역관 마사토와 같이 갔던 옹기막. 난 지금도 눈을 감으면 옹기막으로 들어가던 그 좁은 길을 떠올릴 수가 있어. 옹기막에서 인영이를 만난 날, 난 M1A1 톰슨 기관단총을 들고 있었을 거야."

"한국전쟁 때만 해도 톰슨 기관단총은 거의 폐기하지 않았나요?"

꼴에 사내라고 아들놈이 총기류에 대해 아는 체했다.

"그래도 한국전쟁에선 톰슨 기관단총을 많이 사용했어. 난 그리스건 보다는 톰슨이 좋았어. 그 총을 들면 이상하게 가슴이 설렜어. 그때 총은 총 그 이상이었으니까. 아마 그날도 그 총을 들고 갔을 확률이 높아. 난 통역관 마사토의 호위병으로 따라간 거였거든."

1950년 7월. 그날따라 햇볕이 무진장 내리쬐고 있었다. 옹기막으로 접어드는 길에서 나는 콤배트 부츠의 끈을 고쳐묶었다. 끈을 묶다가 보니 길바닥의 흙이 유난히 희었다. 여긴 흙의 색깔이 독특하다고 했더니 마사토가 '아……그건' 하고 뜸을 들이더니 이 지방에서만 나는 백토라고 말했다. 마사토에겐 그 길이 낯익은 것 같았다. 앞서 걷는 마사토를 따라 몇 채의 초가가 모인 작은 마을을 지나 고샅길로 올라갔다. 여러 개의 가마가 눈에 들어왔고 가마 뒤쪽으론 바닥이 흙으로 덮인 넓은 정원이 보였다. 한국 사람들은 그 정원을 마당이라고 부른다고 했다.

마당으로 들어서니 유약을 입힌 옹기가 줄줄이 놓여 있었는데 거꾸로 엎어놓은 것도 있었다. 바로 놓인 것은 바로 놓인 것대로, 거꾸로 놓인 것은 거꾸로 놓인 것대로 아름다웠다. 옹기에서 반사된 빛의 현란한 움직임 때문에 눈이 시었다. 마사토와 나는 둥치가 옆으로 뻗은 나무그늘에서 땀을 훔치며 옹기를 세어보았다. 몇백 개는 실히 돼 보였다. 마사토가 말하길 소스를 담는 한국 고유의 통이라고 했다. 투박한 옹기에 흐르는 느긋하고 완만한 선이라니. 태만한 선이 갖는 아름다움이 옹기에 담뿍 배어 있었다. 나는 미술과는 거리가 먼 생물학도였지만 한 치의 들고 남도 없이 절제된 일본의 날렵한 선과 무심한 듯 태만하게 흐르는 한국적인 선의 미학이 어떻게 다른지 옹기만 보고도 대뜸 알 수가 있었다.

그 무렵 한국전쟁 상황은 최악이었다.

금강 방어선이 무너지고 한국군과 연합군이 남쪽으로 밀릴 때였다. 1950년 7월 21일 대전전투에서 패한 미군은 영동으로 후퇴했다. 대전전투를 지휘하던 딘 소장은 행방이 묘연해 죽었는지 살았는지 소식조차 알 길이 없었다. 이승만 대통령이 있는 임시 수도 대구마저 북한군에게 점령당하지 않으려면 경북지역의 관문인 황간과 추풍령은 무슨 수를 쓰든 지켜야만 했다. 전선엔 위기감이 팽배해 있었다. 부랴부랴 추풍령 방어선을 구축하는 등 북한군과 일전을 앞둔 그때, 마사토가 할 일 없이 옹기막을 찾은 건 아닐 거라는 생각이 들었다.

내가 마사토를 알게 된 것은 일본에 있는 군정사무실에서 행정병으로 일할 때였다. 마사토의 백부가 일본 우익계 관료라는 것도, 일본천황이 주최하는 연회에서 미군 장성들과 마사토의 백부가 자주 만난다는 것도 그를 통해 알고 있었다. 마사토가 젊은 나이에 미군부대의 통역관이 된 것은 그의 실력이라기보다는 백부가 뒤에서 힘을 써줬기 때문이다.

마사토가 옹기막을 찾은 것은 윗선의 지시 때문이겠지만 어쩌면 미군 최고위층이나 일본의 천황, 일본 우익계 관료인 마사토의 백부와 관련된 일일 수도 있었다. 마당에 엎어진 옹기의 예사롭지 않은 선만 봐도 그랬다. 마사토가 원하는 건 부피가 큰 옹기가 아니라 포장해서 일본으로 보내기 쉬운 도자기일지도 모른다는 생각이 얼핏 들었다. 한국의 도자기가 유명하다는 것은 일본에 있을 때부터 알고 있었다.

마당 뒤로 흙담이 지루하게 이어졌다. 마사토가 흙담을 가리키며 이게 바로 옹기막이라고 했다. 흙담 주변으론 풀들이 웃자라 있었고 질척한 땅엔 묵은 볏짚이 어지러이 흩어져 있었다. 볏짚을 밟고 지나갈 때마다 그 속에 서식하던 날벌레들이 잉잉거리며 날아오르는 소리가 평화롭게 들렸다.

어제만 해도 북한군 3사단 소속으로 보이는 게릴라들이 어둠을 틈타 방어선 안으로 침투했다. 초기진압으로 위기를 모면했지만 북한군의 후방침투작전이 언제 다시 이어질지 모르는 상황이었다. 중대장 챈들러 대위는 목이 쉬었다. 한데 연대 막사에서 고작 삼십 분 거리인 옹기막은 바깥세상과는 무관한 듯 보였다.

흙담이 끝나는 가풀막진 곳에 기와집이 한 채 있었다. 얼마나 오래 지붕에 손을 대지 않았는지 기와지붕에 자잘한 풀이 돋았다. 연둣빛 풀이 난 기와지붕 밑에서 한 여자애가 머리를 감고 있는 게 보였다. 마사토가 대문으로 들어서자 세숫대야에 머리를 박고 있던 여자애가 고개를 쳐들었다. 검은 머리카락이 일제히 허공으로 솟구쳤고 여자애의 어깨 위로 물이 후드득 떨어졌다. 마사토가 여자애의 이름을 불렀다.

"인영아."

낯선 타국의 언어로 된 여자애의 이름이 내겐 하늘을 나는 새의 이름처럼 들렸다. 여자애가 구부린 등을 쭉 펴며 일어서는데 원피스 자락 밑으로 노란 알종아리가 보였다. 종아리가 한 뼘이나 될까 싶게 가늘었다.

"어?…… 마사토 오빠!"

여자애의 입술이 열리더니 희고 고른 치열이 드러났다. 눈앞이 아찔했다.

"피란을 가지 않았구나. 난 집이 비었으면 어쩌나 했지."

마사토와 얘기를 나누면서도 여자애는 연방 수건으로 머리를 털었다. 여자애가 움켜쥔 수건 틈새로 우수수 떨어지던 검고 풍성한 머리카락. 이것이 내게 남은 인영이라는 한국 여자애의 이미지다. 시간이 흐른 뒤에도 한국의 인영, 하면 떠오르는 영상은 물에 젖은 검은 머리와 노란 알종아리다. 인영이는 눈도 코도 입도 없이 오로지 물에 젖은 검은 머리와 노란 알종아리로만 존재했다. 인영이는 언제나 소녀였고 나이를 먹지 않았다. 그런데 짧게 자른 머리에 파마를 한 중년 여자가 인영이의 딸이라고 나서니 놀랄 수밖에.

AP통신의 특종보도로 노근리사건이 전 세계에 알려진 것은 1999년 9월경이다. 그로부터 삼 년 뒤 나는 노근리 현장에 있던 미군 중 한 명으로 간택되어 증언대에 섰다. 그 일의 발단은 사소한 것에서부터 시작되었다.

이른 새벽 눈을 뜬 나는 일어나자마자 커피를 끓였다. 이탈리아 산 커피 메이커인 비알레티에 금방 간 원두를 넣고 적당량의 물을 부었다. 비알레티는 증기로 커피를 내리는 커피 메이커인데, 나는 고전적인 방식으로 끓인 커피를 좋아했고 그런 만큼 오래된 그 기계를 소중하게 다뤘다. 그런데 그날 커피 메이커의 손잡이가 부러지고 말았다. 나쁜 일이 생길 것만 같은 조짐이어서 여간 찝찝하지 않던 차에 영국 BBC 방송 관계자의 전화를 받았다.

미신을 믿지는 않지만 아끼는 커피 메이커가 망가진 일 때문에라도 인터뷰를 거절할 생각이었다. 나는 비사교적이고 폐쇄적인 성향이어서 타인과 협동하는 인간이 아니기 때문이다. 한데 단골로 다니던 병원의 의사가 BBC와 인터뷰를 하라고 권했다. 어떤 방식으로든 한국전쟁을 털어버려야만 귓속에서 매미 소리가 사라질 거라고 했다. 나는 의사의 강력한 권유와 BBC 방송 관계자의 적극적인 태도로 말미암아 인터뷰를 허락하고 말았다.

영국 BBC 다큐 프로그램의 타이틀은 '모두 죽여라 : 한국전쟁에서 미군이 한 행위(Kill'em All: The American Military in Korea)'였다. 타이틀이 그런 줄 알았다면 인터뷰를 하지 않았을 것이다. 조국인 미국을 사랑해서 그런 게 아니라 내가 원체 성가시고 귀찮은 일에 휘말리는 걸 질색하는 인간이기 때문이다.

안나가 집으로 찾아온 것은 석 달 전이다. 집 앞에 낯선 동양 여자가 얼쩡거리기에 잔뜩 경계하며 누구냐고 퉁명하게 물었다. 그녀는 자신이 노근리 쌍굴에서 통역했던 박의 딸이라고 말했다. 얼마 전 뉴욕에서 애틀랜타로 이주해왔노라고 했다. 내가 올드 사바나에 산다는 것은 진작 알고 있었고, 망설이다가 찾아온 길이라고 덧붙였다. 그녀가 나와 같은 타운하우스인 올드 사바나에 산다고 말했을 때, 나는 큰 충격에 휩싸였다. 한국이라는 나라에서 무사히 도망친 줄 알았는데 여전히 한 끄나풀에 묶인 채 살고 있었다니. 그게 비록 실낱같은 끈이라 할지라도 말이다.

한국전쟁으로 인해 나는 이십대에 불구라는 엄청난 상처를 선물받았고 평생 후유증을 안고 살았다. 내가 한국에서 그들을 도운 것인지, 상처를 입힌 것인지 그것마저도 알 수 없었다. 설혹 그들에게 상처를 입혔대도 상처의 대가치곤 지난 세월이 지나칠 만큼 혹독했다. 나는 그것으로 한국과의 인연이 끝났다고 생각했다. 그런데 노근리사건 인터뷰에 이어 안나의 등장으로 나는 이십대로 되돌아간 기분이었다. 그래서였던가, 그날 난 안나 앞에서 허둥거렸다. 좀체 없었던 일이다.

"당신이 인영의 딸이라고?"

헛웃음이 나왔다. 얼핏 보기에도 안나는 인영의 딸이라기보다는 인영의 어머니 같았다. 자세히 보니 아몬드 모양의 눈이 인영과 좀 닮은 듯했다. 안나는 한국 이름도 안나였는데 천주교 세례명이라고 했다. 그녀는 종합상사의 해외주재원인 남편을 뒷바라지하며 전업주부로 살고 있었다. 인영은 박과 결혼해서 뒤늦게 안나를 낳았다.

"제 부모님의 이름을 어떻게 기억하세요? 한국말은 발음하기가 쉽지 않을 텐데요."

안나는 박과 인영은 물론이고 김의 이름까지 아는 내가 퍽 신기한 눈치였다.

"우리의 입과 귀인 마사토 덕분일세. 마사토가 아니어도 내겐 그 이름들이 이마에 찍힌 흉터와 다름없네. 그러니 어떻게 잊을 수 있겠나? 절름발이인 날 인터뷰 대상으로 뽑은 것도 그런 이유 때문 아니겠나?"

안나가 손으로 입술을 가리고 웃었다. 내가 지금껏 그 이름들을 기억하는 이유는 그때 사용했던 군인수첩을 간직하고 있었기 때문이다. 나는 노근리사건 때 일어난 일들을 군인수첩에 낙서하듯 휘갈겨놓았다. 설혹 군인수첩에 그 이름들이 없었대도 그들을 쉽게 잊지 못했을 것이다.

"자, 정원에 서서 이럴 게 아니라 안으로 들어가지."

그제야 안나는 아몬드 모양의 눈을 가늘게 뜨고 정원의 꽃들을 둘러보았다. 정원 가꾸기가 취미였던 아내가 심은 것들이다. 정원엔 여름꽃들이 무더기로 피어났고, 울타리 삼아 둘러친 야트막한 나무담장 밑에 심긴 꽃들도 일제히 꽃망울을 터뜨렸다. 검은 자갈이 깔린 현관 입구엔 덩굴식물이 줄기를 늘어뜨린 채 매달려 있어서 독거노인이 사는 집 특유의 찌들고 쾨쾨한 인상은 풍기지 않았다.

전날만 해도 현관의 덩굴식물이 성가셨다. 현관기둥에 늘어진 덩굴식물을 보면 귀신이 머리를 풀고 서 있는 것만 같아 머리털이 쭈뼛 곤두서곤 했다. 그날 아침엔 덩굴식물에 물을 주다가 팔이 저려오는 통에 빌어먹을 여편네, 죽은 아내에게 욕을 해대며 물뿌리개를 냅다 집어던졌다. 화가 난 김에 나무담장 밑에 아내가 심은 꽃들도 절반가량 캐내어 아무 데나 파묻을 작정이었다. 정원의 잔디를 깎는 일만 해도 힘이 부친데 손이 많이 가긴 꽃도 마찬가지였다. 잔디는 뽑아버릴 수도 없으니 만만한 게 꽃이었다. 필 때 잠깐 보자고 거름 주랴, 잡초 제거하랴 늘그막에 이 무슨 생고생이람. 때때로 짜증을 돋우던 꽃들이 그날은 말할 수 없이 반가웠다. 정원에 꽃을 심어놓고 죽은 마누라가 고맙기까지 했다. 나는 남에게 잘 보이고 싶지도 않았고 게다가 친절하고 싶은 생각 따윈 추호도 없는 인간이다. 그러다보니 사후경직된 시체의 얼굴과 흡사한 딱딱함, 오직 이 한 가지 표정으로 일관되게 살아왔다. 그런데 웬일로 안나에겐 잘 보이고 싶었다. 자꾸 보니 뽀글뽀글한 안나의 머리도 그다지 밉지 않았다.

식기세척기에 들어가지 않아 평소엔 쓰지도 않던 클래식한 유리주전자를 꺼냈다. 안나에게 페퍼민트차를 대접할 생각이었다. 페퍼민트는 인영의 젖은 머리에서 풍기던 향이다. 1950년 7월, 그때 맡았던 아릿한 페퍼민트 향이 21세기인 지금도 같은 향으로 느껴질지 장담할 순 없지만. 차를 끓이려는데 유리주전자의 주둥이에 뽀얗게 묻은 먼지가 보였다. 이래서 홀아비살림은 티가 난다고 툴툴거리며 주전자를 닦고 찻잔을 꺼내느라 부산을 떤 뒤 절룩거리며 식탁으로 차를 내갔다.

“한국전쟁 때 저희 아버지를 구해주셨다고 들었습니다. 생명의 은인이라고 어머니가 말씀하셨어요.”

“박과 인영은 드물게 잘생긴 동양인이었지. 그래 박은 건강한가?”

“돌아가셨어요.”

“안됐군. 박은 유능한 통역이었는데.”

“제 부모님에 대해 많이 알고 계시네요.”

“난 박뿐 아니라 박의 친구였던 김과도 친했어. 전쟁중 나흘에 불과했지만 우린 소소한 정담도 나눴지. 노근리는 매우 아름다운 곳이야. 경치가 수려한 그곳에서 무차별한 살육이 일어나고 말았네. 미안하이.”

“저는 아버지를 살려주셔서 고맙다는 인사를 드리러 왔습니다.”

“노근리에서 살아남은, 훗날 그 장소에서 태어난, 그래서 어떤 식으로든 노근리와 엮인 우리가 주고받는 말이란 게 겨우 이런 말들뿐이구먼. 고맙고 미안하다. 하지만 하찮은 이런 말들 외에 우리가 어떤 말을 주고받을 수 있겠나? 그건 말로써 덮어지는 게 아니질 않은가. 핑계가 있다면 난 그때 일병에 불과했어. 일병이란 군대에서 어떤 위치인 줄 아나? 군대라는 조직에서 일병은 숨쉬는 하나의 소모품에 불과해. 어떤 의미에선 나도 그 사건의 피해자일세.”

“전 노근리사건에 대해 아무것도 몰랐습니다. 2000년도부터 한국신문에 노근리사건에 관한 기사가 심심찮게 나왔어요. 한국신문의 미주판 기사를 통해 노근리사건을 접했고, 뒷날 어머니에게 들었습니다. 물론 BBC 다큐도 뉴욕에서 봤고요.”

"그랬군. 불편한 진실은 감추고 싶은 게 인간이지."

나는 그날 드물게 흥분했다. 그래서 찻잔을 드는 손이 살짝 떨렸다. 부디 안나가 눈치채지 않기를 바랐다.

"저희가 사는 집은 남편 회사의 현지직원이 구해줬어요. 이사하고 보니 아저씨와 같은 타운하우스여서 얼마나 놀랐던지."

"나도 꽤 놀랐네. 이런 걸 보면 신이란 놈이 날 한 방 먹인 것도 같고."

"무슨 말씀이신지."

"별뜻 없이 한 말이니 신경쓰지 말게나. 그런데 마사토와 박의 집안은 특별한 인연이 있다고 들은 것 같네만. 어때, 내 기억이 정확한가?"

"네. 도정상회는 마사토씨 아버님이 운영하던 거래요. 우리나라가 광복되던 해, 마사토씨네 가족은 쫓기다시피 일본으로 떠났대요. 당시 급사로 있던 할아버지에게 도정상회를 물려주고 가셨다나봐요. 일본 때문에 고생은 했지만 저희로선 그분들이 고맙죠. 도정상회를 발판으로 우리 집이 일어섰으니까요."

"그래서 마사토가 우리 부대에 배치된 거였군. 그곳 지리에 밝아서. 난 박과 김보다 인영을 먼저 만났어. 노근리사건이 일어나기 직전에 인영이가 살던 옹기막에 마사토와 같이 갔었거든. 그날 인영의 인상이 어찌나 강렬하던지 내가 박과 김에게 물었지. 혹시 옹기막의 소녀를 아느냐고. 그랬더니 김이 대뜸 자기 연인이라는 거야."

"그래도 결혼은 저희 아버지와 하셨어요. 노근리사건 후 엄마는 김태혁 아저씨와 서먹해지셨대요. 노근리에서 외할아버지가 돌아가시고 김태혁 아저씨만 살아서 그런지도 모르죠. 혼자만 살아서 돌아왔다고 외할머니가 아저씨를 많이 원망했대요. 그건 김태혁 아저씨의 잘못이 아닌데도 말이죠."

"그런 아픔이 있었군. 하긴 모든 연인들이 반드시 결혼하는 것만은 아니지. 그래, 김은 잘 있나?"

"잘 지내고 계세요."

"김도 억울할 거야. 마사토가 부탁한 도자기를 가져오다가 노근리 쌍굴에 갇힌 셈이니까. 내가 그레이 상사에게 자세한 설명을 했는데도 김을 빼주지 않았어. 김을 빼주면 다른 피란민의 구구한 사정도 들어줘야 한다며. 그래서 그들의 탈출을 보고도 내가 눈감아준 거라고. 참, 박과 인영의 결혼생활은 어땠나? 그들은 행복했나?"

"불행하셨어요."

"인간들은 모두 불행해지려고 결혼을 하지. 결혼생활이 행복하다고 말하는 인간이 있다면 그는 분명 거짓말을 하고 있는 거야. 세상의 모든 결혼은 책임과 의무를 동반하기 때문에 반드시 불행하게 되어 있어."

"어머닌 그 책임과 의무 때문에 사는 사람 같았어요. 전 어머니가 웃는 걸 한 번도 본 기억이 없는걸요."

"인영인 정말로 불행했나보군."

"올겨울에 어머니가 여기 오신댔어요. 그땐 아저씨를 초대할게요."

안나의 갑작스런 제안에 당황했다. 나는 안나와 마주보고 있는 게 거북해서 고개를 돌렸다. 그러곤 식기장 유리에 비친 내 얼굴을 요모조모 뜯어봤다. 겹겹이 늘어진 주름살과 절름거리는 다리, 어느 것 하나 걸리지 않는 게 없었다. 그 옛날의 나는 이제 어디에도 존재하지 않았다.

"그럴 필요 없네. 난 가지 않겠네."

안나가 무안해서 얼굴을 붉힐 정도로 나는 안나의 초대를 싸늘하게 거절했다.

"아저씨가 노근리 쌍굴에서 우리 아버지를 구하지 않았으면 전 세상에 태어나지도 못했을 거예요. 아저씨는 아버지뿐만 아니라 제 생명의 은인이기도 한걸요."

"노근리 쌍굴에서 박과 김을 구하지 않았다면 나란 인간은 지금껏 살아 있지도 못했을 거야. 노근리에선 내가 그들을 살렸지만 반대로 그들이 날 살린 셈도 되거든. 그러니 누가 누구에게 생명의 은인이라는 건가? 난 그런 말을 들을 자격이 없네. 우린 서로를 구한 셈이니 맞먹은 걸로 쳐."

"어머닌 미국에서 겨울을 날 때가 많아요. 건강하셔서 장거리 비행을 거뜬히 견디시거든요. 올겨울이 아니어도 좋으니 어머닐 만나고 싶으면 언제든 말씀하세요."

"안나의 의견을 고려는 해보지."

나는 턱을 괴고 앉아 생각에 잠겼다. 인영이가 오면 만나지는 않겠지만 먼빛으로나마 한 번은 훔쳐봐야겠다고.

"아마 인영은 내 얼굴을 기억하지도 못할걸."

"어머니가 백인을 본 게 그때가 처음이어서 무척 놀라셨대요."

"하하, 그랬을 거야. 미국 도깨비라고 자기네끼리 속닥거리곤 했으니까. 인영에게 말 좀 전해주게나. 그 미국 도깨비가 안부 전하더라고."

안나의 유창한 영어실력 덕분에 그날 드물게 유쾌한 오후를 보냈다. 안나를 배웅하고 절름거리며 돌아오는 길에 1950년 그해 여름이, 시끄럽던 노근리의 매미 소리와 무성한 감나무 잎이 눈앞에 생생하게 떠올랐다.

처음 맞닥뜨린 일방적인 전투, 하늘에서 퍼붓던 F-80 전투기의 요란한 폭격, 피란민의 외침과 절규 사이로 자욱이 덮이던 먼지, 그 여름의 미친 더위, 노근리 쌍굴에서 피란민과 숨 가쁘게 대치했던 삼박 사일, 삶에도 컴퓨터처럼 삭제 키가 있다면 당장에 눌렀을 저주받은 나흘의 기억.

노근리사건의 근원을 캐려면 딘 소장의 인터뷰부터 따야 했다. 노근리사건은 딘 소장 때문에 일어난 셈이니까. 그러나 BBC는 그렇게 하지 못했다. 딘은 1981년도에 사망했다. 그는 지금 자기 고향인 샌프란시스코 국립묘지에 누워 있다. 그래서 방송이나 신문엔 노근리사건의 표면적인 부분만 드러났을 뿐이다. 딘의 죽음과 함께 노근리사건의 단초이자 핵심사항이 수면 밑으로 깊숙이 가라앉아버렸다.

내가 딘을 처음 만난 곳은 한국전쟁 참전군인 기념시설이 들어선 워싱턴 포토맥 공원이었다. 그때 딘은 강연하러 여러 곳을 다녔다. 그날도 포토맥 공원의 한 기념홀에서 딘의 강연이 있었다. 중간 휴식시간에 다들 강의실 밖으로 나와 다과를 곁들인 차를 마셨다. 행사를 기획한 샘이 지나다가 강의실 문 앞에 나란히 선 나와 딘을 보곤 우연치고는 대단한 우연이라고 말했다.

샘은 내가 입대할 무렵 조지아 주 포트 베닝에 있는 육군보병학교

교관을 지낸 사람이었다. 재향군인의 날을 기념하는 시가지 행사나 재향군인 보훈국에서 자주 만난 터라 나를 잘 알고 있었다. 그는 퇴직하고 나서 한국전쟁 참전군인들이 보훈국 병원에서 퇴원한 뒤 다시 술을 입에 대거나 광증이 재발하는 것을 막기 위한 자발적인 조력모임을 꾸렸다. 그가 그 모임의 수장이었다. 그래서 내가 술을 끊은 뒤 금단증상으로 고통받고 있다는 것도 알았다.

샘은 애틀랜타가 아닌 워싱턴에서 나를 만난 게 기쁜 듯했다. 내가 워싱턴에 나다닐 만큼 건강해졌다고 짐작한 모양이었다. 그는 '이 친구가 바로……' 하며 지나치게 날 부풀려서 딘에게 소개했다. 악수를 청한 딘은 강연이 끝난 뒤 공원에서 잠깐 보자고 했다. 딘은 큰 키에 등이 구부정했고 눈썹이 짙어서 매우 강인해 보이는 인상이었다.

"자네가 한국전쟁 때 노근리에 있었다고?"

"네, 제1기병사단 제7기병연대 2대대 H중대에 소속되어 있었습니다."

"노근리는 내 명치에 걸린 가시와도 같은 지명이라네. 그럼에도 난 그 사건에 대해 알지 못한다네. 내가 실종된 후 노근리사건이 일어났어. 난 삼 년 동안 북한군의 포로로 잡혀 있느라 노근리사건을 보고받을 기회조차 놓쳤지. 국립문서기록관리청(NARA)에서 노근리사건에 관한 기록을 검토해봤네. 관련서류를 꼼꼼히 훑어봤는데도 그 사건이 제대로 파악되질 않더군."

"……"

"그 다리는 노근리에서 다쳤나?"

"아뇨, 낙동강 전투에서 다쳤습니다."

"얘기가 길어질 것 같으니 벤치에 앉아서 하도록 하지."

늦가을이어서 주변엔 낙엽이 수북하게 깔려 있었다.

"자넨 다리부상으로 의병제대를 했겠구만."

"네, 그렇습니다."

"집으로 돌아온 뒤 별다른 후유증은 없었나?"

남한군과 북한군이 지연전을 펼치던 1950년 7월 26일, 한국으로 파병된 나는 노근리 쌍굴에서 적으로 의심되는 양민들을 향해 방아쇠를 당겼다. 일본에서 행정병으로 근무했기 때문에 군인이 된 후 처음 쥐어본 총이었다. 적이란 가정하에 방아쇠를 당겼지만 노근리 쌍굴에 갇힌 피란민은 양민임이 분명했다. 피란민을 향해 총을 쏠 때마다 손이 떨렸다.

1950년 7월 29일, 부대를 따라 노근리에서 후퇴한 뒤 낙동강 방어선에 투입됐다. 미군은 8월 1일을 기해 낙동강에서 좌우가 연결된 방어선을 최초로 편성했고 그때야 비로소 나는 양민이 아닌 적과 대치해 치열한 전투를 치렀다. 그때만 해도 미군은 남한군과 북한군을 제대로 구별하지 못했다. 우리는 산 위에 있는 북한군을 남한군으로 오인하는 실수를 저지르고 말았다. 바로 옆에서 북한군의 따발총 소리가 요란하게 들렸다. 나는 그 전투에서 다리 하나를 잃었다. 노근리에서 저지른 행위에 대한 공정한 결과라고 자신을 위로해도 기분이 더러웠다.

그때 왜 하필 내가 노근리에 있었나?

그 많은 미군들 중 왜 내가 노근리 쌍굴에 배치되었나?

그런 생각이 들면 대인배적인 마음은 어디론가 도망가고 속에서 부르느니 위스키였다. 의병제대를 한 뒤 보훈국 병원에 입원했을 때도 나는 숨어서 술을 마셨다. 술에도 지칠 즈음 때려치워, 다 집어치워, 하는 말이 입 밖으로 흘러나오곤 했다. 그래서 밤낮없이 마시던 술을 끊었고, 금단증상으로 고통을 겪고 있을 때 딘을 만났다. 그때 딘도 미군포로로 북한군에게 잡혀 있다가 귀국한 지 얼마 되지 않았을 때였다. 1954년도쯤 되었을 것이다. 딘은 대전전투의 배턴을 이어받았다는 이유 때문인지 날 혈육처럼 대했다. 우리는 자주 만났다. 딘은 테네시 주 멤피스에 살고 있었다. 같은 남부여서 딘이 강연하러 애틀랜타로 오기도 하고 내가 멤피스에 가기도 했다.

"나를 봐. 여기저기 끌려다니며 떠드는 내 꼴을 보라고. 수치도 이런 수치가 없다네."

딘의 말을 빌리자면, 딘은 트루먼 대통령의 띄우기 작전에 말려든 인물이었다. 한국전쟁이 발발한 후 긴급 투입된 미군은 패전을 거듭했다. 트루먼은 땅에 떨어진 미군의 사기를 높이기 위해서라도 누군가를 영웅으로 만들 필요가 있었다. 그 적임자가 딘이었다. 딘이 대전전투에서 패하고 실종되자 딘에 관한 기사가 한국신문과 미국신문의 일면을 연일 도배했다. 트루먼의 의도대로 딘은 한국전쟁의 영웅으로 떠올랐다.

"강연할 때마다 날 영웅시하며 바라보는 시선들에 지쳐버렸네. 내가 어떻게 한국전쟁의 영웅인가? 부끄럽기 짝이 없는 대전전투에 관해 읊어볼까? 보병연대장 세 명 중 전사 한 명, 중상 한 명, 보병대대장 여덟 명 중 전사 두 명, 포로 한 명, 중상 두 명, 연대작전장교 포로 두 명. 미 육군 창설 이래로 사단급 부대의 고급 지휘관이 가장 큰 피해를 입은 게 대전전투야. 게다가 나는 한국전쟁 포로 중 미군 최상위 계급이었다고. 그땐 더 떨어질 바닥이 없다고 생각했어. 그런 내가 하루아침에 영웅으로 바뀌었으니, 기분이 어땠겠나?"

딘은 대전전투에 패한 후 산속에서 실종되었다. 부대가 있는 충북 영동으로 간다는 것이 엉뚱하게도 전북 진안까지 내려와 딘이 그토록 염려하던 마을 주민들에게 사로잡혀 북한군에게 넘겨졌다. 딘은 산속에서 도피생활을 하는 삼십육 일 동안 체중이 삼십 킬로그램 가까이 줄었다. 1953년 9월 4일, 미군포로로 송환될 때까지 딘은 만 삼 년 동안 북한군에게 잡혀 있었다. 딘은 그 시간을 '죽음으로부터의 삼 년'이라고 표현했다.

그러나 딘의 말은 사실이기도 하고 아니기도 했다. 딘이 이끌던 제24사단은 대전에서 혈전을 치르며 시간을 벌어주었고, 그때 확보한 시간으로 미군은 낙동강 방어선을 형성했다. 낙동강 방어선을 발판으로 인천상륙작전을 개시했으니 제24사단의 혈투는 값진 것이었다.대전전투는 영광과 치욕이 교차했다. 트루먼은 영광만 기억했고, 딘은 치욕만 기억했다.

실종된 딘이 미국의 영웅으로 떠오르자, 트루먼은 딘의 아내를 백악관으로 불러 위로했다. 딘이 주기로 한 한국의 도자기 대신 미국의 최고 무공훈장인 '미 의회 메달'이 딘의 아내에게 주어졌다. 딘은 미국으로 송환된 뒤 무공훈장을 정부에 반납하고 싶었다. 미국 정부는 그의 생사를 모르는 상태에서 수여한 최고 훈장이기 때문에 취소할 수 없다고 했다.

"난 대전에서 부하들과 함께 죽어야 될 사람이었어. 패장이 저 죽을 자리를 모르면 적에게 사로잡혀 온갖 수모를 겪어야 한다네. 살아남은 대가가, 장수가 품위를 잃고 살아남았다는 게 얼마나 혹독한 것인 줄 자네가 알겠는가?"

훗날 딘이 주빈으로 초대된 파티에 참석한 적이 있었다. 딘은 자신을 영웅으로 환영하는 파티에서 "나는 영웅이 아닙니다. 길을 잃어 적에게 사로잡힌 부끄러운 지휘관일 뿐입니다"라는 말만 반복했다. 그날 밤 파티가 끝나고 단둘이 남게 되자 딘은 노근리사건의 단초인 대전전투에 관해 자세히 말해주었다. 말을 할 때마다 딘의 눈빛은 형형하게 빛났고 눈썹이 지렁이처럼 꿈틀거렸다.

1950년 6월 25일, 북한군이 삼팔선을 넘어 쳐들어왔다. 개전 삼 일 만에 수도 서울을 내준 한국군은 임시 수도를 대전으로 옮겼다. 트루먼 대통령은 한국 파병을 결정했고, 6월 29일 한국으로 날아간 극동군 사령관 맥아더는 주일 제8군 사령부 소속 제24사단장인 딘을 불렀다.

"딘, 자네가 와야겠네."

제24사단이 한국에서 가장 가까운 곳에 있다는 게 그 이유였다. 제2차세계대전 후 미국과 소련 간 이데올로기 대립의 각은 컸지만 어쨌든 그것은 물밑에서 이루어진 일이었다. 표면적으로 드러난 평화가 지속되자 미군은 군비를 대폭 삭감했다. 그런 탓에 딘의 사병들은 훈련조차 제대로 받지 못했다. 전투경험이 전혀 없는 신병들, 군정업무를 보던 행정병들이 대부분이었다. 그럼에도 딘은 자신이 있었다.

"남한에는 진정한 군대가 없네. 고작 경비대 수준일 뿐이야."

맥아더 장군의 이 말은 딘의 자신감을 더욱 북돋웠다. 당시 맥아더 장군은 미군 2개 사단만 투입해준다면 남한을 지킬 수 있다고 생각했다. 사실 남한의 사정과 지형은 맥아더보다 딘이 자세히 알고 있었다. 해방 후 한국에서 미군정장관으로 십 개월이나 봉직하지 않았던가. 삼팔선 부근에서 남북 간의 잦은 충돌이 있다는 것도 알았다. 딘은 남한과 다를 바 없는 북한군쯤이야 문제될 게 없다고 생각했다.

자신만만하게 일본 사세보 항을 출발한 딘은 1950년 7월 2일 부산에 도착했다. 그때 이미 수원이 함락될 위기였다. 몸이 단 딘은 7월 4일, 처치 준장을 부사령관으로, 전방 사령부 요원을 참모요원으로 한 주한 미 육군 사령부를 부산에 설치했다. 같은 날 부산에서는 가빈 중장을 사령관으로 한 미 8군 사령부도 창설되어 군수지원체계를 갖추기 시작했다. 미 육군 사령부와 미 8군 사령부, 두 개의 사령부가 부산에 태동한 셈이어서 딘의 입이 살짝 썼다. 명령체계에 혼선을 빚을 확률이 높았던 것이다. 하루 사이에 벌어진 일이어서 두 개의 미 사령부가 부산에 창설된 데 대해 딘은 길게 생각할 틈이 없었다.

"북한군의 전차는 거대한 전함처럼 보입니다. 우리의 대전차포는 아무런 힘도 발휘하질 못합니다."

오산 죽미령에서 내려온 스미스 특임부대 통신병의.다급한 보고가 걸렸지만 딘은 크게 문제가 될 건 없다고 생각했다. 우세한 제공권과 자신의 병력 중 가장 뛰어난 스미스 부대를 딘은 믿고 있었다. 스미스 부대는 제2차세계대전 때 세계 최강 독일과 일본을 박살낸 부대가 아니던가. 북한군이 가지고 있다는 소련제 전차를 방어할 대전차화기를 투입해주기로 한 8군 사령부의 약속도 딘의 믿음을 굳히는 데 결정적

역할을 했다. 그때까지 한국군은 단 한 대의 전차도 자주포도 가지고 있지 않았다.

정부수립 후 이승만 대통령은 걸핏하면 북진론을 주장했다. 미군은 남한이 정말로 북진할까 두려워서 최소한의 무기와 장비만 남겨두고 철수했다. 미군은 자주포에 대항할 로켓포는 있었지만 전차가 문제였다. 북한군의 전차를 파괴할 대전차화기만 있으면 딘은 이번 전쟁의 걸림돌이 없을 거라고 판단했다. 다음날 딘은 스미스 특임부대원들이 오산에서 북한군에게 대패했다는 보고를 받았다. 보잘것없는 무기로 무장한 오합지졸인 줄로만 알았던 북한군이! 한국군은 후퇴를 거듭했고 전선은 계속 남쪽으로 밀리는 상황이었다.

"딘 소장, 지금 재편중인 제25사단과 제1기병사단이 7월 20일 부산에 도착할 예정일세. 그때까지는 무슨 일이 있어도 대전에서 버텨줘야 하네."

지상군 사령관이자 8군 사령관에 새로 임명된 워커 장군의 목소리가 절박했다. 딘이 이끄는 제24사단은 대전을 중심으로 방어선을 펼치며 북한군의 남하속도를 최대한 늦추는 게 목적이었다. 북한군은 주로 야간에 공격해왔다. 대전의 북방 금강 변에 병력을 배치해 금강 다리를 모조리 폭파했는데도 그들은 여러 도하기구를 이용해 강을 건너왔다. 조명탄을 터뜨렸더니 물개처럼 헤엄쳐서 금강을 건너는 일군의 북한군들이 보였다. 정말 악착같은 놈들이었다.

1950년 7월 19일, 북한군 제3사단이 정면에서 대전 공격을 개시했다. 북한군 제4사단은 경부가도와 금산가도 등 모든 도로를 차단했고, 딘이 이끄는 제24사단은 대전 시내에서 꼼짝없이 포위당했다. 피란민 틈에서 피란민과 똑같은 복장으로 미군에게 총을 쏘던 북한군들. 그들이 제일 무서운 복병일 줄이야.

흰옷으로 변장한 수백 명의 북한군이 공격 하루 전에 대전 시내에 미리 들어와 있었다. 그들을 선두로 북한 군복을 입은 보병과 소련제 T-34 전차도 속속 쳐들어왔다. 요란한 캐터필러 소리와 함께 전차에서 쏘아대는 포탄에 사병들의 희고 검은 몸들이 갈가리 찢겼다. 포탄에 맞아 공중으로 튀어오른 사병들의 몸뚱어리가 길바닥에 퍽퍽 처박혔다. 소련제 T-34 전차 앞에선 미군이 가진 대전차화기는 한낱 장난감에 불과했다. 병사들이 끝도 없이 죽어나갔다.

"막아야 해!"

딘은 3.5인치 로켓포를 잡고 발사하기 시작했다. 사단장이 직접 전투에 참여하는 일은 드물었다.

"소장님이 손수 포를 잡다니요! 이럴 수는 없습니다. 제발 후퇴명령을 내려주십시오."

부관 클라크가 사정하듯 말했다.

"1대대가 아직 갑천에 있잖아!"

"우리 군이 보유한 통신장비의 팔십 퍼센트가 상태 불량입니다. 1대대와 통신이 끊긴 지 오래됐습니다. 그들은 철수했을 겁니다."

"만약 아니면? 클라크, 1대대는 진지에서 발이 묶여 있을 확률이 높아!"

"아직도 모르시겠습니까? 우리는 총알받이입니다. 이러다간 우리 사단이 전멸하고 말 겁니다!"

"1대대를 사지에 두고 우리만 후퇴할 순 없어. 무슨 일이 있어도 대전을 사수하겠다고 워커 장군과도 약속했네. 우리 사단이 총알받이가 되는 한이 있더라도 나는 워커 장군과 약속한 20일까지 대전을 사수할 생각이네."

"약속은 서로의 신뢰 위에서 지켜지는 것 아닙니까? 8군이 투입해주기로 약속한 대전차화기는 소식조차 없습니다. 상황이 이런데도 소장님만 그 약속을 지킬 거냐고욧!"

부관 클라크가 옆에서 악을 썼다.

"조금만 기다려보세. 위에서 무슨 혼선이 있는 모양이야. 나는 우리 군의 전술을 믿네!"

딘의 말은 굉음을 울리며 터지는 대포 소리에 묻혀버렸다. 참호 속으로 뛰어들던 클라크의 회색빛 눈동자가 극심한 공포에 휩싸이는 것을 딘은 보았다. 적은 전방 좌우측에서 집요하게 공격해왔다. 바주카포와 곡사포를 동원했지만 미군은 계속 뒤로 밀렸다.

"후퇴하지 마라! 전진하라!"

마지막 희망이었던 로켓포는 적의 집중공격에 두 동강이 났고 딘은 별수 없이 권총을 꺼내 전차를 향해 쏘았다. 할 수 있는 일이 그것밖에는 없었다.

"그만두십시오. 달걀로 바위치기입니다."

클라크가 딘의 권총을 잡고 애원했다. 딘이 충북 영동으로 후퇴명령을 내린 것은 워커 장군과 약속한 7월 20일 오후 5시 30분 무렵이었다. 클라크의 말대로 하루 전에 후퇴명령만 내렸어도 병사들을 절반 가까이 잃는 아픔은 없었을 것이다. 훗날에야 딘은 알았다. 갑천 일대에 고립되어 있을 거라고 예상한 1대대가 이미 철수했다는 사실을. 통신장비가 불량하지만 않았어도, 1대대가 철수한 사실을 알았더라면 딘이 대전에서 그토록 미련하게 버티지는 않았을 것이다.

젊고 탄탄한 병사들의 몸뚱어리가 공중으로 튀어오를 때, 한때 아름다웠을 기름진 팔다리가 순식간에 떨어져나가고 울근불근한 이두박근 사이로 흐른 피가 대전 시가지를 붉게 물들일 때 딘은 창자가 끊어지는 고통을 느꼈다고 했다. 피어보지도 못한 앳된 부하들의 주검을 옆에서 지켜보는 것보다 그들이 죽을 줄 알면서도 후퇴명령을 내리지 못하는 자신의 위치 때문에, 살이 군데군데 얇게 포로 저며지는 것 같은, 드릴 같은 날카로운 쇠붙이가 뼈를 뚫고 회전하며 들어오는 듯한 통증을 시시각각 맛보았다고 딘이 말했다. 누구도 알지 못할 지휘관의 아픔이었다.

살아남은 병사들은 무질서하게 후퇴하기 시작했다. 딘은 부대를 정비하지 못한 상태에서 부상병 한 명을 데리고 부관 클라크와 함께 후퇴길에 올랐다. 화약 냄새와 병사들의 즐비한 시체와 터진 살덩이에서 흘러나온 피비린내로 가득찬 대전을 벗어날 때 딘은 피눈물 대신 쓴 침을 땅바닥에 길게 뱉었다.

오늘 전투를 내 결코 잊지 않으마.

대전에서 부대가 있는 영동으로 가려면 옥천 쪽으로 가야 했다. 하나 딘이 탄 지프는 옥천으로 가는 길을 지나쳐 금산 방향으로 들어서고 말았다. 게다가 딘은 부상병에게 물을 떠주기 위해 부관 클라크와 산속을 헤매다가 바위에서 굴렀다. 깎아지른 듯한 절벽에서 굴러떨어진 딘은 그 자리에서 정신을 잃고 말았다. 부관 클라크는 딘을 찾아 헤맸지만 끝내 그를 찾지 못했다.

8. 김진경
삶에는 비밀이 꼭 필요하다

할아버지는 나흘 동안 노근리 쌍굴에서 겪은 일을 남의 얘기인 양 담담하게 풀어냈다. 나는 아무 말도 할 수가 없었다. 평상에 걸터앉아 할아버지의 얘기를 듣기만 했다. 말을 마친 할아버지의 얼굴이 급격히 늙어 보였다.

"그랬군요. 마을 사람들이 노근리사건을 숨긴 이유가 명희라는 분 때문이었군요."

"우리가 명희를 굴 밖으로 내몬 꼴이었으니, 그레이에게 그 수치를 당하고 눈마저 감지 못하고 죽게 만들었으니, 무슨 염치로 노근리사건을 입 밖에 꺼낼 수가 있었겠니. 미군들이 퇴각한 후 노근리 쌍굴에 갔더니 여기저기 널린 시체와 말라붙은 피로 굴속이 난장판이었어. 우리는 명희의 시신부터 찾았어. 그게 가장 걸렸으니까. 명희는 눈을 뜬 채 죽어 있었다. 통통한 벌레들이 명희의 살을 파먹고 있었어. 총상을 입은 가슴엔 딱정벌레와 검정파리가 바글바글 붙어 있었지. 겨드랑이엔 허연 구더기가 뭉텅이로 붙어서 고물거리고…… 눈 속엔 검정파리가 알을 까맣게 슬어놓기도 했고…… 눈물도 안 나왔단다. 우리는 죽은 명희를 보는 게 아니었어. 그건 사람이 볼 수 있는 광경이 아니었어. 훼손된 명희의 주검을 보자마자 기훈이는 비명을 지르며 바닥에 주저앉았지. 그러곤 먹은 걸 명희의 발치에 몽땅 토하고 말더라. 매년 여름이면 산 위로 올라가던 검정파리가 1950년 그해 여름엔 노근리로 내려왔었어. 벌레들도 뭔가를 알았던 게지. 그해 여름 우린 벌레만도 못한 인간들이었어."

그때까지만 해도 의연하던 할아버지가 고개를 숙이더니 두 손으로 머리카락을 쥐어뜯었다.

"벌레들이 명희를 파먹던 광경은 지울 수가 없어. 시간이 흘러도 그건 절대로 잊히질 않아. 눈알을 파먹던 벌레의 까만 알들. 명희의 눈에 검정깨를 뿌려놓은 것 같았어. 너에게 이런 말을 하긴 민망하다만 그레이에게 불려간 명희는 개울가에서 그의 성기를 깨물었고, 그가 쏜 총에 맞아 죽었어."

할아버지의 얼굴이 흉하게 일그러졌다.

"오럴섹스를 요구당한 거네요. BBC 다큐에서도 버디 웬젤이 그 부분을 잠깐 언급하긴 했어요."

"명희나 나나 어릴 때여서 개는 그게 어떤 의미인 줄도 몰랐을 거야. 처음 맞는 기막힌 상황에 머리를 흔들며 저항한다는 것이 얼떨결에 그레이의 성기를 깨물고 말았겠지. 그렇게 죽은 명희는 벌레들에게 몸을 뜯어 먹히며 며칠간 개울가에 방치되어 있었어. 겨우 열여섯 살 남짓한 여자애가 살아서는 낯선 이방인에게 그 몹쓸 짓을 당하고,

죽어서는 벌레들에게 몸을 뜯어 먹히며…… 명희는 죽을 때도, 죽고 나서도 얼마나 무서웠겠니. 조재벽 대접주가 태어난 곳에서 나고 자란 우리가 저 한 목숨 부지하겠다고 그런 못난 짓을 했으니."

"그래서, 죽은 명희의 사건을 덮기 위해서, 귀에 딱지가 앉도록 조재벽 대접주 얘길 하셨나요? 천추에 빛날 동학군의 의기를 내세우면 노근리 쌍굴에서 저지른 어른들의 죄가 상쇄되지 않을까 하는 심정으로요?"

"우린 조재벽 대접주가 이 마을에서 태어난 게 자랑스러웠을 뿐이야. 너희에게 그 얘길 들려준 것도 그래서였고. 하나 네 말을 듣고 보니 그분의 그늘에 숨고 싶은 마음이 아주 없었던 건 아니라는 생각이 드는구나. 마을이 생긴 이래로 사람이 떼로 죽어나가는 큰 난리를 겪은 게 두 번이었는데, 그게 갑오년 동학혁명과 한국전쟁이었거든. 한국전쟁은 말을 하고 싶어도 할 수가 없으니 자연히 동학 얘기만 하게 된 거지."

"한국전쟁 이야기는 할 수가 없었다니, 그럴 만한 이유가 있었나요?"

할아버지가 일그러진 얼굴로 날 물끄러미 쳐다봤다.

"우리가 노근리 쌍굴에서 돌아왔을 때, 피난을 가지 않고 남아 있던 사람들이 모여서 마을회의를 했었어. 그 자리엔 아버지와 막손도 있었지. 그날은 노근리 쌍굴에 산처럼 쌓인 시신을 마을 뒷산에 파묻고 온 길이었다. 전쟁중이라 장례식은 엄두도 못 냈지. 명색이 공동장례식인데 그냥 넘기긴 그렇다며 누군가 집에 감춰둔 밀주를 한 동이 내왔어. 그걸 마시곤 다들 울적한 기분이 되었지. 명희를 그레이에게 넘긴 게 얼마나 수치스러운 일인지 우린 똑똑히 알고 있었거든. 그 자리에서 아버지가 말씀하셨어. 명희의 일은 우리의 잘못이기보다는 시대를 잘못 만난 탓이 크다. 이미 벌어진 일을 자책한다고 해서 명희가 살아 돌아오지 않는다. 그러니 명희의 명복을 비는 뜻에서 살아남은 버들이를 잘 돌봐주자고 말씀하셨어: 마을 사람들도 아버지의 말에 동의를 했지. 그러곤 그날 이후로 명희의 사건을 비롯한 노근리 쌍굴에서 있었던 일은 죽을 때까지 마을 사람들 모두 입에 올리지 않기로 맹세를 한 거야. 무덤 속까지 비밀로 가지고 가자고."

지금 할아버지는 마을 사람들과 한 굳은 맹세를 깨고 있었다. 오로지 나 때문에. 난 할아버지의 등에 얹힌 봇짐 같은 존재였다. 할아버지가 나 때문에 깬 맹세가 오직 이것 하나뿐이길 바랐다. 그러나 이런 마음과는 달리 내 입에선 날카로운 말이 흘러나왔다.

"일이 그렇게 된 거로군요. 그래서 마을 사람들이 더욱더 조재벽 대접주에게 매달렸군요. 전설 같은 조재벽 대접주 얘기, 그간 얼마나 싫었는지 아세요? 듣기 좋은 꽃노래도 하루 이틀이죠."

"그랬니? 우리는 미처 그 생각을 못 했다."

"자라나는 저희들에게 동학군의 기상을 가르치기 위해 그토록 많은 말을 하셨을 거예요. 하지만 동학군의 최후는 어땠나요? 일본군과 관군 들에게 가루가 되도록 터지고 사지를 갈기갈기 찢겼을 뿐이에요. 이 땅에서 동학으로 자그마치 삼십만 농민들이 희생당했어요. 고을마다 남자는 씨가 말랐겠죠. 맨 과부 천지였을 거예요. 동학의 지도부는 주문을 외우면 총알이 비켜간다는 거짓 믿음을 무지몽매한 백성들에게 주입하는 데 힘쓸 게 아니었어요. 물론 농민들의 불안을 해소

하기 위해 그런 방법을 고안했을 수도 있어요. 하나, 그럴 시간이 있으면 일본군의 신무기에 대응할 방법을 연구했어야죠. 동학군이 서울로 쳐들어간 후, 서울을 장악하고 나면 뭘 어떻게 할 것인지 동학의 지도부는 그 문제에 보다 많이 집중했어야 한다고요."

"넌 젊은 세대라 그런지 동학을 보는 시각이 냉정하구나. 우리는 조재벽 대접주를 생각하는 것만으로도 가슴이 뭉클해지곤 했는데."

"동학 때문에 우리 집안이 멸문된 것과 다를 바 없는데 할아버지는 조재벽 대접주의 역성만 드시네요. 동학이 일어나지 않았으면 일본이 조선에 상주할 빌미를 주지도 않았을 테고, 그들로 인해 조선이 사라지지도 고조부께서 자결하실 일도 없었을 텐데요."

"그래도 그건 그거고 이건 이거지. 대세를 거스를 수는 없는 거잖아."

"저도 동학을 폄하하려고 이러는 게 아니에요. 동학마저 없었다면 우리의 역사가 더 초라하고 부끄러웠을 테니까요. 제 좁은 소견으론 동학군들이 너무 무모했다는 거죠."

"진경아, 모든 민란은 언제나 무모하게 일어나는 법이란다. 민란의 성격이 원래 그래. 신중하게 계획된 난은 민란이 아니라 반란이라고 부르지."

"할아버지…… 한국전쟁 때 미군이 대전전투에서 이겼다면 노근리사건이 일어나지 않았을 수도 있었겠죠?"

"그건 장담 못 해. 피바람이 부는 전쟁터였으니 이쪽이 이기면 저쪽에서 또다른 노근리사건을 일으켰을 수도 있고. 전쟁중엔 양민들만 피를 보게 되어 있으니까. 미군이 퇴각하고 북한군이 들어오니까 우리는 차라리 살 것 같더라. 북한군은 미군들처럼 여자를 겁간하지는 않았거든."

"그후 공산치하가 시작됐겠네요."

"말도 마라. 그때도 징그럽게 고생들 했지. 북한군 역시 우익들을 잔인하게 죽였어. 여기도 한차례 피가 튀었어. 영동과 용산 쪽엔 피해가 컸다고 들었다. 하지만 북한군은 사람을 참혹하게 죽이긴 했어도 마을의 어린 여자를 덮치지는 않았어. 그래서 살 만했다고 말하는 거야. 죽일지언정 겁간만은 하지 않았으니까."

"노근리 쌍굴에 있던 버들이가 명신상회 빼들네인가요?"

"그래. 가녀린 몸에 얼굴이 곱상하게 생긴 아이여서 이름마저도 버들이었다. 하늘하늘하고 수줍은 버들이가 지금의 뺏뺏한 빼들네가 될 줄 누가 알았겠니? 전쟁이란 그런 거란다."

얘기가 길어지자 서산댁이 마루로 나와 평상을 기웃거렸다. 그녀는 마루 끝에 서서 앞치마를 벗어 털더니 부엌으로 들어갔다. 안채가 조용했다. 증조모는 낮잠을 주무시는 것 같았다. 해가 기울면서 추녀의 그림자가 할아버지의 어깨에 슬그머니 내려앉았다. 그늘진 할아버지의 어깨가 여느 날보다 무거워 보였다.

안채로 들어가니 서산댁이 채반을 옆구리에 낀 채 국수를 삶고 있었다. 채반에는 고르게 썬 국수가 담겨 있었다. 그녀는 밀가루가 묻은 국수를 채반에서 집어 훌훌 턴 뒤 끓는 물에 넣었다. 우리가 평상에 있는 동안 심심해진 그녀가 부엌에서 국수를 밀었나보았다. 서산댁은 알맞게 삶긴 국수를 건져 그릇에 담고 거기에 콩물을 부은 후 토마토 한 쪽을 곁들여 식탁에 올렸다. 낮잠에서 깨어난 증조모는 콩국수를 맛나게 드셨고, 할아버지는 목이 깔깔하다며 콩물만 들이켰다. 나도 입맛이 싹 달아나 국수를 먹는 둥 마는 둥 했다.

"일껏 생각해서 콩국수를 만들었더니 다들 왜 이런대요."

서산댁이 불퉁한 얼굴로 우리가 먹다 남긴 콩국수 건더기를 쓰레기통에 주르륵 부었다. 그러더니 개수대 앞에서 물을 튀기며 설거지를 했다. 왈각달각, 그릇이 부딪치는 소리가 요란했다. 그래봤자, 삼십 분짜리였다. 나는 서산댁이 삼십 분 이상 뭘 고민하거나 화내는 걸 본 적이 없다. 그래도 오늘밤 밤참을 달라고 했다간 서산댁에게 볼멘소리를 듣는다.

증조모는 침대에 누워 텔레비전을 시청하고 있었다. 음량을 최대치로 올린 탓에 텔레비전 속 인물들이 저마다 고함을 지르는 것 같았다. 증조모는 음량을 키우기 위해 리모컨을 손 가까이에 두었고, 그게 잠시라도 보이지 않으면 불안해했다. 증조모 옆에 군말 없이 앉아 있는 걸 보면 서산댁의 귀도 서서히 멀고 있는 중인가보았다. 할아버지와 난 시끄러워서 안채를 나올 수밖에 없었다.

중문 밑에 켜진 백열전구로 하루살이떼가 까맣게 몰려들었다. 뒷짐을 진 할아버지가 중문을 넘어 고방을 지나 중사랑채로 접어들었다. 중사랑으로 들어가는 할아버지의 키가 오늘따라 작아 보였다. 나는 할아버지와 헤어진 뒤 사랑마당으로 들어섰다. 솟을대문을 잠그고 집 안을 둘러보았다. 크고 작은 여러 채의 추녀 밑엔 흐린 전등이 하나씩 켜져 있지만 사방에서 몰려드는 어둠을 물리치기엔 역부족으로 보였다. 안정적인 수평선을 이루는 각 채의 기와지붕이 어둠 속으로 고집스레 침잠하고 있었다. 그걸 보고 있자니 평소 할아버지 주위에 달무리처럼 서린 정적이 이해가 되었다. 인영 아줌마와의 그 질긴 사랑까지도.

내가 거처하는 방을 지나 골마루를 따라 걸었다. 나는 사랑채의 빈 방들 중 맨 끝방의 문을 열고 들어갔다. 걸레질을 자주 하지 않은 탓에 발바닥에 닿는 종이장판의 감촉이 까슬까슬했다. 습기로 들뜬 곳도 있었다. 불빛을 보고 날아든 날벌레들이 닫힌 유리창을 톡톡 두드렸다. 조용한 시골에선 벌레의 울음소리가 가장 시끄럽다. 불을 끄자 눅눅한 어둠이 무겁게 내려앉았다. 방 한가운데 오도카니 앉아 있으려니 구석구석 도사린 어둠이 그물처럼 덮쳐오기 시작했다. 밤이 깊을수록 어둠이 내 목을 조이는 듯했다.

이랬겠다, 노근리 쌍굴에 갇힌 사람들은. 두려움과 공포가 이런 식으로 그들을 밀어붙였겠다. 명희가 한 발 한 발 그레이를 향해 걸어나갈 때, 노근리 쌍굴에 갇힌 사람들은 어떤 일이 일어날지 알면서도 공포 때문에 명희를 붙잡지 못했구나. 사방에서 덮쳐오는 이 어둠 때문에.

전쟁이 끝난 후 할머니마저 돌아가시자 홀로 남은 버들이는 힘겹게 살았다. 마을 사람들이 돌아가며 버들이를 맡아 키웠다고 했다. 버들이는 비가 오나 눈이 오나 삼거리에 나와 앉아 노근리 쌍굴을 바라봤다. 행여 명희가 살아서 돌아올까, 고대고대 목을 빼고 기다렸다. 아무리 말려도 버들이는 요지부동이었다.

흰 눈이 아이들의 키만큼 쌓인 겨울날 버들이가 사라졌다. 눈밭엔 작은 발자국이 희미하게 찍혀 있었다. 끊길 듯 말 듯 이어지던 발자국이 노근리 쌍굴 앞에서 끊겼다. 굴속을 들여다보니 맨발의 버들이가 혼절한 채 엎드려 있었다. 어린 게 잠결에 명희를 찾아 맨발로 쌍굴까지 걸어왔던 것이다. 버들이의 눈이 허옇게 뒤집어졌고 입술은 새파랬다. 그날 이후로 버들이는 혼수상태가 되었다. 할아버지는 버들이의 숨이 끊기는 줄 알았다고 했다. 회광반조처럼 잠깐씩 버들이의 의식이 돌아오곤 했는데 그때마다 혼잣말처럼 중얼거렸다.

"병원에서 치료받고 있으면 명희 언니가 찾으러 온댔어…… 날 찾아온다고 했으니 명희 언니는 반드시 올 거야."

할아버지가 얼굴을 일그러뜨리며 말했다.

"버들이를 지켜보는 우리의 심정이 어땠을 것 같니?"

그 말 속엔 할아버지가 다 하지 못한 말이 숨어 있었다. 버들이가 빼들네로 변한 세월. 그 오랜 시간이 흐르는 동안 노근리 쌍굴에서 살아남은 사람들은 빼들네에게 기꺼이 당해주었을 것이다. 유통기한이 지난 식품을 떠안겨도, 기훈 할아버지와 엄마에 관한 거짓말에서 보이듯이 빼들네가 없는 일을 꾸며내어 해를 끼쳐도 고스란히 당해주었을 것이다.

할아버지가 말했다.

어쩌면 명희가 그레이의 총에 맞아 죽은 사실을 버들이가 눈치챘을 거라고, 노근리 쌍굴에 있던 사람들이 명희를 그레이에게 가도록 은연중 내몰았다는 걸 그 어린 게 알고 있었을 거라고, 명희가 무슨 일을 당하고 죽었는지도 대강 짐작했을 거라고. 하지만 명희의 시신이 개울가에 버려져 그 지경으로 훼손된 건 모를 거라고, 명희의 주검을 벌레가 파먹었다는 것도, 명희의 눈 속에 벌레들이 알을 깠다는 것도. 그걸 알면 빼들네는 지금보다 더 망가졌을 거라고, 그런 연유로 세상을 살아가는 덴 비밀이 꼭 필요하다고 할아버지가 말했다.

빼들네는 언니를 그레이에게 데려간 사람이 기훈 할아버지라는 걸 알았을 것이다. 그래서 기훈 할아버지에게 적의를 품었는지도 모른다. 빼들네가 노근리 쌍굴 현장에 없었다고 말한 것은 마을 사람들과 마찬가지로 명희의 사건을 덮기 위해서, 자신의 눈 하나와 유일한 혈육인 언니를 빼앗아간 노근리사건을 기억하기 싫어서 그랬을 수도 있다.

노근리사건의 가닥이 잡히자 내 마음속에선 갈등이 시작됐다. 다큐감독인 김진경과 내시의 증손녀인 김진경이 치열하게 싸웠다. 굴속에 갇힌 그들의 공포, 제 아이를 물속에 빠뜨려 죽이게끔 몰아간 죽음보다 더한 공포, 명희를 그레이에게로 밀어버린 그들의 치 떨리는 공포를 정교하게 찍고 싶은 마음. 노근리 쌍굴에서 죽어간 사람, 노근리 철로에서 사라진 사람들의 재연화면을 기교도 없이 무덤덤하게 기록하고 싶은 열망. 울지 않고 연기할 때 슬픔이 한층 크게 전해지듯이 슬픔의 파장이 길고 오래가도록 찍고 싶은 열망. 폭발 직전의 정적이 감도는 노근리 쌍굴을 들머리에서부터 프레임을 좁혀가며 차근차근 찍은 뒤 정지된 마지막 한 컷 속에 그 모든 것을 고스란히 담고 싶은 터질 듯한 열망이 스물스물 피어올랐다.

그리고 마침내 그것을 찍었을 경우, 어쩌면 할아버지가 마을에서 살 수 없을 거라는 불안이 엄습해오기도 했다. 내시라는 이유만으로도 그만큼 당했는데 나로 인해 명희의 일이 세상에 알려진다면 마을 사람들의 분노가 극에 달할 수도 있었다. 쌍굴에서 일어난 일을 덮기 위해 노근리사건의 희생자 명단에도 이름을 올리지 않았던 그들인데, 명희의 일이 알려진다면 그들이 어떻게 나올지 짐작조차 할 수 없었다.

모든 것을 고백한 할아버지는 어쩔 수 없이 인터뷰에 응할 것이다.

빼들네는 죽은 언니 때문에 인터뷰에 응하지 않을 수도 있다. 마을 사람들에 대한 그녀의 분노를 역이용한다면, 마을 사람들과 미군 양쪽 모두에게 당한 명희 언니의 죽음을 헛되이 묻어둘 거냐고, 억울하게 죽은 언니를 생각하라고 부추긴다면 빼들네도 인터뷰에 응할 것이다. 하지만 할아버지와 빼들네, 노근리 쌍굴에서 살아남은 사람들을 인터뷰하는 것은, 그들이 세상에 숨긴 비밀을 고백하라고 유도하는 것은 너무 가혹한 일이 아닐까. 그 일로 충분히 고통받은 그들을 또다른 고통 속으로 몰아넣는 일이 되지나 않을까. 마을 사람들에 대한 연민이 풀씨처럼 날아와 내 가슴에 가볍게 얹히더니 종국엔 걷어낼 수 없도록 단단하게 뿌리를 내렸다.

내가 그들에게 갖고 있는 연민은 적어도 나 자신만은 그런 고통을 가져온 원인에 연루되지 않았다고 느끼기 때문은 아닐까. 이 연민의 감정은 나와 노근리사건은 무관하다는, 분명히 선한 의도임에도 어느 정도는 뻔뻔한 내 속마음에서 발생된 건 아닐지. 연민이 아니라 연대의 감정으로 다가간다면, 그들의 고통이 나의 고통과 연결되어 있다고 가정한 뒤 다가간다면 부담감이 조금은 덜어질 수도 있지 않을까.

나는 쓰지 않는 빈방에 불을 끄고 앉아서 다큐의 기본 골격을 차근차근 세워나갔다. 세부구성은 박과 얘기를 나눈 뒤 결정해도 늦지 않을 것이다. 노근리사건의 다큐를 맡은 박을 돕기는커녕 사사건건 방해할 생각이었던 내가, 지금은 앞에서 다큐를 끌고 나가는 꼴이 아닌가.

끝방의 문을 열고 밖으로 나왔을 땐 몸의 수분이 싹 빠져나간 것 같았다. 나는 방으로 돌아와 두 컵 분량의 찬물을 마신 뒤 휴대전화를 꺼냈다. 박의 소식이 감감했다. 평소 같으면 하루가 멀다 하고 전화할

위인이었다. 전화할까 하다가 박의 작업을 방해할지도 모른다는 생각에 그만뒀다. 그는 며칠 전에도 전화를 받지 않았다. 휴대전화를 꺼두었을지도 모른다. 조바심이 났지만 인터뷰 명단이 확정되면 전화하기로 했다. 인터넷에 들어갔더니 안나 아줌마의 메일이 있었다.

먼저 버디 웬젤을 만났다는 소식부터 전하마. 그는 나와 같은 타운하우스인 올드 사바나에 살고 있단다. 이웃사촌인 셈이지. 진경아, 놀랐지?

우리는 넉 달 전에 애틀랜타로 이사했단다. 남편이 애틀랜타 지사로 발령났지 뭐니. LA 지사로 갈 거라고 믿고 있었는데 난데없이 애틀랜타 시골로 발령이 떨어지는 바람에 남편과 난 좀 허둥거렸어. 그러느라 뉴욕 집을 늦게 정리했더니 이사할 집을 구할 시간이 도저히 나질 않는 거야. 허겁지겁 애틀랜타 지사로 연락했지. 회사에서 현지직원을 한 분 소개해주더라. 우리가 지금 살고 있는 올드 사바나는 그 현지직원이 구해준 집이야.

이사하고 네게 연락한다는 걸 그만 잊고 말았다. 새로 옮긴 성당의 교우들과 친분을 트느라 일을 많이 맡았거든. 성당 일로 분주하게 지내다보니 널 깜박했지 뭐니. 깜박거리는 건 갱년기 탓일 거야.

진경아. 두 집안이 노근리사건과 관계가 있다는 것, 오래전에 엄마에게 들었어. 네가 보내준 BBC 다큐도 뉴욕에서 이미 봤단다. 물론 버디 웬젤이 애틀랜타에 산다는 것도 알고 있었고. 엄마가 그랬거든. 버디 웬젤 덕분에 내가 태어난 거라고. 이사하고 보니 버디 웬젤과 같은 타운하우스여서 얼마나 놀랐던지. 아마도 천주님이 날

이리로 인도해주신 것 같다. 진경아, 버디 웬젤을 만나보니 그는 방송으로 본 것보다 훨씬 늙었고 성격도 폐쇄적이고 거친 것 같았어. 그것도 무리는 아니지. 십 년이 흘렀으니까. 그사이 버디 웬젤과도 친해졌단다. 며칠 전엔 그 집에 가서 페인트칠을 해줬어. 내 오지랖은 여기서도 무한정 넓어. 그래도 어쩌겠니. 이게 바로 나인걸. 새 소식이 있으면 또 전하마.

너희 할아버지와 증조할머니께도 안부 전해주렴.

그럼 또.

안나 아줌마가.

이런 일이! 희망이 보였다. 버디 웬젤을 찾았으니 예상외로 이 문제를 쉽게 풀 수도 있다. 신은 심술궂기도 하고 때론 관대하기도 하다. 앞에선 내게 감당할 수 없는 충격을 안기더니 뒤론 꽉 막힌 물꼬를 틔워주고 있지 않은가. 갑자기 뒷목이 선뜩거렸다. 박이 보낸 BBC 다큐 파일. 박은 마치 내 개인사를 알고 있었던 것처럼 노근리 쌍굴의 사수를 취재하자고 했다. 그는 왜 수많은 노근리사건 자료 가운데 BBC 다큐를 지목했으며, 노근리사건에 엮인 미군들 중 안나 아줌마와 같은 타운하우스에 거주하는 버디 웬젤을 핀셋으로 집어올리듯 콕 집어 지목했을까. 둔한 줄 알았던 박의 촉이 이 정도일 줄이야.

나는 메일함을 닫고 미지근한 물로 샤워했다. 길고 피곤한 하루였다. 사랑채에 욕조가 있었으면 입욕했을 것이다. 로션과 수분크림을 듬뿍 덜어내 얼굴과 목에 두드려 바른 후, 컴퓨터를 끄려고 책상 앞으로 갔더니 새 메일이 와 있었다. 호랑이도 제 말 하면 온다더니. 나는 박의 메일을 빠르게 클릭했다.

선배, 지난번에 전화했더라. 못 받아서 미안ㅋㅋ 그동안 무지하게 바빴어. 노근리사건을 첫 보도한 AP통신의 찰스 헨리 기자 수배하느라고.

선배가 왜 노근리 다큐를 하지 않겠다고 강경하게 버텼는지, 펜션에서 훼방만 놓다가 고향으로 내려갔는지 난 그게 궁금해. 선배 성격에 고향에 쉬러 간 건 아닐 텐데. 다만 선배가 노근리 다큐에 관심이 없다는 것만은 알고 있지. 하지만 메일을 읽고 나면 생각이 달라질걸.

대한일보 김성민 기자라고 기억나? 석 달 전이던가, 충무로에서 우연히 만났던 얼굴이 기다란 내 대학 후배. 그 친구가 한국전쟁사에 해박하거든. 그 연줄로 무려 여섯 단계를 거쳐 찰스 헨리 기자와 연락이 닿았네. 찰스 헨리 기자는 AP통신에서 나온 뒤 자기 고향에서 살고 있더라고. 그러니 찾기 어려울 수밖에.

선배, 노근리사건이 일어난 배경을 짚어보면 대략 이래.

선발대인 미 제24사단이 대전전투에서 왕창 깨지고 사단장인 딘 소장이 실종돼. 곧바로 미 제1기병사단 예하 5, 8기병연대가 옥천-영동 간 경부국도에 투입되고. 7월 25일, 태풍 때문에 일본에서 늦게 도착한 제1기병사단 제7기병연대가 황간면 노근리에 투입돼. 이들이 노근리사건을 일으킨 주범들이야. 버디 웬젤도 제7기병연대 소속이고.

1950년 7월 19일 '딘 소장 구하기 33인의 열차작전'이라는 게 있었대. 결사대 서른세 명은 미군 특공대로 구성된 정예부대원들이었어. 19일이면 대전 시내에서 딘 소장이 북한군에게 왕창 깨지고 있을 때야. 김재현 기관사를 포함한 한국 기관사 세 명이 이원역에서 미군 결사대 서른세 명을 석탄열차 급수대에 태우고 대전역으로 돌진하던 중 북한군에게 습격을 당해. 한 명의 병사만 살아남고 그 자리에서 모조리 전사했어. 이 일로 미군들은 열이 오를 대로 바짝 올랐지. 그래서 노근리사건도 일어난 거고.

딘 소장은 BBC 다큐에서 버디 웬젤이 잠깐 언급했던 그 작자야. AP통신의 찰스 헨리 기자를 찾으려고 김성민 기자와 여러 번 통화하다 보니 노근리사건의 실마리가 풀리더군.

딘 소장은 대전전투 때 대전을 사수할 수 없을 것 같으면 위에서 뭐라고 했든 영동으로 재깍 후퇴를 했어야지, 미련하게 대전 바닥에서 뭉개며 싸우다가 자기 병사를 죄 죽인 모양이더라. 미군 병사들은 기껏해야 열아홉, 스무 살짜리 어린애들이었어. 걔네가 무슨 잘못이 있어? 그러고는 딘 소장이 실종돼. 영동으로 가야 할 놈이 멍청하게 진안까지 내려가서 적에게 붙잡히고 말지. 하여간 장군이란 놈이 모양 빠지게 데데해가지고는. 인터넷으로 찾아봤더니 낯짝은 멀쩡하게 생겼더만.

딘 소장, 이 자는 1948년 4·3 제주항쟁과 여순반란사건이 일어났을 때 우리나라에서 미군정장관으로 복무했어. 그때 미군이 한국군 작전권을 가지고 있었으니 딘이 최고 결정권자인 셈이지. 이놈이 빨갱이로 몰아 죽인 제주도민만 해도 오만 명이야. 그렇다면 이놈 땜에 죽은 사람이 도대체 몇 명일까? 여순반란사건 희생자, 제주항쟁 희생자, 대전전투 희생자, 열차작전 희생자, 노근리사건 희생자…… 셀 수도 없어. 딘 소장은 대전전투에 패하고 실종된 뒤 삼십육 일 동안 산속을 헤매다가 북한군에게 포로로 잡혔어.

자, 선배 여기서 한번 생각해봐. 딘 소장 구하기 열차작전에 참가한 미군 결사대가 서른세 명이고 한국 기관사 세 명을 포함하면 석탄열차에 탄 인원이 전부 서른여섯 명이야. 딘 소장도 실종되어 삼십육 일 동안 우리나라 산속에 고립되어 있었고. 딘 소장은 이런 방법으로 서른여섯 명의 목숨 값을 차근차근 갚은 건지도 몰라.

선배, 내 추리 어때? 소름이 막 돋지.

아래는 미군의 한국전쟁 관련 문서들이야. 찰스 헨리 기자가 소장하고 있던 걸 팩스로 보내준 거야. 영동 방어선이 붕괴될 무렵의 문서여서 이걸 보면 노근리사건이 어떻게 일어나게 됐는지, 많은 부분 이해가 될 거야.

(문서 1)

1950년 7월 24일, 미 제1기병사단 제8기병연대 통신일지.

"어떤 피란민도 미군 방어선을 넘지 못하게 하라. 전선을 넘으려는 사람은 모두 사살하라. 어린이와 여자들은 재량권을 부여한다."

(문서 2)

1950년 7월 25일, 미 8군 사령관 월튼 워커 중장의 명령서.

"어떤 피란민도 미군 방어선을 넘지 못하게 하라."

(문서 3)

1950년 7월 25일, 미 제5공군 작전참모부장 터너 로저스 대령이 사령관 팀버레이크 준장에게 보낸 메모.

"왜 피란민을 항공기로 공격하는가? 피란민 공격금지 지침을 수립할 것을 건의하는 바이다."

(문서 4)

1950년 7월 26일, 주한 미 대사인 존 무초가 미 국무부 딘 러스크 차관에게 보낸 서한.

"이 시각부터 피란민들의 미군 방어선 통과를 금지한다. 방어선에 접근할 경우 경고사격 후 총격을 가하라."

(문서 5)

1950년 7월 27일, 미 제25보병사단장 윌리엄 킨의 명령서.

"이 지역에 보이는 모든 민간인은 적으로 간주하고 그에 합당한 조치를 취하라."

(문서 6)

1950년 7월 29일, 미 제1기병사단 제61야포대대의 전투일지.

"이제부터 보이는 자는 모두 적으로 간주한다."

미 국립문서기록관리청에 보관된 문서는 이게 전부야. 찰스 헨리 기자 말로는 미 국립문서기록관리청에 남아 있던 문서 중 결정적인 문서 한 장이 사라졌다는군. 찰스 헨리 기자는 그 사실을 취재중에 알게 됐다고 했어. 그렇다면 사라진 나머지 한 장의 문서에 대한 의문이 남지? 사라진 문서는 1950년 7월 26일 오후부터 29일 아침까지 나흘 동안 한국 피란민이 갇혀 있었던 노근리 쌍굴에 관한 기록이 아니었을까?

결정적인 그 문서는 누구의 손에 의해 사라졌을까?

왜?

무엇 때문에?

선배, 이때 미군은 이미 인천상륙작전 계획을 세우고 있었어. 1차 작전명이 '블루하트(Blue Heart)'야. 새끼들, 푸른 심장이라니. 작전명이 의미심장하지 않아?

블루하트 작전은 1950년 6월 29일 한강 방어선을 시찰하던 맥아더가 구상한 작전이야. 그는 태평양전쟁 때도 여러 번의 상륙작전으로 승리를 거뒀던 경험이 있었어. 이날 맥아더는 일본에 있는 미 제24사단을 수원에 투입해 북한군의 남진을 저지하면서 미 제1기병사단을 인천에 상륙시켜 북한군의 뒤를 칠 생각이었지. 맥아더가 세운 블루하트 작전의 디데이가 7월 22일이었어.

하지만 제24사단장인 딘이 부대를 이끌고 한국으로 출발하기 전, 일본에서 급파한 스미스 부대가 오산에서 대패하고 북한군의 계속된 남진으로 블루하트 작전은 7월 10일자로 취소돼. 블루하트 작전대로라면 인천으로 상륙해야 할 미 제1기병사단이 선배 고향인 충북 영동에 투입된 셈이지. 딘 소장마저 대전전투에서 패하자 7월 23일 맥아더는 미 합동전략기획단에게 2차 작전을 비밀리에 계속 연구하라고 지시해. 다음날 노근리에 있던 미 제1기병사단에도 강경한 작전지침이 하달되기 시작하지. 어떤 피란민도 미군 방어선을 넘지 못하게 하라. 전선을 넘으려는 사람은 모두 사살하라고.

미 합동전략기획단은 7월 23일부터 블루하트 작전을 계속 연구해서 발전시켰어. '계획 100-B' '계획 100-C' '계획 100-D' 세 개의 방안을 놓고 고민하던 중 '계획 100-B'가 8월 12일 최종 선택되거든. 그게 낙동강에서 반격해 인천으로 상륙한다는 크로마이트(Chromite) 작전이야. 크로마이트 작전은 8월 28일 미 작전본부로부터 승인을 받지. 그리고 9월 15일 연합군은 인천에 성공적으로 상륙해.

그러니까 노근리사건이 일어날 무렵 맥아더가 세운 제1차 블루하트 작전은 무산됐지만 제2차 크로마이트 작전의 연구는 진행되고 있었어. 위의 한국전쟁 당시 작성된 노근리 관련 문서는 그걸 감안하고 읽어야 돼.

이건 여담인데 선배가 흥미를 느낄 만한 이야기이기도 해.

한국전쟁 때 제임스 미치너라는 미국의 한 신진 소설가가 해병으로 복무중이었어. 1952년 여름 『라이프』지의 도쿄 지사에서 파견한 특사가 제임스 미치너를 찾기 위해 수송기를 타고 전란에 휩싸인 한국으로 날아와. 제임스 미치너는 해병소대와 함께 우리나라의 산골짜기 전방초소에서 북한군과 싸우고 있었어. 우여곡절 끝에 제임스 미치너를 만난 특사의 손엔 헤밍웨이가 막 끝낸 소설 『노인과 바다』의 가제본이 쥐여 있었지.

그 무렵 헤밍웨이는 슬럼프에 빠져 전작들에 비해 수준이 현저히 떨어지는 일테면 『강 건너 숲속으로』 같은 소설을 쓰고 있었고, 평론가들은 헤밍웨이의 소설이 시원찮다며 씹어댔어. 심지어 헤밍웨이가 더이상 글을 쓸 자격이 있는지 의문을 제기하던 평론가도 있었어. 그럴 즈음 『라이프』지는 헤밍웨이의 소설 한 편만 특집으로 실을 계획이었던 거야. 이 모험을 하기 위해서는 대대적인 홍보가 필요했지. 『라이프』지 특사는 막 작가로 입신한 신진 소설가에게 『노인과 바다』에 대한 주례사 비평을 부탁하러 한국의 전선까지 수송기를 타고 날아왔던 거야. 『라이프』지는 『노인과 바다』의 가제본을 육백 부나 만들어 미국과 유럽 전역에 뿌렸지만, 코너에 몰린 헤밍웨이를 응원하는 글을 쓸 작가와 평론가가 드물었거든.

특사가 제임스 미치너에게 말했대. 『노인과 바다』의 가제본은 당신 외엔 아무도 보지 않은 것이니 제발 목숨처럼 소중히 간수해달라고. 1952년 여름이면 중공군의 춘계공세가 끝나고 전선이 교착된 상태에서 휴전회담이 진행될 때였어. 하지만 전방초소에서는 산발적인 전투가 있었던 모양이야.

제임스 미치너는 우리나라 외진 산간지방의 해병대 초소의 불빛에 의지해 『노인과 바다』의 가제본을 읽기 시작했대. 『노인과 바다』를 다 읽은 그는 세기의 걸작이 탄생했다는 걸 그 즉시 알았대. 그는 유일한 가제본을 분실할까봐 침구 밑에 감추어두고 밖으로 걸어나갔어. 캄캄한 밤중에 총성이 간간이 들리는 우리나라의 산골짜기를 거닐며 흥분을 가라앉혔지.

그러곤 초소로 들어와 『노인과 바다』가 걸작임을 알리는 글을 요란하게 썼고, 『라이프』지는 그의 글로 『노인과 바다』를 대대적으로 홍보하기 시작했어. 『라이프』지는 엄청난 판매고를 올렸고, 책으로 출판된 『노인과 바다』는 세계적인 베스트셀러가 되었지. 헤밍웨이는 그 기세를 업고 노벨문학상까지 받았어. 이 모든 게 한국의 전선에서 일어났던 일이야. 그러고 보면 한국전쟁은 여러모로 참 치열했어. 그치?

오늘은 아쉬운 대로 여기까지.

자나 깨나 완전훈남 박.

박의 메일을 읽고 나니 국군과 미군의 급박했던 후퇴경로가 머릿속에 펼쳐졌다. 1950년 수세에 몰린 미군이 은밀히 추진하던 블루하트 작전과 크로마이트 작전, 작전의 틈바구니에서 일어난 노근리사건. 한국전쟁 당시 남과 북 그리고 미국과 소련과 중국의 형편과 입장, 그때부터 지금까지 이어지는 한미동맹관계. 머리가 지근지근 아팠다.

과연 미국은 한국의 수호자인가? 아니면 자신의 이익을 지키기 위해 한국을 이용한 지배세력인가? 미국에 대한 평가는 개인의 정치적인 성향을 확정한다. 미국을 어떻게 보느냐에 따라 진보와 보수로 나뉘고 정치적인 적수로 대립하게 된다. 그때나 지금이나 미국은 여전히 뜨거운 감자이고 펄펄 끓는 국이다. 잘못 먹으면 입천장을 데기 쉽다. 한국전쟁의 큰 흐름을 짚는 역할은 박에게 맡기고 나는 노근리사건에 집중하기로 했다. 그게 효율적일 것 같았다.

한데 제임스 미치너가 『노인과 바다』의 가제본을 읽었던 곳은 어딜까? 1952년 여름 한국의 전방초소라면 지금의 휴전선 부근일 텐데. 어쩌면 거대한 출판단지가 들어선 파주일 수도 있다. 파주의 어떤 출판사에서든 헤밍웨이의 번역본을 출간했을 테고, 제임스 미치너가 『노인과 바다』를 읽고 있던 바로 그 자리에서 훗날 누군가 『노인과 바다』의 교정지를 들고 있었을 수도 있다. 만약 그렇다면……? 전장에는 삶과 죽음, 죽음만큼이나 강렬하게 불타오르는 사랑만 있는 줄 알았는데. 술이 간절히 그리웠다. 찾아보니 갈비를 재울 때 쓰려고 묵혀둔 청주 반병만 부엌의 양념통 옆에 덩그러니 놓여 있을 뿐이다. 할아버지와 서산댁은 술을 마시지 않았다. 설혹 마신대도 오늘은 그들과 술을 마시고 싶은 기분이 아니었다.

나는 긴팔의 얇은 면 카디건을 꺼내 입고 집을 나섰다. 밤 열시가 지났을 뿐인데 상점들이 거반 문을 닫았다. 흐린 가로등이 드문드문 켜진 큰길엔 인적이 끊겨 있었다. 상점 뒤로 이어지는 무논에서 개구리 울음소리가 들려왔다. 명신상회마저 문을 닫았다면? 그렇다면 오늘밤에 술을 사긴 어려울 것이다. 나는 114에 전화해 월류다방의 번호를 물었다. 윤자는 한참 만에 전화를 받았다.

"진경이구나."

"다방에 손님 있니?"

"이 시간에 손님은 무슨 손님, 역전다방은 막차가 끊기는 시간이 문 닫는 시간이야. 나도 다방 정리 끝내고 방으로 들어가려던 참이야."

"윤자야, 나랑 술 한잔할래?"

“뭐, 술? 순 깍쟁이 같은 애가 웬일이라니. 어쨌든 우리 다방으로 와라. 술은 여기도 많으니까.”

나는 서둘러 전화를 끊고 삼거리를 지나 역 광장으로 올라갔다. 월류다방의 셔터로 된 덧문이 절반가량 내려져 있었다. 허리를 구부리고 덧문을 통과해 다방 안으로 들어갔다. 윤자는 주방에 있었고, 가스레인지 위에선 냄비에 든 내용물이 소리를 내며 끓고 있었다.

“웬 생선 냄새니?”

“저녁 때 먹은 조기찌개를 데우는 중이야. 얘, 먹던 찌개라고 찝찝해하진 마라. 국자로 덜어 먹은 거라 금방 끓인 것과 다름없어. 과일도 있으니 안주는 이걸로 충분하겠고, 술은 어떤 걸로 할까? 소주, 맥주, 집에서 담근 버찌술도 있어.”

윤자가 냉장고에서 수박과 참외를 꺼내며 말했다.

“소주가 좋겠는데.”

“진경이 너 술은 좀 하니?”

“애주가는 아니어도 웬만큼 마시는 편이야.”

“모처럼 마음에 드는 말이네.”

윤자가 다방의 조명을 조도가 낮은 붉은 등으로 바꾸자 실내가 금세 푸줏간처럼 변했다.

“진경아, 어디서 마실래? 아무래도 저쪽 창가가 좋겠지.”

“빨간 불빛 아래서 무슨 술맛이 나겠냐. 술은 그저 다리를 뻗고 앉아서 마셔야 제맛이지.”

“그럼 방으로 가야겠다. 오랜만에 분위기 좀 잡아보려고 했더니. 이제야 말이지만 너 처음 만났을 땐 무지하게 재수 없었어.”

"너만 그런 게 아냐. 다들 그렇게 말하곤 해."

"아우, 어떡하니. 난 점점 네가 좋아진다, 얘."

윤자가 활짝 웃으며 내 어깨를 쳤다. 손이 되게 매웠다. 윤자는 술과 안주를 쟁반에 담더니 주방 안 쪽문을 밀었다. 쪽문 옆엔 화장실과 창고가 있었다. 쟁반을 든 윤자를 따라 침침한 복도를 몇 발자국 걷자 바닥이 우묵하게 들어간 곳에 쪽마루 딸린 방이 보였다. 우리는 쪽마루를 지나 방으로 들어섰다.

노란 비닐장판이 깔린 방은 작은 편인데도 작아 보이질 않고 되레 아늑하게 느껴졌다. 화장품과 머리핀 등 여자들이 쓰는 생활용품이 아기자기하게 정돈되어 있어서 그런지도 모른다. 벽엔 딸딸이 아줌마 외엔 아무도 입지 못할 비즈가 달린 화려한 블라우스가 몇 벌 걸려 있었다. 옆으로는 제법 큰 창문이 있었는데 창문 너머가 바로 초강이었다. 열린 창으로 초강의 모습이 적나라하게 드러났다.

"반짝반짝한 옷 하며, 너희 어머니는 여전하시네."

"그러게. 할머니가 돼서도 여전히 반짝이 옷만 찾으신다. 이 옷들을 보면 날 내돌리며 함부로 키운 옛일이 생각나서 울컥할 때가 있어. 하지만 어쩌겠니. 그 또한 우리 엄마의 성격이고 취향인데 봐줘야지."

"넌 진짜 어른이 된 것 같다. 어머닌 어딜 가셨니?"

"이모가 대전 을지병원에 입원하셨어. 거기 며칠 계신대. 진경아, 그렇게 서 있지 말고 이리 와서 앉아. 방 안 무너진다."

벽에 기대앉자 윤자가 소주를 유리잔에 찰랑거리게 따랐다. 우리는 열린 창으로 초강을 내다보며 주거니 받거니 술잔을 비웠다. 윤자는 술을 마시는 틈틈이 과일을 깎았고, 나는 콩국수를 먹다 만 탓에 출출

한 배를 조기찌개로 채웠다. 윤자의 음식솜씨가 제법이었다. 간조기로 끓이면 짜기 쉬운 찌개가 조금도 짜지 않았고 비린내도 나지 않았다. 앙증맞게 생긴 소주잔이 내 앞에 놓였다가 윤자에게 건너가기도 했다. 윤자와 소꿉놀이를 하고 있는 기분이었다. 불현듯 어느 봄날에 윤자와 했던 소꿉놀이가 떠올랐다.

"윤자야, 생각나니? 나랑 했던 소꿉놀이."

윤자도 그 소꿉놀이가 기억난다고 했다.

"한갓진 어느 담벼락 밑이었어. 서로 엄마를 하겠다고 우기는 바람에 아빠는 없고 엄마만 둘인 이상한 봄날의 소꿉놀이였지. 그래도 두 엄마들은 사이좋게 풀을 뜯어 밥상을 차렸지, 아마?"

"맞아. 그때 우리는 시대를 앞지르며 새로운 가족상을 창조했었지. 천편일률적인 가족형태에 회의를 느낀 것도 아닌데 말이야."

"그게 또 말이 그렇게 되나."

윤자가 눈웃음을 치며 빈잔에 소주를 따랐다. 나는 다리를 뻗고 앉아 윤자가 따라준 소주를 들이켰다. 뒷맛이 달았다. 초강에서 바람이 불 때마다 창에 묶인 커튼이 춤을 추듯 휘날렸다. 창이 큰 탓인지 취기 탓인지 시간이 흐를수록 연하늘색의 강물이 넘실거리며 방 안으로 흘러드는 것만 같았다. 우리는 벌써 소주를 두 병째 비우고 있었다.

"이 방이 겨울엔 외풍이 심해도 여름이면 천국이나 다름없어."

윤자가 풀린 눈으로 방 안을 둘러보며 말했다. 초강을 따라 늘어선 삼거리의 가겟방들은 강과 벽 하나를 사이에 두고 있었다. 그런 탓에 겨울이면 강바람이 세찼고 여름엔 더할나위없이 시원했다. 금상교에서 보면 초강을 끼고 늘어선 삼거리 상점들의 뒷모습이 적나라하게 드러났다. 상점 뒤편에는 초강으로 내려오는 계단이 하나씩 나 있었다. 삼거리 상점의 여주인들은 이른 아침이면 계단을 내려와 흐르는 물에 세수를 하고 요강을 씻었으며 계단참에 주저앉아 이불빨래를 했다. 그래서 볕이 뜨거운 여름철엔 강변이 펄럭이는 이불잇으로 하얗게 덮이곤 했다.

"여기 누우면 강변에 누운 것 같아서 잠이 오질 않아. 두꺼운 커튼을 쳐야 긴 잠을 잘 수가 있거든. 여름밤엔 창 쪽으로 돌아누우면 밤목욕하던 여자들이 보이곤 했어."

"정말?"

윤자의 말을 듣곤 창가로 자리를 옮겼더니 여자들이 밤목욕을 하던 초강 언덕이 보였다. 거긴 마을 사람들이 모이던 금상교에서도 한참이나 떨어진데다 외진 곳이었다. 초강 언덕이 병풍처럼 뒤를 가려주기 때문에 여자들의 밤목욕 장소로는 그만이었다. 덥고 눅눅한 여름밤이면 저마다 대야를 옆구리에 낀 여자들이 초강 언덕으로 몰려가곤 했다. 언덕 아래 흐르는 초강은 수심이 깊고 물결이 잔잔했다. 강둑에 일렬로 늘어선 삼거리 상점들이 앞다투어 전구를 켜는 밤이면 주홍색 불빛이 초강에 점점이 뿌려졌다. 전등의 불빛이 낙화한 꽃잎처럼 붉게 떠서 흐느적거리는 밤의 초강에서 몸을 깨끗이 씻은 여자들은 옷을 갈아입고 머리를 말리느라 언덕에 한참 앉았다 가곤 했다. 그럴 때면 강 건너 들녘에서 풍기는 배릿한 보리향이 밤바람에 실려왔다.

"마을 여자들 중 누구 몸이 제일 예쁘든?"

내가 장난하듯 윤자에게 물었다.

"밤이라 목욕하는 여자들의 알몸을 구별하긴 힘들어. 누렇거나 검은 피부를 가진 여자들은 어둠 속으로 스며들어 몸의 윤곽이 보이질 않지. 하지만 인영 아줌마의 몸은 그믐밤에도 보였어. 달 뜬 밤이면 인영 아줌마의 몸에선 뽀얗게 빛이 났었으니까."

"인영 아줌마는 미인이었지."

"몸매 하난 기가 막혔다만 미인이랄 것까지야."

"얼굴이 아련한 데가 있잖아."

"그 아줌마 분위기가 독특하긴 해. 그래도 얼굴은 기훈 할아버지가 갑이지. 마약만 하지 않았으면 기훈 할아버지가 아깝다고들 했어."

"난 인영 아줌마가 나은 것 같은데."

"어? 너도 인영 아줌마라고 부르는구나. 기훈 할아버지와 인영 아줌마, 어째 호칭이 이상하지 않니?"

"인영 할머니라고 해야 맞는데 할머니로 보이진 않잖아."

"그건 그래. 진경이 넌 기훈 할아버지의 여자 본 적 있니?"

"아니, 소문으로만 들었어."

"난 어릴 때 우리 다방에서 그 여잘 봤어. 굉장히 천박해 보이는 여자였어. 기훈 할아버지가 인영 아줌마에게 상처주려고 일부러 저런 여자를 골랐나 싶었는데, 기훈 할아버지가 그 여자를 진심으로 좋아하는 것 같더라고. 그러고 보면 남녀 문제는 당사자 외엔 통 알 수가 없는 거더라."

윤자는 내게 묻고 싶은 말이 있을 것이다. 항간에 떠도는 소문을 확인하고 싶을지도 모른다. 그러나 돌려 말할 뿐 직접 묻지는 않았다. 박기훈은 친구인 김태혁을 배신하고 서인영과 결혼했다. 결혼한 뒤에도 그는 약을 끊지 못했고 여러 여자를 거쳤다. 폐인생활을 계속하는 아들을 보다못한 막손은 박기훈을 집에서 쫓아냈다. 막손 처가 이 세상 사람이 아니어서 가능한 일이었다. 집에서 쫓겨난 박기훈은 전국을 떠돌며 허랑하게 살기 시작했고, 막손은 도정상회를 비롯한 전 재산을 며느리인 서인영에게 넘기고 죽었다. 마을에 해괴한 소문이 나돈 건 그때부터였다.

—박기훈은 일 년에 한 번 어머니 제사에 참석하기 위해 집으로 오는데, 그때마다 같이 살던 여자를 데리고 온다더라.

—박기훈은 여자를 월류다방에 앉혀둔 채 집으로 가서 제사를 지낸 뒤, 그 여자를 집에 불러들인다더라.

—박기훈은 제사를 지내고 나면 다른 방도 아닌 서인영의 옆방에서 그 여자와 자고 간다더라.

—박기훈은 그 여자 없이는 하룻밤도 못 잔다는 얘긴데, 서인영이 언제까지 그 수모를 견디기만 하겠는가.

—참다못한 김태혁이 박기훈을 늘씬하게 때려눕혔다더라.

—김태혁이 서인영을 데리고 밤도망칠 날이 멀지 않았다고 하더라.

—서인영이 따라오지 않으면 김태혁은 서인영을 죽여서라도 그 집에서 빼내려 한다더라.

이런 소문이 꼬리에 꼬리를 물었다. 집안 내력부터가 흥미로운 두 사람. 김태혁과 박기훈의 출생과 사랑, 우정과 배신에 관한 소문이 기괴한 형태로 부풀려져 사람들의 입을 타고 떠돌았지만 정작 그것을 확인한 사람은 없었다. 왜냐하면 그 일은 탱자 울타리 사이에서 은밀하게 일어났거나, 일어나지 않았을지도 모르는 일이기 때문이다.

내시 집안은 대문이 높아 출입이 자유롭지 않았고, 도정상회의 안채인 적산가옥은 도정상회에서 기역자로 꺾어지는 골목을 따라 조금 들어간 곳에 있었다. 밖에서 훔쳐보려고 해도 두 집이 울창한 탱자나무에 가려져 보이지 않았다. 거기에 숨은 듯이 살고 있는 박기훈과 서인영, 김태혁 세 사람의 의문에 쌓인 근황은 사람들의 호기심을 자극할 수밖에 없었고, 소문은 여름밤마다 팥죽처럼 끓어올라 밤목욕을 마치고 초강 언덕에서 머리를 말리던 여자들의 입과 입으로 옮겨다녔다. 밤목욕 하는 서인영의 알몸이 달빛에 희디희게 부풀어오를수록 소문은 맥락 없이 퍼져나갔고, 조재벽 대접주의 영웅담에 물린 금상교 밑 아이들의 귀에도 전해졌다.

그래서였던가.

캄캄한 밤에 탱자 울타리에서 할아버지를 본 기억이 있다. 내가 별채에 기거하던 때였으니 초등학교에 다닐 무렵이었다. 유아기 때는 서산댁과 안채에서 지냈고, 초등학교 땐 혼자 별채를 썼다. 서울에서 중학교를 다니면서부터 시골에 내려오면 사랑채에 묵었으니 시기가 대략 그쯤 되었을 것이다.

나는 한밤중에 눈을 떴다. 별채로 옮긴 지 얼마 되지 않았을 때였다. 혼자 자는 탓에 별채가 무섭기도 하고 낯설기도 해서였다. 잠기운이 묻은 눈을 끔벅거리며 일어났더니 탱자 울타리가 있는 안채 뒷마당에서 두런거리는 소리가 들렸다. 별채는 안채와 마주보게 배치되어 안채 뒷마당이 곧 별채의 앞마당이었다. 왜 그랬는지는 모르지만 우리는 탱자 울타리가 있는 후원을 별채의 앞마당이라 부르지 않고 늘 안채의 뒷마당이라고 불렀다. 나는 두런거리는 소리에 이끌려 방문을 열고 안채 뒷마당으로 나갔다.

쌀쌀한 바람이 부는 늦가을밤이었다. 창백한 하현달이 할아버지의 등을 희끄무레하게 비추고 있었다. 할아버지가 탱자 울타리 너머 도정 상회 쪽을 향해 무슨 말을 중얼거렸다. 나는 별채 모퉁이에 서 있었고, 할아버지는 상추와 고추가 심긴 채마밭 건너 탱자 울타리 앞에 있었기 때문에 할아버지의 목소리가 바람 소리에 섞여 희미하게 들렸다.

"인영아, 멀리 가자. 전부 버리고 가자."

그 소리 끝에 으윽으윽, 하는 축축한 신음소리가 묻어 들렸다. 울고 있는지, 할아버지가 한정 없이 느리게 말을 했는데 울타리 건너편에선 묵묵부답이었다. 하현달이 희뿌옇게 비치는 밤이어서 반들거리는 탱자잎들이 그날따라 시커멓게 보였다.

"인영아."

할아버지가 연거푸 불렀고 탱자 울타리 건너편에선 대답이 없었다. 탱자잎이 바람에 나부끼는 소리만 들릴 뿐이었다. 어린 나이였는데도 나는 그게 어떤 상황인지 분명하게 알았다. 또한 내가 지금 할아버지에게서 버려지고 있다는 것도 알았다. 증조모는 죽은 엄마가 그리워서 날마다 눈가가 짓물렀다. 나 같은 아이는 증조모의 안중에도 없었다. 날 유일하게 돌봐주던 할아버지마저 인영 아줌마에게 빼앗긴다면 나는 정말이지 아무 데도 갈 곳이 없었다.

"인영아, 너를 어쩌면 좋으니."

할아버지의 등이 앞으로 푹 꺾였을 때, 뜨뜻한 물이 발등 위로 줄줄 흘러내렸다. 나는 사내아이처럼 선 채로 오줌을 싸고 있었다. 엄마에게서 버림받은 나는 증조모에게도 버림받고, 할아버지에게마저 버림을 받는구나. 한번 버려진 아이는 줄줄이 버려지는구나. 깨진 유리 조각이 여린 가슴을 긋고 지나가는 것 같았다. 막막함과 두려움, 인영 아줌마를 향한 주체할 수 없는 분노를 느꼈는데, 그것은 연적을 향한 질투와 흡사한 감정이었다. 생애 최초로 내 전 존재를 건 맹렬한 질투였다. 질투의 불꽃이 걷잡을 수 없는 기세로 타올라 우리 집과 도정상회를 몽땅 태우고 할아버지 또한 그 불꽃에 속수무책으로 타버릴 것 같았다.

탱자 울타리 앞 채마밭은 증조모가 소일 삼아 가꾸셨는데, 증조모는 솎아낸 풀을 번번이 "에이, 망할 놈의 집구석" 하며 울타리 너머 도정상회 쪽으로 집어던지곤 했다. 나도 할 수만 있다면 채마밭에서 풀을 솎아내듯이 인영 아줌마를 솎아내어 지구 밖으로 팽개쳐버리고 싶었다.

나는 젖은 바지가 살에 닿을까봐 엉덩이를 빼고 어기적어기적 걸어서 안채로 들어갔다. 별채로 옮긴 지 얼마 되지 않아 발길이 익숙한 안채로 향한 탓이다. 심상찮은 기척에 서산댁이 방에서 나왔다. 마루 끝에 오들오들 떨며 서 있는 날 발견한 서산댁이 비명을 지르기 시작했다.

"에구머니나! 야가 각중에 왜 이런댜. 가위에 눌렸나? 안 싸던 오줌을 다 싸고! 이런, 몸이 꽁꽁 얼었네."

서산댁의 입을 틀어막고 싶었다. 그러나 키가 작아서 서산댁의 입에 손이 닿지 않았다. 안채의 불을 밝힌 서산댁은 축축한 바지를 벗긴 뒤 날 담요로 감싸안았다. 그러고는 기응환을 찾는다며 집 안을 발칵 뒤집었다. 그때 안채를 지나가던 할아버지가 금방이라도 울 것 같은 표정으로 바라봤다. 할아버지의 눈이 물 빠진 개펄처럼 검고 탁했다. 희망이라곤 없는 눈으로 날 멀거니 쳐다보던 할아버지가 허청허청 걸어 안채를 빠져나갔다.

인영아 도망가자, 라고 했던 할아버지의 말. 탱자 울타리 건너편에 인영 아줌마가 서 있었다는 것은 착각일 수도 있다. 내 뇌가 전하는 거짓정보일 수도 있었다. 사람은 자기가 기억하고 싶은 것만 기억하니까. 왜곡된 정보를 진실이라고 착각할 수도 있다. 하지만 내가 오줌을 쌌다는 것, 날 바라보던 할아버지의 일그러진 얼굴과 희망이라곤 없어 뵈던 떼꾼한 눈만은 지금도 생생하게 기억한다.

그때 할아버지를 인영 아줌마에게 가지 못하도록 붙든 것은 이 집도 증조모도 아닌, 겁에 질려 선 채로 오줌을 싼 나였다. 그때부터 할아버지의 불행을 먹고 자란다는 생각에 내 몸에 살이 붙지 않았다. 서산댁이 철마다 갖은 보양식을 해줬지만 모두가 허사였다. 나는 일회용 나무젓가락처럼 빼빼 마른 아이로 자라났다.

"윤자야…… 자니?"

열린 창으로 쾌적한 강바람이 불어왔다. 눈이 자꾸 감겼다. 휑뎅그렁한 시골집이나 서울의 아파트와는 다른, 유년의 은밀한 추억을 간직한 방이, 그 방의 노란 비닐장판이 등을 잡아당겼고 땅 밑 아득한 곳으로 무섭게 날 빨아들였다. 작고 오래된 집이 아늑하다는 걸 윤자의 방에 누워보고 나서야 나는 알았다.

"집에 가야 되는데 눈꺼풀이 무거워."

"자고 가라."

"윤자야…… 뻬들네 아줌마에게 언니가 있었다는 것, 알고 있었니?"

"뻬들네 아줌마에게 언니가 있었나? 그 아줌마 고아잖아."

"명희라는 언니가 있었대."

"넌 별걸 다 아네."

윤자가 돌아누우며 낮게 웅얼거렸다. 그날 밤 꿈을 꾸었다. 하루가 다르게 하늘로 뻗어나가던 탱자 울타리가 무게를 이기지 못하고 기우뚱 무너지는 꿈이었다. 내가 탱자 울타리에 깔려 허우적거리고 있었다. 벗어나려고 손발을 휘저을 때마다 탱자 울타리가 내 쪽으로 기울어지면서 한 뼘씩 쑥쑥 자라난 탱자 가시에 얼굴이며 배를 사정없이 찔렸다. 순식간에 온몸이 피투성이로 변했다. 놀라서 새벽에 눈을 떠보니 윤자의 넓적다리가 내 배 위에 떡하니, 올라와 있었다.

9. 김태혁
당신은 왜 여기 있소

요 며칠 마음이 수선했다. 끝까지 묻고 갈 수는 없는 일이지만 막상 진경이에게 털어놓고 나니 마음의 갈피를 잡을 수 없었다. 진경이가 말한 BBC 다큐를 나도 봤다. 버디 웬젤이 변한 탓에 하마터면 그를 알아보지 못할 뻔했다. 그는 방송에서 날 보고 싶지 않다고 했다. 나 역시 그를 보고 싶지 않았다. 한국전쟁이 버디 웬젤의 인생을 파괴했듯이 우리 세 사람의 인생도 송두리째 바꿔버렸다.

전쟁 전엔 방학 때마다 기훈이가 내려오면 우리는 항상 붙어다녔다. 기훈은 섬세한 성격이어서 작은 일에도 곧잘 상처를 받곤 했다. 나는 기훈의 특질을 존중해주었고 나와는 전혀 다른 그의 여성적인 면에 끌렸다. 우리는 가까운 초강의 강변을 산책하거나 자전거를 타고 마을에서 일 킬로미터 떨어진 거리에 있는 월류봉에 가기도 했다. 우리의 몸이 훌쩍 커버려 탱자 울타리엔 들어갈 수가 없었다.

월류봉의 봉우리 사이로 저녁놀이 지면 기훈은 눈을 가늘게 뜨고 홀린 듯이 그것을 쳐다보곤 했다. 나는 저녁놀을 보는 대신 옆에 앉은 기훈의 얼굴을 흘끔거릴 때가 많았다. 하늘에 엷게 번지던 노을이 점점 붉게 타오를수록 이목구비의 윤곽이 짙어져, 기훈의 얼굴은 솜씨 좋은 조형예술가가 빚은 조각상처럼 보였다. 갑자기 불어온 바람에 머리칼이 흐트러지면 기훈의 손보다 내 손이 먼저 그의 머리에 닿을 때가 있었다. 기훈의 머리칼을 넘겨주다가 벌게진 얼굴로 손을 내린 적도 있다. 어쩌다 내 손에 기훈의 손이 닿으면 찌르르한 전율을 느꼈고 심장이 몹시 두근거렸다. 그럴 때마다 겨자가 든 송편을 멋모르고 깨문 사람처럼 입안엔 쓴 침과 신 침이 고였고 말할 수 없이 기분이 나빠졌다.

이런 내 마음의 분란은 사춘기 사내애들이 빠지기 쉬운 우정과 사랑의 중간 형태쯤에 속하는 감정으로부터 온 것이라고 해두자. 그러나 인영을 향한 기훈의 마음을 종잡을 수가 없으면 나는 불같은 질투에 휩싸였다. 아무것도 아닌 일로 트집을 잡으며 인영을 괴롭히기도 했다. 그것이 인영에 대한 사랑 때문인지 우정을 저버린 기훈 때문인지 가끔 헷갈렸다. 그러던 중 한국전쟁이 터졌고, 전쟁이 끝난 후 우리는 전처럼 어울리거나 교류하지 않았다. 기훈과 나, 인영은 제각각 견고한 댐에 갇혀 고인 물처럼 살았다. 시간이 낮게 드리운 먹구름처럼 느리게 흘러갔다. 흐르던 물이 고이면 이끼가 끼고 상하기 마련이다. 우리 셋 중 가장 먼저 상한 건 기훈이었다.

한국전쟁이 끝난 1950년대 초반만 해도 농가엔 별다른 약이 없었다. 집집마다 고추밭에 양귀비를 열댓 포기씩 몰래 재배했다. 흔히 앵속이라고 부르던 양귀비의 열매가 익으면 줄기와 잎, 열매까지 알뜰히 거둬 가마솥에 넣고 끓였다. 적당히 끓인 후 건더기를 건져내고 남은 유액을 조청처럼 걸쭉해질 때까지 달여 꿀단지에 담아두었다. 사람과 집에서 키우던 짐승이 아프면 그 유액을 만병통치약처럼 쓰던 어두운 시절이었다.

노근리 쌍굴에서 살아나온 막손 처는 놀란 가슴을 진정하기 위해 양귀비의 유액을 반사발가량 마신 후 기훈에겐 한 사발을 줬다. 명석한 두뇌에 빼어난 외모를 겸비한 기훈은 막손 처의 자부심이자 모든 것이었다. 양귀비의 유액을 반사발 마신 막손 처는 얼굴이 벌겋게 달아오르고 호흡이 가빴으나 기훈은 멀쩡했다. 젊은 애여서 약발이 잘 받는다며 막손 처는 다음날에도 양귀비의 유액을 기훈에게 한 사발 더 먹였다. 그때부터 기훈은 아편에 빠져 살았다.

"태혁아, 우리 기훈이가 암만해도 이상혀."

막손 처가 죽을상을 하고 우리 집으로 찾아왔을 땐 시기가 늦어버렸다. 도정상회로 건너가보니 기훈이가 방에 널브러져 있었다.

"불을 끄면 명희가 보여. 이젠 불을 켜도 보인다. 깨를 뿌린 것처럼 벌레알들이 까맣게 붙은 눈으로 날 노려봐. 명희의 겨드랑이에선 구더기가 흘러내리고 피 묻은 가슴에는 딱정벌레들이 바글거려. 그 꼴을 해가지고 밤마다 찾아와선 자기를 도와달라며 울부짖어."

"기훈아, 정신 차려! 명희는 이 세상에 없는 애야. 죽었다고!"

"죽은 애가 밤마다 찾아오니 더 무섭지. 태혁아, 노근리 쌍굴에서 명희를 그레이에게 데려간 사람이 왜 하필 나였을까. 명희의 손목을 잡고 미군진지로 끌고 간 사람이 네가 아니고 왜 나였을까. 너였을 수도 있는데……"

기훈이의 눈에 이상한 광채가 서리더니 눈동자가 불안하게 흔들렸다.

"항상 느끼는 거지만 태혁이 넌 정말 운이 좋아."

"뭐? 태명이 얼굴을 보고도 그런 말이 나오니? 그게 어디 사람의 얼굴이냐? 난 그 대가로 태명이 인생을 망가뜨렸어. 걔를 완전히 조져놨다고!"

"그것만 봐도 그래. 넌 언제나 나쁜 운을 피해가지. 태명이 얼굴이 네 얼굴이어야 하는데 태명이가 나서서 또 그걸 막아줬어. 태명이와 마찬가지로 처량한 신세였을 네가 내시 집안 양자로 들어간 것만 봐도 그렇고."

"야, 이 새끼야! 말이면 다야!"

기훈이를 한 대 치고 싶었으나 누워 있어서 불가능했다. 나는 기훈의 팔을 쥐고 정신없이 흔들었다. 팔을 세차게 흔들어도 반응이 없었다. 지레 맥이 풀려 쥐고 있던 기훈의 팔을 놓자 앙상하게 마른 팔이 방바닥에 툭 떨어졌다. 기훈의 팔이 방바닥에 힘없이 떨어질 때, '툭' 하고 떨어지는 소리가 내겐 '끝'으로 들렸다. 견실하게 다져온 우리들의 관계가 그 소리로 끝을 알리는 것만 같았다. 문을 박차고 나올까 하다가 기훈이를 지켜보기로 했다. 그만큼 기훈이의 몰골이 충격적이었다. 두 팔을 늘어뜨리고 시체처럼 누워 있던 기훈이가 스르르 일어났다. 우리가 다툰 일을 잊은 듯 말짱한 얼굴로 기훈이가 말했다.

"태혁아, 집엔 안 가니?"

그러고는 책상으로 다가가 서랍을 열었다. 기훈은 서랍을 열어둔 채 뭔가 부스럭거리더니 익숙한 솜씨로 아편을 피우기 시작했다. 그

때 이미 기훈은 양귀비의 유액이 아닌, 보다 전문적인 아편가루를 쓰고 있었다.

"하늘에서 꽃비가 내려…… 태혁아, 내 발이 구름 위에 놓여 있어. 몸도 구름 따라 두둥실 떠다녀……"

"제발 약 좀 끊어. 아편이 네 몸을 파먹고 있는 거야."

기훈의 눈동자가 서서히 풀리고 있었다. 내 말 따윈 기훈에게 들리지 않는 것 같았다. 의자에 비스듬히 기대어 앉은 기훈이가 몽롱한 시선으로 천장을 바라봤다. 천장에선 쥐들이 찍찍거리며 뛰어다녔다. 천장의 한쪽 모퉁이엔 벽지가 불룩하게 내려앉았고, 곳곳에 누런 쥐오줌 자국이 번져 있었다.

"헛, 쟤네들도 이 맛을 아는가봐. 좋아서 날뛰는 저 꼴 좀 보라고."

기훈은 만류에도 아랑곳없이 아편을 계속 흡입했다. 기훈이가 피우는 아편연기가 내려앉은 천장 틈으로 스며들자 천장에서 난동을 피우던 쥐 서너 마리가 벽지를 뚫고 방바닥으로 떨어져내렸다. 찌익, 하는 단말마의 비명을 길게 내지르며 떨어진 쥐들은 입에 거품을 물고 있었고, 가느다란 발을 바르르 떨었다. 그런 뒤 방바닥에서 쓰러졌다 일어나기를 몇 번 반복한 후에야 열린 방문으로 꿈틀꿈틀 사라졌다.

훗날 막손이 무너진 천장을 합판으로 덧대고 새 벽지를 발랐지만 아편연기에 취한 쥐들의 성화에 천장이 다시 내려앉았고, 누런 쥐오줌 자국 역시 천장 여기저기로 번졌다. 기훈은 사철 백지장 같은 얼굴로 방에서 누워 지냈다. 명희를 그레이에게 끌고 갔다는 죄책감에 시달려 하룻밤도 편안하게 자지 못했다. 어둠을 무서워했고 불을 밝혀도 잠들지 않았다. 날이 갈수록 그의 몸이 파리하게 여위었다. 학교가 문을 열어도 기훈은 서울로 올라가지 않았다.

기훈과의 관계가 끝나고 침울하게 지내던 어느 날, 아버지의 심부름으로 장터에 갔다. 2일과 7일은 황간에 오일장이 서는 날이다. 황간 주민은 물론이고 인근 용암과 매곡, 추풍령의 주민까지 가세하는 장이다. 매곡장과 추풍령장도 서긴 하지만 손님이 없어서 죽은 장이나 마찬가지였고, 상촌장과 용산장을 제외하면 근동에선 황간장이 가장 컸다. 전쟁이 끝난 뒤 대도시는 파괴된 건물들을 복구하느라 여념이 없었으나 상대적으로 피해가 덜한 농촌은 오일장을 중심으로 삶의 활기를 되찾고 있었다. 장터 초입으로 들어서자 잡화전의 천막에서 장타령이 흘러나왔다.

"신동장을 보잤더니 신발 없어 못 보고, 봉래장을 보잤더니 술에 취해 못 보고, 예산장을 보잤더니 예산 틀려 못 보고, 둔포장 큰애기 술장사 제일이요. 청산 대추장은 처녀장꾼이 제일이요. 엄벙덤벙 충주장은 황색 연초가 제일이라."

장타령이 끝나기도 전에 어디서 흘러들었는지 처음 보는 엿장수가 내게 엿판을 들이댔다.

"자, 호박엿 사시오! 흰엿 사시오! 수수엿, 콩엿, 박하엿, 달콤한 계집엿, 시금털털 총각엿!"

고개를 흔들자 중절모를 쓴 엿장수가 가위를 철컥거리며 멀어져갔다. 어물전과 채소전이 이마를 맞댄 난전을 따라 장터 안으로 들어서면 함석으로 지붕을 덮은 가건물이 두 줄로 이어졌다. 그게 본 장터였다. 사방을 막을 벽이라곤 없이, 나무기둥만 세워진 가건물엔 옷전과 포목전이 들어앉았다.

오일장을 보는 장꾼들은 각 면의 장터를 날짜별로 찾아다니며 가건물에 짐을 부렸다. 장터마다 고정된 칸이 있었다. 자기 칸에 짐을 부린 장꾼들은 네 개의 나무기둥을 흰 포장으로 막고 줄을 쳐서 가게처럼 꾸민 뒤, 옷과 천을 맵시 있게 걸었고 신발과 잡화는 바닥에 진열했다. 그들은 물건을 파는 것보다 날마다 짐을 싸고 포장치는 일이나, 짐을 편 후 물건을 진열하는 게 더 고돼 보였다. 옷전으로 들어섰더니 가건물의 네번째 칸에 들어앉은 구산댁이 보였다. 구산댁은 먼저 온 아낙을 맞이하고 있었다.

"전쟁 전에 떨어진 외상값을 갚으러 왔어예."

"젊은 사람이 셈 바른 거 하며 똑 자네 시엄씨를 보는 거 겉네."

돈을 만지는 게 처음인지 구산댁은 아낙에게 받은 돈에 퉤, 하고 침을 뱉었다. 그날 하루 재수가 있으라는 장꾼들만의 염원이 깃든 동작이었다.

"시아버님 용태는 그만허신가?"

"육신을 맘대로 쓰지 못혀서 글제, 정신은 멀쩡하시예."

"그것이 오래가는 병인디 자네 내우가 효자여. 큰성들은 얼굴도 안 비치제?"

전화나 전보가 귀하던 시절, 오일장에서 만나면 다들 안부를 전하느라 바빴다. 오일장은 물건을 사고파는 곳이기도 하지만 오랜만에 만난 사람들과 인사를 나누는 사교의 장이기도 했다. 급한 용무가 별로 없는 시골이어서 오일장에 나온 사람들은 느긋하고 태평했다.

"하이고, 전쟁이 끝나니 살 것 같어예. 비행기가 시도 때도 없이 폭격을 해쌓는 바람에 전쟁통엔 모깃불도 못 피웠다 아잉교. 밤이면 이불로 문과 창을 가린 뒤 컴컴한 방에 들어앉아 여자들은 풀빨래에 인두질하느라꼬 팥죽땀을 쏟지예. 남정네들은 처마 안이나 냄새나는 측간에 들어가서 담배를 꼬실르고예. 마, 지옥도 그런 생지옥이 없어예. 노근리에서 화를 당한 사람에다 대마 이것도 호강이다, 그카고 지내긴 했지만요. 그간 아지매는 우째 그키 장을 빼먹었능교?"

구산댁은 전쟁이 끝난 뒤에도 장에 나오지 못한 저간의 사정을 아낙에게 하소연하기 시작했다. 얘기가 길어질 것 같아 나는 구산댁의 전으로 들어서지 못하고 몇 걸음 떨어진 곳에서 서성거렸다. 잘린 손목에 쇠갈고리를 단 상이군인이 전마다 돌아다니며 구걸하고 있었다. 그는 구산댁의 전에 손님이 있는 걸 보곤 동전이 든 깡통을 잘랑잘랑 흔들며 건너편 포목전으로 들어갔다.

"마, 정이 없어 그런지 서방이 뒈질 때는 눈물도 안 나더니만, 뻣뻣한 아를 보이 정신이 팍 나가뻬대. 생때같은 두 목심을 땅속에 묻었어도 결국엔 눈물 한 방울도 못 흘렀다. 노름꾼 서방은 눈물이 안 나서 몬 울고, 큰아는 너무 기가 맥힌께 고마 눈물이 안 나데. 거지꼴이 돼가꼬 황간 바닥으로 들어섰디만 그제사 살겄다 싶더라. 내사 마, 몇 끼를 굶었는지도 모린다. 하이고야, 지금도 안 잊어삐린다. 독하기로 소문난 붙들이 고모가 삐쩍 마른 내 다리를 쓸미 울어쌓더라. 그때사 처음으로 붙들이 고모 눈물 빼는 걸 다 안 봤나. 지 딴엔 내가 친정붙이라꼬 그랬겄제?"

노근리사건이 터졌을 때 구산댁은 대구로 피란을 갔다. 피란지에서 남편과 아들을 잃고 북상하는 미 제24사단의 뒤를 따라 황간으로 돌아왔다. 미 제24사단은 1950년 9월 28일 동료들이 무더기로 죽어간 대전을 탈환했다. 대전전투에서 패망한 뒤 꼭 석 달 만이었다. 그때도 딘 소장은 실종상태였으니 미 제24사단으로선 뼈아픈 대전 탈환이었을 것이다.

"이기 누고? 태혁이 아니여? 자네가 노근리 쌍굴에 갇혀 죽을 고생했다는 소리는 진작 들었는디, 내 코가 석 자나 빠진 터라 가보도 몬 했네. 그카고 보이 태명이는 참말로 코가 빠졌대매? 흐미, 요노무 입방정. 뭘 잘못 먹었는지 오늘따라 왜 이리 헛말이 나오노."

구산댁이 멀찌막이 서 있는 날 발견하곤 수선을 떨었다.

"지난 장에 자네 아버님이 부탁하신 게 있는데. 그거 가지러 왔제?"

구산댁이 말한 것은 군복바지였다. 전쟁이 끝나자 시중에 군복이 많이 풀렸다. 고위 관료와 권력자들이 빼낸 군복은 몇 사람의 손을 거쳐 청계천 다리 밑으로 옮겨졌다. 반으로 자른 드럼통에 물감을 풀어 염색한 군복이 날개 돋친 듯 전국으로 팔려나갔다. 월남한 실향민들이 생계수단으로 군복을 염색했는데, 그 무렵 청계천에 나가면 물들인 군복이 빨래줄에 빽빽이 걸려 있곤 했다. 군복은 튼튼하고 편하기 때문에 남자들에게 인기였고, 야전잠바와 사지바지는 중산층 이상만 살 수 있었다. 전쟁중 군복을 본 한국인들은 한복이 불편하다는 걸 인식하기 시작했다. 전후 군복의 등장으로 한복에서 양복으로 한국 옷의 눈부신 변천사가 시작될 즈음이기도 했다. 오일장을 보는 장꾼들의 손에 군복이 들어오기까지는 몇 도매를 거쳐야 했다. 물론 단속이 심해 장꾼들은 군복을 은밀하게 팔았다.

"네, 아버지가 받아오라고 하셔서요."

내 말에 주위를 살피던 구산댁이 전자리 밑으로 손을 쑥 집어넣었다. 장꾼들은 가건물의 땅바닥에 가마니를 깔고, 그 위에 흰 무명으로 된 두터운 포장을 덧깔아 전의 바닥을 만들었다. 장꾼들은 그걸 전자리라고 불렀다. 구산댁은 옷이 차곡차곡 쟁여진 전자리 밑으로 손을 넣어 가마니와 흰 포장 사이에 숨긴 사지바지를 한 장 뺐다. 나는 구산댁이 건네준 사지바지를 가방에 욱여넣고 우시장 쪽으로 걸음을 옮겼다.

우시장으로 내려가는 골목 입구에 옹기전이 있었다. 뜻밖에도 인영이가 거기 앉아 있는 게 아닌가. 항아리와 자배기가 쟁여진 옹기전 가운데 머리를 길게 땋은 인영이가 눈을 내리깔고 있었는데, 나는 선뜻 앞으로 나서질 못했다. 나는 그날 인영을 보곤 무르춤하게 얼마간 서 있다가 주춤거리며 뒷걸음질치고 말았다.

그로부터 수십 년이 지난 지금에도 나는 그날의 행동을 떠올려보곤 한다. 왜 인영이를 보고 뒷걸음질을 쳤는지, 결국엔 도망치듯 돼지국밥집으로 숨어들고 말았는지에 대해. 그때는 여자들의 결혼적령기가 스무 살이었다. 인영은 열아홉 살로 접어들고 있었다. 결혼적령기에 다다른 처녀가 장터에 나앉아 물건을 파는 일이 드문 시절이었다. 그게 부끄러웠는가? 아니면 뜻밖의 장소에서 부모를 만나면 반가운 마음보다는 숨고 싶은 생각이 먼저 드는 것과 같은 이유로? 그래서 인영을 보고 뒷걸음질을 쳤는가? 그것도 정답이 아니었다.

전쟁이 끝난 뒤 인영 어머니는 날 똑바로 쳐다보지 않았다. 어쩌다 볼 때면 '내 남편은 죽었는데 왜 너만 살아왔니?' 힐책하는 눈으로 흘겨보곤 했다. 도자기를 주문한 마사토를 원망해야 마땅하지만 인영 어머니에겐 마사토가 고마운 사람이었다. 남편의 솜씨를 유일하게 인정한 사람이 마사토 부친이었으니까. 그런 탓에 전쟁이 끝나도 나는 옹기막에 가지 못했고, 더이상 손에 흙을 묻히지 않았다. 인영을 만나는 일도 자연스레 뜸해졌다.

그 무렵 내 삶을 가장 무겁게 짓누르고 있었던 것은 태명이었다. 태명이가 숨을 죽인 채 사랑채에 누워 있었다. 나는 태명이 때문에 괴로웠고 아버지의 눈치가 보였다. 나는 아버지의 친자가 아니었다. 태명은 내 사촌이지 아버지의 사촌이 아니었다. 원칙적으로 따지면 태명은 아버지에겐 남과 마찬가지였다. 나는 아버지에게 미안했고, 태명의 인생 또한 책임져야 했다. 늪에 빠진 것처럼 한 치 앞이 보이지 않던 시기였다.

노근리 쌍굴에서 그레이의 총에 맞은 태명은 마산병원에 입원했다. 무너진 코를 복원하는 수술을 받았지만 콧등은 형체도 없이 무너졌고, 밋밋한 자리에 콧구멍만 뚫렸는데 그나마도 콧등 중간부분이 밭고랑처럼 깊게 파였다. 말은 코라고 하지만 코의 기능을 제대로 담당하는지 의문이 들 정도였다. 한쪽 눈썹과 입술이 파인 고랑을 따라 위로 치킨 듯이 올라가서 얼굴의 좌우 형태가 뒤틀려 있었다. 언청이처럼 말려올라간 입술, 우그러진 콧방울, 게다가 코 주변의 총상을 입은 부위가 도드라지게 붉고 피부가 우둘투둘해서 꼭 좌판에 손질해서 벌여놓은 멍게 같았다.

그런 얼굴을 하고도 태명은 울지 않았다. 소리치지도 않았다. 나든, 미군이든, 이 나라든 원망을 해야 마땅한데 누구도 원망하지 않았다.

원망도 약간의 힘이 있어야 한다. 어렸을 때부터 태명은 남을 원망할 처지에 놓여보지도 못한 아이였다. 정말이지 나는 한가하게 사랑타령이나 하고 있을 형편이 아니었다. 그래서 인영이 앞에 반갑게 나서지 못했다. 그날 내가 인영이 앞으로 선뜻 나섰더라면 모든 게 달라졌을 수도 있다. 장터에서의 그 한 발자국이 문제였다. 한 발자국 뒤로 물러섬으로 인해 내 생애가 쪼개지고 분절됐다.

그날 나는 뒷걸음질치다가 돼지국밥집으로 숨어들어가 국밥을 한 그릇 비우고도 일어서지 못했다. 등받이가 없는 긴 나무의자에 쪼그리고 앉아 눈이 아물거릴 때까지 옹기전의 인영을 지켜보기만 했다. 파장이 되도록 항아리와 자배기는 물론, 뚝배기 하나도 팔리지 않았다. 인영이는 뭔가를 참는 표정으로 입을 굳게 다문 채 옹기전을 지키고 있었다. 부끄러움과 겸연쩍음을 감추려고 그랬는지 어깨를 꼿꼿이 펴고 미동조차 하지 않고 있었는데 그럼에도 실의에 빠진 쓸쓸한 표정이 인영의 얼굴에 언뜻언뜻 내비쳤다. 술 취한 사내가 흰수작을 붙이려다가 인영이의 기세에 눌려 끄윽, 트림을 길게 뱉곤 우시장으로 내려갔다. 어딜 갔는지 인영 어머니는 보이지 않았다.

국밥집 주모는 날 의식하지 않는 것처럼 행동하며 내 모든 것을 보았다. 그 시절을 산 사람들은 대체로 그랬다. 장터거리를 휩쓸던 그날의 바람. 바람에 나부끼던 인영이의 검은 치맛자락. 시름에 잠긴 인영이의 막막하던 표정. 나는 파장이 된 장터를 돌아나오는 길에, 그 바람 불던 거리에서 자꾸만 넘어지던 마음을 일으켜세우려는 듯 발부리에 걸리는 돌멩이를 힘껏 걷어찼다. 그뿐이었다.

그날 밤 장터에서의 내 행동에 대한 실망감을 이기지 못하고 대뜸 어머니에게 인영과의 결혼 얘기를 꺼냈다. 예상대로 어머니가 펄쩍 뛰었다.

"그 어미나 딸년이나 서방 잡아먹을 상이야. 어릴 적부터 빤드르르한 낯바대기로 널 후려내어 팔자에도 없는 옹기장수 머슴을 살게 하더니, 종국에는 노근리에서 널 잡아먹을 뻔했다!"

나중에 듣자니 인영 어머니도 어머니와 다름없었다고 한다. 내 입에서 인영과의 결혼에 대한 말이 나왔다는 소문을 들은 인영 어머니는 그날로 머리를 싸매고 드러누웠다.

"아무도 알아주지 않는데 혼자 예술을 한 사람이 네 아버지였다. 자존심 하나로 버티던 네 아버지도 돈을 주고 족보를 샀단 말이다. 우리 집은 족보조차 없는, 말하자면 근본도 없는 집안이었어. 그런 마당에 너마저 온갖 성이 난무하는 내시 집구석으로 시집을 가야 되겠니?"

그게 인영 어머니의 말이었다. 나는 어머니를 외면할 수 없었다. 어머니가 우리 문디, 하며 애처롭게 쳐다볼 때마다 내 굳은 결의는 번번이 무산되었다. 내시와 결혼했으니 여자로서의 행복은 접었다곤 해도 남편의 살뜰한 정조차 받아보지 못한 어머니였다. 날 거두는 걸 일생의 낙으로 알던 사람이었다.

내가 머뭇거리는 사이 인영 어머니와 막손 처는 부랴부랴 결혼 날을 잡았다. 인영네와 기훈네 모두 마사토 집안의 은혜를 입었다. 두 집안 어머니들이 우리 어머니와 원수처럼 지내는 사이기도 했다. 그런 공통점 때문인지 인영의 의사는 아랑곳없이 기훈과의 결혼이 일사

천리로 진행되었다.

옛날 같으면 인영이는 막손 처의 마음에 절반도 차지 않았을 것이다. 하지만 기훈은 폐인이 되어 있었다. 그 결혼을 기훈이가 청했다고 했다. 기훈은 옆에서 지켜본 터라 나와 인영의 관계를 제 손바닥 보듯이 알았다. 도무지 기훈의 속내를 짐작할 수 없었다. 게다가 나는 아버지가 돌아가신 뒤 별다른 소득 없이 사는 인영이네 형편을 헤아리지도 못했다. 세상을 읽는 눈이 부족해서 인영이가 생활고로 고생이 심하다는 걸 몰랐다. 어머니의 편안한 노후를 보장하겠다는 막손 처의 파격적인 제안이 인영의 마음을 움직이기 시작했다는 것도 몰랐다. 환한 낮이 어찌 캄캄한 밤의 어둠을 헤아릴 수 있으랴.

내가 실의와 초조, 배신감과 회의에 빠져 있을 때 기훈과 인영은 부랴부랴 결혼식을 올렸다. 그들이 결혼하자 아버지와 막손의 반목은 더욱 심해졌고 어머니는 막손 처와 인영을 싸잡아 험담했다. 막손 처와는 사이가 좋지 않으니 그렇다 하더라도, 기훈 처가 된 인영을 미워하는 어머니를 이해할 수가 없었다. 인영이를 며느리로 들이기 싫다며 그토록 펄펄 뛰던 어머니가 아니었던가. 당사자인 내가 눈을 뜨고 보는데 어머니는 무슨 생각으로 기훈 처가 된 인영의 꼴을 못 보겠다는 것인지. 어머니와 할머니의 관계를 알 수가 없듯이, 나는 어머니와 인영의 관계도 이해할 수 없었다.

여자들이 머무는 부엌에는 칼과 피와 꽃이 있다. 여자들은 한 달에 한 번 자기 몸에서 흘러나오는 피를 보며 가랑이 사이로 아기를 낳는다. 여자들은 하루에 세 번, 날카로운 칼로 무언가를 끊임없이 자르고 벤다. 무심한 얼굴로 생선을 토막내고 포를 뜨며 살아 있는 닭의 모가

지까지 비튼다. 그런 뒤 피 묻은 손을 씻고 정결한 얼굴로 식탁에 앉아 꽃을 예쁘게 꽂는다. 강인하고 헌신적인 어머니라는 이미지 뒤엔 이런 잔인함이 숨어 있다. 아버지의 말처럼 나는 지금도 여자를 모른다. 여자들의 산수도 헤아리지 못한다. 가끔 나는 서산댁에게도 묻고 싶다. '당신은 왜 여기 있소?'라고.

10. 김진경
그 사람들 모두가 피해자예요

윤자가 작은 상을 들고 방으로 들어왔다. 상 위엔 국과 현미밥이 한 그릇씩 있고, 중앙에 삼치구이와 오이소박이, 구운 김이 놓인 조촐한 밥상이었다.

"어머, 반찬들이 정갈한 게 참 맛있어 보여."

"반찬이라곤 세 가지 뿐인데, 뭘."

윤자가 붉어진 얼굴로 물 묻은 손을 치마에 닦았다. 앞에 놓인 국그릇엔 꼬리를 딴 통통한 콩나물과 모시조개가 들어 있고 파와 붉은 고추가 국물 위에 떠 있었다. 한 숟가락 먹어보니 국물이 시원했다.

"콩나물국에 웬 모시조개야?"

"쓰린 속을 달래려고 넣었지."

"내 말은 여긴 내륙지방이어서 해산물이 귀한데 모시조개를 어디서 구했냐고."

"이젠 시골에도 마트에 가면 다 있어."

"우리 어릴 때만 해도 해산물이라곤 간고등어와 동태뿐이었는데."

"그러게, 세상 많이 좋아졌어. 그치?"

윤자가 맞장구를 치며 어제 먹다 남긴 소주를 꺼냈다.

"진경아, 해장으로 딱 한 잔씩만 하자."

"어우, 더는 못 마셔."

내가 극구 사양하자 윤자는 자작으로 소주를 따라 마셨다.

"넌 언제 여기로 내려온 거니?"

삼치 꼬리를 젓가락으로 누른 채 윤자에게 물었다. 등에 붙은 삼치 살을 발라내던 윤자가 젓가락질을 멈추었다.

"한 삼 년 됐나봐. 나도 여기로 오고 싶진 않았어. 햇빛 좋은 통영이나 따뜻한 남해에서 살고 싶었어. 이혼하고 났더니 이상하게 몸이 으슬으슬하니 춥더라. 전남편에겐 별다른 정도 없었는데 말이야. 어느 날부턴가 황간이 몹시 그립더라고. 삼도 사투리가 섞인, 치읓과 키읔 발음이 유난히 강한 이곳 사람들과 살 부비며 어울려 살고 싶어지더라. 못난 것들끼리 그렇게……"

"사는 게 뭐 별거겠니. 그럭저럭 살다보면 세상살이에 이력이 나서 몸도 마음도 편해지겠지."

"으따, 얘 말하는 것 좀 보게. 속에 팔십 먹은 노파가 들어앉았네."

윤자가 낄낄거리며 웃더니 빈 젓가락을 입술로 쪽 빨았다.

"빼들네 아줌마에게 언니가 있다니, 그게 무슨 말이니? 어젯밤에 하다 만 얘기나 듣자."

윤자가 눈을 반짝이며 상 앞으로 다가앉았다. 나는 할아버지와 안나 아줌마에게 들은 것, 내가 알고 있는 것들을 윤자에게 남김없이 털어놨다. 내 직업과 노근리 다큐에 관한 얘기도. 윤자의 얼굴이 딱딱하게 굳어졌다.

"세상에…… 노근리 쌍굴에서 그런 일이 있었구나. 난 노근리사건보다 마을 사람들이 더 무서워. 순 무지렁이 촌사람들인 줄 알았는데 그런 비밀을 대를 이어가며 지키고 있었다니. 의뭉한 사람들 같으니라고."

마을 사람들이 다시 보이는지 윤자가 부르르 진저리를 쳤다.

"조재벽 대접주가 태어난 고장이라는 자부심이 그 비밀을 지키게 했을 거야. 이 고장 사람들이 내세울 게 동학혁명뿐이거든."

"쌍굴에서 죽은 갓난아기는 말할 것도 없고, 빼들네 아줌마의 언니라는 분, 생각할수록 안됐다. 그런데 난 왜 빼들네 아줌마의 언니가 이태원이나 동두천 여자들보단 낫다는 생각이 드는 걸까. 진경아, 그렇잖니? 전쟁에서 지켜주지 못한 것은 매한가진데 우리 마을 사람들은 그 일을 비밀로 간직하며 자신들을 수치스럽게 생각하고 있어. 한데 이태원과 동두천 여자들은 대놓고 손가락질을 받았잖아. 양년이니 뭐니 하며. 그런 시선으로 보는 건 지금도 여전하고."

"전쟁에서 지켜주지 못했다는 죄책감과 우리나라 남성들이 백인 남성들에게 가지는 열등감 같은, 복잡한 감정이 그런 식으로 분출되어 나온 걸 거야."

"진경아, 그 비밀 말이야. 우리 엄마가 모르길 천만다행이다. 만약 엄마가 알았다면 조재벽이 아니라 조재벽 할아버지가 나신 땅이라고 해도 맹세코 삼 년을 못 넘기고 비밀이 깨졌을 거다."

윤자와 난 서로 쳐다보며 깔깔거렸다. 딸딸이 아줌마라면 그러고도 남을 사람이었다. 노근리사건을 몰랐기에 망정이지. 딸딸이 아줌마는 윤자를 데리고 타지에서 흘러들어온 사람이었다. 그녀는 남편과 사별했다고 주장했지만 아무도 그 말을 믿지 않았다. 하고 다니는 꼴로 보아 첩살이를 했거나 처녀의 몸으로 애를 낳아서 물설고 낯선 이곳으로 도망친 게 분명하다고 마을 아낙들은 돌아서서 입을 비쭉거리곤 했다. 딸딸이 아줌마가 이 고장에 뿌리를 내리기까지는 오랜 시간이 필요했다. 생각해보니 우리는 공통점이 많았다. 따돌림을 당하며 자랐다는 것, 출생이 수상한 점. 딸딸이 아줌마는 한씨 성을 쓰는데 반해 윤자가 박씨인 걸로 봐선, 적어도 윤자는 나처럼 사생아는 아닌 게 분명했다.

노근리 다큐를 진행하려면 윤자의 도움이 절대적으로 필요했다. 이 고장에서 빼들네와 말을 섞고 사는 유일한 사람이 윤자라는 걸 서산댁에게 들었다. 나는 빼들네를 인터뷰할 수 있게 설득해달라고 부탁했다. 윤자는 내 말에 조건을 달았다. 할아버지에게 말해서 월류다방의 가겟세를 사십 퍼센트만 깎아준다면 자기도 그 부탁을 들어주겠다고 했다.

"지금 가겟세의 십 퍼센트."

내가 검지를 쳐들고 운을 띄웠다.

"삼십오 퍼센트."

윤자도 지지 않았다.

"십오."

"삼십."

"좋아, 이십. 합의?"

"그래 하자, 합의."

윤자가 눈을 흘기며 말했다.

"진경이 너도 참 대단해."

"이건 내가 다큐 투자를 받을 때 종종 써먹는 방식이야."

"기집애두…… 치사하게시리."

윤자가 쌍꺼풀 수술한 눈을 동그랗게 치켜뜨곤 내게 눈을 흘겼다. 그러더니 밥풀이 묻은 그릇과 빈 찬그릇을 포개며 독촉하기 시작했다.

"진경아, 이러고 앉아 있을 시간 없어. 말 나온 김에 당장 뻐들네 아줌마에게 가보자."

"지금?"

"질질 끌 게 뭐 있니?"

"집에 들어가야 해. 우리 할아버진 내가 외박한 것도 모르고 계셔."

"네가 한두 살 먹은 어린애니? 그 나이에 외박 여부를 일일이 허락받으며 살게?"

"내 방이 빈 걸 보면 할아버지가 놀라실 텐데."

"얘, 늙은 처녀 외박은 국가가 나서서 장려할 일이야. 지금쯤 너희 할아버지도 방문을 열어보곤 돌아서서 웃고 계실지도 몰라. 이런 일은 말이 나왔을 때 바로 하는 거야. 따라나오기나 하셔, 엉?"

나는 윤자의 성화에 지고 말았다. 윤자를 따라 다방으로 들어섰더니 어느새 윤자가 현관으로 나가며 소리를 질렀다.

"진경아, 창문 좀 열어줘!"

득달같이 다방 문을 열고 들어온 윤자는 설거지를 마치고 실내 구석구석의 먼지를 청소기로 빨아들였다. 내가 창문을 여는 사이에 그 일을 전부 해치웠다. 윤자는 몸이 재고 손 빠른 아이였다. 윤자와 난 대걸레를 쥐고 다방 이쪽 끝에서 저쪽 끝까지 씽씽 내달리며 바닥을 닦았다. 순식간에 바닥이 반짝거렸다. 땀을 흘린 뒤 갓 내린 커피를 마시는 기분이란. 게다가 실내엔 모차르트가 흐르고 있었다. 윤자는 내 수준에 맞추려고 튼 음악이라 더는 못 듣겠다며 볼륨을 낮추더니 노트북을 들고 왔다. 그녀는 내가 모차르트보다 심수봉을, 심수봉의 뽕끼를 더 좋아한다는 걸 모르고 있었다.

"진경아, 인터뷰를 하려면 말이야. 빼들네 아줌마를 밖으로 나오게 하는 게 먼저야."

윤자가 노트북의 전원을 켰다.

"명신상회 안에서 수십 년을 산 사람이 밖으로 나올까? 물건도 떼러 가지 않고 배달해주는 것만 판다던데."

"넌 해보지도 않고 부정적인 생각부터 하니? 저 눈부신 햇빛, 맑은 공기. 어마, 저것 좀 봐!"

윤자가 가리킨 방향으로 고개를 틀었더니 열린 창으로 역 광장에 심긴 감나무들이 보였다. 청신한 7월의 햇빛이 감나무마다 하얗게 부서지고 있었다. 감나무의 절반이 반짝이는 알루미늄 포일에 싸인 것 같았다. 바삭바삭한 햇볕 때문에 눈이 시었다.

"난 빼들네 아줌마가 이 햇빛 속을 걸어서 우리 다방으로 오게 만들 거야. 아줌만 다방에 앉아서 음악을 들으며 사람들과 수다도 떨게 되겠지. 아, 생각하는 것만으로도 가슴이 떨려. 그러자면 이것부터 구매해야 돼."

노트북을 들여다보던 윤자가 마우스를 움직였다. 노트북의 화면엔 큰 체형을 가진 사람들만 입을 수 있는 빅 사이즈의 옷들이 번쩍거리고 있었다.

"포대자루 같은 원피스를 벗기고 뻐들네 아줌마에게 이 옷을 입힐 테야. 인터넷은 배송이 빨라 삼 일이면 도착하잖니. 그 너저분한 머리도 잘라야 할 텐데. 옳지, 그건 삼거리 미용실에 부탁해보자. 공짜로라도 잘라줄걸. 뻐들네 아줌마, 뽀글이 파마하면 어떨까?"

윤자는 신바람이 난 눈치였다. 그러더니 참, 하고 귀청이 떨어지게 손뼉을 쳤다.

"명신상회 가겟방은 어쩌지? 때에 찌든 살림살이들 전부 들어내야 할 텐데."

"꿈도 야무지다. 그게 어디 쉽겠니?"

뻐들네의 옥상으로 올라가다가 본 쓰레기가 떠올랐다. 손바닥만한 뒤뜰의 녹슨 철계단 옆엔 묵은 살림살이들이 기름때에 전 끈끈한 보자기에 싸여 있었다. 보자기가 수도 없이 쟁여진 터라 그걸 밖으로 들어내자면 트럭을 불러야 할 것 같았다. 밖에 나오지 않는 사람은 사용하지 않는 물건을 버리지 않을뿐더러 쓰레기도 밖으로 내놓지 않는다.

"조기 축구회에 부탁해볼까? 그 사람들, 뻐들네 아줌마의 일이라면 소매를 걷고 뛰어올 텐데. 정 안 되면 면사무소에 부탁해도 되고. 이참에 방 도배까지 하면 어떻겠니?"

"좋은 생각이긴 한데 일을 너무 크게 만드는 것 같아. 뻐들네 아줌마는 밖에 나오지도 않는 사람이야. 잘못하다간 인터뷰고 뭐고, 물 건너갈 거야. 내 생각엔 아줌마의 현재 모습을 그대로 찍는 게 좋을 것 같은데. 노근리의 참상을 전달하는 데도 그게 설득력이 있을 것 같고."

내 말에 윤자가 고개를 획 돌렸다. 그러곤 날 빤히 쳐다봤다.

"진경이 너 설마 뻐들네 아줌마를 노근리 다큐에 이용할 목적으로 이러는 건 아니지?"

"어머, 윤자야. 어떻게 알았니? 난 뻐들네 아줌마라는 카드를 어떻게 써먹나, 온통 그 생각뿐이야. 아줌마의 충격적인 모습을 찍어서 시청자들의 눈물을 쏙 뺄 작정이거든."

"그럼 내 손에 죽지!"

윤자가 주먹 쥔 손을 흔들었다. 인터넷으로 뻐들네의 옷을 구매한 윤자는 만세를 부르듯이 두 팔을 높이 쳐들었다.

"오오, 좋아. 뻐들네 아줌마가 변한 모습을 떠올리기만 해도 기분이 좋아져."

윤자가 느리게 몸을 흔들기 시작했다. 서서히 리듬을 타는가 싶더니 그 자리에서 뱅글뱅글 돌았다. 윤자의 몸이 도는 방향으로 내 고개도 따라 돌았다. 윤자의 풍만한 가슴과 엉덩이가 리드미컬하게 흔들리고 있었다. 나는 윤자를 쳐다보다 움찔하곤 팔을 엇갈리게 해서 팔짱을 꼈다. 절벽과 다름없는 내 빈약한 가슴을 가리기 위해서였다. 상체에 붙은 옷을 입을 때면 '나바론의 건포도'라고 놀리던 박이 떠올랐기 때문이다. 심지어 박은 동료들 앞에서 가슴 사이즈가 어떻게 되느냐고 큰소리로 묻기도 했다. 차마 눈 뜨고는 못 볼 지경이라며, 총알처럼 날아가서 뽕브라를 사오고 싶대나 뭐래나. 그후 나는 속옷 서랍 안에 돌아다니던 뽕브라를 모아 쓰레기통에 처박았고, 상체에 붙는 옷도 절대로 입지 않았다. 간혹 공식적인 자리에서 슈트를 입을 때면 뽕브라가 아쉽긴 했다. 가슴께가 헐렁해서 윗도리가 자꾸만 옆으로 돌아가는 바람에 눈치껏 옷을 잡아당기는 등 옷매무새를 가다듬어야 하는 불편이 따랐지만, 나는 박이 미워서라도 얇은 천으로 된 브래지어만 고집하며 지냈다.

"누가 보면 너 미쳤다고 그래."

"그래도 좋아."

높고 명랑한 윤자의 목소리가 다방 안에 통통 울려퍼졌다.

"진경아, 어서 빼들네 아줌마에게 가보자."

"다방은 어떡하고?"

"이 시간엔 어차피 손님도 없어."

윤자가 보온병을 싼 보자기를 들고 앞장섰다. 계단을 내려가면서 보니 양쪽에 축구공을 하나씩 집어넣은 것처럼 윤자의 엉덩이가 불룩했다. 굽이 십 센티미터는 넘음 직한 킬힐을 신은 윤자는 월류다방의 계단을 착착착, 잘도 내려갔다. 가파른 계단에서 다리를 떨었던 건 굽이 낮은 단화를 신은 나였다.

우리는 바삭바삭한 햇볕이 쏟아지는 삼거리로 내려왔다. 중앙약국 앞을 지날 땐 윤자가 입은 서큘러스커트가 금상교에서 불어온 바람에 활짝 들렸다. 그 바람에 윤자의 허벅지가 환하게 드러났다. 그걸 놓치지 않고 보고 있던 삼공상회 할아버지는 나와 시선이 마주치자 얼른 고개를 돌렸다. 빵집에선 제빵모를 쓴 주인사내가 갓 구운 머핀을 오븐에서 꺼내고 있었다. 달콤한 빵냄새가 거리로 흘러나왔다. 우리는 빵집을 지나 한 치의 망설임도 없이 명신상회로 들어섰다. 컴컴한 가게 뒷방에 앉아 있던 빼들네가 입을 뾰로통하게 내밀었다.

"난 커피 배달시킨 적 읎어!"

"아줌마, 햇빛이 좋아요. 가게 밖에서 우리랑 커피 마셔요."

"우리 가게에도 커피가 천지여."

"제품으로 나온 커피와 이 커피가 어디 같나요? 금방 뽑아서 향기가 죽여줘요. 맛보실래요?"

"난 가게 밖으론 안 나가."

"그럼 저희가 들어가죠, 뭐. 그래도 되죠?"

"딸딸이 딸년이 오늘따라 뭔 수작이랴? 사람 성가시게."

빼들네는 윤자에게 눈을 흘기면서도 엉덩이를 움직여 자리를 만들어주었다. 가게 뒷방으로 들어서자 변함없이 독한 암내가 났다. 보자기를 푼 윤자는 보온병에 담긴 커피를 잔에 따르느라 부산하게 움직였다. 방 안에 커피 향기가 감돌자 그제야 숨이 편하게 쉬어졌다.

"자넨 왜 딸딸이 딸년이랑 붙어댕기는 겨?"

"윤자는 어릴 적 친구예요."

"어릴 적 친구? 흥, 그런 거 믿지 마. 어제의 친구가 오늘의 원수가 되는 일이 허다하니께 조심혀. 특히 여시 겉은 이년을 조심하라고. 내가 볼 적엔 뭐 하나 본받을 구석이 읎는 년이여."

"거참, 말씀을 요상하게 하시네. 진경이에겐 자네라 하고 왜 나한텐 년, 년, 하며 욕을 한대요?"

"아, 니년은 많이 봤잖여."

"칫."

토라진 척하던 윤자가 커피잔에 받침을 받쳐 빼들네 앞으로 가만히 밀었다. 잔을 들어올려 입술로 가져간 빼들네는 커피를 한 모금 맛보고 만족한 표정을 지었다.

"냄시가 좋구먼."

"히…… 그 말은 제게 하는 칭찬이지요?"

"아무튼지 간에, 딸딸이 딸년한텐 뭔 말을 못 혀."

윤자를 앞세우길 잘했다는 생각이 들었다. 빼들네가 욕을 섞어가며 마냥 투덜거리는 것으로 봐선 윤자에겐 마음을 연 것 같았다. 나는 커피를 홀짝이며 묵은 살림이 쌓인 방 안을 둘러보았다. 대부분이 왜 거기 나와 있는지 이해가 안 되는 쓸모없는 것뿐이었다. 빼들네는 공간도 돈이라는 걸 모르고 있었다. 위에 얹힌 목화솜 이불의 무게 때문에 장롱이 주저앉을 지경이었다. 문짝이 틀어졌는지 발쪽하게 열린 문으론 유행 지난 이불이 첩첩이 쌓인 게 보였다. 한 해에 한 채씩만 꺼내 덮는다고 해도 빼들네는 그 이불을 다 덮어보지도 못하고 죽을 것 같았다. 장롱 옆엔 경첩이 군데군데 떨어진 반닫이가 놓여 있고, 그 위에 액자가 걸려 있었다.

"저어, 혹시……"

내 입에서 머뭇머뭇, 이 말이 새어나왔을 때 방 안의 공기가 달라졌다. 윤자와 빼들네가 동시에 내 쪽으로 고개를 돌렸다.

"어머……!"

윤자가 턱을 치켜든 채 신음소리를 냈다. 빼들네는 주위의 벽까지 녹일 듯한 끈끈한 시선으로 액자를 보고 있었다. 얼마나 몰입하고 뚫어지게 보는지, 한쪽 의안이 튀어나올 태세였다. 지난번에 왔을 땐 그 액자를 보지 못했다. 벽지가 워낙 누런데다가 무늬마저 정신 사나운 꽃그림이어서 액자가 눈에 띄지 않은 탓이다. 사각의 테두리에 검정색을 입힌 나무액자는 시골에서 흔히 볼 수 있는 것으로 액자 하나에 여러 장의 사진이 꽂힌, 일종의 사진틀이었다.

"저기, 저분이 아줌마의 언니인가요? 그 명희라는……"

윤자가 뻐들네에게 묻곤 흡, 하고 숨을 들이쉬었다. 집안어른의 환갑잔치인 듯, 색색의 떡과 과일, 약과가 수북이 쌓인 상을 앞에 두고 가족들이 늘어선 사진 한 장과 눈이 툭 불거진 할머니가 홀로 서서 찍은 독사진, 그리고 그 옆에 뻐들네의 누런 가족사진이 꽂혀 있었다. 갓을 쓴 아버지와 쪽머리를 한 어머니 사이에 버들이 자매가 있었다. 플래시가 터질 때 놀랐는지 눈을 감은 단발머리의 버들이는 얼굴선이 갸름하고 콧날이 오뚝했다. 버들이 옆엔 자잘한 꽃무늬가 수놓인 저고리를 입은 명희가 의자에 앉아서 희미하게 미소짓고 있었다. 두 갈래로 머리를 땋은 명희는 동글납작한 얼굴에 입술이 도톰했으며 웃느라 그런지 입의 가장자리가 위로 살짝 올라갔다. 명희는 가늘고 긴 눈이 인상적인, 매우 총기 있게 생긴 처녀였다.

"그려…… 우리 언니를 워찌키 아는 겨?"

"진경이가 말해줬어요."

"자넨 워디까지 알고 있는 겨?"

"노근리 쌍굴에서 있었던 일 모두 다요."

"그 얘길 누구한티 들었어? 마을 사람들은 입이 찢어져도 말을 안 할 텐디."

"저희 할아버지에게 들었습니다."

"태혁 오빠라면 걸리는 게 없으니께 그 얘길 할 만하제. 난 말이여, 우리 명희 언니를 한시도 잊은 적이 없어. 잊지 않고 있어야 복수를 할 수 있으니께. 내가 병원으로 간 뒤 명희 언니가 워찌키 죽었는지도

다 알어. 마을 사람들이 굳게 입을 다물어도 안단 말이시. 노근리 쌍굴에서 명희 언니를 그레이에게 넘기려는 수작을 내가 이 한쪽 눈으로 똑똑히 봤으니께. 태혁 오빠가 그레이에게 덤비는 것도, 그레이가 쏜 총에 태명이가 맞는 것도. 여자인 내가 이런 얼굴을 해가지고 지금껏 숨을 쉬고 사는 건 말이여, 그렇게 죽은 우리 언니의 복수를 하기 위해서여. 난 그 힘으로 이적지 살았어."

"그건 아니죠. 노근리사건은 크고 넓게 봐야 해요. 그 사람들 모두가 피해자예요."

"아니긴 뭐가 아니여! 뜯어 죽여도 시원찮은 그레이는 너무나 먼 곳에 있어. 복수하고 싶어도 찾아갈 수가 없는 머나먼 미국 땅에…… 병원에서 나온 뒤 나를 대하는 마을 사람들의 동태가 아조 수상혔어. 나한테 그럴 사람들이 아닌디, 갑자기 잘하는 것은 뭔가 구린 데가 많으니께 그러는 것 아니겄어? 아나, 요거 먹고 떨어져라, 사탕발림으로 그러는 것 아니겄어?"

"아줌마의 원수는 노근리 쌍굴에 갇혔던 사람들이 아니에요. 그레이도 아니에요. 저 위에 있는, 보다 높은 사람들이라고요!"

"난 자네처럼 공부를 많이 하지 않아서 복잡하고 어려운 건 몰러. 단지 복수하는 방법만은 똑똑히 알고 있지. 원수들의 숫자가 많을 때는 말이여. 딱 한 놈만 정해서 재기를 못 할 정도로 확실하게 작살내면 돼. 내 가차이 있고 죄가 중한 놈부터 한 놈씩 차근차근 작살을 내다보면 언젠가는 끝이 보이는 겨."

"아, 아줌마……"

"내 비밀 하나 갈쳐줄까?"

빼들네가 내 앞으로 얼굴을 확 들이댔다. 밖에서 들어온 햇빛에 빼들네의 의안이 반짝, 빛났다. 바로 코앞에 빼들네가 있었다. 나는 흠칫 놀라 상체를 뒤로 젖혔다. 핀으로 찔러올렸는데도 구불구불 흘러내린 머리카락이 빼들네의 얼굴을 절반쯤 가리고 있었다. 빼들네가 끝이 갈라진 탁한 음성으로 말했다. 내 귀엔 그녀의 목소리가 메아리치듯 여러 겹으로 들렸다.

"박기훈은 그 앵속을 워디서 구했을까? 집집마다 앵속이라곤 작은 꿀단지에 담긴 것 하나뿐일 텐디…… 암사내처럼 주변머리라곤 손톱만치도 없는 박기훈이 중독될 만큼 많은 양의 앵속을 이 시골구석에서 워찌키 구했을까? 그 생각은 안 혀봤제?"

"……!"

"그 앵속을 지속적으로 대준 건 나여. 처음엔 조금씩 주다가 차차로 양을 늘려갔지. 나중엔 아조 사족을 못 쓰더만…… 히히."

II. 김태혁
웃자란 나무들의 정원

기훈이네 정원에서 아침나절을 보냈다. 웃자란 나무들이 숲을 이룬 정원엔 크고 작은 거미줄이 쳐져 있었다. 담 너머로 뻗은 줄장미와 능소화의 덩굴을 낫으로 치자 송충이가 꿈틀거리며 떨어졌다. 나는 나뭇가지를 톱으로 자르고 잔디를 깎았다. 병충해로 말라 죽은 꽃은 포기째 뽑았다. 인영은 기훈과의 불화로 마음이 어지러울 때면 전지가위를 들고 나와 정원에서 하루를 보내곤 했다. 차양이 넓은 모자를 쓴 채 나무의 잔가지를 자르고 꽃을 옮겨심기도 했다. 인영의 반생이 고스란히 담긴 정원이 이토록 피폐해질 줄이야.

한때는 이 정원이 마을의 자랑인 적도 있었다. 알맞은 자리에 조화롭게 심긴 큰 나무와 작은 나무 들, 철마다 피는 갖가지 꽃들이 자칫하면 칙칙해 보일 수도 있는 적산가옥을 한층 돋보이게 만들었다. 길 가던 사람들이 아무 때나 들어와 정원의 사진을 찍어가곤 해서 마을에선 유일하게 대문을 잠그고 살던 집이기도 했다.

기훈이네 정원을 손질하고 났더니 어깨가 뻐근했다. 나는 허리를 펴고 기지개를 켰다. 날이 맑았다. 달고 새콤한 공기가 아우성치며 콧속으로 스몄다. 이 공기야말로 가장 황간적인 것이라고 중얼거리는데 아름드리 벚나무가 지붕 너머로 보였다. 눈엣가시다. 기훈이네 적산 가옥은 벚나무에 가려져 항상 그늘 깊었다. 마사토 부친이 심은 거라는데 둥치가 굵고 키가 커서 손도 대질 못했다.

어디서 샛바람이 부는지 벚나무 가지가 건들건들 흔들렸다. 어머니는 이 집만큼이나 벚나무를 싫어했다. 나무가 집을 잡아먹을 형국이라며 볼 때마다 도리머리를 했다. 벚꽃이 흐드러지게 피는 봄날 저녁이면 어머니는 눈을 부릅뜨고 훌쩍 자란 채희를 단속하곤 했다. 벚나무가 있는 기훈이네 정원으론 고개도 돌리지 못하게 했다.

"산 능선이 올된 계집애의 젖가슴처럼 둥글게 부푸는 봄날 저녁엔 벚나무를 쳐다보는 게 아니란다. 저녁에 서풍이 불 때면 고개를 돌려라. 서풍이 부는 저녁에 벚나무가 미친년 널뛰듯 심하게 흔들리는 걸 본 처자는 그날로 버버벚 버버벚, 하며 바람이 난단다. 삼단 같은 머리를 제 부모에게 싹둑 잘리는 무섭고도 큰 바람이지. 집안 망신, 동네 망신을 시키는 개망신 바람이야. 서풍에 실려온 개망신 바람이 저 벚나무 가지를 타고 처자들 가랑이 사이로 살그머니 들어온단다."

이런 말로 채희를 겁박할 때면 어머니의 눈엔 야릇한 광채가 흘렀다. 채희는 서풍이 부는 저녁에 흔들리는 벚나무를 보게 될까봐, 버버벚, 버버벚, 하며 옷을 벗는 개망신 바람이 날까봐, 석유집 딸처럼 아버지에게 옷이 홀딱 벗겨진 채로 나무에 거꾸로 매달리는 망신을 당할까봐 사시나무처럼 떨었다. 그후 채희는 벚나무를 똑바로 쳐다보지 못했다. 나는 어린 채희를 겁박하는 어머니가 싫었다. 당신은 비구니와 다름없이 산다고 읊조리던 어머니가 마냥 싫었던 것처럼.

자른 나뭇가지를 담장 밑에 쌓아두고 정원의 나뭇잎과 풀을 쓸어모아 불을 지폈다. 비가 한차례 내렸다곤 하나 건조한 날이었다. 바람이 불어 불이 날지도 모른다. 집에서 가져간 고무호스를 수도에 연결하자 물줄기가 시원하게 뿜어져나왔다. 누렇게 마른 잔디가 물을 만나니 금세 허리를 꼿꼿하게 편다. 정원수에 물을 뿌리는 동안 기세 좋게 타던 불길이 연기를 내며 수그러들었다. 나는 둥글게 만 고무호스에서 흐르는 물을 나뭇재에 뿌리고 집으로 건너왔다.

지붕 너머로 날아온 곤줄박이 두 마리가 마당가를 몇 바퀴 돌더니 저희끼리 부리를 맞대고 재재거렸다. 그러다가 땅을 박차고 날아올랐다. 나는 고무호스를 말아든 채 허공을 선회하는 곤줄박이들의 날갯짓을 좇았다. 양떼구름이 촘촘하게 뜬 하늘 저편으론 우뚝 솟은 월류봉의 봉우리가 걸려 있다. 나머지 봉우리들은 각 채의 높은 지붕과 담장에 가려 보이지 않는다. 월류봉 쪽에서 북소리가 희미하게 들렸다.

마을에 무슨 일이 있나?

까치발을 들고 담 너머를 기웃거리는데 진경이가 살금살금 마당으로 들어섰다. 나와 눈이 마주친 진경이가 월류다방에서 자고 오는 길이라고 제풀에 먼저 실토해버렸다. 나는 이내 다방 아이의 얼굴을 기억해냈고, 진경에게 친구가 생긴 듯해 내심 기뻤다.

"월류봉에서 북소리가 나던데 오다가 못 봤니?"

"마을 청년들이 천렵을 하나봐요. 족대와 양동이를 든 청년들이 트럭에 타고 가는 걸 봤어요."

"날이 가물어서 고기가 없을 텐데. 아침은 먹었니?"

"윤자가 차려줘서 먹었어요."

윤자는 다방 아이의 이름인 듯했다. 다방 아이가 제 어미를 닮았으면 음식솜씨인들 오죽할까 싶었다.

"벌써 점심때다. 안채로 건너가 밥 먹자꾸나."

"네."

잠을 설쳐 그런가. 진경이의 목소리엔 풀기가 하나도 없다. 제 또래 아이와 잤다면 도란도란 얘길 하다가 밤을 새웠겠지. 나 역시 많은 밤을 기훈이와 그렇게 새웠으니까. 기훈이를 떠올리자 땡감을 한 입 베어먹은 것처럼 입안이 떫다. 고무호스를 고방 벽에 걸어두고 안채로 들어갔더니 어머니가 고개를 잘래잘래 흔들며 노래하고 있다.

"어깨동무 씨동무 보리가 나도록 놀아라. 동무 동무 씨동무 보리가 나도록 놀아라. 비야, 비야, 오지 마라. 우리 누나 시집갈 때 가마꼭지 다 젖는다. 다홍치마 얼룩진다."

어머니는 숟가락으로 식탁을 두드리며 장단을 맞춘다. 서산댁은 어머니가 떨어뜨린 숟가락을 주우랴, 흘린 밥알을 주우랴, 정신이 나간 눈치다. 서산댁은 전쟁을 치르는데 어머니만 신이 났다. 지금 어머니가 하는 노래는 기훈과 내가 입이 부르트도록 부르고 다닌 노래였다. 날 키우던 기억이 났나보았다. 숟가락으로 장단을 맞추다 말곤 어머니가 날 곁눈으로 히뜩 건어 봤다. 그러고는 코를 킁킁거리며 연방 눈알을 굴렸다.

"어디서 재냄새가 난다. 불냄새…… 말이다."

어머니의 후각은 여전했다.

"기훈이네 정원에서 나뭇잎을 태우고 오는 길이에요."

"도정상회, 그 망할 놈의 집구석. 두 집안이 대대로 붙어살아 좋은 꼴이 뭐가 있더나. 아까운 내 새끼만 장승처럼 홀로 늙고."

정신이 돌아왔는지 어머니는 찬이 이기 뭐꼬? 맵기만 하네, 서산댁에게 투정을 부렸다. 그러더니 숟가락으로 나와 진경이를 가리켰다.

"야들이 단체로 몽달귀신이 씌있나? 채희, 너는 왜 여직 짝을 못 찾나? 여자가 돼가지고 조신하지 못하고 선머슴 같아서 그런가."

옆에서 밥을 먹던 진경이가 고개를 들자, 어머니는 기다렸다는 듯이 진경이의 귀에 대고 속삭였다.

"채희야, 앞으론 불내지 마라. 순사가 잡으러 온다. 어린 기, 불을 지르고 얼매나 무서웠을꼬."

기어코 어머니가 사달을 내실 모양이구나. 심장이 얼어붙는 것 같았다. 웬일로 느려터진 서산댁이 의자에서 벌떡 일어서더니 코뿔소처럼 씩씩거리며 어머니를 다그쳤다.

"채희가 아니고 채희의 딸 진경이래도 자꾸만 그러시네! 자세히 보세요. 이 얼굴이 어디가 채희의 얼굴인가?"

"채희 딸은 죽었어."

"어쩜 거짓말도 잘하시네."

흥분한 서산댁이 어머니를 윽박질렀다.

"아줌마 그만하세요. 증조할머니가 이러시는 게 어제오늘의 일도 아니잖아요."

진경이가 조용히 서산댁을 나무랐다.

"번번이 저러시니 여간 속이 상해야지. 네가 진경이라는 걸 알면서도 일부러 저러는 것 같다니까."

서산댁에게 퉁바리를 맞은 어머니는 휠체어에 울가망하게 앉아 있었다. 나는 어느 편도 들 수가 없어서 어머니와 서산댁을 번갈아 바라보기만 했다.

"아줌마, 며칠 후면 우리 집에 손님이 올지도 몰라요."

고맙게도 진경이가 화제를 바꾸었다.

"손님이라니?"

서산댁이 침묵을 깼다.

"회사 동료들이 내려오는데 여관에 묵게 할 수가 없어서요. 할아버지와 아줌마만 허락하시면 우리 집에 있게 하려고요."

"진경아, 네 손님이 오는데 우리의 허락은 왜 구하니? 며칠 후면 우리 집에 손님이 올지도 몰라요, 가 아니라 며칠 후면 우리 집에 손님이 와요, 하고 통보를 해야 맞지. 이 집은 네 집이야. 주인은 그렇게 말하는 거야. 아까 네 말투는 하숙생이 주인집의 허락을 구하는 것 같았어. 앞으론 그렇게 말하지 마라. 너를 보면 태……"

내 집이려니 하고 살아도 더부살이를 하는 것 같은 진경이의 심정을 모르는 바 아니었다. 나 역시 그렇게 살아왔으니까. 하지만 나는 어머니 앞에서 진경이처럼 행동하진 않았다. 매사를 무 자르듯 똑 떨어지게 처신하는 진경이에게 정나미가 떨어지려던 차였다. 나는 진경이에게 섭섭한 마음을 전하려다가 울컥해서 그만 태명이까지 들먹일 뻔했다. 다행히 서산댁이 나서서 수습해주었다.

"귀한 손님을 여관에 묵게 하는 건 도리가 아니지. 그래 서울에선 몇 명이나 내려오는 거여?"

"대여섯 명 정도 예상하는데 일에 따라서 인원이 달라져요. 많으면 열 명이 넘을 수도 있어요."

"노근리 다큐를 찍는다더니 그것 때문에 오는 갑만."

"네."

"내일부터 바쁘게 생겼고만."

서산댁의 얼굴에 넉넉한 미소가 피어올랐다. 이 집에서 손님을 치르는 게 얼마 만인지. 아버지의 장례 이후론 항상 적적하던 집이었다.

"열 명 정도면 네가 있는 사랑채에 묵어도 되지 않겠니."

모처럼 넓은 집이 쓸모 있게 생겨서 나도 기분이 좋았다.

"사무실을 비워줄 테니 동료들과 함께 쓰도록 해라."

"저희는 사무실이 있으면 회의도 하고 좋지만 할아버지가 불편하실 텐데요."

"사무실은 필요한 사람이 써야지. 너도 알다시피 나야 사무실이 없어도 그만인 사람이잖니."

진경이에게 필요한 게 또 무얼까, 집 안을 둘러보았다. 손님들이 묵을 사랑채에 화장실이 하나뿐인 게 걸렸다. 중사랑의 화장실을 나눠 쓰거나 밖에 있는 재래식 화장실을 이용해도 될 것이다. 시골에 왔으니 재래식 화장실을 이용해보는 것도 그리 나쁘진 않을 터였다. 산판에서 나오는 톱밥을 가져다가 틈틈이 뿌리기 때문에 냄새가 역하거나 하진 않았다. 톱밥과 같이 썩힌 인분은 유기농 채소를 재배하는 데 없어서는 안 될 중요한 거름이다. 나는 거름을 많이 얻을 것 같아 흡족했고, 서산댁은 시끌벅적하니 사람 사는 집 같겠다며 연방 웃음을 터뜨렸다.

"얼마나들 묵어갈 건데?"

내가 물었다.

"길면 한 달이요. 장기 숙박이라 수발하기 힘드실 거예요."

"우리야 사람 구경도 하고 오래 있을수록 좋은데 시골반찬이 손님들 입맛에 맞을라나 모르겠네."

부엌담당인 서산댁은 아무래도 반찬이 걱정되나보았다.

"없어서 못 먹죠. 아줌마 솜씨라면 서로 먹겠다고 황소처럼 덤빌걸요."

"그려도 자기 집에선 곱게들 컸을 텐데."

내가 도우미를 부르라고 했더니 서산댁이 흔쾌히 그러겠다고 했다. 전엔 간병인을 쓰자고 하면 서산댁의 눈빛부터 달라졌다. 집에서 내쫓긴 개의 눈이 그러할까? 나가라는 말은 아닌가 해서 금방 처연한 눈으로 바뀌던 서산댁이었다. 이 집은 주인이 없는 집이다. 객이 들어와서 주인 행세를 하는 게 내시 집안의 내력이다. 그러니 당신도 주인과 다름없다고 서산댁을 어르느라 진땀을 빼곤 했다.

진경이는 서산댁과 다른 방법으로 감싸줘야 했다. 악기를 조율하듯 세심하게 어루만져야 하기 때문에 생각보다 품이 많이 들었다. 하지만 어머니도 내게 그랬고, 조부도 아버지에게 그랬다. 이 집을 거쳐간 모든 사람들이 그래왔다. 그들은 갓 낳은 새끼를 붉은머리오목눈이의 둥지로 밀어넣는 뻐꾸기의 심정과 붉은머리오목눈이의 둥지로 떨어진 새끼 뻐꾸기의 마음, 한쪽 눈을 질끈 감고 제 새끼인 양 뻐꾸기를 품는 붉은머리오목눈이의 마음을 동시다발적으로 헤아리며 살았다. 붉은머리오목눈이의 둥지로 떨어졌다면, 붉은머리오목눈이의 새끼인

척하고 자라야 편한데 진경은 그걸 하지 못했다. 자기가 뻐꾸기 새끼인 걸 한시도 잊지 않는 눈치였다.

"느들 뭐라고 했냐? 글피에 춘식이 작은아버지가 온다고?"

휠체어에 앉아 있던 어머니가 참견하고 나섰다.

"아이고 일 났네. 이제 남자들만 보면 춘식이 작은아버지라고 부르고 다니실 텐데."

암초를 만난 듯 서산댁이 난감한 표정을 지었다. 진경이가 푸, 하고 타이어에서 바람 빠지는 소리를 내며 웃었다.

"증조할머니와 죽이 맞을 남자가 있어요. 제 후배인데 어찌나 능글능글한지 춘식이 작은아버지 행세를 하고도 남을 사람이에요. 아마 증조할머니도 좋아하실걸요."

"그렇다면 우리도 한시름 덜겠다만."

서산댁은 영광굴비와 안동 간고등어를 마트에서 사야겠다며 전화번호부를 뒤적거렸다. 진경이가 인터넷으로 사준다고 하니까 서산댁이 손사래를 쳤다.

"여름 생선은 손으로 눌러보고 골라야 혀. 인터넷으로 파는 상품은 당최 믿을 수가 있어야지."

볕이 좋을 때 이불 홑청을 빨아야겠다고 중얼거리는 서산댁을 보다가 식탁에서 일어섰다. 내가 옆에 있다고 도움이 될 것 같지도 않았다. 서산댁과 얘기를 나누는 진경을 보고 있자니 태명의 그림자가 어른거리는 걸 느꼈다. 씨도둑은 못 한다더니. 진경의 옆얼굴과 숙인 어깨, 비린 것을 탐하는 식성이며 왼손잡이인 것까지 제 외조부 태명을 빼박았다.

사랑채에 누워 얼굴의 상처를 다스린 태명은 가만가만 외출하는 눈치였다. 아침에 문을 열어보면 바짓부리가 축축하게 젖은 하의가 벽에 걸려 있을 때가 많았다. 밤이슬을 맞고 다니는 것 같았다. 어두운 밤엔 태명의 허물어진 얼굴을 보고 놀라는 사람이 없을 테니까. 태명은 자신의 처지를 비관하는 대신 사람들의 눈을 피하는 방법을 선택했다.

하루는 태명이가 살 곳을 봐뒀다고 했다. 천덕이라는 마을이라고 했다. 천덕은 황악산에 있는데, 하늘 아래 첫 동네라고 할 만큼 지대가 높았다. 흰구름이 발아래 걸려 있고, 비 온 뒤 산봉우리를 휘감은 운무가 손에 잡힐 듯 말 듯 가까이에서 보이는 곳. 태명이가 집터로 봐둔 곳은 천덕에서도 조금 더 들어가는 외진 산속이라고 했다. 그 산의 주인은 아버지였다.

"태명이가 눈이 밝구나. 거기가 악산이어도 토질이 양호해서 사람 하나는 넉넉히 품고도 남지, 아암."

태명의 청에 반허락을 내리며 아버지가 한 말이다.

"사람이 힘들 때 어디서 위안을 얻는 줄 아니? 바다일 것 같지? 천만에, 산이야. 산만이 인간을 따뜻하게 품어주지. 나도 여기 내려와서 처음으로 마음 붙인 곳이야. 그러니 너도 그 산에서 몇 년만 살다 내려온다는 약조를 하면 내 허락하마."

손택호텔에 묵던 아버지는 조부의 죽음을 계기로 황간에 내려왔다. 막손아비를 따라다니며 논밭을 답사한 아버지가 가장 먼저 한 일이 민둥산에 나무를 심는 거였다. 마을 사람들을 일꾼으로 쓰면서 품삯을 후하게 쳐줘 인심을 얻었다고 했다. 서울내기였던 아버지가 황간 사람으로 자리잡은 것은 조부에게 물려받은 여러 개의 산 덕분이었다고 입버릇처럼 말씀하셨다. 나는 하루 짬을 내어 태명이가 살겠다는 곳을 둘러보러 갔다. 태명과 황악산을 오르다가 나무 그루터기에 주저앉았다. 숨이 찼다.

"아직 몸이 시원찮은데 이런 첩첩산중에서 어찌 살려고 그러니?"

"형, 사람이 없어서 난 여기가 좋아."

"태명아, 네 인생은 책임질 테니 이곳에서 산다는 생각은 버려. 내가 할 수 있는 모든 걸 너에게 해줄게."

사실 나는 태명을 책임질 수 없었다. 내가 할 수 있는 일이란 고작해야 태명에게 약간의 안락한 삶을 제공하는 것뿐이었다. 지키지도 못할 약속을 하고 있는 자신이 가증스러웠다.

"형, 내 힘으로 살 거야. 지금 일어서지 않으면 앞으론 어떤 일도 할 수 없을 것 같아."

전과 다르게 태명의 얼굴이 의연했다. 그는 자신이 살 오두막을 손수 지었다. 도움을 받지 않겠다고 했지만 나는 벌목꾼을 동원해 태명의 뒤를 봐주었다. 태명을 도울 수 있는 일이라면 무슨 일이든 가리지 않았다. 집 뒤 옹달샘을 파서 우물로 만들고 산을 깎아 산 밑 마을까지 길을 내는 것도 내 일이었다. 태명의 오두막까지 트럭을 몰고 가노라면 느닷없이 산짐승이 튀어나오기도 했다. 노루를 피하려다가 길가의 나무를 들이받은 적도 있었다. 폭우가 내린 날은 산길에 생긴 웅덩이에 트럭이 빠진 적도 많았다.

태명은 화전을 일구고 벌을 키우는 한편 산감 노릇도 했다. 산을 돌보는 일은 생각보다 어려웠다. 해마다 산주들은 아카시아와 칡넝쿨 때문에 골머리를 앓았다. 번식력이 좋은 아카시아와 칡넝쿨은 초봄에 제거해야 되는데 시기가 조금만 지나도 그것들로 산이 뒤덮여 나무들의 생장이 늦었다. 산감이 돌아다니며 아카시아와 칡넝쿨이 있는 곳을 표시하면 사람을 사서 일일이 제거하는 게 산주의 일이었다. 하나 태명이가 있는 산엔 아카시아와 칡넝쿨이 발붙이지 못했다. 그 산의 나무들은 한 해가 다르게 둥치가 굵어졌다.

태명은 같은 병원에 입원했던 임계리 여자애와 버들이와 가깝게 지낸 모양이었다. 셋이서 다정하게 다니는 걸 봤다고 벌목꾼들이 수군거리는 걸 들었다. 산속에서 두 번의 겨울을 넘긴 태명이가 결혼했다는 통보를 해왔다. 상대는 임계리 여자애라고 했다. 결혼식이랄 것도 없이 정한수를 한 그릇 떠놓고 절하는 것으로 식을 대신했노라고 말했다. 어머니는 산중에서 구할 수 없는 새우젓과 태명이 탐하는 비린 것들, 모기약과 생필품을 손에 들려주며 천덕에 다녀오라고 자주 채근했다.

"아쉬운 게 있나 둘러봐라. 대충 보지 말고 집 안을 꼼꼼히 살피고 와야 혀."

어머니는 내 뒤통수에 대고 늘 하는 잔소리를 빠뜨리지 않았다. 산속에서의 생활은 쉽지 않아 보였다. 죽으라고 달려드는 벌떼와 해가 지면 나타나는 모기떼의 공격도 무섭지만 겨울의 혹한 앞에서는 속수무책이었다. 태명이는 초가을부터 하루 종일 장작을 마련했고, 나는 두꺼운 누비옷과 털신, 귀마개 같은 방한용품을 사서 산속으로 날랐다. 버들이는 내가 가지 않는 날을 택해 거길 드나드는 눈치였다. 낮선 화장품이 안방의 거울 앞에 있는 걸 더러 보기도 했다.

어머니는 태명이네 뒷바라지를 살뜰히 하면서도 어쩌다 태명 처를 만나면 놀란 낯빛을 감추지 못했다. 태명 처를 볼 때마다 에구머니나, 엉덩방아를 찧었다. 그도 그럴 것이 화상을 입은 태명 처의 얼굴 반쪽이 조갯살처럼 붉었으며, 그 부위의 피부가 나무껍질처럼 터실터실하게 갈라졌다. 먼 데서 보면 얼굴의 절반을 붉은 가면으로 가리고 있는 것 같았다. 나도 태명 처의 얼굴에 적응하는 데 시간이 오래 걸렸다. 그런 이유 때문인지 태명은 우리에게서 잊히고 싶은 것 같았다. 산귀신이 되기로 작정한 얼굴이었다. 해가 갈수록 내가 오는 걸 반기지 않았다. 서운했지만 간섭할 수 없었다. 채희를 낳았을 때가 태명에겐 가장 행복한 시절이었다. 채희는 갓난아기일 때도 예뻤다. 눈동자가 별처럼 빛나던 아기였다. 채희가 우리 부부의 원을 풀어줬다며, 태명은 거친 손으로 갓난아기의 얼굴을 쓰다듬곤 했다.

내가 식탁에서 일어서자 알밤 같던 내 새끼가 언제 이리 쭈그렁 영감이 됐노, 하며 어머니가 혀를 찼다.

"알밤 같기사, 안나 아버지가 알밤 같지요."

무심코 대꾸하던 서산댁이 날 쳐다보곤 아차, 싶은지 말꼬리를 흐렸다.

"기훈이가 뭐 볼 게 있더나? 얼굴이냐고 오종종하니 널푼수라곤 없게 생긴 상이제."

"안나 아버지가 나타나면 역전 삼거리가 훤했는걸요. 마약에 찌들어 살아도 우째 그리 얼굴이 뽀얀지, 돌아가신 뒤 관 속에 누운 걸 보니 똑 드라큘라백작같이 생겼습디다. 염습한 얼굴이 그래 잘난 사람은 처음 봤어요."

"별나대이. 서산댁 너는 관 속에 누운 사람도 인물이 있나, 없나 그것부터 생각하며 요래 뜯어보나?"

"어데요. 안나 아버지는 하도 잘생겼응게 인물부터 보이데요."

"그라마 너는 참말로 드라큘라백작이 잘생겼다고 생각하나?"

"그럼요. 요새 테레비에 나오는 남자 아이돌의 얼굴 좀 봐요. 같은 데서 뜯어고쳤는강, 전부 드라큘라 새끼 백작 같잖아요. 지들이 보기에도 그게 잘생겼응게 그래 고치겠지요."

"서산댁아, 그걸 눈이라고 달고 댕기나. 고마 띠뿌라."

대화의 주도권을 어머니가 쥐면 서산댁과 어머니의 대화는 코미디로 흐를 때가 많다. 그러다가도 어머니의 정신이 깜빡 나가면 두 사람은 금방 침울한 환자와 간병인의 관계로 돌아간다.

나는 안채를 나와 뒷마당으로 들어섰다. 탱자 울타리에 뚫린 개구멍을 지나는데, 어디서 왔는지 줄무늬 고양이가 기훈이네 정원을 가로지르는 게 보였다. 아침나절 일한 것 치곤 기훈이네 정원이 지나치게 훤하다. 갓 이발한 사내아이의 뒤통수처럼 가윗자국이 선명했다.

나는 정원을 지나 기훈이네 현관으로 들어가서 미닫이 마루문을 열었다. 사르릉 굴러가다가 문틀의 쇠를 갉아먹는 따가운 소리가 들렸다. 도르래가 달린 미닫이 마루문은 잘 굴러가다가도 문틀의 쇠가 휘어진 곳에 이르면 자발없는 소리를 내며 멈추었고, 다시 힘을 주어 밑을 들어올리듯이 밀어주어야만 덜거덕덜거덕 열리는 낡은 문이었다. 나는 고장난 마루문을 떼어 현관 앞에 세워두고 안으로 들어갔다. 빈

집 특유의 탑탑한 냄새가 났다. 부엌의 수도꼭지를 틀었더니 물이 잘 나왔다. 싱크대 밑 수납장의 문을 열고 물이 새는 곳이 없는지 확인했다. 보일러도 이상 없었다. 마루문만 손보면 될 것 같았다. 잔뜩 벼르고 왔는데 일이 줄어 허전했다.

나는 거실로 나와 소파에 주저앉았다. 꽃무늬 천소파를 손으로 가만히 쓸어보았다. 기훈이가 이층에서 아편에 취해 널브러져 있을 때 인영은 이 소파에 앉아서 그 시간을 견뎠다. 나를 대신해 인영의 고달픈 등을 받아준 고마운 소파였다. 어디 그뿐인가. 막손 처의 제사가 드는 날이면 인영은 전을 부치다 말곤 소파에 등을 묻었고, 기훈이가 여자를 불러들인 밤에도 인영은 여기 나와서 아침까지 쪼그리고 앉아 있었다.

탱자 울타리 이쪽에선 거실에 앉은 인영의 표정을 읽기가 쉽지 않았다. 미닫이 마루문의 아래는 단풍나무로 막혀 있고, 위는 직사각형과 정사각형의 작은 유리조각들이 격자무늬 틀에 끼워져 있었다. 막손 처의 제사가 드는 날이면 나는 탱자 울타리 이쪽에서 주방과 거실을 오가는 인영의 동선을 파악하곤 했다. 비루먹은 강아지 같은 몰골로 탱자 울타리를 서성거리는 자신을 용서할 수가 없었지만, 내 눈은 끊임없이 인영의 뒤를 좇았다. 기훈이가 여자를 불러들인 늦은 밤엔 격자무늬 유리창으로 어른어른 비치는 인영의 표정을 읽느라 눈알이 빠질 지경이었다.

클래식한 유백색 샹들리에의 불이 켜지면, 아래로 주렁주렁 늘어진 수정구슬에 반사된 불빛이 격자무늬 창을 붉게 물들였다. 그러면 내 눈은 흡반이 달린 것처럼 검은 적산가옥의 유리창에 찰싹 달라붙었다. 인영의 얼굴이 무표정하면 안도했고 불편한 기색이면 절망했다. 저 네모난 격자창의 유리가, 날 가로막은 탱자잎들이, 바람에 흔들리는 잎사귀들의 움직임이 시시각각 변하는 인영의 다양한 표정을 은폐하는 건 아닐까. 탱자 울타리 이쪽에선 적산가옥까지의 거리가 너무 먼 탓에 잘못 본 것은 아닐까? 조바심과 의혹으로 하루하루가 숨막히던 날들이었다.

도망가자. 인영아, 도망가자. 수십 번을 말해도 침묵으로 일관하던 인영이 때문에 돌아버릴 뻔한 적도 있었다. 제사를 지낸 다음날 기훈과 기훈의 여자를 배웅하는 인영을 보곤 내 뇌가 흔들리고 침이 톱밥처럼 변했다. 이, 등신아! 나는 인영이 앞에서 거침없이 폭발했고 눈 안의 실핏줄이 모조리 터졌다.

그즈음 어쩌면 인영이가 기훈이를 깊이 사랑하고 있는 게 아닐까 하는 의혹을 품고 있었는데, 그 생각이 한번 따라붙기 시작하면 맹금류 같은 것이 날카로운 부리로 심장을 쪼는 것만 같아서 생각하는 도중에 생각을 멈춘 적도 있었다. 생각을 멈춘 자리에 완전히 사라지지 않고 찡겨 있던 한 가닥의 생각, 인영이가 진정으로 사랑한 사람은 내가 아니라 기훈일지도 모른다는 의심이 종기처럼 자랄 때면 나는 그 자리에서 내 사랑을 깨끗하게 염하고 싶었다. 맹목적이고, 구질구질하고, 구태의연하고, 관습적인 이 사랑이라는 비루한 감정을.

인간의 사랑은 왜 진화되지 않는 걸까? 진화는 여러 변이 중 보다 우수한 것을 선택하는 것일진대, 그런 과정이 여러 번 거듭됨에 따라 그 개체군에는 궁극적으로 적응에 불리한 변이들은 사라지고 적응에 유리한 변이만 남는다. 그래서 모든 종은 저마다 처해진 환경에서 잘 살아갈 수 있도록 형질이 변화하는데, 빌어먹을 사랑만은 수만수천 년을 흐르는 동안 진화도 진보도 되질 않고 예나 지금이나 똑같은 형태로 진행된다. 어찌하여?

기훈이는 무슨 생각으로 인영과 결혼했는지 모르지만 그는 결혼식 전날에 멈췄어야 했다. 기훈은 결혼 후 인영을 방치했고, 인영은 결혼생활에 발 담그지 못하고 물 위에 뜬 형국이었다. 나는 결혼하지 않았다. 결혼이 어떠한 것인지 알지 못한다. 다만 옆에서 지켜본 바로는 둘의 결혼생활이 그랬다. 밖으로 나돌던 기훈이가 바람처럼 돌아오면 당연한 수순처럼 나는 놈의 멱살을 불끈 쥐었고 주먹질을 해댔다.

"넌 양심도 없는 놈이야. 제발 인영이를 놔줘!"

기훈이는 피하지 않고 내 주먹을 고스란히 받아들였다. 인영은 가타부타 말이 없었다. 죽는다는 것은 세상에서 꺼지는 일이었다. 기훈이가 죽으면 우리 관계에도 희망이 생길 줄 알았다. 그러나 눈앞의 적이 사라지자 내 안에 깊고 검은 허방이 생겼다. 사랑해 마지않던 인영이도 힘이 되어주지 못했다. 기훈에게 느꼈던 질투의 감정들, 기훈과 나의 관계, 그 관계가 미움으로 가득찼대도, 지긋지긋하게 미워하면 믿을 수 없게도 친밀한 감정이 쌓이는 모양이다. 기훈이가 흔적도 없이 사라지자 기훈이에 대한 감정이 사랑인지 미움인지 구분할 수 없는 지경에 이르렀다. 그가 죽은 뒤 도저한 슬픔이 밀려왔는데, 나는 기훈의 아내를 탐한 간부가 아니라 기훈을 사랑한 남자와도 같은 심정이 되어 그의 죽음이 진실로 슬펐다. 내가 믿었던 사랑이 실은 허약한 토대 위에 세워졌던 건 아닐까, 또 한번 의심의 독이 거품처럼 솟아오르고 가슴에 미세한 구멍이 뚫렸다. 인영이를 원하는 마음이 전만큼 간절하지 않았다. 사랑보단 미움이 훨씬 강한 화력과 점액질의 성분을 갖고 있다는 걸 그때야 나는 알았다.

맹목적이고 무조건적인 사랑을 바친 뒤여서 내가 혹시 진이 빠진 것은 아닐까? 끓어오르는 충동을 오랫동안 억제하며 살아서 그런 것은 아닐까? 폭발을 억누르며 사는 경우가 가장 나쁘다고 하던데. 그럼에도 나는 남은 목숨을 부지하며 변함없이 인영을 기다린다. 우리는 너무 깊고 무거웠고 불안한 세월은 느리게 흘러갔다. 나는 지금 세속의 질서를 지키며 수도승처럼 살고 있다. 우리는 사랑과 증오의 감정을 넘어선 상태이고, 인영이가 영원히 돌아오지 않는대도 나는 이 오래된 기다림을 멈출 수가 없다. 비록 고독과 황폐의 끝을 본다 할지라도. 이건 내가 가장 두려워하던 경우의 수이긴 하지만, 그래도 어쨌거나.

12. 김진경
나무나 바위의 딸

저녁식사를 마치고 방으로 돌아와 안나 아줌마에게 이메일을 보냈다. 안나 아줌마는 엄마가 낸 불에 대해 알고 있을 것이다. 생각해보니 나는 엄마에 대해 모르는 것이 너무 많았다. 엄마가 어떤 사람이었는지 알고 싶었다. 나는 땅거미가 지기를 조용히 기다렸다. 낮이 기울고 어둠이 잠잠하게 내리는 시간, 황혼이 지고 서풍이 부는 시간을 기다렸다. 일각이 여삼추였다. 우리 집은 아홉시가 되면 잠자리에 들기 때문에 저녁이 다른 집보다 일렀다. 여름이면 해가 있을 때 저녁밥을 먹었다. 서산댁은 특별한 경우가 아니면 서늘한 저녁시간에 시장을 봤다. 지금쯤 설거지를 마친 서산댁은 마트에 장을 보러 갈 것이고, 증조모는 텔레비전 삼매경에 빠졌을 것이다. 할아버지는 저녁식사 후 여간해선 중사랑채를 벗어나지 않는다. 사무실에서 농민신문과 잡지를 두어 시간 내처 읽다가 옆방에 들어가 주무신다. 할아버지가 왕성하게 활동하는 시간대는 먼동이 트기 전이었다. 할아버지는 일정한 계획표를 짜놓고 행동하는 사람처럼 보였다. 특별한 목적의식을 가진 것처럼 그 틀을 좀체 넘어서는 법이 없었다.

만약 서산댁이 마트에 가지 않으면 어쩌나. 가슴이 바짝바짝 타는데 대문채에서 발소리가 들렸다. 서산댁의 황토색 블라우스가 대문 틈으로 얼핏 보였다가 사라졌다. 나는 조금 기다렸다가 뒤꿈치를 들고 걸어가서 기울어진 대문을 닫았다. 누군가 밤마을을 올 수도 있었다. 노인들만 있는 시골에는 아직도 밤마을 같은 옛 풍습이 남아 있었다. 시골 노인들은 대개 저녁을 먹고 나면 어슬렁거리며 밤마을을 다녔다. 몸이 아프거나 가족끼리 다툰 집은 초저녁에 대문을 닫았고, 대문이 닫힌 집엔 들어가지 않았다. 밤마을의 규칙이었다. 우리는 내시 집이어서 밤마을을 오는 사람이 드물지만 그래도 만일의 경우에 대비할 필요가 있었다. 대문을 안에서 걸지 않았으니 서산댁은 바람에 문이 닫혔다고 생각할 것이다.

나는 모든 준비를 끝내고 도둑고양이처럼 안채로 숨어들었다. 삼십 촉짜리 전구 하나만 켜져 있을 뿐 실내가 어두웠다. 골마루를 지나자 열린 안방 문 사이로 텔레비전 화면의 번쩍거리는 빛이 쏟아져나왔고, 침대에 누운 증조모가 보였다. 서산댁이 나가면서 음량을 줄였는지 텔레비전 소리가 시끄럽진 않았다. 증조모는 눈을 감고 있었다. 나는 침대로 다가가 베개에 눌려 납작해진 증조모의 백발을 쓰다듬었다.

"증조할머니."

눈꺼풀을 힘겹게 밀어올린 증조모가 눈을 몇 번 깜박이더니 말간 눈동자를 드러냈다. 눈동자의 색이 마른 나뭇잎 같았다. 증조모의 기억마저도 눈동자의 색처럼 바랬을까봐 불안했다.

"왔냐."

잠기운 때문에 증조모는 말을 뱉지 못하고 입속에서 우물거렸다.

"제가 누구예요?"

낡은 전구의 필라멘트가 붙었다 떨어졌다 하는 것처럼 증조모의 정신이 자주 깜박거렸다. 나는 증조모의 상태를 확인하려고 백발을 손으로 빗겨드리며 계속 말을 걸었다. 제발 정신이 없기를 간절히 기원했다. 정신이 있는 상태에선 말을 하지 않을 게 분명했다. 증조모의 백발을 빗기는 내 손길이 표나게 떨리고 있었다.

"누구긴 누구야? 예쁜 강아지, 우리 채희지."

증조모가 말할 때마다 틀니가 덜거덕덜거덕, 잇몸에 부딪치는 소리가 들렸다. 무너진 잇몸에 틀니를 꼈기 때문에 아귀가 맞지 않아서 나는 소리였다. 누워서 말하면 그 소리가 훨씬 크게 들렸다.

"점심때 증조할머니가 그러셨잖아요. 제가 불을 질렀다고요."

"젊은 애 정신머리가 어째 그러냐. 발써 그것도 잊은 겨? 하기사 사람이 원체 큰일을 저지르면 정신이 나가기도 한다지. 그 일로 얼마나 놀랐던지 우리는 네가 사람 구실도 못 할 줄 알았다. 멀쩡한 애가 하루아침에 등신이 되어버렸으니. 삼신할미가 도와줘서 네가 이만치라도 큰 겨. 야야, 텔레비 좀 크게 틀어봐. 어디 보자…… 거기 말고 옆 채널로 돌리라니까."

"증조할머니가 아까 했던 얘기 말예요."

"내가 무슨 얘기를 했다고 이러냐? 텔레비나 좀 보자니까. 아니, 저 년은 제 며느리를 못 잡아먹어서 안달이 났네."

끊어졌던 필라멘트가 이어졌나보았다. 증조모는 곧장 연속극 속으로 빠져들었다. 연세로 봐선 연속극의 시어머니 입장이어야 하는데 며느리 역에 자신을 대입했다. 별일이었다. 고조모에게 시집살이를 된통 당하셨다더니 그 일이 생각났는지 증조모의 얼굴에 분한 기색이 역력했다.

"느 증조할매 말이다. 당신이나 내나 고자남편을 만난 처지에 잘났으면 얼매나 잘났다고, 천하고 경박하다고 멸시하는 눈길로 날 요래 뜯어봤다. 아마 뱀눈도 그거보다는 따실 끼라. 사람이 생긴 것도 다르듯이 성품도 제각각인 법인디, 당신 입맛에 맞게 행동하라카만 그기 하루아침에 되나 이 말이다, 내 말은."

증조모가 말하는 증조모는 나의 고조모인 반종학의 처를 가리키는 말이었다. 촌수가 잠깐 헷갈렸으나 이내 알아들었다. 증조모에게 난 진경이가 아니라 어머니인 채희이니까.

"점잖기사 점잖은 사람이지만도 우째 그리 새찹든동. 얼굴도 하관이 쪽 빠른 기, 영락없는 부엉이상이었제."

"증조할머니 말이지요?"

나는 필라멘트가 끊어지기를 기다리며 증조모의 말상대를 해드렸다.

"느 증조할매 아니면 누구겠나. 시아버님의 세도가 대단했다데. 반종학이라카만 조선에서 모르는 사람이 없었다고 하더라. 시아버님의 성격이 꼬장꼬장해서 남편 시집살이를 독하게 한 모양이라. 그래도 시아버님은 양심이 있었던지 조선에 없는 패물도 구해서 시어머니에게 바쳤다 안 카나. 전부 청나라와 아라사에서 들여온 비싸고 귀한 것들이었제. 시아버님이 돌아가신 후에도 시어머니의 기세가 하늘을 찔렸다. 시집가서 보니 홀시어머니의 시집살이가 어찌나 독하고 매운지 넘들은 눈 감고 귀 막고 삼 년이면 살 만하다드만, 난 십 년을 똑 그래 죽은 듯이 살었다. 징글징글허드만. 그 호랭이 시어머니도 세월 앞에 선 용빼는 재주가 없었는 기라. 갑작시리 장마철 채소처럼 풀이 팍 죽드만. 느 증조할매가 늙어서 힘이 빠진 뒤론 당신이 가진 패물을 나한테 나눠주더라. 남편이 바람을 피울 때마다 가만히 불러내어 비녀와 노리개를 하나씩 내 손에 쥐여주데. 남정네가 한눈을 팔면 여자는 이런 데라도 마음을 붙여야 한다면서. 그런 기 정 아니겠나, 그쟈? 날 그렇게 미워했어도 의지처가 되었는지, 시어머니가 세상을 하직하고 난께 고마 내 다리가 후루룩 꺾이더라. 미운 정, 그거 우습게 볼 기 아니야. 고운 정보다 무서운 기 미운 정이란다."

증조모는 이 집에서 죽은 듯이 살았다고 했지만 내가 듣기론 그게 아니었다. 당신의 '아이고 타령'이 얼마나 유명한지 증조모는 모르고 있었다. 동네 할머니들은 지금도 밤마을을 다닐 때면 증조모가 부르던 '아이고 타령'을 중얼중얼 읊으며 다녔다. 서방이란 작자는 물건도 성하지 않은 것이, 아이고 아이고…… 천상궁년 만나러 천 날 만 날 한성에나 가고, 아이고 아이고…… 젊은 날의 증조모는 쇳물처럼 뜨겁게 끓는 여인이었을 것이다. 고조모는 며느리의 뜨거움을 잠재울 방편으로 아끼던 패물을 하나씩 내주었을지도 모른다.

"증조할머니."

나는 증조모가 잠이 들까봐 흔들어 깨웠다.

"증조할머니가 제게 하셨던 말 기억나세요?"

"채희야."

증조모가 몸을 뒤척이며 중얼거렸다. 난 초조해 죽겠는데 증조모는 자꾸 딴청을 부렸다.

"내가 죽으면 경대를 뒤져봐라. 그 속에 증조할매가 준 패물이 있다. 서산댁이 가져가기 전에 그 패물함을 꼭 챙겨야 한다. 그건 채희네 거다. 알것나?"

당신이 대국으로 받들던 청나라와 아라사의 물건과 인력이 현재 우리나라에서 얼마나 하찮게 거래되는지 알면 아마 증조모는 기절할지도 모른다. 고조모에게 받은 패물은 그 즉시 팔아서 맛난 것이나 사드실 일이지. 21세기인 지금도 증조모는 여전히 조선에서 살고 있었다. 당신의 조국 또한 조선이었다. 나는 증조모의 귓가에 입을 대고 작은 목소리로 속삭였다.

"증조할머니의 조선은 이제 국사 교과서에나 적혀 있을 뿐이에요. 요즘 아이들은 증조할머니의 조선을 저 아프리카 대륙의 나미비아나 보츠와나보다 먼 곳이라고 생각해요."

나는 곤히 잠든 증조모의 입속으로 손가락을 넣어 틀니를 뺐다. 흐르는 물에 씻은 틀니를 유리컵에 넣고 타원형 모양의 푸른색 소독약을 한 알 떨어뜨린 뒤 물을 부었다. 그런 다음 들어갈 때와 마찬가지로 도둑고양이처럼 안채를 빠져나왔다.

오늘도 안채를 맴돌며 증조모와 단둘이 있을 기회를 노렸으나 여의치 않았다. 서산댁은 부산하게 움직이긴 했어도 안채를 벗어나지 않았다. 증조모는 더이상 엄마가 불을 지른 얘기를 하지 않았다. 어제 증조모가 그 말을 꺼냈을 때, 증조모를 몰아세우는 서산댁과 안절부

절못하는 할아버지의 태도가 보통 수상한 게 아니었다. 내가 모르는 비밀이 또 있었다. 자꾸만 까도 나오는 양파 속처럼 이 집엔 숨겨진 비밀이 많았다.

하지만 연속적으로 몰아치는 메가톤 급 태풍을 맞다보면 자구책이 생기기 마련이다. 나는 이상하게 고요해졌다. 고요하다는 것은 태풍의 눈에 가까워졌다는 뜻이기도 하다. 증조모가 말하는 뉘앙스로 봐선 엄마의 자폐증은 불과 연관이 있는 듯했다. 여러 가닥의 실이 엉킨 것처럼 머릿속이 복잡한데 휴대전화가 부르르 떨렸다. 박이었다. 그의 목소리가 들떠 있었다.

"선배, 여긴 대전인데 도시철도공사 판암사무소 뒤야."

"어디라구?"

"대전 철도공사 판암사무소라니까!"

박의 목소리 사이로 레일 위를 구르는 기차바퀴 소리가 들렸다.

"대전? 거긴 왜 갔니!"

기차 소리에 묻힐까봐 나도 언성을 바락, 높였다. 문밖에서 듣는다면 내가 전화로 상대방과 다투는 줄 알 것이다.

"한국전쟁 때 딘 소장 구하기 33인의 열차작전이 있었잖아. 그 석탄열차를 운전하다 순직한 기관사의 이름이 김재현이야. 그분의 순직비를 찍으러 왔는데 풍경이 왜 이러냐. 하필이면 철로 옆에 순직비를 세워놨어. 주변이 무지 황량하네."

"기관사가 순직한 곳이 역이라며? 그럼 순직비를 철로 옆에다 세우지 어디에 세우겠니."

"김재현 기관사는 지금쯤 지하에서 무지 후회하고 있을 거야. 괜히 순직했다 싶을 거라고! 밤낮없이 이렇게 시끄러워서야, 원."

박의 목소리가 점점 커지더니 나중엔 악을 쓰듯이 말했다.

"그래서 찍긴 했고?"

"날이 어두워서 못 찍었어."

"새벽안개가 걷힐 즈음에 찍어. 철로를 중심축으로 잡고 그 위에 순직비를 살짝 앉혀봐."

"망할, 안개가 껴야 말이지. 하여간 내일 오전 중에 여기 찍고 황간으로 내려갈 거야. 그때까지 얌전히 기다리고 있어."

더위에 늘어난 철로를 보수하는 중인지 쨍쨍거리는 쇳소리와 바람소리, 박의 목소리가 한데 섞여 터널 속에서 대화하는 것처럼 귓속이 웅웅 울렸다.

"너 혼자 온다고? 그럼 동료들은?"

"장비 싣고 모레 내려오기로 했어! 여기도 시끄러운데 선배 목소리마저 왜 그러냐. 완전 딱따구리야. 정떨어지기 전에 그만 끊자."

사돈 남 말 하시네. 지 목소리는 더 하구만. 안 그래도 뒤숭숭한데 박까지 전화로 염장을 질렀다. 나는 버디 웬젤에 관한 말을 박에게 전할까 하다가 관두었다. 박과 통화를 계속하기엔 소음이 심했다. 내가 버디 웬젤과 연결된 줄 알면 박은 월척이니 대박이니 하며 입을 쩍 벌릴 것이다. 하지만 박에게 알리기 전에 먼저 주변을 정리할 필요가 있었다.

파고들면 들수록 두 집안이 노근리사건에 깊이 연루되어 있었다. 처음엔 동료들에게 우리 집안을 노출하지 않을 생각이었지만, 지금으로 봐선 얼마간의 노출은 피할 수 없을 듯했다. 노근리사건의 핵심 인물인 버디 웬젤을 언제까지 숨기고 있을 수는 없었다. 버디 웬젤을 인터뷰하게 되면 할아버지와 기훈 할아버지, 안나 아줌마까지 줄줄이 나오게 되므로 두 집안의 관계가 백일하에 드러날 확률이 높다. 그래도 숨길 수 있는 부분이 있다면 나는 끝까지 숨길 작정이었다. 불을 낸 엄마에 대해서도 내가 먼저 알아야 했다. 그래야만 찍을 것과 찍으면 안 되는 것, 그럼에도 찍을 수밖에 없는 것들의 목록을 분류할 수 있다. 설사 엄마의 일이 노근리사건과 관련이 없대도 다큐를 찍는 중에 알려질 수도 있으니까. 그것만은 무슨 수를 쓰든 막아야 했다.

사람이 벼랑 끝으로 밀리면 그런 얼굴이 되는 걸까?

나는 명신상회 뒷방에서 봤던 빼들네의 얼굴을 떨치지 못하고 있었다. 기훈 할아버지에게 양귀비를 지속적으로 제공한 사람이 자기라고 밝히며 사악하게 웃던 빼들네. 자신마저도 파괴하는 듯한 빼들네의 기괴한 웃음소리는 생각할수록 소름끼쳤다.

내가 여기 내려오던 첫날, 빼들네는 외조모를 안다고 말했다. 외조부가 태 자 명 자 쓰시는 분이라는 건 알지만 외조모의 얘기는 듣지 못했다. 엄마에 관한 질문은 우리 집의 금기사항이었다. 엄마의 죽음조차 쉬쉬하는 분위기여서 외가에 관해 물어볼 수가 없었다. 아니, 사생아로 사는 내 존재가 무거워서 그런 것까지 궁금할 겨를이 없었다고 해야 맞을 것이다.

증조모의 주변을 맴돌다가 하루를 날려버렸다. 박은 내일 내려온다고 했다. 내가 모르는 비밀이 있다면 박이 오기 전에 서둘러 풀어야 한다. 나는 아침을 먹은 후 집을 나섰다. 발길이 선뜻 명신상회로 떼어지질 않았다. 이번에도 윤자를 들러리로 내세울 작정이었다. 역 광장으로 올라가는 길에 명신상회를 쳐다봤더니 손님 하나가 먼지 낀 새시문 안으로 들어서고 있었다.

나는 단숨에 월류다방의 계단을 올랐다. 다방 문을 밀었더니 풍경소리가 그윽하게 울렸다. 윤자는 고개를 돌리고 윙크하듯 내게 눈을 찡긋거렸다. 두 중년 남자가 윤자와 같이 있었는데, 그들은 담소를 나누느라 내가 들어온 것도 모르는 눈치였다. 나는 주인처럼 주방으로 들어가서 커피메이커에 담긴 커피를 잔에 따랐다. 그런 뒤 커피잔을 들고 창가 자리로 가서 앉았다. 에어컨을 세게 튼 탓에 실내가 좀 추웠다.

"정가야. 내 뭐라 카더노. 땅 살 때 너도 같이 사자고 그래 염불을 해도 들은 척도 않더니만 이제 와서 뭐라꼬?"

"전국의 땅값이 떨어져서 난리인데 그 땅만 오를 줄 누가 알았어야지."

"자네는 조심이 많아도 너무 많아가 탈이라. 사내가 찌를 땐 옆도 돌아보지 말고 푹 찌르는 배짱이 있어야 하는 긴데, 요게 알아보고 조게 알아보다 꿩도 매도 다 놓친 형국 아이가."

윤자 앞에 앉은 잠바는 풍채가 좋았다. 잠바가 반백의 머리에게 일장훈계를 하고 있었다. 반백의 머리는 주임교사에게 혼나는 학생처럼 무릎을 바짝 붙인 채로 잠바의 훈계를 듣고 있었다.

"상주 그 땅은 오를 땅이라고 몇 번을 말했더노? 곶감을 암만 다락으로 쟁여놔봐라. 곶감값이 땅값만치 오르겠나."

"그 땅 옆으로 고속도로가 뚫릴 줄 누가 알았겠냐고. 거기다가 농공단지 지정까지."

"그런 기 좋은 땅이라고 그래 말했는데도 꿈쩍도 안 하더니만 인제사 배가 아파 저 야단이다. 이 동네에서 상주 땅을 안 산 사람은 큰기와집과 도정상회 그리고 자네밖엔 없어. 큰기와집과 도정상회야 그거 아니래도 있는 집들이고, 자넨 뭐냔 말이여."

"내 말이 그 말이라."

가만 보니 잠바와 반백의 머리는 장터 부근에서 많이 본 얼굴이었다. 황간은 감이 주요작물이다. 집집마다 곶감으로 돈을 만들었다. 문제는 경부국도와 경부선 철로, 경부고속도로가 지나는 곳이어서 면 소재지치곤 땅값이 꽤 비쌌다. 그래서 돈 있는 사람들은 황간보다 값이 싼 상주의 야산을 나눠 사서 그곳에 감나무를 심었다. 상주는 황간과 기후가 비슷해서 감맛이 여기 못지않게 달기 때문이다. 그후 상주는 도농복합시가 되면서 그 땅이 산업농공단지에 편입되었다. 게다가 그 땅 옆으론 상주 청원 간 고속도로까지 뚫린 모양이다. 지금은 감이 문제가 아니었다.

내겐 잠바와 반백의 머리가 하는 말이 비현실적으로 들렸다. 여긴 삼도가 붙어 있는 관계로 충북과 경북, 전북의 사투리를 제각각 섞어 쓰기 때문에, 'ㅊ'과 'ㅋ' 발음이 워낙 강해 그들의 말이 귓속에 들어와 박히지도 않았다. 건성으로 듣는데도 이야기의 전모를 파악할 수 있었던 건 그들의 큰 목소리와 서산댁에게 들은 말이 있었기 때문이다. 서산댁은 가방끈이 짧은 아들을 둔 오십대 가장들이 상주의 야산을 샀다고 말했다. 상주에 감나무를 심으면 설마 아들놈의 입에 풀칠이야 못 하겠냐면서. 말투로 봐선 잠바가 땅을 주선한 모양이었다. 두 남자의 대화가 흥미로운지 윤자는 통 일어날 생각을 하지 않았다.

출입문에서 풍경 소리가 들리더니 등산복을 입은 남자들이 우르르 들어왔다. 근처 민주지산에서 내려온 사람들이었다. 이들로 인해 다방이 도떼기시장으로 변했고 윤자도 덩달아 바빠졌다. 윤자를 빼낼 수 없을 것만 같아 나는 자리에서 일어섰다. 탁자를 닦던 윤자가 쪼르르 달려나왔다.

"진경아 더 있다 가. 금방 빠질 손님들이야."

"나중에 들를게."

커피값을 냈더니 윤자가 받지 않았다.

"돈 받아, 얘."

"다시 오면 그때 받을게. 꼭 와서 계산하고 가라."

"기집애두…… 알았어."

나는 월류다방의 계단을 천천히 내려왔다. 명신상회로 가다가 중간에 마음이 바뀌어 빵집 앞에서 몸을 돌려 역 광장으로 되올라갔다. 햇볕에 달궈진 콘크리트 광장을 지나 원통형의 탑처럼 생긴 돌출식 화단으로 걸어갔다. 나는 화단의 테두리로 심은 키 작은 주목들 사이에 놓인 돌계단을 밟고 오르기 시작했다. 마지막 계단을 가로막은 쇠사슬을 성큼 건너뛰어 화단 안으로 들어갔다. 그러곤 고조부의 추모비 뒤로 가서 섰다.

궁중의 의식을 거행하는 종학의 몸가짐은 숙연하기가 깨끗한 선비 같았으며 말을 삼가고 신중하기 이를 데 없었다. 일의 진행은 한 자 한 치도 빈틈이 없었고, 그렇게 하기를 삼 년이 하루 같았다. 평생 글과 학문을 내세운 적 없으나 그 독실한 사람됨과 마음가짐은 제나라와 노나라의 큰 선비라 해도 어찌 이보다 더할 수 있겠는가.

나는 검은 비석에 새겨진 글을 한 자 한 자 쓰다듬었다.

고조할아버지. 당신이 돌아가시고 사십 년이 지난 뒤 한국전쟁이 일어났어요. 당신과 당신의 왕이 그토록 염려하던 바대로 이 땅에서 국제전이 일어난 거예요. 미국과 소련의 패권 다툼으로 나라가 그예 둘로 갈라지고 말았지요. 우리는 종전이 아닌 휴전국가인데도 국민들의 의식은 당신이 살던 때와 다름없이 안일하고, 각 정당은 휴전상태인 걸 악용해 독재체제를 더욱 공고히 하거나 당색을 좇아 반대를 위한 반대, 이익을 위한 찬성을 거듭하고 있어요. 시대와 체제는 바뀌었어도 당쟁은 그때와 같은 형태로 되풀이되고 있지요. 고조할아버지. 한국전쟁이 일어났을 때 전쟁의 틈바구니에서 우리 집안과 마을도 무사하지 못했어요. 노근리사건의 베일을 벗기면 벗길수록 너무나 무서워요. 제가 그 블랙홀로 빨려들 것만 같아요. 전 어떡해야 할까요?

고조부의 추모비는 손바닥을 델 듯이 뜨거웠다. 거침없이 내리쬐는 하오의 햇살에 얼굴이 화끈거렸지만 나는 비석에 새겨진 글들을 느릿느릿 쓰다듬었다. 한 아낙이 자빠질 듯이 걸어오더니 감나무 그늘에 주저앉았다. 그러곤 내 동태를 주의깊게 살폈다. 뒤이어 보따리를 인 노파가 역시나 자빠질 듯이 걸어 이쪽으로 오고 있었다. 이 고장에서 큰 전쟁을 두 번이나 치르는 동안 저들의 걸음걸이가 저런 형태로 변모했을 것이다. 전쟁이 일어나면 재빨리 도망갈 수 있게끔 자빠질 듯이 걷는 걸음걸이로. 지금의 전쟁은 봇짐을 싸서 도망가는 전쟁이 아니라고 그들에게 알려주고 싶었다. 아낙과 노파는 동행인 듯 보였다.

아낙이 노파의 보따리를 받아 나무그늘에 내려놓더니 날 불렀다.

"거긴 아무나 들어가는 데가 아니여. 누가 보기 전에 어여 나와요."

아낙이 손을 홰홰 내저었다.

"아……예."

나는 계면쩍어서 얼굴을 붉힌 채 돌계단을 내려왔다. 볼일이라도 있는 것처럼 앞에 보이는 역사 안으로 황급히 들어섰다. 역사는 비었고, 유리창 너머 매표소에 직원이 한 명 있을 뿐이었다. 깨끗하게 닦인 유리창엔 열차시간표와 여객운임표가 적혀 있었다. 황간역에서 서울로 가는 무궁화호는 하루에 세 번 운행했다. 운임은 만사천칠백원. 저렴한 카페에서 파는 파스타 한 접시의 가격이다. 만 사천칠백원어치의 거리란 도대체 얼마나 먼 거리일까? 나 역시 파스타 한 접시의 가격인 만 사천칠백원을 낸 후 무궁화호를 타고 황간에 내려왔다. 내가 바퀴 달린 트렁크를 끌고 두 시간 사십 분 만에 도착한 거리를 증조부는 세마를 빌려 타거나 흰눈이의 어미의 어미 말을 타고 며칠에 걸려 도착했을 것이다. 나는 노근리사건 때문에 서울에서 황간으로 내려왔고, 증조부는 당신의 왕을 만나러 혹은 천상궁을 만나러 황간에서 한성으로 올라갔다. 백 년의 시간차를 두고 나와 증조부가 내려오고 올라간 거리 사이엔 치매 걸린 증조모가 울가망하게 앉아 있었다. 아득하긴 하나 백 년은 그리 먼 시간대가 아니었다. 휠체어에 앉아 있는 증조모가 그걸 증명했다.

나는 역사 밖으로 나왔다. 아낙과 노파는 그때까지도 감나무 그늘에서 앉아 두런두런 얘기를 나누고 있었다. 나는 이들을 지나 자빠질 듯이 걸어 역 광장을 내려갔다. 내리막길이어서 가속도가 붙는 바람에 망설일 틈도 없이 명신상회 앞에 다다랐다. 안으로 들어서는데 양재기가 부딪치는 듯한 소리가 날아왔다.

"풀방구리에 쥐새끼 드나들듯 도대체 왜 이러는 겨!"

빼들네가 뒷방에 버티고 선 채 씩씩거리고 있었다.

"딸딸이 딸년과 교대로 우리 가게 문전이 닳도록 드나드는 이유가 뭐냔 말이여!"

그새 윤자가 다녀갔나보았다. 육중한 몸으로 열린 방문의 문틀을 꽉 메운 채 서 있던 빼들네가 허리를 구부렸다. 그러더니 뭔가를 집어 휙 뿌렸다. 그것은 순식간에 허공을 날아 내 얼굴로 떨어졌다. 장미향이 진동했다. 얼굴에 덮인 걸 걷어냈더니 놀랍게도 윤자의 노트북에서 번쩍거리던 원피스였다. 택배가 온 모양이다. 윤자는 원피스에 향수까지 뿌려가지고 왔었나보았다. 원피스를 가져온 윤자가 빼들네에게 얼마큼 당하고 갔을지 훤하게 보였다.

"둘이서 무슨 수작을 꾸몄는지 모르지만 이딴 사탕발림엔 안 속아!"

이번엔 칠부바지와 헐렁한 박스티가 날아왔다. 뒤이어 체크무늬 남방 하나도 펄렁거리며 날아왔다. 커다란 나비가 날개를 편 채 허공을 날고 있는 것처럼 보였다. 그러나 체크무늬 남방은 날 정통으로 맞히지 못하고 새우깡과 양파링 봉지 위로 힘없이 떨어졌다. 윤자는 옷을 많이도 산 모양이다. 월류다방의 가겟세를 깎아준다는 확답을 아직 할아버지에게 듣지도 못했는데.

"누구 좋으라고 이딴 옷을 입고 인터뷰를 해! 돼지 목에 진주 목걸이라고 놀림이나 받기 십상이지."

나는 떨어진 옷들을 주워서 차곡차곡 개켰다.

"인터뷰를 해서 세상에 알리세요. 그러면 원수는 저절로 갚아질 테니까요."

"흥, 내 원수는 내가 갚을 껴. 여태껏 해왔던 대로 차근차근히. 네 외할아버지를 사람들이 뭐라고 부른 줄 아냐? 박살코라고 불렀어. 나는 개눈깔이고. 우리가 그런 세상을 살았다. 그런데 이딴 옷을 빼입고 밖으로 나가라고? 고것은 못 하제."

개킨 옷을 방문턱에 올려놓았더니 앞에 버티고 서 있던 빼들네가 발로 확 걷어찼다. 그걸 보고 있자니 뜨거운 기운이 북받쳐서 나도 냉정하게 돌아섰다. 그러나 시간이 얼마 없었다. 아쉬운 건 나였다.

"저어…… 제 외할머니를 안다고 하셨지요? 엄마가 불을 질렀다던데, 혹시 그것도 아시나요?"

나는 에두르지 않고 곧장 치고 들어갔다.

"그 일에 대해선 알려고 하지 마."

"전 알고 싶어요."

"자네가 다칠깨비 그려."

퍽도 생각해주네, 싶었다. 이제 와서 날 배려하는 척하는 빼들네를 보니 속에서 열불이 났다.

"상관없어요. 모르는 게 있다면 알아야겠어요. 아줌마의 말처럼 이젠 그럴 나이도 됐고요."

"그려……? 그렇다면 냉장고에서 음료수나 가져와. 아, 그 커피 말고 마음을 차분히 가라앉히는 음료수로다."

나는 냉장고 문을 열고 앞에 진열된 헛개나무 열매로 만든 음료수를 집었다. 빠들네는 문턱에 걸터앉아 있었고, 문 옆엔 코카콜라 로고가 박힌 새빨간 플라스틱 의자가 놓여 있었다. 나는 무슨 말이든 해볼 테면 해봐라, 하는 심정으로 플라스틱 의자에 앉아서 음료수의 뚜껑을 땄다.

"천덕이라고 아는감?"

"처음 듣는데요."

"그렇겠지. 그럼 매곡면은 들어봤남?"

"저 앞산 너머에 있잖아요."

"매곡면에 천덕이라는 산마을이 있어. 경북과 붙은 산인데, 그 산 중턱에 있는 마을이여. 아매 그 산이 시방은 자네 이름으로 되어 있을 껴. 그 산에서 키우는 나무가 솔찮해."

"네에?"

"뭔 눈이 그리 뚜릿뚜릿햐. 자네는 큰기와집 사람이 아니어도 가진 재산이 제법 된다는 말이여. 그러니 음료수값은 내고 가. 기왕이면 나도 하나 사주고. 내 것은 저기, 포도주스로 갖다줘."

빠들네는 포도주스를 받아 한 모금 마신 후 손등으로 입술을 닦았다. 그러더니 쩝, 하고 입맛을 다셨다.

"느 외할아버지 내외와 난 삼총사였어. 노근리 쌍굴에서 얼굴을 망친 삼총사라고 우리 셋이서 막 웃고 그랬제. 외할아버지 내외는 천덕이라는 산속에서 살았어. 그 산은 태혁 오빠의 것인디 명의를 느 외할아버지에게로 넘겼어. 말하자면 태혁 오빠가 맞을 총을 외할아버지가 대신 맞아준 값이제. 꼭 그랬겠냐만 이치가 그렇단 말이여."

"임계리에 살던, 얼굴에 화상을 입은 여자분이 제 외할머니가 된 건가요?"

"알고 있었구만."

"그냥 짐작했을 뿐이에요."

"우리 셋은 병원에서부터 친하게 지냈어. 병원에서 아는 사람이라곤 셋밖에 없었으니께. 채희는 천덕 산에서 태어났구먼. 쪼맨한 가시내가 어치케나 이쁘던지 내 딸과 진배없었지. 우리 가게에서 팔던 온갖 것들을 산으로 갖다 날랐응게. 고 가시내가 얼매나 살가운지 차차로 커가면서 짐승 말을 배운 거여. 산속엔 짐승 말고는 친구도 없었어. 그러다 새끼노루한테 정을 붙인 모양이라. 야생의 습성을 가졌어도 원체 길을 잘 들여놔서 새끼노루가 채희의 궁둥이만 졸졸 따라댕기더라고. 그해 겨울 추위가 유난히 독했제. 새끼노루가 온기를 찾아 부엌 아궁이로 들어갔어. 아궁이엔 불씨가 남아 있었을 테니께."

"그래서요?"

"채희가 새끼노루를 아궁이에서 꺼내다 그랬는지, 불씨가 부엌에 쟁여놓은 나무로 옮아붙었단다. 고 가시내가 집을 홀랑 태워먹었제. 그 불에 외할아버지 내외가 타죽었다. 참말로 이상한 거는…… 오두막이 두 채였거든. 살던 오두막이 춥다고 채희를 낳던 해 오두막을 새로 하나 더 지었어. 따뜻하게 지은 새 오두막은 헌 오두막에서 뚝 떨어져 있었다고. 불은 헌 오두막의 소죽솥에서 났다 카더라. 그날은 바람이 없어서 불이 헌 오두막에서 새 오두막으로 옮겨붙자면 시간이 솔찬히 걸렸을 텐디. 연기도 독하게 나고 말이여. 비록 코는 망가졌어도 냄새를 귀신같이 잘 맡던 느 외할아버지와 잠귀 밝기로 유명한 느 외할머니가 그 불에 타죽었다는 건 암만 생각해도 말이 안 되는 기라.

불에 타죽기로 작정하지 않은 이상은 말이다."

빼들네의 말을 듣고 있으려니 꼭지가 확 돌았다. 뭐 이런 개 같은 경우가 있는가, 싶었다. 빼들네는 날 속인 전적이 있었다. 빼들네의 말을 듣고 싶지 않았다. 그러나 빼들네의 말을 믿어야 할지, 믿지 말아야 할지는 좀더 들어보고 결정해도 늦지 않을 것 같았다. 그만큼 빼들네의 말엔 흡입력이 있었다.

"우리 엄마는요……?"

"아, 불 지른 년이야 살었제!"

빼들네가 빈 포도주스 깡통을 한 손으로 우그리며 톡 쏘았다. 생각할수록 이상한 여자였다. 게다가 얼굴엔 심술이 덕지덕지 붙어 있었다. 노근리사건의 피해자여서 아무리 좋게 봐주려고 해도 어디 한구석 고운 데라곤 없었다. 저러니 사람들이 개눈깔이니, 빼들네니 하는 망측한 별호를 갖다붙이지.

"무슨 말을 그렇게…… 엄마가 불을 질렀는지 아줌마가 어떻게 아세요?"

나도 눈을 찢어지게 치켜뜨곤 빼들네에게 쏘아붙였다.

"채희가 안 질렀으면 불이 어찌 새 오두막으로 옮겨붙나 이 말이다. 그날은 날씨가 끄무레한 기, 바람 한 점 없었다고 안 하나."

포도주스를 마신 빼들네의 혀가 검보라색으로 변해 있었다. 빼들네의 혀가 뱀의 혀처럼 보여 섬뜩했다. 그 검보라색 혀가 날름거리며 내 몸을 친친 휘어감아 조이고 있었다.

"어렸다면서요? 어린애가 어떻게 불을 질러요?"

"여덟 살이 넘어서 알 것은 다 알 나이였어. 1월생이라 솔찬히 올됐고. 내 생각엔 채희 고 가시내가 새 오두막의 방문을 밖에서 걸어잠근 것 같어. 그렇지 않고서야 두 내외가 어떻게 불에 타죽을 수가 있냔 말이여."

누가 내 머리뚜껑을 열고 폭탄을 장착해놓은 것 같았다. 머릿속에서 째깍째깍 시침이 돌아가고 심장은 곧 밖으로 튀어나올 태세였다. 멈춰, 라고 소리를 지르며 뻐들네의 말을 부정하고 싶었지만, 엄마가 불을 질렀다는 말을 증조모에게도 들었으니 완전 생거짓말은 아닐 거라는 예감이 들었다.

"한겨울 오후였다면서요? 두 분이 낮잠에 빠졌을 수도 있지요."

"노근리 쌍굴에서 얼굴에 화상을 입은 뒤론 느 외할머니가 우울증에 걸렸거든. 그래서 잠을 통 못 자. 밤에도 쪽잠을 자는 사람이여. 불이라면 기겁하기 때문에 물에 빠져 죽는다면 말이 되지만 불에 타죽을 생각 같은 건 엄두도 못 내는 사람이여."

"엄마가 일부러…… 외할아버지와 외할머니를 불에 태웠단 말씀이세요? 그걸 말이라고……"

나는 들숨과 날숨을 힘겹게 쉬었다. 근육이 수축되고 신경이 마비되는 것 같았다. 반박을 하면서도 점점 자신감을 잃어갔다.

"얼매나 갑갑하면 이런 생각을 했겠어. 불이 났을 때 내가 오두막으로 올라가고 있었다. 산으로 가다보니 뒤에서 트럭 소리가 들리더라고. 그 소리가 들린다는 것은 태혁 오빠가 산으로 올라온다는 얘기고, 그럼 나는 풀숲에 숨었다가 집으로 되돌아오곤 했거든. 그땐 젊었으니께 이 얼굴로 사람들과 마주치기가 싫었어. 희한도 하제. 그날은 무조건 오두막으로 올라가고 싶은 거라. 산모롱이를 돌아가니 연기가 나고 난리도 아니었제. 내가 막 소리쳐서 태혁 오빠의 트럭을 세웠어. 그걸 타고 정신없이 오두막으로 안 올라갔나. 울안으로 들어서니 화기가 얼굴로 확확 달려드는 기, 오두막이 불에 타고 있었다. 빨간 겉불꽃과 새파란 속불꽃이 한데 붙어서 화르륵거리더라. 시뻘건 불기둥 두 개가 하늘로 치솟는데, 그 불은 아무리 봐도 사람의 힘으론 끌 수 있는 불이 아닌 기라. 아니나 다를까, 오두막 두 채가 쏟아지듯이 앞으로 무너져 순식간에 불등걸이 됐제. 불 옆에서 채희 고년이 재투성이 얼굴로 울고 있더라고."

뻐들네는 숫제 가슴에 대못을 쳤다. 못은 오래되고 녹슨 것이었다. 심장을 곧바로 찌르지 않고 옆에 붙은 내장을 이리저리 후비며 느리게 들어왔다.

"이상한 점은 그것 말고도 또 있었어. 아무리 밖에서 문을 잠갔다곤 해도, 두 내외가 힘을 합치면 잠긴 문쯤은 부술 수가 있단 말이여. 태혁 오빠의 말마따나 화기가 들이치면 야물게 만든 문도 쉽게 부서지는 법이거든. 그런데 두 내외가 고냥 방 안에 앉아서 타죽었단 말이시. 왜 그랬을까…… 고것은 아무도 모를 거구먼. 그 산의 뻐꾸기나 알까…… 그 생각을 하면 시방도 내 가슴이 찢어져."

나는 완전히 백기를 들고 말았다.

"아줌마, 나한테 왜 이래요? 왜 이러시는 거예요? 제가 뭘 잘못했다고 이러시는 거예요."

한기와 축축한 공기가 가게 안을 가득 메우고 있었다. 나는 두 손을 넓게 벌려 거기에 얼굴을 파묻었다. 축축한 물기가 두 손 가득 묻어났다.

"엄마를 딸처럼 여겼다면서요? 그런 분이 보지도 않고 엄마가 불을 질렀다고 하질 않나, 기훈 할아버지와 같이 엮어서 엄마를 모함하질 않나."

"그건 나도 미안하게 생각햐. 박기훈 그 원수놈이 밉다보니 애먼 채희를 욕보였구먼. 하지만 오두막을 태워 없앤 건 채희가 맞을 거여."

"그만…… 그만하세요……"

녹물 같은 질척한 눈물이 턱 밑으로 뚝뚝 떨어졌다. 나는 개와 늑대의 시간을 헤쳐나가고 있는 것 같았다. 영혼이 아주 먼 곳으로 이주하고 있었다.

"진경아, 왜 이래? 너 왜 이러니."

정신을 차려보니 월류다방이었다. 내가 들어온 뒤 다방 문을 닫았는지 손님은 없었다. 나는 윤자가 건네준 휴지로 젖은 얼굴을 닦으며 빼들네에게 들은 얘기를 토막토막 전했다. 윤자는 숨을 죽인 채 내 얘기에 귀를 기울였다. 이야기를 마친 후 기진해서 탁자 위에 엎드렸더니 윤자가 등을 토닥거려주었다. 윤자의 손에 있던 온기가 등으로 전해지자 마음이 편안해지면서 안심이 되었다. 타인의 체온이 이토록 큰 위안이 되다니. 나는 겨우 얼굴을 들었다.

"윤자야, 빼들네는 옥상에서 망원경으로 우리 동네를 내려다보거든. 명희 언니 생각에 노근리 쌍굴도 수시로 들여다보고. 빼들네에게 아버지가 누군지 묻고 싶었는데, 정말 묻고 싶었는데…… 그건 묻지도 못했어."

말하는 도중에 딸꾹질이 났다. 멈추려고 해도 멈춰지지가 않았다.

윤자가 가져온 인삼차를 마셨더니 그제야 속이 따뜻해졌고 딸꾹질이 그쳤다.

"야, 김진경! 촌스럽게 아버지 따윌 궁금해하다니. 나는 월류봉에 있는 저 나무와 바위가 내 아버지라고 생각하며 산단다. 생각해봐라. 박기복의 딸이나 박춘배의 딸 박윤자보다는 나무의 딸 혹은 바위의 딸 박윤자, 이러면 뭔가 있어 보이지 않아? 이 시대에 이름을 박윤자라고 지은 것만 봐도 얼마나 무성의한 인간인지 알 만하거든. 그는 분명히 내 이름을 일 초 만에 지었을 거야. 삼 초만 생각했어도 윤자로 짓진 않지."

윤자의 말에 나는 서글픈 미소를 지었다.

"난 그냥 나야. 어차피 홀로 세상을 살아갈 뿐인데 아버지 따위가 왜 궁금하니? 조금 흔들리면서 살면 어때. 진창길이 앞에 있으면 돌아가면 되지. 아무도 내 인생을 살아보진 않았잖아. 내가 살아내야 할 단 하나뿐인 인생인걸."

윤자는 김장배추처럼 속이 꽉 찬 아이였다. 나는 윤자의 염려를 뒤로하고 삼거리를 지나 감나무 가로수길을, 여름 저녁이 밀려오는 거리를 흐느적흐느적 걸었다. 혼은 어디엔가 떨어뜨리고 넝마가 된 몸뚱어리만 이끌고 가는 느낌이었다. 할 수만 있으면 땅속으로 흔적도 없이 사라지고 싶었다. 그게 안 된다면 타인의 손을 빌려서라도 나를 어디 멀리로 치워버리고 싶었다. 일을 하면서 자신이 이렇게 방해가 되고 거치적거린 적은 처음이었다. 감나무의 검은 그림자를 밟으며 집으로 돌아오니 안나 아줌마의 이메일이 기다리고 있었다.

진경아.

두 개의 질문이 적힌 네 메일을 받고 컴퓨터 앞에 오래 앉아 있었단다. 아이스티와 물을 잇달아 마시며 거실과 부엌을 서성거렸지. 식기세척기에 쌓아둔 그릇을 식기장에 넣었고, 벽난로 선반에 올려놓은 촛대의 먼지를 물휴지로 꼼꼼히 닦기도 했어. 내게 한 질문들. 네가 묻기 전에 해줬어야 하는 말인데 삶의 무게에 치이다보니 말할 시기를 놓친 것 같구나.

좀더 솔직해지자.

네가 한 질문들은 입에 담기엔 무거운 말이어서 내가 의도적으로 회피한 구석도 있었을 거야. 마을 사람들이 노근리사건에 관해 쉬쉬했던 것처럼. 비밀로 하자고 굳은 맹세를 한들 그 비밀이 지켜지겠니? 사람들의 입이 몇 갠데. 노근리사건에 관해 도저히 말할 엄두가 나질 않아서 못한 걸 거야. 오래 봉인된 비밀들은 대개가 그럴 거다.

네 질문에 답하기 전에 내 얘기부터 해야겠다.

나는 1958년도에 태어났단다. 한국전쟁이 끝나고 오 년 뒤 세상에 나온 거지. 내가 자랄 땐 산과 들에 나무가 없어서 마을이 지금처럼 아름답지 않았어. 사철 먼지바람이 휘휘 불고 길은 온통 회색빛을 띠고 있었지. 그즈음 어른들은 전쟁 후유증이랄까 상실감이랄까, 자기 안의 상처가 너무 커서 아이들을 제대로 돌보지 못했어. 그맘때 태어나 자란 아이들은 혼자 유소년기를 지나왔다고 해도 과언이 아니야.

집집마다 절대가난에 허덕였고 끼니마저 잇기가 힘들어서 어른들은 상처를 추스르기도 전에 일터에 나가 밤낮없이 돈을 벌어야만 했지. 천장이 낮은 지저분하고 작은 방, 흙벽이거나 신문지를 바른 벽, 창문 아래 갈라진 틈으로 끊임없이 들어오던 바깥의 찬 공기. 그런 방에서 아이들은 속에 왕겨를 넣은 베개를 베고 고아처럼 잠이 들었지. 자다가 눈을 떠봐도 일터로 나간 부모는 돌아오지 않았어.

우리 집은 그 정도는 아니었지만 마을 풍경 못지않게 황량했단다. 나 역시 아편에 취해 있거나 밖으로 떠도는 아버지 때문에 어른들의 관심권에서 완전히 벗어나 있었으니까. 아버지의 몸에선 항상 쌉싸래하고 매캐한 냄새가 났던 것 같아. 그 아편 냄새 때문에 내가 얼마나 우울했던지.

엄마는 웃지 않는 사람이었다. 어쩌다 아버지가 도화지처럼 새하얀 얼굴로 이층에서 내려오는 날이면 나는 숨을 죽인 채 살금살금 걸어다니곤 했어. 아버지는 튤립처럼 입구가 좁은 작고 동그란 잔에 커피를 담아 홀짝홀짝 마셨지. 엄마는 그 옆에 부동자세로 서 있었고. 두 분 사이에 흐르는 기류가 심상치 않다는 것쯤은 일찍부터 알았지. 그런 탓에 난 부모님의 눈치를 보며 자랐어.

지금도 기억나는 건 그 검은 쥐떼들.

어떤 쥐는 검은 털이 반들반들한 게 몸이 새끼고양이만큼 컸단다. 너도 알다시피 우리 집은 방앗간을 했잖니. 통통하게 살찐 쥐들이 도정상회와 쌀창고, 이층 아버지의 방과 정원에 널려 있었어. 쥐들은 우리 쌀을 많이 훔쳐먹어서 행동이 무척 느렸어. 사람을 봐도 도망가지 못했지. 게다가 아편에 취한 쥐는 거품을 내뿜으며 비틀거렸고. 쥐약과 쥐덫을 놔도 효과가 없었고, 고양이를 여러 마리 키워봤지만 전부 비실거리다 죽곤 했지.

생각다 못한 엄마는 방학이 끝날 무렵이면 창고에서 쌀을 퍼냈어. 동네 아줌마들과 밤을 새워 납작한 쌀강정을 만들어서 소쿠리마다 가득 담아놓았지. 그러곤 아이들을 불러모아 쥐를 잡게 하셨어. 그 무렵 새마을운동이 한창이었는데, 학교마다 쥐잡기 방학숙제가 있었거든. 아이들은 달콤한 쌀강정을 배부르게 먹으며 방학숙제를 끝낼 생각에 다들 우리 집으로 몰려들었어.

방학 때마다 아이들이 끝도 없이 쥐를 잡았고 쥐꼬리를 수없이 끊어갔지만 우리 집의 쥐들은 박멸되기는커녕 오히려 세를 불려나갔지. 무슨 재앙의 징조처럼. 사람들이 탄성을 지를 만큼 예쁜 꽃들이 피어나는 정원이 밤이면 쥐떼로 우글거렸으니까. 그 때문에 엄마는 더욱더 정원을 예쁘게 가꿨을지도 몰라. 그것도 모르고 길 가던 행인들은 정원이 예쁘다며 아무 때고 들어와 사진을 찍어가곤 했어. 보이는 것과 실제는 그렇게 다른 거란다.

우울한 유년을 보내던 어느 날, 크리스마스 선물처럼 네 엄마가 왔어. 도무지 말이 없는 아이였지. 어른들은 모자란 아이라고 했는데, 내 눈엔 정신이 들락날락하는 아이로 보였어. 탱자 울타리 개구멍에서 같이 놀면서도 채희의 시선은 먼 곳을 향하고 있었으니까.

채희는 우리 적산가옥을 무척이나 좋아했단다. 쥐가 쏜 다다미는 걷어냈지만 문과 창이 죄다 일본풍이었거든. 탱자 울타리가 싫증나면 벽장 속에 들어가 놀기도 했어. 우리 집에선 거기만 쥐가 없었거든. 벽장은 아래위로 칸이 나누어져 있었는데, 채희와 난 한 칸씩 차지하고 종일 뒹굴었지.

그러면서 채희가 잃어버린 말을 하기 시작했어. 어눌했지만 벽장 안에서는 조금씩 말을 했단다. 채희는 '우'와 '어'의 발음을 명확하게 하지 못했고, 말의 고저강약이 없었고, 말의 끝을 삼키거나 우물거렸지만, 나는 채희와 소통하는 데 별문제가 없었어.

채희는 무엇에든 오래 집중하지 못했고 말이 어눌해서 나사가 하나쯤 빠진 듯이 보이긴 했어도 어른들의 말처럼 지능이 떨어지거나 모자란 아이는 아니었어. 그건 내가 잘 알아. 채희는 우리 집의 문과 창을 보면 자기가 살던 산속 오두막이 떠오른다고 했어. 그곳에 가면 노루 친구가 많다고도 했지. 채희와 난 그렇게 쌍둥이처럼 붙어 자라며 온갖 비밀을 공유했단다.

첫번째 질문.

네 아버지가 누군지는 나도 모른다.

널 가졌을 때 채희는 복대를 하고 있었어. 난 물론이고 증조할머니와 서산댁도 감쪽같이 속았지 뭐니. 우린 임신 육 개월이 되어서야 채희가 아기를 가졌다는 걸 알았어. 채희의 배는 나날이 불러왔고 아기 아버지에 대해선 일언반구도 하지 않았지. 원래가 말이 없는 아이기도 했고. 극성스럽기로 소문난 증조할머니마저 두 손 들고 물러났다면 말 다했지 뭐.

그 무렵 나는 도시에서 공부하느라 네 엄마와 떨어져 지냈단다. 채희는 학교를 워낙 싫어해서 중학교만 졸업하고 말았지. 시험을 치르지 않고 원서만 쓰면 아무나 들어갈 수 있는 고등학교에라도 보내려고 너희 집에서 무진 애를 썼지만 채희가 거부했어. 채희는 산과 들을 쏘다니며 하루를 보내는 눈치였어. 어두워져도 들어오지 않아 너희 집이 발칵 뒤집힌 적도 여러 번 있었단다. 그때마다 채희는 월류봉에 있었어. 나무와 풀냄새를 맡아야만 살 것 같다고 그애가 말했어. 그후 나는 대학에 진학했고 채희는 고향에 남았지. 그래서 우리의 관계가 조금 느슨해진 시기이기도 했어.

널 낳고 채희는 산후우울증을 앓았단다. 네 외할머니도 우울증을 앓은 적이 있다고 들은 기억이 난다. 그런 탓에 우리는 채희의 병이 깊어질까봐 네 아버지에 대해 묻는 걸 포기할 수밖에 없었어. 네 아버지가 누군지, 채희가 왜 노근리 쌍굴에서 목을 맸는지는 나도 몰라. 그 애는 일기와 유서 같은 것도 남기지 않았으니까.

사실 채희는 글 쓰는 걸 싫어했단다. 수와 셈은 그런대로 했는데 한글맞춤법을 깨치지 못했거든. 겹받침이 있는 글자는 항상 틀리게 적곤 했으니까. 채희가 소리나는 대로 적는 걸 보곤 내가 붉은 펜으로 고쳐주기도 여러 번 했지. 하지만 채희는 배우려는 시도조차 하지 않았어. 또 그 아인 맞춤법이 틀리는 걸 부끄러워하지도 않았고. 대신 자연과 생물 과목은 뛰어났단다. 그 과목만큼은 누구도 채희를 따라갈 수 없었다. 네 엄마 채희는 그런 애였어.

두번째 질문.

채희가 불을 지른 게 사실이냐는 질문에 내 사견을 덧붙이게 될까봐 걱정이 된다. 내가 컴퓨터 앞에 오래 앉아 있었던 것도 그 때문이야. 네가 거기에 대해 얼마나 알고 있을지 짐작되긴 해. 너 또한 내가 묻고 다닌 만큼 물었을 테지. 뻐들네에게, 할아버지에게, 증조할머니에게, 혹은 서산댁에게 입이 닳도록 물었을 거야. 내가 채희를 잃고 한동안 그랬던 것처럼.

채희가 내게 했던 말을 생각나는 대로 전할게.

벽장 속에서 채희가 말했어. 산속 오두막에 불이 났었다고. 분명한 건 불을 질렀다고는 하지 않았어. 아홉 살인지 열 살 무렵인지…… 하여간 어릴 때여서 불이 저절로 난 것인지 불을 지른 것인지 나는 그것에 관해 물을 생각도 하지 못했다. 단지 채희는 불이 났다고만 했어. 그 불로 엄마 아빠의 얼굴을 소독하면 다른 사람들처럼 얼굴이 깨끗해질 거라고 채희가 그랬다.

그리고 좀더 자란 후, 내 다리가 지금의 무다리로 거반 형태가 잡힐 무렵이었으니까 아마 고등학교 때가 아니었나 싶다. 탱자 울타리의 개구멍 속이었어. 거기서 채희가 뜬금없이 말했어. 오두막에 불이 나서 울고 있는데 할아버지가 자기를 구하러 왔었다고. 불타는 오두막 앞에서 채희를 덥석 안아올리며 할아버지가 말했대.

"채희야, 네가 지금 본 것은 꿈이다. 꿈속에서 일어난 일이야. 알겠니?"

그러곤 채희가 물었어.

"안나야, 그때 내가 본 것이 진짜 꿈속의 일일까?"라고. 채희도 혼란스러운 눈치였어.

이것이 채희에게 들은 말의 전부야. 아쉽지만 그땐 그게 전혀 궁금한 일이 아니어서 채희에게 더 물어볼 생각도 하질 않았단다. 내가 너에게 해줄 말은 이것뿐이다. 그럼에도 변함없는 사실은 네 엄만 여전히 내 영혼의 일부와 다름없다는 거야. 난 네가 하루빨리 이 일에서 벗어나길 바란다. 너를 위해 성모님께 매일 기도드릴게.

언제나 널 사랑하고 걱정하는 안나 아줌마가.

나는 안나 아줌마의 메일을 세 번 읽었다. 한 번은 허겁지겁 읽었고, 두번째는 벌벌 떨며 읽었고, 세번째는 잘못 읽은 게 없는지 체크해가며 읽었다. 그런 다음 가만히 앉아서 겨우 숨만 쉬었다. 할아버지는 날 위해서라면 뭐든 숨기겠지만 안나 아줌마는 이성적이고 공정한 사람이었다. 어떤 아픔이 닥치더라도 진실을 회피할 사람이 아니었다. 지금으로선 할아버지의 말보다 안나 아줌마의 말이 더 신빙성이 있었다.

안나 아줌마는 시종일관 다정한 필치로 차분하게 편지를 썼지만, 글의 행간에는 방화의 의혹이 일렁거리고 부모를 태워 죽인 존속살인의 확증이 담겨져 있었다. 빼들네의 말과 다를 바 없었다. 그렇다면 나는 방화에다 존속살인의 죄를 저지른 사람의 딸이란 말인가. 엄마가 어떻게 그런 일을? 겨우 여덟 살짜리 어린 여자애가……? 그러나 결정적인 할아버지의 마지막 말.

“채희야, 네가 지금 본 것은 꿈이다. 꿈속에서 일어난 일이야. 알겠니?”

할아버지가 그런 말을 했다면 그것은 엄마가 불을 질렀다는 확증이나 마찬가지였다. 빼들네는 대못을 쳤고, 안나 아줌마는 대못으로 내 가슴에 피그림을 그렸다. 이 일의 전부를 알 것 같기도 하고 하나도 모를 것 같기도 했다. 모든 게 엉망이었다. 세상도, 내 뱃속도, 내 머릿속도.

나는 밤을 꼬박 새운 뒤 방을 나와 사랑채 댓돌에 내려섰다. 현기증이 몰려왔다. 다리의 힘이 풀리면서 눈앞에서 별이 반짝거렸다. 나는 다리에 힘을 주고 사랑마당을 지나 중문간을 넘어 중사랑채로 접어들었다. 운동화를 질질 끌며 할아버지의 사무실로 건너갔다. 사무실이 비어 있었다. 할아버지에게 전화했더니 책상 위에서 휴대전화가 울렸다. 이 집은 오늘따라 왜 이리도 넓은가. 사당으로 올라가는 길에서 할아버지를 만났다. 할아버지는 무릎까지 올라오는 긴 장화를 신고 쇠스랑을 어깨에 걸친 채 흙담을 따라 내려오고 있었다.

"할아버지."

"이제야 일어났구나."

쇠스랑을 헛담에 걸친 할아버지는 허리를 구부리고 바지를 털었다. 아침햇살이 퍼지는 이 시간이면 할아버지에겐 벌써 한나절이 지난 셈이다. 할아버지가 일어날 때 나는 잠자리에 들었다. 할아버지와 난 생체리듬이 완전히 다른 종족이다.

"생각보다 일이 커졌다. 며칠 전에 온 비로 사당의 담이 허물어졌지 뭐냐. 아무래도 사람을 불러 사당의 담을 새로 쌓아야 할 것 같구나."

지금 사당의 담 타령이나 하고 있을 때가 아니라고요. 입술이 바짝바짝 타들어갔다. 나는 엄마가 저지른 일이 사실인지 재확인하고 싶었다. 다른 누구도 아닌 할아버지에게 그 말을 꼭 들어야만 했다.

"엄마가 산속 오두막에 불을 질렀다는데……"

할아버지가 한동안 날 멀뚱하게 쳐다보다가 헛담에 등을 기댔다.

내외벽이라고도 불리는 헛담은 담장보다 낮아서 할아버지가 등을 기대기엔 맞춤했다. 불쑥 내민 결재서류에 여덟 살짜리 엄마가 저지른 일이 진실이라고 할아버지가 도장을 쾅쾅 누를까봐, 나는 몹시 떨렸다.

"누가 그러더냐?"

할아버지가 헛기침을 했다.

"빼들네와 안나 아줌마에게 들었어요."

할아버지는 눈이 부신지 얼굴을 찌푸리곤 한 손으로 헛담에 얹힌 기와를 만지작거렸다. 아침햇빛에 할아버지의 얼굴이 희미하게 바래 보였다.

"내가 갔을 땐 오두막이 불에 타고……"

"그런 뻔한 말 말고요. 할아버지가 알고 있는 진실을 말해줘요. 엄마가 산속 오두막에 불을 질렀나요? 엄마가 새 오두막의 문을 밖에서 걸어잠갔나요?"

나는 빼들네에게 그랬던 것처럼 곧바로 치고 들어갔다. 조바심 때문에 기다릴 여유가 없었다. 할아버지는 한숨을 길게 내쉬더니 눈을 감았다.

"진경아, 꼭 알아야만 되겠니? 이 일은 네가 굳이 알 필요가 없는 일이야."

할아버지 역시 빼들네와 같은 말을 하고 있었다.

"단지 전 진실을 알고 싶을 뿐이에요. 꼭 알아야만 해요."

"그 불은…… 헌 오두막의 소죽솥에서 처음 났단다. 거기서 불에 탄 새끼 노루를 발견했으니까. 불이 저절로 난 것인지 채희가 지른 것인지는 나도 모른다."

"그럼 새 오두막의 불은요?"

"빼들네와 같이 태명의 집으로 들어섰을 때 오두막 두 채가 불타고 있었다. 새 오두막의 불은 옮겨붙은 불이 아닌 것 같았어. 뚝 떨어진 곳에 있던 두 오두막이 같은 속도로 타고 있었으니까. 불이 옮겨붙었다면 새 오두막 옆에 있던 헛간도 타야 했는데 거긴 말짱했거든."

"새 오두막의 불은 엄마가 질렀다는 말이군요."

"내 눈으로 보지는 않았으니……"

"새 오두막의 문도 엄마가 잠갔나요?"

"채희가 문을 밖에서 걸어잠갔는지는 나도 모른다. 내가 갔을 땐 불길이 지붕까지 치솟았으니 문고리는 녹고 없었지. 불이 꺼진 후 새 오두막이 있던 자리에서 태명과 태명 처의 시신을 수습했어. 합장한 산소는 천덕에 있다."

이젠 모든 사실이 명확해졌다. 더 알 필요가 없었다. 할아버지는 직접 본 게 아니라는 이유로 긍정하지도 않았지만 그렇다고 부정하지도 않았다. 부정하지 않다니…… 비록 거짓말일지라도 내가 묻는 말에 할아버지가 완강하게 부정해주길 원했다. 다리가 후들거렸다.

"외할아버지와 외할머니는 불구덩이에서 왜 안 나오셨을까요? 안에서 몸으로 밀면 문이 쉽게 부서질 텐데요."

난 녹슨 펌프로 물을 자아올리듯이 속에 감춰둔 말을 힘겹게 끄집어내고 말았다. 내 말에 할아버지의 왼쪽 눈밑의 근육이 떨리기 시작했다. 눈밑 경련은 점점 심해졌다. 할아버지는 경련이 이는 얼굴로 날 힐끗 쳐다본 뒤 한마디 말도 없이 중사랑채 쪽으로 가버렸다. 쇠스랑은 헛담에 그대로 둔 채. 쓰름쓰름 쓰르르. 쓰르라미가 귓속에서 맹렬하게 울었다. 나도 할아버지처럼 헛담에 등을 기댔다. 눈물은 나지 않았다.

엄마가 노근리 쌍굴에서 목을 맨 것은 사생아인 나와 아버지 때문이 아니었다. 천덕에서 엄마가 낸 불이 원인이었다. 엄마는 왜 천덕에서 목을 매질 않고 노근리 쌍굴에서 맸을까? 그것은 노근리사건의 전모를 파악했다는 얘긴데. 엄마는 어떻게 그 사건을 알게 된 것일까? 혹시 뻐들네가……? 뻐들네는 뒤틀린 구석은 있을지언정 내가 생각했던 것처럼 이상한 여자가 아니었다. 모든 것을 알고 있는 뻐들네가 엄마를 그렇게까지 몰아붙이지는 못했을 것이다. 그렇다면 제삼자가 있다는 얘긴데. 그때 전화벨이 울렸다. 박이었다. 그는 지금 역 광장에 와 있다고 말했다.

나는 머리를 손으로 대강 다듬고 구겨신은 운동화를 바로 펴 신었다. 출신이 천해 그런지 내 신경은 칡넝쿨보다 질겼다. 큰길엔 바삭바삭한 햇볕이 내리쬐었다. 나는 감나무의 그림자가 진 곳으로만 골라서 걸었다. 길의 끝엔 금상교가 있었다. 금상교에서 걸음을 멈추고 강을 내려다보았다. 벌써 서너 명의 아이들이 나와 다리 밑에서 다슬기를 잡고 있었다. 요란한 기차 소리에 고개를 들고 노근리 쌍굴 쪽을 바라봤다. 기차가 지나가자 아카시아와 잡풀에 덮인 둔덕이 어슴푸레 보였다. 둔덕 옆엔 총탄 자국의 흔적이 남은 시커먼 노근리 쌍굴이 있을 것이다.

밖에서 보는 전쟁과 안에서 겪은 전쟁엔 이렇듯 엄청난 간극이 있다.

어쩌면 엄마는 노근리사건에 관한 소문을 들었을지도 모른다. 소문이란 누르면 누를수록 연기처럼 피어올라 사방 백 리로 퍼져나가는 건 한순간이니까. 엄마는 소문으로만 노근리사건을 파악했을 수도 있다. 외할아버지와 외할머니의 얼굴이, 사람의 얼굴이라고는 볼 수 없을 정도로 흉측하게 일그러진 것은 노근리에서 일어난 사건 때문이라는 걸 엄마도 알았을 것이다.

유사자폐증에 걸린 엄마. 학교와 담쌓았던 엄마. 숲으로만, 숲으로만 다녔던 엄마. 숲속 어딘가에서 나를 가졌을 법한 엄마. 그래봤자 기껏해야 갓 스물을 넘긴 엄마. 밤을 도와 몰래 날 낳았다곤 해도 이마엔 솜털이 남아 있고 복사뼈가 실하게 여물지 못했을 것이다. 그런, 가는 발목을 가진 스물몇 살짜리 여자애였을 것이다, 엄마는.

방금 기차가 지나간 저 철로에 밧줄을 걸고 줄을 길게 늘여 자기 목을 묶은 뒤 노근리 쌍굴 앞으로 뛰어내릴 때, 엄마는 어떤 얼굴이었을까? 오로지 일념으로 사무친 얼굴이었을까? 노근리 쌍굴, 산속 오두막, 자신의 출생, 여덟 살 때 자신이 알고 지은 죄와 모르고 지은 죄…… 그 모든 것을 더듬고 또 더듬으며 쌍굴 앞으로 훌쩍 뛰어내렸을지도 모른다. 엄마 없이 자랄 핏덩이 따위는 안중에도 없이.

부모의 얼굴을 불로 소독하면 깨끗해질 거라고 믿었던 여덟 살짜리 엄마는 정말로 새 오두막에 불을 지른 후 문을 밖에서 걸었을까? 엄마가 문을 잠갔다고 가정한다면, 불을 지르고 나서 문을 잠그기까지 얼마간 머뭇거렸을 텐데, 그때쯤이면 오두막 전체에 불이 붙어 쇠로 된 문고리가 뜨거워졌을 텐데, 엄마의 여린 손이 화상을 입었을 텐데, 그걸 할아버지가 보지 못했단 말인가. 외할아버지와 외할머니는 무슨 마음으로 그 불 속에서 나오지 않았을까. 그 마음은 대체 어떤 마음이었을까…… 삼거리를 지나 역 광장으로 올라갈 땐 밀폐된 공간에 갇힌 것처럼 숨이 가빠왔다.

"선배!"

박은 최근에 중고로 산 베라크루스 옆에서 갖은 폼을 잡은 채 손을 흔들고 있었다. 역 광장엔 두 대의 낡은 스쿠터만 세워져 있을 뿐 주위가 한산했다. 그래서 박의 블루벨벳색의 차가 유난히 도드라져 보였다. 나는 원통형의 탑처럼 조성된 돌출식 화단을 지나 박에게로 다가갔다.

박이 선글라스를 벗으며 내게 하이파이브를 하려고 손을 번쩍 들었다. 나는 활짝 편 박의 손에 내 손을 가만히 가져다댔다.

"에이, 뭐야? 같이 일한 세월이 얼만데 이것도 딱딱 소리나게 못 맞춰?"

박에겐 생생한 활기가 흘렀고 전보다 수다스러워진 것 같았다. 나는 어지러운 마음을 감추려고 심호흡을 했다.

"와, 여기 경치 죽이네. 카메라를 아무 데나 들이대도 그림이 되겠는걸."

박은 두 손의 엄지와 검지를 맞붙여 사각형을 만들었다.

"저 앞에 보이는 우람한 봉우리들 굉장하네. 이름이 뭐야?"

"월류봉."

그는 킥킥거리며 이름이 시골스럽다고 했다. 월류봉의 산세를 보니 내 취향과 성격이 완전히 이해가 되고, 앞으로 어떻게 살아갈 것인지 환히 내다보인다는 둥 헛소리를 늘어놓았다. 그러더니 선배, 하고 부르며 날 훑어봤다.

"사람이 이러는 게 아니지. 오랜만에 만났는데 적어도 성의 표시는 해야지. 옷이 이게 뭐냐고. 어디 노동하러 가? 아님 뒷집 아저씨를 만나러 오셨어요?"

나는 무릎 나온 트레이닝복 차림이었다. 게다가 무릎엔 딱딱하게 굳은 밥알이 붙어 있었다.

"경황없이 나오느라 그만…… 그래도 머리는 성의껏 빗었어."

"빗은 게 그 꼴이세요? 야시시한 옷까진 기대를 안 했지만, 선배 기다리는 동안에 난 좀 설렜단 말이야."

"미안, 내가 바빴거든."

"누군 안 바빴고? 뭘 기대한 게 바보지."

박이 뚱한 목소리로 말하며 눈을 껌벅거렸다.

"구성안은 잘 나왔어?"

나는 프로답게 냉정하고 차분한 어조로 말하려고 노력했다.

"그건 염려 붙들어매셔. 내 입으로 이런 말하긴 그렇지만 국장이 노근리 다큐 내게 맡기길 잘했대. 선배에게 맡겼으면 쓸데없이 역사의식에만 젖어서 이빨도 안 들어가게 딱딱했을 거라나 뭐라나."

"잘된 일이네, 뭐."

"엉? 이건 김진경의 멘트가 아닌데. 이 밍밍한 반응은 뭐냐고?"

"피곤해서 그럴 거야."

"아냐, 뭔가 이상해. 아까부터 선배의 얼굴이 이상했어. 무슨 일이 있는 거지?"

박은 얼굴을 찡그린 채 채근하듯 캐물었다. 박의 시선과 마주치자 그동안 잘 억눌러왔던 온갖 감정들이 한꺼번에 몰아쳤다. 나는 목이 메어 끅끅거리다가 그의 가슴에 얼굴을 묻었다.

"어어…… 이게 뭔 횡재냐. 내가 무지하게 보고 싶었나보네. 어딜 가나 이놈의 인기는."

똥똥한 체형의 박은 가슴에 근육이 아니라 살이 붙어 있었다. 넓고 폭신폭신한 박의 가슴에 얼굴을 파묻자 그제야 참았던 눈물이 터져나왔다. 오두막에서 연기가 나자 외할아버지와 외할머니는 밖으로 나가려고 벌떡 일어섰을지도 모른다. 그때 딸깍, 하고 밖에서 방문이 잠기는 소리를 들었을지도 모른다. 눈이 별처럼 빛나던 딸의 뜀박질 소리도 같이 들었는지 모른다. 왜 그랬는지는 모르지만 두 사람은 도로 방에 털썩 주저앉는다. 그들은 불 속에서 사라지기로 동시에 마음먹는다. 그리고 마주보며 그 마음을 굳힌다. 불은 뜨거웠을 것이다. 어린 딸의 뜀박질 소리에 더더욱.

"뭐가 이리 축축해. 어, 지금 우는 거야? 순 독종 악바리 김진경이 울 때도 있어? 이제야 사람처럼 보이네."

"박아, 난 어쩌면 좋으니…… 요즘 내가, 내가 아닌 것 같아……"

날 안고 호들갑을 떨던 박이 슬며시 팔을 풀었다. 그러고는 내 얼굴을 빤히 들여다봤다.

"눈을 뜨고 나 좀 봐봐. 선배, 진짜 무슨 일이 있었던 거지?"

박은 내가 영원히 대답하지 못할 질문을 했다. 우리는 햇볕이 머리를 뜨겁게 달굴 때까지 한참 동안 마주보며 서 있었다. 박의 눈빛이 달라져 있었다. 내 슬픔과 아픔을 모두 꿰뚫어본 듯 웅숭깊었다. 나는 손등으로 눈물을 닦고 앞에 보이는 월류다방을 가리켰다.

“저기서 커피나 마시고 가자.”

그러나 내 말끝엔 끅끅, 하는 울음기가 따라붙었다.

“선배, 무슨 일인지는 모르겠지만 힘들면 나한테 시집와라. 불우이웃돕기 하는 뜻에서 내가 받아준다, 받아줘! 선배는 그냥 몸만 오면 돼. 내 침대가 킹사이즈인 건 알지? 완전 널널하다고. 탄력도 끝내줘. 서울에 올라가면 일단 체험부터 해볼래?”

박은 금방 자기 페이스를 찾으며 내 뒤를 쫄래쫄래 따라왔다. 나도 곧 다큐감독 김진경으로 복귀할 작정이었다. 나는 고향에 내려온 뒤 산전, 수전, 공중전을 겪었다. 낭떠러지의 바위틈에 뿌리를 내린 저 월류봉의 소나무처럼 온몸이 휘어지도록 찬바람을 맞는다 해도 이젠 얼마든지 견딜 것 같았다. 생각해보니 내가 뽑은 패가 그리 나쁜 패만은 아니었다. 나는 서남방 쪽으로 고개를 돌려 마른 눈으로 노근리 쌍굴을 일별한 후 월류다방의 계단 위로 올라섰다. 언제나 시작은 월류다방이다. 다방 문을 열자 풍경 소리가 그윽하게 울렸다.

작가의 말

노근리사건이 일어난 장소인 쌍굴은 충북 영동군 황간면에 있다. 2001년 무렵 노근리사건이 언론에 보도되었을 때 나는 고향 어른들에게 뒤통수를 맞은 기분이었다. 노근리 쌍굴에서 그런 일이 있었다니. 세상엔 나만 모르는 비밀이 얼마나 많을 것인가. 난 오래도록 혼란에 휩싸인 채 서성거렸고 『나흘』은 그 의문으로부터 시작됐다. 글을 쓰는 내내 노근리사건의 희생자들을 생각하면 가슴 한쪽이 저려왔다. 『나흘』은 소설이기 때문에 사건이 일정 부분 변형될 수밖에 없다. 고향 어른들도 이해하리라 믿는다.

처음 『나흘』을 구상할 때만 해도 김진경을 조재벽 대접주의 증손녀로 설정했다. 노근리사건이 어둡고 축축한데다 동학혁명까지 겹치니 소설이 무거워 진도가 나가지 않았다. 소설의 톤을 조절할 필요가 있었다. 원고를 몇 달 던져두었다가 동학혁명을 걷어내고 김진경을 내시의 증손녀로 바꾸자 서사가 살아났다. 나중엔 내시의 분량이 늘어나는 바람에 노근리사건이 묻힐까봐 걱정되기도 했다. 김진경의 증조부인 반종학은 내시 반학영을 모델로 했다. 소설 속에 나오는 반종학의 비문은 장성군민신문 84호(2005년 4월 19일자)와 『내시, 권력을 희롱하다』에 실린 글에서 많은 부분 가져왔으며, 한국전쟁에 관한 이야기는 국방일보를 참고했다.

소설을 쓰는 동안 도움을 주신 분들이 셀 수 없이 많다. 전주에 내려갈 때마다 흔쾌히 도와주신 윤흥식 교수, 이정호 국장, 국내에 없는 사료를 일본까지 건너가 구한 강효숙 연구관, 일면식도 없던 날 강원도 동학유적지행 버스에 오르게 해준 이이화 선생과 젊은 동학연구자들, 노근리사건을 세상에 널리 알린 정은용 선생께도 머리 숙여 감사드린다. 저녁식사 장소에서 한 번만 더 노근리에 관한 얘기를 하면 집에 가겠다고 날 협박했던 사랑하는 동료들, 늘 내 곁을 따뜻하게 지켜준 선후배와 친구, 책이 나오기까지 수고를 아끼지 않은 문학동네 편집자들, 소설을 쓰는 동안 김치와 된장을 보내준 막내 여동생, 애틀랜타 취재를 맡아준 둘째 여동생, 언제나 소설의 첫 독자가 되어주는 해린이, 내가 나태해질까봐 간간이 말씽을 피우는 산이에게도 감사!

노근리 쌍굴에서 까치발을 들고 먼 소재지 쪽을 바라보면 고향집이 보인다. 지금은 아무도 살지 않아 폐가가 되어버린 집. 소설이 막혀 앞이 보이지 않을 때면 고향에 내려갔다. 대문 옆 우편함엔 순찰하던 경관이 남긴 쪽지가 들어 있기도 했다. 제발 대문 좀 잠그세요. 빈

집의 꽃들은 허물어진 화단에서 저 혼자 피고 졌다. 나는 풀이 무릎까지 수북하게 자란 마당에서 일회용 봉지커피를 타 마시며 노근리 쌍굴을 하염없이 쳐다보곤 했다. 노을이 지면 마당의 풀들이 바람의 방향에 따라 이리저리 드러눕는데 어떤 꽃도 폐가의 풀만큼 아름답진 않았다. 고작 커피 한 잔을 마시기 위해 그 먼 거리를 가야 하나, 망설인 적도 있다. 하지만 막차를 타고 기진한 채 서울로 돌아오면 이상하리만치 글이 잘 풀렸다. 폐가에게도 감사를!

2013년 봄

이현수

| 참고 도서 |

_ 장희흥, 『내시, 권력을 희롱하다』, 경인문화사, 2006

_ 정은용, 『그대, 우리의 아픔을 아는가』, 다리미디어, 2011

_ 정구도, 『노근리사건의 진상과 교훈』, 두남, 2002

_ 정구도, 『노근리는 살아 있다』, 백산서당, 2003

_ 동학농민혁명참여자명예회복심의위원회, 『동학농민혁명사 일지』, 2006

_ 한국정치외교사학회, 『갑오동학농민혁명의 쟁점』, 집문당, 1994

_ 김삼웅, 『녹두 전봉준 평전』,시대의 창, 2007

_ 김인환, 『동학의 이해』, 고려대학교 출판부, 1994

_ 정영숙 · 최영철, 『일본대중문화론』, 한국방송통신대학교 출판부, 2012

| 등장인물 구조도 |

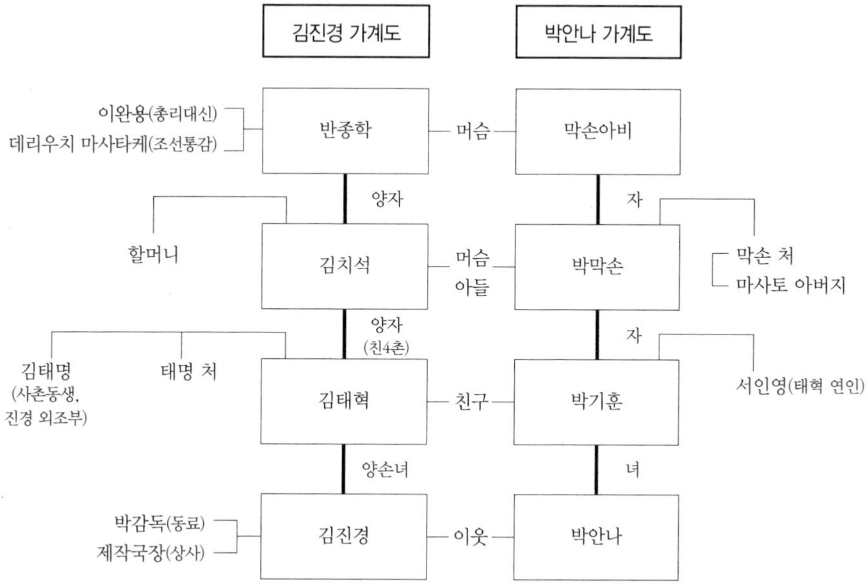

그 외 인물들—한국전쟁 관련 인물

① 윌리엄 딘(50세, 미 제24사단장)
- 맥아더 장군(상사)
- 워커 장군(상사)
- 클라크 중위(부관)
- 트루먼 대통령
- 찰스 스미스 중령(부하)

② 버디웬젤(23세, 제1기병사단 일병)
- 그레이 상사
- 데일리 이병
- 일본인 통역관

문학동네 장편소설
나흘

1판 1쇄 2013년 4월 16일
1판 7쇄 2022년 6월 27일

지은이 이현수
책임편집 이경록 | 편집 정은진 황예인 백다흠 | 독자모니터 김경범
디자인 김선미 유현아
마케팅 정민호 이숙재 박치우 한민아 김혜연 박지영 안남영 김수현 정경주
브랜딩 함유지 함근아 김희숙 안나연 박민재 박진희 정승민
제작 강신은 김동욱 임현식 | 제작처 영신사

펴낸곳 (주)문학동네 | 펴낸이 김소영
출판등록 1993년 10월 22일 제2003-000045호
주소 10881 경기도 파주시 회동길 210
전자우편 editor@munhak.com | 대표전화 031) 955-8888 | 팩스 031) 955-8855
문의전화 031) 955-3579(마케팅) 031) 955-2675(편집)
문학동네카페 | http://cafe.naver.com/mhdn
인스타그램 | @munhakdongne 트위터 | @munhakdongne
북클럽문학동네 | http://bookclubmunhak.com

ISBN 978-89-546-2114-4 03810

* 이 도서의 국립중앙도서관 출판예정도서목록(CIP)은 서지정보유통지원시스템 홈페이지(http://seoji.nl.go.kr)와 국가자료공동목록시스템(http://www.nl.go.kr/kolisnet)에서 이용하실 수 있습니다.(CIP 제어번호 : CIP2013002632)

www.munhak.com